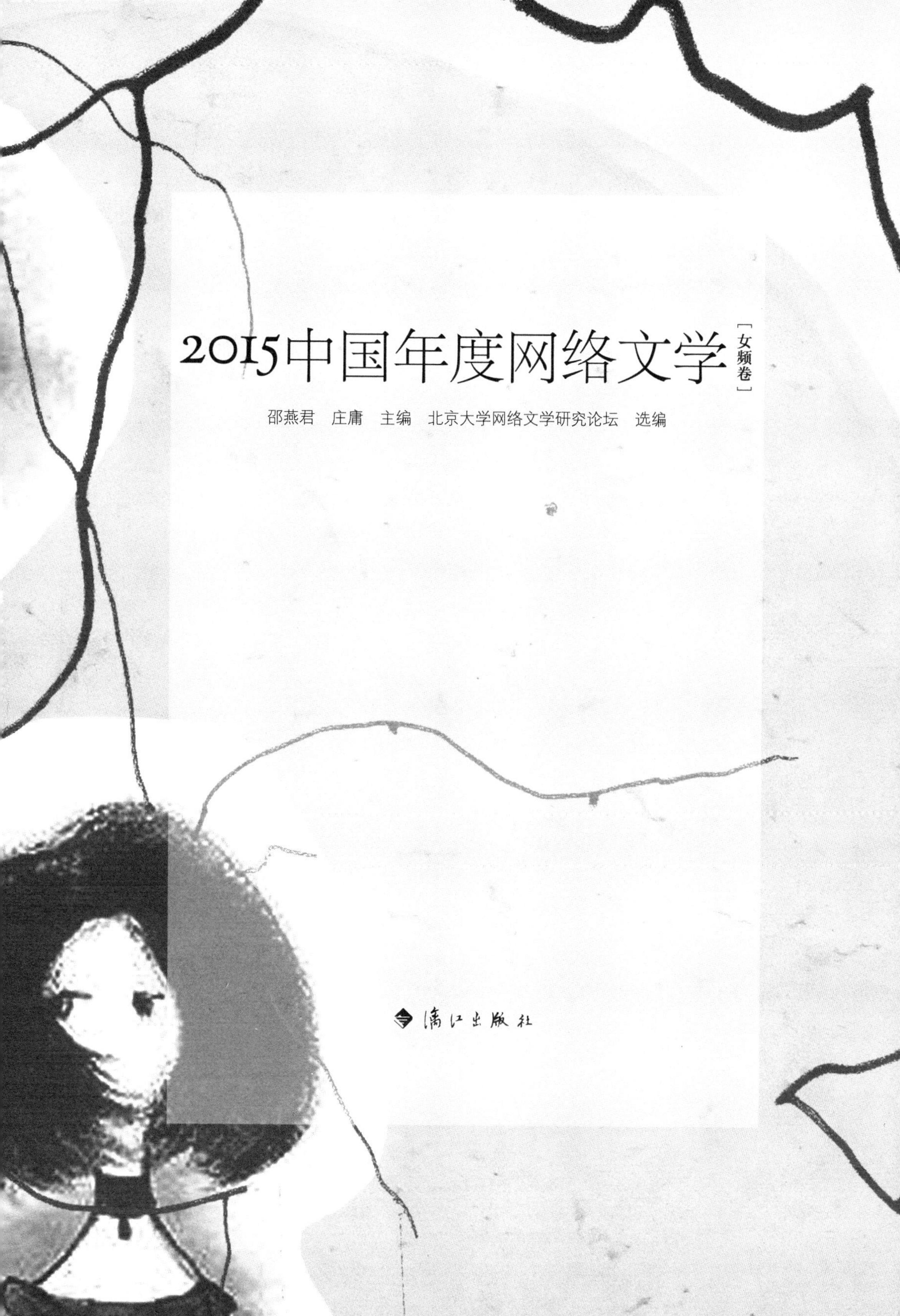

2015中国年度网络文学［女频卷］

邵燕君　庄庸　主编　北京大学网络文学研究论坛　选编

漓江出版社

“北京大学网络文学研究论坛”

“北京大学网络文学研究论坛”成立于2015年3月31日，主要成员是北京大学中文系教师和研究生。论坛宗旨是，在媒介变革之际，引渡文学传统，守望文学精灵。

主要阵容

指导老师：邵燕君　庄　庸

顾问老师：杨　玲　徐艳蕊　郑熙青

前期成员：陈新榜　林　品　白惠元　拓　璐　石岸书　王梓瑜　孟德才

男频卷：王恺文　吉云飞　李　强　傅善超　杨梦皎　易凡煜　王超然　刘　颖

女频卷：高寒凝　肖映萱　薛　静　陈子丰　韩思琪　金恩惠　朱彦臻　刘雯昕　童宛村

原创：王玉王　叶栩乔　邓溪瑶　杨梦皎　陆正韵　王　鑫　彭笑笑

LOGO设计：陈焕文

主编简介

邵燕君：

北京大学中文系副教授。主要从事文学生产机制研究和文学前沿研究。2004年创立“北大评刊”论坛，2015年创立“北京大学网络文学研究论坛”，任主持人。

现任中国作家协会网络文学委员会委员、《网络文学评论》（广东省作协主办）特邀副主编、全国网络文学研究会副会长。著有《倾斜的文学场——当代文学生产机制的市场化转型》（江苏人民出版社，2003年）、《“美女文学”现象研究》（广西师范大学出版社，2005年）、《新世纪文学脉象》（安徽教育出版社，2011年）、《网络时代的文学引渡》（广西师范大学出版社，2015年）、《新世纪第一个十年小说研究》（北京大学出版社，2016年）等。主编《网络文学经典解读》（北京大学出版社，2016年）。与曹文轩教授共同主编《中国小说年选》（2004—2009，共6本，北京大学出版社）。曾当选“2006年度青年评论家”；获《南方文坛》2005年、2006年、2011年、2012年四届年度论文奖；2012年获《文学报·新批评专刊》首届“优秀论文奖”；2013年获第二届唐弢青年文学研究奖。

庄　庸：

中国青年出版社新青年读物工作室主任，副编审，中国人民大学哲学博士。中国文艺评论家协会会员，共青团中央中国青少年成长教育基地发展研究院专家顾问委员会成员，浙江网络作家协会特聘会员，网络文学大学网文导师。中国网络小说排行榜（中国作家网）评委（2015），首届西湖·类型文学双年奖终审评委（2013），首届华语网络文学奖初审评委（2014），北京大学中文系网络文学研究与创作课程特聘教师（2014—2015）等。已发表相关论文三十余篇，出版作品数部，策划与编辑的图书多次入选国家重点规划项目、重点主题出版物和相关奖项。

目　录

木兰无长兄

祈祷君

祈祷君，曾用名“绞刑架下的祈祷”，晋江新晋大神，主营古代穿越题材，以《老身聊发少年狂》（2013）知名。《木兰无长兄》于2014年9月10日至2015年8月12日间连载于晋江文学城，连载时常驻金榜第一，口碑极佳，短短时间内已在积分总榜（晋江建站以来所有作品）跃居第十九名。

该作以鲜明的女性视角，借用穿越的方式，将古典文学中“女扮男装”的花木兰形象，重述为超越性别的英雄，智慧神武的战神；情节上，虽是“言情向”，但不重情爱关系，而是关注主人公的个人成长，以及对社会历史进程的描写。语言风格兼顾热血悲壮与幽默吐槽，延续了《老身聊发少年狂》等前作的一贯品格。这些都使《木兰无长兄》在本年度言情文“甜宠”盛行的风潮中别具风采。

【标签】言情　古风　穿越

【简介】

现代女法医贺穆兰穿越回到北魏朝，成为解甲归田之后被逼相亲的“剩女”花木兰。在寻找花木兰失落记忆的过程中，贺穆兰不忍坐视当年战友的困苦处境，且哀民生之多艰，决定重回朝堂，拜见太武帝拓跋焘。不料，在朝见之前再次穿越，回到花木兰初入军营的时间点。从一名小兵做起，与所有的战友重新相识，花木兰在粗粝而又热血的军营生活中凭借出众的武力和品格步步升迁，追随英主拓跋焘南征北战，对社会进行改革，最终统一北方，使北魏走向富强。在征战之中，花木兰的女性身份逐渐被身边的战友察觉，但包括拓跋焘在内，所有人都敬其为人而浑不在意，战友狄叶飞更对她心生爱慕……

“木兰无长兄”本是《木兰辞》原词，这里却被转义为“木兰没长胸”，意指木兰缺乏传统意义的女性特征和魅力（不来月经，力大无穷），却以一个超越性别的“大写的人”的形象挺立在历史中。

以下选段摘自第一百三十五至一百三十七章，描述了再次穿越的花木兰，在黑山大营中保护战友的尸身与财物，并在右军大比中夺冠的情节。这段选文集中展现了带着现代人灵魂的花木兰（贺穆兰）对生命的珍视与同袍之情，成功刻画出一个悲天悯人的女武神形象。小说在用花木兰视角叙述时会称贺穆兰——这是只有她自己和读者知道的灵魂身份。

【节选】

第一百三十五章 你的声音

（略）

“入你母的！是埋伏！”

贺穆兰等人跟着蛮古大将追击了几十里，越跑越不对劲，身后的队伍拉得太长，前方的柔然人倒像是在放慢脚步。果不其然，还没过一刻钟的时间，从右翼突然又来了一支柔然兵，而贺穆兰等人护卫的，正是右侧。

柔然人喜欢打埋伏战，因为他们惯于逃跑，也确实不是鲜卑人的对手，所以逃跑的次数实在太多，鲜卑人的军功和战利品都系在这些活人身上，十有八九要追。这追击之中的埋伏战最是好打，柔然人十次逃跑里，倒有两三次就是有所埋伏的。

这也是前世的花木兰不那么热衷于追杀敌人和赢取军功的原因。一是她想活下去，二是军功再好，得有命拿，何况拿到了也不长久，她毕竟是个女儿身。

“哈哈哈！来得正好！老子正好缺军功！”

蛮古人笑三声，不惧反喜。

“我看他不是缺军功，是缺心眼！”

贺穆兰难得骂了一句，看着洪水一般涌来的敌军骑兵，脸上不由得升起了“我大概是要死在这里”的表情。

连武艺最高强的贺穆兰都露出了这样的表情，其他人是什么心情，可以想象。

要不怎么说蛮古是个妄人呢。他见到这样的局面，不但没叫全军撤退，反倒叫长矛手、长枪手等拿长兵器的也到前方去冲锋，为后面用近战武器的骑士做掩护，骑射兵准备射箭迎击。

贺穆兰既可以做骑射兵，也可以做前面的冲锋兵，但对方这么多人，射箭能起到的作用已经很小，怕是没射出两箭对方就已经到面前了。所以她把自己的弓丢给了弓术也不弱的狄叶飞，让他到阵后去射箭，自己一提长枪，到前面去了。

阿单志奇、那罗浑、吐罗大蛮和若干人等人都是用长兵器的，她在前方，也好照应一二。

一场混战就这么打起来了，弓弦之声不过响了两下，柔然骑兵就已经冲到了面前。蛮古大吼一声手提大锤就冲了出去，他那些亲兵露出认命的表情也跟着冲出去了。

在他们的前面，是已经提前开始冲锋的贺穆兰等用长兵器的骑兵，双方只是一个冲锋，场上就多出至少两百匹空马来。

近战肉搏开始了。每一个魏兵都要对上至少三个敌人，贺穆兰已经见到不少熟悉的同袍被砍去了头颅，连缝合伤口的机会都没有了。

死得最多的是战马，因为有些马匹通人性，会站起身子用胸腹抵挡敌人的长枪。马倒在地上后，大多数马的主人就会落在地上，然后一行行被马蹄踏烂了的人，和自己的战马一起倒卧在地上，从此融为一体。

贺穆兰自从军以来，没有见过像今天这般严酷的场面。上次被马踏死时死得太快，反倒没有这次直面大批同袍死去时来得震撼。

谁说柔然人胆小？

谁说柔然人脆弱不堪！

那些喊着他们“蠕蠕”的人来看看吧！同样是人类，哪里会有菜青虫一般软弱愚蠢之人！

不过是爱惜性命罢了！

她的双眼里噙满泪水，挥舞着长枪风暴一般卷向敌人。这种战争的景象确实是残暴极了，在现代生活的人根本就不曾见过这种光怪陆离的伤亡景象，而他们的主将蛮古却像是在欣赏着这场残暴的杀戮……

去他妈的主将！

他难道就不能撤退一次吗？

贺穆兰第一次憎恨起自己的身份。因为自己只是个小兵，什么都不能做，什么也做不了，为了尽力护住身边的同袍，就只能竭尽全力地去杀人。

杀！杀！杀！

她正在变成自己最害怕的那种人！

“二队跟上来了！有援军了！”阿单志奇突然大声叫了起来，“二队来了！三队四队应该也来了！又多了三百人，大家再撑撑，会有援军的！”

蛮古的大笑声传入所有友军的耳朵里。他在战场一向是这么张狂而凶猛，这让敌人们总能很快地找到他们的主将，而后将压力倾泻到那一处去。

贺穆兰等人发现来自他们这边的压力陡然一轻，再仔细观察战局，原来敌人已经朝着蛮古所在的主部去了。

该死！

狄叶飞和杀鬼、胡力浑他们是留在蛮古那边的！

所有人都疯了一般地向蛮古所在的位置支援，主将对于一支部队的作用可想而知。若是主将死了，队伍很快就散掉，回营以后等待他们的也是仓皇无依的日子，就像死掉主将突贵的花木兰。

花木兰在那段日子里被其他副将要来要去，过得很是不快活。

贺穆兰等人想得却没有那么多，他们只想回去救同火！他们的同火还留在那里！

若干人的马速度最快，一马当先，这个火里武艺最差的少年都已经奔到了队伍的最前面。

“二队三队已经赶过去了……”阿单志奇微微心安。一队是百人，两百人的骑兵去救援，至少能阻挡一会儿。

贺穆兰想的也是一样的事情，她的长枪突刺不断，一个又一个的蠕蠕坠落马下。待他们到了蛮古那边，发现二队三队都围着主将作战，而被落在一旁的狄叶飞等人却是岌岌可危。

……拼了！

贺穆兰不管不顾地朝着狄叶飞冲了过去。

作战时狄叶飞都戴着皮盔，自然是看不清脸面，但近身以后还是能看到的。就算他满脸鲜血，表情骇人，“血腥美人”的名号也不会虚传，越来越多的人想要拿下狄叶飞。胡力浑已经全身是血，眼看就要护不住他……

一个男人突然杀了出来，手持长刀拼命劈砍。

“去将军那边！你们快走！”

“一起走！”狄叶飞和胡力浑宁死不退，三个人边打边走，却抵不过人多势众，不过眨眼的时间，就全部落入了包围。

“俘虏！漂亮！给我们！不死！”

也有通晓一点鲜卑话的柔然人胡乱吼叫着什么，后面来支援的卢日里大大地“呸”了一声。

“这可是我们右军的勇士，怎么能给你们掳了去！我们鲜卑人没人怕死，要老子们把同袍送给你们当奴隶，痴心妄想！”

卢日里已经满身是血，也不知是敌人的还是自己人的。

对方会怜惜狄叶飞，却不会怜惜卢日里，没一会儿，他就被一刀插进了肚子，倒在马背上再不能动弹了。

贺穆兰冲到狄叶飞身边的时候，见到的就是和花木兰那次见到的一模一样的场面：卢日里倒在马背上，狄叶飞狰狞着面目发疯一样地挥舞着武器，不允许任何柔然人过去砍他的头颅，胡力浑两个眼睛都睁不开了，举着刀的手都在发抖……

若干人一声大吼冲了进去，然后是四个家奴、那罗浑、阿单志奇和贺穆兰等人。等来了援军的狄叶飞如释重负，对着贺穆兰歇斯底里地大叫了起来：

“卢日里中刀了！花木兰，你不是会缝吗？缝啊！我们撑着，你缝啊！”

贺穆兰一咬牙，打马冲向卢日里，一把跳下马去，从他的马上拉下他的身体。

他的身子被拉下来的那一瞬间，贺穆兰就傻了。

他的腹腔已经被整个打开，随着卢日里身体滑下马的，除了他的身子，还有许多肠子和其他器官。

捅他的柔然人根本不是直捅，而是用刀从上到下直接拉开了他的肚子。

她咬了咬唇，成了这样，神仙来了也救不了了。

就算什么都缝合得起来，大出血在这个没有输血的时代，也是救不回来的。

贺穆兰发现卢日里居然还没死，但是已经痛得说不清楚话了。

她弯下身子，在一片大喊声中问道：“你说什么？究竟说什么？”

“杀……我……”

卢日里盯着她：“杀……杀……”

贺穆兰猛然间就想起了普氏兄弟。

他们临走前告诉她，他们在战场上“误杀”的人，是已经活不成的火伴。只不过军中为了遏制这种情况，所以只让其他人传作“误杀”。

“我做不到啊……”贺穆兰的情绪一下子崩溃了，“我做不到！”

被肠子淋了一身，目睹同袍的死亡还不算，还要亲手杀了同袍吗？

这是一个何等残酷的世界！

狄叶飞得了援助，很快也跳下马来，直朝着卢日里的方向狂奔。

“花木兰，你怎么还不缝……”

究竟怎么缝呢？

天女下凡也缝不了了吧？

他一下子跪倒在卢日里的身侧，将他的肠子和其他器官塞回腹腔内。

“你别死，兄弟！你死了，我以后该怎么面对自己呢？我害死了同袍？我的同袍为了我不被掳走被杀了？我不想背着这么痛苦的日子活啊，卢日里，你别死，你别死……”

狄叶飞像是谴责一般地对着贺穆兰大声吼叫了起来，可贺穆兰完全听不出生气的意思。

他大叫着：

“花木兰，你缝啊！你缝啊！你愣着做什么！”

周围的厮杀声不断，若干人和他的四个家奴像是一道墙一般挡在他们的身前，二队卢日里的同火们发现情况不对也冲了过来，原本该是危险无比的马下，却因为这些人的缘故变得十分安全。

这是贺穆兰第二次在马下看着战场，而两次一模一样，升起的全是无能为力的挫败感。

“狄……不后悔……莫哭……”

卢日里的瞳孔开始慢慢散开，回光返照让他的表情变得柔和起来。

“我……女人……”

他连前世说完全的话都没有说完，就这么死去了。

“你缝啊……”

狄叶飞的声音还在不停地萦绕在贺穆兰的耳边，像是从空中直接塞入脑海里那般一直回响着。

贺穆兰从怀里掏出象牙盒，却没有打开，而是忍不住一把抱住他的身子，在他的耳边叫道："他死了！卢日里死了！哭，你哭啊！"

像花木兰那时候那样哭啊！

狄叶飞呆愣愣地趴在贺穆兰的肩头，眼睛里全是卢日里流出来的血。

红得如此刺目。

战斗以其他人陆陆续续的赶到而结束，柔然人见人多不可力拼后，丢下一百多具尸体撤退了。而贺穆兰这边留下的人更多。

蛮古不过是伤了一只胳膊，几乎没太大的伤，死得最多的是他的亲兵和心腹，然后就是贺穆兰这样第一轮冲锋的骑兵。

胡力浑全身都是伤口，大部分都是箭支擦过的伤，但是他的马却不行了。

蛮古似乎也没想到清理战场后发现死的人有这么多，一时有些回不过神，骑在马上不知道想些什么。

二队的人看到卢日里死得那么惨烈，当场就控制不住把杀了他的那个蠕蠕碎尸万段了。

其中一个卢日里的同火大概知道他为什么会脱队去救狄叶飞，忍不住对着狄叶飞"啐"了一口口水。

"啐！祸水！"

此时狄叶飞正跪坐在卢日里的旁边，那一口口水吐在他的头顶上，说不出地让人恶心。

那罗浑几人当场就要动手，被贺穆兰按下了。

二队卢日里的火长也拉走了那些同火，去到另一边吵闹起了什么。

贺穆兰闭了闭眼，开口道：

"狄叶飞，人死不能复生……"

"火长，你不是会缝伤口吗？"他抬起头，凝望着贺穆兰的眼睛，说道，"把他的肚子缝起来吧。"

"……至少，留个全尸。"

贺穆兰的泪水一下子就蔓延到她自己都吃惊的地步。她身体里属于女人的那部分总是时不时地跳出来骚扰她。

但很快她就发现这是不需要担心的软弱，因为其他听到这话的同袍们眼眶红得比她还惨。

贺穆兰取出象牙盒子，开始小心地替卢日里缝合肚子。

她的缝合针线第一次面世，做的却是这么让人悲伤的事情。

一针一线，贺穆兰像是面对真正的病人那样，分层开始为卢日里缝合。

隐隐约约间，她听到狄叶飞在自言自语。

“他说……不后悔……莫哭……女人，是想说些什么呢？为什么我这么没用，无论如何都要别人来救才能活……”

这世上，只有贺穆兰知道卢日里说的是什么意思。

因为花木兰，曾经亲眼目睹过同样的一幕。

那一次，死于肺部受伤，还有余力的卢日里，究竟是怎样说的呢？

“……你莫难过，我虽然是为了救你而受的伤，但我并不后悔……”贺穆兰开始复述起她记忆里的话语。

“我有个遗愿，只有你能替我达成……”

狄叶飞猛然抬起头，不敢置信地看着边缝着破洞，边开始说话的贺穆兰。

“火长怎么了？被卢日里上身了？”

“花木兰怎么回事？怎么开始说傻话……”

“天啊，她在替卢日里缝破洞，不会是卢日里托她交代遗言吧？”

一群人从窃窃私语到轩然动荡，又惊又惧又疑地看了过去。

贺穆兰的心神已经完全沉浸到那段记忆里，身为这个世上唯一一个能传达死者声音的人，她必须要把那些哽咽在胸腔里的字句一个个呈现出来。

“我一直想和女人……你亲我一下呗……”

她脸上露出了戏谑的表情。

卢日里留下的同火赫然捂住了口鼻。

那是卢日里在营帐里讨论狄叶飞时经常露出的表情。

事实上，他会去给狄叶飞送那些东西，也是他们撺掇的。

他们想要看他出丑，想要让他清醒，所以才出了那么馊的主意，那种拙劣得让人想要捧腹的追求方式。

可恶！

要是知道他是这样的，他们就不会那样撺掇了。

至少……

至少做着梦死也好啊……

“你要是女人多好……”

贺穆兰的声音已经微不可闻。

“女人的身子……是什么……”

她打下最后一个外科结，用象牙盒里妇人剪针线的小剪子剪断。

卢日里的火长教训完毕，带着啐了狄叶飞一口的火伴回来收拾卢日里的遗体。

战场上没人收殓的尸体会被军中的杂役当成无主的尸体烧掉，东西也会被全部扒光。这大半是因为头颅被砍掉后，根本找不到对应的身体，所以也无法确定身份的缘故。

并不是每个人都能在混战中留下军牌的，也不是每个人都有火伴为之收殓。

卢日里是个很仗义的汉子，所以同火间感情很深。那啐狄叶飞的火伴虽然暂时将气按下了，却在心中想着，怎么也要这小子以后在卢日里坟前叩个千儿八百遍头才算让他死能瞑目。

可当他跟着火长回到卢日里的遗体身边时，两个人都说不出话了。

他们见到的，是已经被缝上了肚子的卢日里，以及……

——那含泪轻吻火伴额头的悲伤侧影。

第一百三十六章　死者的尊严

（略）

那罗浑和杀鬼早就已经一身血腥味地缩在角落里睡着了，负责冲锋的那一群骑兵是消耗最大的，不是每个人都像贺穆兰这样力大无穷、体力又好。

贺穆兰站起身，一点点穿回其他衣衫，正准备钻进床褥里好好休息一番，门口却突然传来了叫喊声：

“请问花火长可在？”

已经到了晚上了，由于近日里刚刚大战过，右军蛮古帐下的这一营都几乎没有睡。有的会去殇帐给死去的火伴焚烧衣衫，有的则是处理伤口、清理身上的秽物，等等。

这时候有人来找，莫说贺穆兰觉得奇怪，就连火里其他人也都觉得奇怪得很。

贺穆兰走到门口，掀起营帐弯腰出去，发现是几个不认识的魏兵，为首之人年纪不小，有三十来岁了，见她出来，一抱拳，朗声问道：

“白日里，我听其他火的兄弟们说，花火长会缝合尸体？”

“……谁和你说的？”

“卢日里那几个火伴都传开了，都说你能通灵，还会缝合……”

“老四！”

那年轻的魏兵立刻不说话了。

“咱们几个前来，是想求花火长给我们今日战死的同火安上头颅。他的头我们拼死抢回来了，可是因为身首异处，军牌又不知道掉哪里去了，功曹不肯承认那是他的尸体，要将他的东西收走……”

那火长此时悲戚得像是个老人，连皱纹都出来了。

军中催人老，往往二十几岁的青年看起来都像是中年人，更别说这个三十岁已经算是中年的年纪。

“他家中还有妻女，那些兵器和战利品若是送回去，好歹还能让他的妻女多过几年好日子。若真是给功曹收走了，怕是就当无主之物给处置了。他尸首不存，多半也不会为他立冢，以后家中和军中祭祀，都没个主位……”

军中有战死主位的，日后大可汗论功行赏，也会赏赐家人。这也是莫怀儿两世都这么悲剧的原因，他根本不可能以“为国捐躯”的身份下葬，家中也得不到任何的抚恤。

那火长身后几个火伴眼眶通红，扑通扑通地就朝贺穆兰跪了下来。

看他这火里人人按排行论名，也就知道相处的时间不短了，如今落到这个下场，难怪同火趁夜来求。

贺穆兰看着满脸皱纹的火长，再看看几个跪下的火伴，伸手去搀扶他们。那几个人哪肯站起来，无奈贺穆兰力气太大，一手一个，将他们都拽了起来。

“你们无须如此，我进去拿上针线，跟你们去就是。”

贺穆兰返身回帐，一进帐子就吓了一跳。

同火的若干人和吐罗大蛮等人蹲在帐子旁边，侧着耳朵听着外面的动静。

见贺穆兰进来了，他们也不尴尬，只是皱着眉劝道：

“真要去？若是传开了，以后各个都来找你做这个，功曹会不高兴的……”

“你刚刚清理过自己，去了殇帐，回来又要再洗？”

“太晦气了吧，你又不是仵作……”

贺穆兰越过他们，把自己干净的外衣脱下，套上了一件若干人丢下的脏外衣，拿起案几上的象牙线盒，一边揣进怀里，一边和他们说道：“至少今天，无法熟视无睹。如果我不这么做的话，今后很长一段日子会睡不好觉。”

她并不是个滥好心的人，可是她现在已经理解了鲜卑的军户究竟是一个什么样的身份，也知道每一个军户的死去对家庭代表了什么。

花木兰为什么会说出“我不怕死，比起死，我更怕的是改变他们的生活”，她已经从丘林莫震那一家里了解了。

即使是英雄，即使死时以大将军之礼下葬，该发生的还是会发生，该愚昧的还是会愚昧，该痛苦的还是会痛苦。

不，应该说，会更加深刻。

所以若是能做点什么，尽力去做。在知道缝合起卢日里的肚子能给狄叶飞带来那么大的抚慰以后，贺穆兰觉得这种事是有意义的。

有意义的事，何必问它该不该做呢？去做就行了。

贺穆兰跟着那一火人走了，去了停放尸体的殇帐。

并不是每一具尸体都会被人带回来的，只有那些有火伴的，或者互相有所关系的人，才会在杂役营的杂役们打扫战场前将这些人的尸体抬回来，在私下火化后将尸体送到同袍的家里去。

也有腰包比较鼓的，会买一口棺材，再请人将尸首送回乡间。

大部分的尸首，无论是敌是友，都被杂役营里的杂役在打扫战场后集中起来给烧了。

最早的时候，鲜卑人是不处理尸体的，自然会有野狼和豺狗之类把它们吃掉。是汉人的军医到了军中后，告诉鲜卑人若是让尸体自然腐烂，很容易让军营中患上疫病，那些疫病并不是天神发怒，而是来自尸体的诅咒。

自那以后，才有了杂役营的“搬死役”，才有了殇帐。

殇帐灯火明亮，鲜卑人早期的宗教信仰和火有关，军中虽然不许宣扬鬼神之说，但这种千百年来流传下来的规矩却是不可能改变的。殇帐里留着许多守夜的同火，殇帐外立着火盆，里面焚烧着死者生前穿过的衣服。

“烧葬”和“鼓乐歌舞相送”是鲜卑人的传统，若有萨满在的话，没有尸骨的人，还要招魂虚葬。

如今萨满自然是不会有，不过军中向来对士卒如何发散心中的悲伤是睁一只眼闭一只眼，地处偏僻的殇帐外若是鼓乐整晚，也没有几个军纪官会管。

贺穆兰没有来过殇帐，她的火里人都活得好好的，自然不会有这样的机会。也许前世花木兰有过，但这些记忆并不深刻。

也许对花木兰来说，这些记忆已经多到麻木，无须牢记了吧。

所以她受到的震撼，根本不足以言说。

她参加过不少次葬礼，毕竟她上辈子是法医。那些追悼会上的痛哭流涕，那些躺倒在地上的妇人哭得如同唱歌一般的场景，已经让她对“丧仪”留下了深刻的记忆。

可是鲜卑人不是那样，鲜卑人是唱着歌守灵的。

殇帐随处可见击鼓而歌之人，也有些人跪在尸首前，把死者生前用过的东西放入巨大的火盆中，一点点地烧掉。

殇帐绵延一片，除了尸身、火盆、击鼓而歌之人，还有许多穿着白衣的巡夜官。他们是为了防止失火而设置的杂役，每人身后都有大缸，里面是每天从军营各处搜集来的污水，可以随时用来灭火。

贺穆兰就在一片踏歌声、鼓乐声中，跟着那一火人找到了他们同火的尸首。

头颅被放在死者生前的马鞍上，想来他的战马也已经死了。

军中又要有一顿马肉干可食，那些剥下来的马革，不知又要裹上多少战死者的尸体。

他们见贺穆兰果然前来，一个个又是欢笑又是落泪，行礼的、大声赞叹她的德行的皆有。贺穆兰跪坐在那具尸体旁，拿起那颗已经发青的头颅，仔细比对了一下。

这是她的职业习惯，先看看伤口。

“……确实是他的身子。”

贺穆兰丢下这么一句话，开始弯下腰缝合了。

“这自然是他的身子，老九一直盯着。头是火长和老四老五拼死抢回来的。”一个满脸络腮胡子的鲜卑人擦了擦眼泪。

“二哥是我们之中武艺最好的一个，老天真不长眼睛。”

是啊，在战场上，武艺好，不一定就代表不会死啊。

贺穆兰小心地缝合起尸体。法医的职业道德之一就是“尊重尸体”，所以大部分时候即使进行了检验，只要尸体没有残破到不可修复，在检验完成后都会基本缝合好，保持完整。

虽然缝合不会像做外科手术那样仔细，但也会按照家属的要求去做。器官也会装进袋子里放入腹腔内。

对于这种工作，贺穆兰做得比杀人称手多了，自然是神情认真严肃，手法精准熟练。

看着一个人在死人身上飞针走线，而且缝合手法和女人缝衣服完全不同，那几个同袍不知怎么的就想起卢日里的同伴所说的话。

“花木兰，是可以通灵之人……他替卢日里把遗言说出来了……”

“花火长，他有什么遗憾吗？”

忍了半天，老三还是开了口。

贺穆兰正在忙，没意识到他在说什么，还以为说这人死得痛不痛苦。她安慰家属是做惯了的，立刻不假思索地开口。

“伤口平整，用刀的人砍得很快，他应该没有痛苦太久，所以肌肉都没有痉挛起来。他并不是非常痛苦地离开这个世界的。”

几个年纪较小的火伴立刻如释重负地抱在一起，像是得到了什么赦免。

缝合结束后，贺穆兰接受了几个同袍的谢意，擦了擦手，站起身来。

跪坐得太久了，猛然站起来时头有些发晕。她的眼睛蓦地一下子像是没有了焦距，在这灯光下看起来更是神秘又惑人。那几个同火不知为何对着这个并不算高大的“男人”升起了一股敬畏之心，纷纷拜伏了下来。

贺穆兰和尸首在同一侧，她以为对方拜伏的是尸首，微微往旁边避了避，走出帐去了。

殇帐是停放尸骨的地方，气味自然不会好。殇帐里被同火之人点着油灯，帐外的土地则泛着暗蓝，贺穆兰踩在帐外坚实的土地上，又一次升起了“成就感”这种东西。

上一次是救人，可是救错了。

这一次是给予死者应有的尊严，希望不要再生事端。

贺穆兰静静地站了一会儿，夜晚吹起的风将她的头发吹乱，但是她一动也不动地站着注视一个点。

在另一边穿梭着的，是她的火伴狄叶飞。

他在替卢日里的同火们击鼓，哼唱着熟悉的歌谣。

原来他来了这里。

贺穆兰担心狄叶飞看见她尴尬，转身欲走，却被一个人拉住了衣袍。

待她扭头一看，那被人叫作“九弟”的小伙子满脸不安地站在她的身后，声如蚊蚋般地说道：“能不能也请你为我们的火伴击鼓呢？”

鼓在军中是再常见不过的东西，但谁能敲鼓是非常讲究的。若是有人死了，击鼓者必定是死者最亲密或地位最高之人。贺穆兰吓了一跳，摇头婉拒道：“我只是替他收敛了尸体，怎能击鼓？还是请你们火长……”

“请花火长击鼓吧……”

几个同袍出了帐篷，恳切地说道：“你保住了他的名声，保住了他的东西，还让他的妻女有坟茔可立，这般的大恩，怎么不能击鼓呢？”

贺穆兰被几人拥到那座鼓前，实在推辞不过他们的好意，席地而坐，拍了起来。

她力气大，又是第一次拍鼓，摸不清轻重，这一声鼓响倒惊得四方注目。贺穆兰忍不住老脸通红，第二次拍下去，就轻了许多。

但她哪里会击鼓？也就这么乱七八糟自己也脸红地胡拍着。

狄叶飞自然也听到了那声鼓声，看到了在敲鼓的贺穆兰。待看到火长手足无措的样子，他手中的鼓敲得更大声了点。

他母亲是伎人，他自然也精通音律节拍之术。贺穆兰模模糊糊听到了狄叶飞那边的鼓声，便合着他的拍子依样画葫芦地跟着拍。

她的鼓声雄壮有力，狄叶飞的鼓声慷慨激昂，渐渐地，各处的鼓声合在一起，殇帐中乐声一片。

“城关铁鼓声犹震，匣里金刀血未干。”

狄叶飞扯着沙哑的嗓音，放声大唱了起来——

水往低处流，鸟往高处飞。
男子生而战，女子生而织。
勇士朝前望，乌鸦往下看。
既已生为人，终有死亡日……
既已生为人……
终有死亡日……

自贺穆兰那次帮同袍收敛了尸体以后，有越来越多的人在战斗之后请她出帐帮着缝合死者的身体。

有时候是断掉的手脚，有的时候是被破开的肚子，有的时候是追回了战死者的头颅，有的则是请她分辨究竟哪具身躯才是那个头的。

贺穆兰不知道只是一次有感而行成了这样的结果，同火们纷纷对此表示出担忧之情。

一来这活儿有点像仵作这样的贱役，不利于贺穆兰在军中积累名声；二来贺穆兰之前夜里经常出去勤练武艺，被这些事情缠身后，根本没时间再练了。有时候傍晚出去，到深夜才能回返，就连巡更官和门口的门官都不拦着她在夜间来回行走，因为他们总觉得贺穆兰和那些鬼神之事已经联系了起来，不可冲撞。

阿单志奇无奈地肩负起了烧饭的任务，因为贺穆兰有时候早上根本起不来。众人看她的眼神越来越崇敬，渐渐地，除了小兵，连百夫长以上的尉官若是战死，有时候也去请她击鼓而歌。

“不能再这样下去了。”

若干人是鲜卑贵族，天性里就有一种敏感。

“功曹们不打仗，就靠吸兵血过日子，你再这样做，以后恐遭大祸！反正只是克扣一点，又不是完全不给他们，你这么辛苦地拼凑尸体，何苦来哉！”

贺穆兰收拾针线的手一顿。

她想起了前世死在花木兰怀里的阿单志奇。

“你觉得那种克扣对吗？”

“当然不对！可这不是我们改变得了的！”

“我不是正在想法子改变吗？”贺穆兰笑了笑，“等大家都有了收敛同伴的习惯，遗物也就有地方可送了。鲜卑人的习惯本来就不是这样的，不也是汉医的缘故才改变的吗？”

“虽然这么说没错，可是……”

“总要有人先做。”贺穆兰掩上象牙盒，“其他的事，走一步看一步吧。我先是个士卒，然后才做这些事。我本分内的事做好了，就算在其他方面有所逾越，也不算是什么大事儿。”

她要固执起来的时候，并不比前世大声训斥着新兵“都不准给我死”的花木兰要容易动摇。

所以同火就算再担心，也只能默默为她祈祷，希望上苍能保佑好人。

贺穆兰帮着收殓的第四十日，由于她从不收同袍的谢礼，这些得过她帮助的人凑了钱财，送来了两套玄色的衣衫。

这两件丝绸和厚麻拼接制成的衣衫古朴雅致，衣襟和袖口还有马毛织就的装饰。鲜卑人是胡服骑射的民族，所以即使是礼服也是紧窄的袖口和宽大的裤腿，便于行动。

贺穆兰莫名其妙地看着一群同袍顶礼膜拜着送上了这两套奇怪的衣衫，她正准备推辞，对方话也不说，调头就走，她连追都追不上了。

“这是什么……”

鲜卑人流行送人衣服以示感激吗？

“咦，你竟不知吗？”若干人看着她手中的衣服，也是一惊，“对了，你不是贵族，家中以前可能接触不到他们……”

“这是萨满的衣衫样式啊。玄衣马鬃，头戴羽冠，萨满们的打扮。大概军中同袍担心做得太明显会被人申斥，所以这件衣服已经不太像萨满的衣衫了，倒有点像我们的戎服。是好料子，你就穿吧。”

“可以吗？”

“不穿会更浪费吧？这是同袍的心意，不仔细看，看不出究竟的。”

由于黑色确实耐脏，而且厚麻便于清洗又挡风，贺穆兰倒是确实很喜欢这两件制作细致的外袍。渐渐地，贺穆兰如同狄叶飞的“血腥美人”一般，有了一个自己的名号。

右军人人都唤她：

玄衣木兰。

第一百三十七章 冠军木兰

接下来的日子，他们脑残的蛮古将军似乎有些转变，大概也和他麾下的将士少了三成有关，冒进的时候是没多少了。

胡力浑在帐中躺了十天。阿单志奇想着法子在军中给他找猪肝、牛肝之类的动物内脏补，补得他一个大老爷们到处冒泡，不得不强撑着爬起来继续操练。

贺穆兰的一身黑衣已经成了标志。她现在很穷，战利品大都寄回家去，此外便是消耗在嘴上和丝线上，没什么好衣服。别人送的这两件厚麻丝衬的外袄十分暖和，她也觉得自己当得起，便当作常穿的衣衫经常穿着。

作战的时候自然是换掉的，因为刀枪无眼，划坏了她还得缝，其他时候，贺穆兰几乎就和“玄衣”挂上钩了。

军中的感情是渐渐发展起来的，贺穆兰在右军同袍之间的声威和影响力已经不像是一个小兵。

每日清晨，阿单志奇去灶房，热水和饭菜一定是已经做好了的，他们去水帐，总是能不用排队先拿到水。曾经折辱过狄叶飞的那些人被许多人偷偷揍过，即使对狄叶飞和贺穆兰其他的同火，他们也表现出尊重的心态来。

狄叶飞又一次受到了来自“花木兰”的庇护，这一次用的不是武力。

若说花木兰是以力量和人格魅力使得军中无数将士信服的话，那贺穆兰就是凭借着她对生命的尊重和热爱，而感染着无数人。

转眼间三个月的大比就又到了，贺穆兰一火人早就摩拳擦掌，希望能一展长才了。

贺穆兰原本想慢慢历练的想法在蛮古手下也得到了巨大的转变。一个将军对军中的影响远比小兵要深远得多，小兵做不到的事，哪怕是个八九品的裨将，都可以轻松做到。

小兵不能救的人，一个将军可以一声令下就救回来。

人说不想当将军的兵不是好兵。贺穆兰以前嘲笑过说这话的人不知道“人各有志”这句话的意思，等真到了军中，她才知道了自己的浅薄。

等到了这个环境，一直当兵，要么就熬成老兵，要么就变成死兵。

军中新兵大比一月一次，正军大比三月一次，三军大比则是半年一次。目前还从未出现过“三冠”的勇士，因为每次得到三军大比冠军的都是中军，而中军的冠军几乎都是贵族的家将，或者干脆就是贵族之后。

这个时代，高门和贵族受到的教育，根本就不是这些普通兵户可以想象的。

“有什么好比的，冠军肯定是花木兰。”阿单志奇不甘心地收拾着自己的弓箭，“目前还没人能射出一百五十步去。”

“那也不一定，你只有弓箭不如花木兰，其他地方拼一拼……”阿单志奇的同乡是左军，不大了解贺穆兰的本事，所以还在安慰他。

“你不知道，我没哪一样能越过他去。”阿单志奇连连摇头，“能在这火里，是我的幸运。”

“你可是我们武川难得的勇士，怎么也说这么丧气的话？”

“哎呀，这世上有些人生来就是为了打仗的。我算什么勇士。倒是你，你这次大比准备得怎么样……”

像这般的对话在右军各处都议论着。

有些想要让花木兰手下留情的人拐弯抹角地打听到了他们火里，待打听到花木兰最好肉食，喜欢吃些肉干果脯之类的食物，顿时喜不自禁，一个个趁休沐时采购了一番。

“这是我买多了的鸭肫，你尝尝……”

“这是肉酱，听说你吃胡饼难以下咽？加上这个看看……”

“这是肘子，最好在火塘里烤烤再吃……”

贺穆兰又一次享受了新兵大比前的待遇，笑得眼睛都睁不开了。

“啊，谢谢谢谢……”

“我最爱吃肉酱，多谢你了……”

“猪耳朵好下酒，可惜没酒……”

同火之人羡慕得要命，吐罗大蛮见贺穆兰拿了吃食进来，一把夺去她手中的油纸包，大叫了起来：

“大比在即，说不定有些坏心眼的家伙在吃的里面动手脚，想让你们拉肚子。你不是肠胃不好吗？说不定他们就是打听到了，故意弄这些油腻的东西让你的肚子难受……”

他打开纸包，抓起一块猪耳朵塞嘴里。

“我既然身为你的同火，就勉为其难，帮你先‘验验毒’。”

“你这话说得，都是同袍，谁会做这种无聊的事……”贺穆兰其实对这个时代的卤菜不大感兴趣，许多香料都没有，吃起来都是一个味儿，她只偏好肉干。

见吐罗大蛮和其他人都嘴馋，她忍不住笑笑，将别人送来的吃食放到火塘边，一拍案儿：

“罢了，都来吃吧！谁叫我是火长！”

“嗷呜！”

“还是火长大方！”

贺穆兰一火，包括已经二十六了的阿单志奇，都是正喜欢吃肉的年纪，又是天天操练不断的环境，一沾油腥，立刻大吃特吃了起来。

贺穆兰见他们吃得欢喜，也就拈过几片肉干，随口说道：“还是阿单志奇家的驴肉干好吃，这个口味柴了点……”

“咦？火长怎么知道我家会做驴肉干？我的肉干在黑山城就吃完啦。”阿单志奇诧异地看着贺穆兰，一下子没反应过来，“我家以前有招待过你吗？”

“呃？难道不是你家的驴肉干？是我记错啦？我在黑营的时候，谁给我驴肉干吃的来着？”

贺穆兰心中一惊，处变不惊地做出开始回想的样子。

“哎呀，驴肉干武川家家会做，谁知道你吃的是哪个给的。”胡力浑也是武川来的，不过却不在军镇里，听到贺穆兰开始苦苦思索，连忙接过话茬。

“我也给你吃过驴肉干，你们都吃过！全忘啦？”

“好像是有这么回事……”

“哦，原来是胡力浑的……”

贺穆兰松了一口气，顶着阿单志奇满脸的问号表情，点了点头。

“啊，原来是胡力浑。”

谢啦，兄弟！

总算扯过去了！

“难怪人人都喜欢追随强者，连肉吃得都比别人多。”

古代的肉吃了卡牙，又没牙签什么的，待吃了一会儿以后，一群人毫无形象地开始抠起牙来。就连身为贵族的若干人，小指头上也留着指甲，就为了剔牙的。当然，偶尔也有其他功用，比如掏掏耳朵什么的……

贺穆兰倒了一杯热水，边吃边漱口。这里刷牙是个难事，她天天都是拿布巾沾水随便擦擦，时间久了，都觉得有牙石了。

“等这次大比过了，我也要捞个百夫长当当，怎么底下也得带点兵。你看看我们那个百夫长，武艺还没花木兰高，一天到晚指挥我们干这个干那个！妈的！战场上好东西还让他先挑！他干了什么了，也有脸先挑？”

杀鬼是奴隶出身，最重战利品。他的东西攒够了，就可以把家中父母亲眷全部都赎出来。

大家都理解他的想法，拍了拍他的肩膀鼓励起来。

“你肯定行的啦！别说百夫长，若是一直这样赢下去，就是千夫长、裨将、杂号将军，我们都做得……”

吐罗大蛮一边剔着牙，一边展开联想。

“就是，到那时候……”

“到那时候……”

胡力浑刚说两句，突然愣住了。

“到那时候，就不在一火了。”

狄叶飞幽幽地飘出来一句。

百夫长以上是不在火里的。

百夫长有自己的营帐，四人一帐，千夫长就一个人一个帐篷了。

到了当将军的时候还有主帐和副帐，主帐住着将军，副帐是给亲兵和军奴住的。花木兰前世和狄叶飞住一帐，那是特殊情况，因为他们两个都没有亲兵，狄叶飞又不大合群，王将军才让他们住在了一起。

“高升了是好事，不在一火，可还在一军嘛。”

贺穆兰看得最开，她的记忆里有不少前世花木兰的记忆。那些和狄叶飞、和素和君并肩作战的日子，远比在小兵时束手无策的时日快意得多了。

“还是花木兰想得豁达。说的没错，咱们都还在一军，以后征战，各自带着各自的人马，互相驰援，岂不是比现在更加威风！”

若干人举起鸡腿，有力地挥击了一下。

“干!”

“干!”肘子。

“干!”蹄子。

“干!”耳朵。

“干……”肉干。

一堆肉食将刚才的伤感扫得荡然无存，就连狄叶飞，也开始幻想起“晓战随金鼓，宵眠抱玉鞍”的未来。

贺穆兰啃了几口肉干，突然想起一件事。

说到和那位足智多谋的素和君并肩作战，现在想一想，花木兰那一世素和君来到军营，大约就是在她和狄叶飞一争冠军的时候。后来花木兰去了王副将手下当火长，素和君也进了她那一火，这才快速熟稔了起来。

这一世，她起点就是火长，不可能再原地踏步，那素和君到底还会不会来？若是来了，又要以什么身份接近她？

想一想，就好期待。

在军中担任白鹭官监视各路人马的素和君能给贺穆兰带来的，才是真正的通天之路。

那么，他到底来没来？

“妈的！老子就知道这些人有暗招！”

吐罗大蛮一晚上拉了三次，菊花都要脱了，捂着肚子破口大骂。

“我都吐两次了……”

阿单志奇气色也好不到哪里去，整个人脸色灰败。

其他人几乎都有拉肚子，除了若干人的四个家奴和贺穆兰，几乎一晚上都跑出去两三次。

“花木兰，你为何一点事都没有……”

那罗浑恨声道：“一定是你知道那些有毒……”

“休要说有毒。”贺穆兰笑着摇头，“你们吃了太多油腻的东西，肠胃自然不调。我们以前日日喝粥吃胡饼，油腥沾得少，现在突然大油大荤一下子进了肚子，自然要拉上一会儿肚子。不是有毒，喝点热水，过两天就好了。”

“那你为何不吃？”

“我只喜欢吃肉干和肉酱，这些又不油腻。”

“可恶!”

“奸诈!”

“火长一定是怕我们拔了头筹!”

“哈哈哈，就算我吃坏肚子，也不会让你们拔了头筹啊!”

贺穆兰笑得得意极了。

（略）

校场内，贺穆兰驾着她的红马，看着下一位对手慢慢驰来。

能在角力和弓术两场比试中留下来的已经都是好手，这来的人贺穆兰也认识，正是卢日里的火长。

对方见到是贺穆兰，持着武器在马上抱了抱拳，和贺穆兰道：“在下一来不是您的对手，二来卢日里受了您的恩德，这一战，我认输。”

他干脆利落地滚鞍下马，牵着马就离开。

而后几场，贺穆兰陆陆续续又遇见曾经委托她缝过尸体的同袍，对方都是和卢日里的火长一般，一见之后在马上行礼，恭恭敬敬地滚鞍下马，牵着马离开一射之地，以示尊敬。

若是一个两个这样做还不显眼，问题是这是正军的大比，无数人都等着在这里博一个名声，哪怕打不过也要拼杀一番，好显示全自己的本事，让其他主将青睐。像这样干脆地下马认输，一副心甘情愿输得心服口服的样子，怎能不让人侧目?

就连骑在马上的贺穆兰都有些发懵，她还没承受过这样的礼遇。

古时死者为大，一个尊重死者之人，必定就是尊重生者之人。她的黑袍是右军士卒们对她的最高礼赞，一个部落的萨满，往往便是一个部落的精神领袖，更何况贺穆兰强得犹如天神下凡，又有几人不对她又敬又畏?

“什么情况?”库莫提问身边的若干虎头，“为何对上花木兰的人各个都自愿认输，下马而去?”

他们中军的正军每次大比，总要闹出几条人命来。若各个都这么谦让，也不会有那么多事了。

"这般看来，似乎这个花木兰在右军中威望很高啊。"若干虎头想起自家弟弟，"我那幼弟，说起花木兰来也是赞不绝口。这人好像还通些医术，他们火里有些小伤小病，都是他医治好的。"

就凭这一点，他就觉得把弟弟送到那一火去是对了。

"不愧是陛下的宿卫啊，即使在右军中，也能这么快出头。"

库莫提不动声色地看了眼夏鸿那边。

素和君这个鬼灵精都来了黑山大营，那一定是为了这位宿卫而来。大约是交换情报来了。

素和君不认识库莫提，库莫提却认识他。素和君的父亲是先帝的宠臣，他从小就在候官曹当白鹭官，后来虽然做了天子的舍人，但实际上还做的是白鹭官儿的活儿，他是知道的。

这花木兰，果然是个厉害人物。

点将台上。

"夏将军，这花木兰……"素和君指了指又一个行礼下马牵马而出的将士，丈二和尚摸不着头脑。

"这个……"夏鸿自然知道为什么，但为了花木兰的名声，他也不好多说，只是支吾道："这个说来话长，回头待我和素和君细细说来。"

"那我就等着夏将军的'细细说来'了。"

素和君立刻接话。

眼见着贺穆兰一路势如破竹，渐渐比到了傍晚，终于连败同火的狄叶飞、那罗浑、杀鬼三人，成为了冠军。

她和同火间打得确实漂亮，双方都熟知对方的招式，使得比武中看起来犹如互相喂招般过瘾，倒不似拼得你死我活那般凶险。

狄叶飞、那罗浑、杀鬼三人，前两人是家学渊源，有招式有传承的武功高强之人；杀鬼则是彪悍勇猛，以一身在战场上历练出来的杀人本事赢得阵阵喝彩。

这几战，不光是"花木兰"被人深深记住了，她这同火中武艺最高的其他三人也被其他主将牢牢记在了心里。其他诸如阿单志奇、若干人这样或稳重或机变灵巧之辈，也让王副将注意到了，他是汉人，更喜欢稳重聪颖之人，对他们有了好感，便想等着大比过后把他们讨回来。

镇军将军夏鸿对这个结局很满意，叫了贺穆兰上来就要褒奖。

“花木兰，你以新兵冠军的身份入我右军，右军诸将都对你赞不绝口，如今一见，果然是武艺高强，有大将之风的人才。如今我右军还有一个九品裨将的位置，你既然已经军功四转，领这位置也不算是……”

“慢着！”

一声喝令突然高响，右军大校场中原本欢声雷动，无数素日和贺穆兰交好的同袍恨不得立刻毛遂自荐投入他的麾下，却听得校场门外传来一声高喝。再往声音传来之处看去，却见一群红衣的刑官曹和褐衣的伯鸭官走了进来。

刑官曹是军中最讨厌的人，这些人负责掌管刑军，直接归大将军所管，三军之事他们件件都可问得。军纪军法都由他们掌控，那真是一言则生一言即死，小到士卒大到将军，提起他们都是闻之色变。

好生生的右军大比，来了一群刑官曹，夏鸿立刻站起身来，下了点将台相迎。

“几位郎将，不知道来此所为何事？今日是我右军大比，便是有什么事情，可否明日再……”

这几个刑官曹也不愿在这个时候触右军镇军将军的霉头，无奈伯鸭官传令，他们也只能依从。

“我等来提调花木兰。有军中之人告他‘谣言诡语，捏造鬼神，假托梦寐，蛊惑军士’，此乃‘淫军’之罪！”

“大将军命吾等查清此事，若是确实，军法处置！”

这一言既出，满场先是鸦雀无声，而后爆发出震天的嘘声。

“滚！你才谣言诡语！”

“有本事你把我们全部都带走！”

“我看你才是白日做梦！”

素和君是为了花木兰而来，见到这么一出，立刻深思了起来。

以前京中就有军中的折子，参大将军拓跋延偏袒中军，三军中右军生存艰难，中军派系林立，而左军则是同乡为战，互相排挤，这些都是足以酿成大祸的隐患。

无奈拓跋延是陛下长辈，又深得信任，拓跋提还没成长到可以接管中军，这件事就这么一直拖着，当年参这个的郎将也被罢了官。

如今一看，恐怕那些折子并非空穴来风。

花木兰出自蛮古帐下，他手底下有这么个厉害人物，自然是与有荣焉，见刑官曹这般行事，心中憋了一大口恶气。

蛮古在右军已久，看多了这种事情，又见左军将军在，而刑官曹又来得突然，他脾气火爆，当场就吼了出来：

“肯定又是不要脸的左军，见我们这出了个厉害的，就想借刀杀人了，妈的！活该你们营啸！”

“蛮古！”

夏鸿皱眉喝止。

“我刑官曹只听大将军差遣，你这莽夫，脑子糊涂了不成?”

那为首的刑官曹脸色难看，一指贺穆兰。

“给我带走！”

作者有话要说：

小剧场：

士兵甲：嘿嘿嘿嘿，对上的是阿单志奇啊，对方是个好性子，而且咱们提前还送了吃食，应该会手下留情吧……

阿单志奇：妈的，就是你害的老子拉肚子，我挑！

士兵甲：Σ（°△°|||）︴

士兵乙：今儿花木兰手下留情了，这吃食真有效果啊。

士兵甲：（⊙o⊙），为什么我快被打死了？

（节选自晋江文学城）

【粉丝评论摘编】

@猫猫橙：贺穆兰真的是我读晋江小说里最喜欢的女主角（同时身兼男主角），三观之正，读起来非常舒服。

所谓男人女人，不过是一种生理性别而已。贺穆兰的一切，都不需要用女人来定义。不是女人就该哭泣被守护，花木兰说过，她只是觉得，她也可以站在前面去守护别人。不是女人就该相夫教子，木兰穆兰都在沙场上闯出了自己的天地。

每个人，都首先是一个人，不需要用性别来框住自己。(《纪念即将完结的木兰》)

@永莹：原本以为过去的花木兰的经历是无法逾越的，因为这个女人已经用自己的智慧和隐忍走了一条通天道，但继承了花木兰记忆的女法医也不是弱旅，度过了适应期之后，迅速选择了一条与过去的花木兰截然不同的道路，居然也不弱于之前的花木兰。这着实出乎我意料，因为这相当于作者先给自己造了一座看起来难以逾越的大山，然后要在旁边再造一座同样雄伟的，其中的困难和艰辛难以想象。(《评〈木兰无长兄〉》)

@冷月：写战争的作者，不论男性女性都很多，但只有这篇文让我感觉到一种“使命感”……只有作者笔下的战争能够将我带入时代的矛盾中，因为作者本人对此怀有的深深悲悯……其实这个结局还是偏仓促了，正史虽然惨烈，却苍凉而真实，这个结局给我的感觉不太像已经发生的事，更像是作者想要说服自己的产物，每个人几乎都是皆大欢喜，即使有磨难也得最后欢喜，悬而待决的问题直接搁置。我总觉得作者还不太忍心去下这个手……(《一些胡言乱语》)

@我爱芬芳：不是只想逗乐读者，而是向读者传达种种正面的能量，一个基本没有了女性特征（无例假，“虎背熊腰”，力大无穷）的女主角却让我们看到了女性观察历史的独特视角，启发我们反省自己对于种种事物的刻板印象，这样的文章是多么难得，所以我才说它是一篇“欢脱者的动人文章”。(《评〈木兰无长兄〉》)

@菠菜娜娜：其实我主要不能接受的是看到楼中楼有姑娘说花木兰可以结婚养包子（养包子，即生养后代——编者注），但是婚姻和恋爱分开的。我觉得这个是现在不成文的潜规则，但是绝对不适用于花木兰，花木兰绝对不会是一个这样不负责任的人，贺穆兰也绝对不会这样不负责任地对待女英雄的身体。……作者把花木兰的形象刻画得十分独立，真的做到了花木兰才是整篇文的闪光点，我们都是为了花木兰才来看的，不是因为强大的男主和帅气的男配。(《论写男主将可能带来的缺点》)

@小a米：其实我很难想象，像库莫提这样人格健全、对于男女关系没有角色认知失调的男人会对花木兰这样的男人身男人心产生真正的男女之情。……当然作者也可以写库莫提认出了木兰的女性身份，莫名心动啥的，但那样的文章就不是木兰无长兄，而是JJ（即“晋江”——编者注）典型的平庸的言情小说。而狄叶飞特殊的相貌、敏感的个性却使得爱上男装花木兰这件事变得非常合理……尽管有读者一再表示觉得狄叶飞配不上木兰，但事实却是这种差异使得二人之间的牵绊更加深刻。(《论木兰的感情归属》)

（导引、简介、节选、粉丝评论摘编：叶栩乔）

超越性别，重塑木兰

叶栩乔

现代法医贺穆兰穿越到家喻户晓的古典文学形象花木兰身上，不是“寒光照铁衣”的花木兰，不是“归来见天子”的花木兰，也不是“对镜贴花黄”的花木兰，而是寄居娘家的大龄“剩女”花木兰。将军百战死又怎样？金策十二转又如何？既然还了女儿身，就要按“女人”的价值标准过秤论价。于是，大将军花木兰只能打折处理，成日被逼着相亲，父母千方百计为她找来各种鳏夫，最好还能当上后妈……

《木兰无长兄》一开篇，就以这样一个解甲归田后的花木兰形象直击当下精英“剩女们”的现实处境。接下来，作者祈祷君要讨论的是，如果抛开所谓的“女性价值”，女人到底能不能拥有一个人的价值？纵观中国历史和文学史，没有一个形象比花木兰更适合探讨这个问题了，作者选角的功力可谓稳准狠。

更狠的是，作者干脆用设定直接剥去了花木兰所有的“女性特征”：“木兰无长兄”，其实是“木兰没长胸”。岂止是没有胸，这个木兰还不来月经，不喜欢小孩，力大无穷，还相貌平平。反正女人该有的，她都没有。那她有什么呢？她有力量，有胆识，有气魄，仁义礼智信一样不缺，还有公平正义博爱等现代意识。总之，在一个男权社会里，一个最优秀的“人”该有的品质，她都有。那么，贺穆兰可不可能以女性之心借花木兰之身，做一把“超越性别”的“大写的人”呢？这是全书暗伏在“升级模式”下最大的主题悬念。

作为独立自主的现代女性，贺穆兰首先要做的就是将自己的女性身份安放在一个合理的位置。贺穆兰对自己性别身份的处理，是在与她穿越到的花木兰原身的对比中呈现出来的（小说里贺穆兰一直是隐身人物，笔者称被她附体后的花木兰为贺穆兰，为了与依据《木兰辞》想象出的花木兰“原身”形象做区分）。作为古代人的花木兰非常清楚，身为女性是很难进入朝堂的，因此柔然战争一结束，她便拒绝官职，回归家庭，完成了代父从军的家庭责任。但，不同于花木兰在从军岁月中女性意识的朦胧觉醒与最终妥协，贺穆兰再次穿越到花木兰的青年时代之后（文中，穿越后的贺穆兰有过再一次的穿越，“重生”到花木兰从军之初，以小兵的身份重新开始），主动选择南征北战，为国继续效力。她认同自己身为女性这一事实，也并不因为女性身份就拒绝升迁。也正是在军队这样一个强者为王的环境下，贺穆兰才能在隐瞒女性身份的前提下，通过自己超强的武力，像个男性一样“接受官职，升职加薪，登上人生巅峰”（见《木兰无长兄》文案），取得男权社会上下的一致认可。

有趣的是，与《木兰辞》原诗一样，《木兰无长兄》里也包括一个“木兰不用尚书郎”的辞官情节。只是，在此前的影视改编作品中，花木兰的辞官归隐大多是因为她有了自己的心上人而需要回家成亲，或是因为抗拒皇帝将她收编入后宫，本质上都是围绕着花木兰的婚姻与家庭的情节设计。《木兰无长兄》中的贺穆兰辞官，则因为对自己多年来征战沙场是否能为百姓带来和平与幸福产生了疑问。这一考虑与女性身份没有关系，与回归家庭没有关系，她是将身为女性的自己真正放在广阔的历史之中来考虑进退的。在番外篇中，贺穆兰早已恢复了女性身份，且仍然高居骠骑大将军一职，甚至在自己管辖的军营范围内开始招收女兵，希望以此为契机改变女性的地位，将女性拉入社会历史的维度。她堂堂正正地站立在历史之中，并试图一点一点地改变女性囿于家庭内部的现实，而当时的人们也因为她卓著的功勋和高尚的人格而忽略了她的女性身份。贺穆兰是北魏的将军，而不是“女”将军；她是主角，而不是“女”主角。

贺穆兰这个文学形象的意义不仅在于将她那个时代的女性们从家庭中拉出来，也在于将“女性向”作品中占主流地位的“种田/宅斗文”中的女主角们拉了出来。贺穆兰在军中的升迁过程，与现代的职场文比较相近，军人就是贺穆兰的职业。她漫长的奋斗里折射出的都是现代职场逻辑，因而她凭借实力与人望步步升迁的过程看似不可能的传奇，但确实做到了真实可信。此前的“种田/宅斗文”也大都带有穿越元素，但这些女主角虽然同样来自现代，也能够本着职场精神，一路杀伐决断，但只能在家宅这个迷你职场中升到顶点。

对于外面的大世界，她们无力干涉，也就放弃了干涉。贺穆兰捅破了天花板，打开了新天地。

赢得了新天地的贺穆兰最终还赢得了爱情。祈祷君特地为外表没有女性特征的贺穆兰安排了貌美如女却武艺高强的大帅哥狄叶飞将军作为伴侣。虽然他们并没有结成家庭，而是两地分居，但这意味着，虽然贺穆兰不是美女，但超越了性别界限的她表现出的人格魅力，却可以赢得美男的爱。这把糖很甜，对于一开始将自己代入那个“剩女”贺穆兰的女读者来说，是重要的心理慰藉。

《木兰无长兄》为“女性向”写作创造了一个具有突破性的女性形象。有趣的是，女粉丝们大都称呼自己心爱的女主角贺穆兰为“男神”。或许在她们看来，勇武刚毅的品质只能为男性独有，还是仅仅因为“女神”的词汇已特有所指？当一个超越性别的女性形象终于浮出历史地表的时候，我们却缺乏指称她的词汇。还要有多少贺穆兰出现，人们才能不辨雌雄？

制霸好莱坞

御井烹香

御井烹香，2009年开始在晋江连载小说。擅写架空历史背景的宫斗、宅斗文，凭《庶女生存手册》(2011)、《豪门重生手记》(2012) 成为新晋言情大手。《制霸好莱坞》是她的第一篇娱乐圈题材小说。

《制霸好莱坞》2014年8月16日至2015年8月28日在晋江文学城“言情小说站”连载完结，全文共475章，311.8万字。作为欧美娱乐圈文中的佼佼者，连载期间长期在晋江言情VIP金榜上榜首。

与女频绝大多数娱乐圈文不同，《制霸好莱坞》并没有简单地把娱乐圈作为主人公恋爱故事的背景，反而着力于发掘欧美娱乐工业的运作模式。以对历史细节、人物背景的高度还原，成了一部别具一格的知识型职场小说。

【标签】 言情　娱乐圈　职场

【简介】

中国地产豪门少奶奶陈贞，忽然从2014年穿越回了2001年的美国，成为金发碧眼的少女珍妮。冥冥之中，她被告知，只有完成“称霸好莱坞”的任务，才有可能回到原来的人生。于是珍妮从咖啡店女招待做起，利用她穿越时获得的金手指“演艺空间”一步步磨炼演技、积累人脉、获得试镜机会、客串电视剧……拿下一座座奥斯卡奖杯，变身制作人、投资人，成立自己的公司与六大巨头抗衡，最终“制霸好莱坞”。

《制霸好莱坞》是一部娱乐圈女性的职场奋斗史。主角珍妮继承了前世身为地产豪门少奶奶的眼界与心胸，她成熟、聪明，懂得如何合理使用“金手指”，如何在复杂险恶的人际关系中八面玲珑。她与男主人公切萨雷的关系也充满张力，他们都聪明、强势、富有魅力，但却从未建立过恋爱关系，只在智力层面上频频碰撞出火花。他们互相成就、互相磨砺，她在他的规划下成为娱乐工业体系打造出的精美艺术品，她也在与他的一次次抗衡中逐渐从棋子变成玩家，在这段势均力敌的关系中，他们都成为了更好的自己。

以下选段为第七十七章《娱乐至死》，穿插叙述了珍妮参与录制《奥普拉秀》的前因后果和临场表现。其中不仅包括珍妮和切萨雷关于公关策略不同意见的激烈交锋，也描摹了一场电视真人秀背后的诸多利益博弈和对主流观众群体的心理分析与迎合。

【节选】

第七十七章 娱乐至死

“这样的事我不可能接受。”珍妮跟着切萨雷走出他的办公室，“这已经完全超出了我的忍耐界限。”

“嗨，珍妮。”

“珍妮弗。”

来来往往的经纪人以及助理纷纷和珍妮招呼，就连玛丽都受到微笑点头礼的待遇。在《加勒比海盗》上映以后，珍妮来CAA已经很少再受人忽视。

“你对这件事的愤怒有些异乎寻常，”切萨雷还是那副从容不迫的表情，他领着珍妮走向会议室，“冷静一点想，珍妮，这件事已经发生，你能做的就是更好地利用它。”

“所以我们就要容许这样的行为？我是说，我知道《奥普拉秀》喜欢搞这样的把戏，但他们是不是也太夸张了一点？”珍妮甩上会议室的门，“他们花了多少工夫和钱去调查她（编者注：珍妮失散已久的母亲）的下落？这件事让我感到很恶心！”

茱蒂和朱利安都站了起来，朱利安在珍妮的盛怒跟前有些局促不安，他胆怯地和切萨雷打招呼：“维杰里先生。”

“切萨。”茱蒂则是略带担忧地看了珍妮一眼，语调含义丰富地叫道。

“都请坐。”切萨雷在会议桌一端坐了下来，他自己调整了一下幻灯片放映机，“珍妮，如果你没有异议的话，我们现在开始会议了？”

珍妮轻哼了一声，切萨雷按下开关。

“《奥普拉·温弗瑞秀》，全美最有影响力的脱口秀节目，播放时间长达十七年，诸如此类，”切萨雷说，“这些数据我相信你已经知道，或者茱蒂已经给你介绍过了，如果没有，你自己在维基百科上也能查得到——这是个很有趣的新网站，有很多翔实的资料——现在让我对你做一些深层次的介绍，告诉你你为什么要上这个节目，首先，我想让你知道，奥普拉·温弗瑞的一举一动直接影响到全美中下阶层的家庭主妇和职业女性，奥普拉推荐什么，什么就有人气，奥普拉贬损什么，什么行业就受到影响，不夸张地说，奥普拉·温弗瑞就是全美国最有权势的女人。”

“欢迎回来，”打扮随意，穿着一身宽松褐色裙装的奥普拉没有浪费一秒时间，便开始介绍这一周的明星嘉宾，“你也许没听说过她的名字，但你肯定看到过她的面孔，今年夏天她和她的海盗船闪烁在每家每户的电视荧屏里，当然，如果你是纽约客，那么你更早以前就会听说过她的名字。她可以说是百老汇历史上最年轻的女主角之一，二十一岁就担正成为《芝加哥》的女主演，出演超过她年纪的少妇洛克希，获得评论界的高度肯定以及今年的托尼奖提名。IMDB 连续两周影人第一，雅虎搜索上升最快的关键词，今天来到我们舞台的就是这位超级新人——珍妮弗·杰弗森。”

在现场观众热情的掌声和欢呼声中，珍妮弗微笑着和镜头挥了挥手，又和奥普拉点了点头：“嗨，奥普拉，很高兴来到你的节目做客。”

“珍妮弗，这真是很漂亮的一身衣服。”奥普拉走回自己的“主人位”，亲切地称赞道，“我也喜欢你的珍珠项链。”

“谢谢，这是拉尔夫·劳伦的衬衫和纪梵希的裙子。”珍妮弗笑着说。她今天穿的是米白色的短袖衬衫和驼色中裙，配着黑色皮带，金色直发披散下来，妆面也化得比较素淡，和她一直以来避免浓妆艳抹的风格是一脉相承的，比如说口红，珍妮很少用正红色的口红，通常来说总是带了一些偏色，不是桃红，就是粉红，今天就是使用了裸色唇膏，也杜绝了假睫毛和浓眼线，所以整个人形象看起来相当年轻，很像是校园女孩。“项链我不知道是什么牌子，是我的服装师给我戴的。”

“希望他们有适合我的超大码出售。”奥普拉风趣地说，引发了阵阵笑声，包括电视机前的琼恩和妈妈也笑了起来，奥普拉忽胖忽瘦的外形一直是人们议论的话题，她自己也丝毫不避讳拿体重说事，最近一段时间，奥普拉正处于她的肥胖期。“珍妮弗，我得说我一直很欣赏你的着装风格，我是说，我看过你的音乐剧——”

在欢呼声中，珍妮也露出笑容，奥普拉对着镜头说："Yeah、yeah，我知道你们在想什么，不，这不是为了节目效果，我有一次去纽约时一个朋友送给我票，好吧，这是我的约会故事，我不应该和你们分享太多——"

这就是《奥普拉脱口秀》的成功秘诀，和那些争分夺秒的脱口秀不同，奥普拉很少议论当天的时事新闻，在节目的前半部分，她会找出一个当下的热点话题谈论，今天的话题就是贫民窟枪击事件频发对附近居民的影响，从而探讨枪支管制问题。而后半部分就是请出明星人物来做深度访谈，她并不是以犀利、幽默为卖点，而是靠这种轻松愉快的交心气氛取得了观众的喜爱。在深夜脱口秀，比如珍妮上过的《深夜秀》里，评论她的衣着几乎是不可想象的时间浪费，观众也不会买账；但奥普拉的这种话题恰恰让屏幕内外的观众都很感兴趣，她也可以非常自然地和观众谈论自己的约会生活，就像是在和朋友闲聊。

"总之，在我看过音乐剧以后，我就被她征服了，我承认我当然也会阅读一些八卦杂志，我得说每次——每次我看到你的街拍时，你都显得非常悠然自得、打扮得体，这对当下的年轻女孩来说是非常少见的品质，同意我或者不，当今社会有一些女孩完全不会穿衣服。"

琼恩妈妈哼了一声，看了琼恩一眼，琼恩扮了个鬼脸。"难道这一集她就打算谈论J・J（编者注：珍妮弗・杰弗森的昵称）的衣服吗？"

"你在青少年中已经拥有了很高的人气，"切萨雷把一份报告发给与会者，"这是我从迪士尼手上拿到的调查反馈，在午夜场的出场反馈里，在占总人数七成的18—25岁人群里，大约有45%的人认为你的表现是整部电影中最为亮眼的，约翰尼占据了剩下的40%，乔什只拿到了15%的份额。而占去余下三成的25—40岁人群，有30%认为你的表现最为亮眼，60%认为约翰尼表现亮眼，乔什和别的角色分占了10%。"

"我这里有一份开场前的小范围样本调查，前来观看午夜场的观众组成里，40%是为了乔什，40%是为了约翰尼，余下20%是纯粹受到预告片吸引，姑且把这个数据当真，从午夜场的数据中，我们可以得出这样一个很粗略的结论，那就是全场表现最优，你有40%，乔什有13%，约翰尼有47%，事实上你是抢走了属于乔什的青少年的支持。约翰尼在很大程度上还保有他的成年人支持。"切萨雷翻了一页，"我们再引入性别区分，在支持你的青少年里，男女生比例差不多是持平的，这不奇怪，小女孩很多时候也会喜欢漂亮的同龄人，但我们可以看到，支持你的成年人群体中男性几乎占了90%以上，也就是说，大部分午夜场的成年女观众并不喜欢你。”

他停顿片刻：“你要知道，午夜场观众通常更舍得为电影花钱，更狂热，这个群体是每个电影公司都非常看重的核心群体，而女性观众由于购买力强大，更是受到片方的关注。”

“而奥普拉能够弥补我的缺陷。”珍妮语调冷淡地说，“一次经过精心安排的大秀，可以让我在25—40岁的中低阶层主妇、白领群中聚集人气。”

“我们应该这样说，你需要这部分的女性人气。”切萨雷直起身子，“而你知道她们最喜欢什么吗？——奥普拉，研究奥普拉一直在贩卖的元素，你就知道这个市场喜欢什么，需要什么形象，这不是你为了宣传《加勒比海盗》所要上的那些脱口秀，《奥普拉秀》是我亲自牵线联系的节目，我要在这期节目里把你的形象彻底定型，让你摆脱掉那些女性罪犯的阴影。珍妮，你今年才二十二岁，你不能老演那些无法无天的角色，这些角色无法让你走入主流——而我们需要你走入主流，你必须得上《奥普拉秀》。”

“所以这一切都是你安排的？”珍妮问，“包括我的那位所谓母亲？”

“你是什么时候开始转变自己的着装风格的？”在一分钟左右的轻松闲聊后，奥普拉话锋一转，开始切入正题，“恕我冒昧，不过如我所说，我是个八卦杂志爱好者。”

她从沙发一侧拿起了一本杂志，向观众展示：“去年的这本《人物》里写了一些你的故事，在这期采访里你和我们分享了你的身世，你和我们刚才一直在谈论的科林·鲍威尔（时任美国国务卿）一样，也和我一样，都是出身贫寒，来自底层家庭的人物，用我们的话说，就是美国梦的实现者。”

观众们纷纷发出惊呼声，奥普拉做出理解的表情：“我知道，我知道，她看起来的确没有——我可以很诚实地说——那些低收入者的气息，当我刚从大学毕业的时候，我用很长一段时间才找到我的穿衣风格，到现在我都还保留了一些农场的生活习惯，但珍妮弗看起来完全是一个高尚家庭的孩子，这么说并非是在阶级中划分高下，但的确，你的身世和你的表现完全不符合，让我觉得非常费解。”

“Well，如果说这都是造型顾问的帮忙，会不会让你很失望?”珍妮问，在奥普拉摇头失笑的表情中，她思索着说道，“我不是说我不明白你的问话，其实正因为我和你都来自很差的社区，我们才能正视这个事实——我们出身的地方对于一个孩子来说并不是理想的居住地，在那里，你的权利得不到保障，你也很难学到知识，如果我不奋起改变自己的命运，离开这个阶级，那么现在我可能已经染上毒瘾、酒瘾，并且成了单身妈妈，只能靠脱衣舞来养活自己和孩子，随时随地都有可能倒毙在一条小巷里。我之所以说得这么具体，就是因为我的父亲、母亲就是这种非常典型的贫民窟居民。我的生父现在在阿拉巴马州立监狱服刑，终生不能出狱，他是抢劫重犯，我的母亲在他入狱以前就离家出走了，据我祖母说，在离家出走以前她是当地一家夜总会的舞女，但我没什么印象，事实上在我的记忆里没有我父母的丝毫痕迹，我一直是和我祖母长大的。我得说，在我六岁的时候听到我父亲入狱的消息，其实还算是一种解脱，在那时我已经稍微懂点事了，每次他到祖母的房子里来，祖母都把我关在我的房间里，但之后我会发现她愁眉苦脸，脸上有些瘀青，然后我们会变得很穷困，只能靠食物优惠券（Food stamp）过日子。”

观众群中响起同情的叹息声，电视机前的很多观众也倒抽了一口气，琼恩已经捂住了嘴，琼恩妈妈不断地摇着头，停下了手里的活计。

“我明白你的感受，那是个非常混乱无序的世界。”奥普拉诚恳地说，“你不知道你的明天在哪里，所有人都在瞎混，你除了和他们一起疯狂以外似乎没有别的办法。”

“是的，当我祖母去世以后，我一直在寄养家庭里辗转，”珍妮平静地说，“刚才我在休息室听到你谈论枪击问题，在这一点上我有发言权，我还记得在我的第一个寄养家庭里，那时候我十三岁，我祖母刚刚去世——我一无所有，我祖母的遗产还不上她的房屋贷款，银行只允许我带走我的衣服，然后我躺在床上，听着附近，大约一条街外一直传来的砰砰砰声，第二天早上，那个家庭的大哥告诉我，那户人家全家都死于入室抢劫——一个我父亲因此入狱被判刑的罪，这一切就像是一个轮回，你知道吗？我当时每天都以为我会死于这个，或者被别的犯罪侵害。我是个很漂亮的小女孩，但那时候我把自己打扮得很男子汉，大大咧咧，满口脏话，几乎从来不出门，每天回家都躲到我的房间里，因为我的同学很多都遭受过性侵害。那样的生活对于好人家的孩子是无法想象的，那就是活着的地狱。”

她素淡的脸上还是一片平静，语气也是经过克制的冷静和理智，奥普拉发出一声同情的哽咽：“但是……但是你很理智地处理了这些事。”

“是的，我——在这篇访谈里也说过了——在我心里一直是这么一个想法，那就是在我有能力的时候，我一定要摆脱这种生活。”珍妮似乎有些激动，她的声调高亢了起来，“我的父母都是这种贫民窟生活的受害者，又转变成了加害人，这就是一个——一次轮回，他们非常随意地制造了我，我不是什么爱情的结晶，也不是婚姻的产物，只是一次酒后胡乱勾搭的结果，我之所以能存活，是因为我的生母非常疏忽，一直到六个月后才发现自己不是变胖，而是怀孕，而那时候已经不适合做流产手术。”

现场再次发出一阵同情的声音，奥普拉握住珍妮的手：“亲爱的——”

“你知道，我的经纪人一直建议我隐瞒这些事。”珍妮调整了一下情绪，自嘲地一笑，“他说这些事会破坏我建立起来的公众形象……”

“比起高雅、高格调时尚的形象，主妇们更需要能让她们俯视，激起母性的公众人物。”切萨雷强调说，“青少年需要仰视型偶像，主妇们需要更亲民的形象，有烦恼，和她们一样，生活中困难重重，而不是一个会让她们本能妒忌的完美形象。青少女想成为一个高雅美丽的年轻女性，但主妇们已经成熟到知道自己没这个希望。你的过去可以唤起她们的亲切感和怜悯心，让他们知道你是一个感情上可以亲近的对象，让她们感到她们贴近了你。所以，在《奥普拉秀》揭露你的过去是最适合的精准营销，我们还能在什么平台上向公众揭示这些？难道是《人物》？”

“珍妮弗，切萨雷说得对，”茱蒂揉了揉眉心，“不论你多么反感，《奥普拉秀》的确是最适合的平台，首先你要知道，狗仔肯定会把目光转向你的过去，这不过是时间问题，与其把这个机会留给不可控的媒体，还不如我们在《奥普拉秀》上抢占先机和民意，再说，凭借《奥普拉秀》的知名度，你的热潮将会往上节节攀升，这对稳固你的地位很有好处……”

珍妮渐渐从怒火中平静下来：“但这难道不是过度曝光吗？我没见到太多电影明星在脱口秀上谈论自己的私生活，当然不是说他们不会问，但这样长篇大论地谈论和消费私生活，甚至以此为卖点——连电视明星都不会做这样的事！”

“但现在他们已经掌握了你的母亲。”切萨雷倾身向前，“我知道你有被利用感——看淡它！仔细想想，如果你不配合，《奥普拉秀》节目组放弃了她，然后呢？然后她会跑去接触小报记者，会出关于你的书，会肆无忌惮地消费你的名气与你敌对，甚至借此牟利。”

“唯一的解决办法就是我抢先一步，配合《奥普拉秀》做这个节目，继续炒热我的人气。”珍妮承认，“看起来这的确是没有办法中的最佳办法。”

“见她，和她和解，至少表面上达成初步和解，我会找人和她签个合同，如果她敢对外谈论你的私生活，不论是出书或者接受访谈，她会面临天价罚款，如果她老老实实的，你可以按年付给她一笔很少的钱维持她的生活。”切萨雷摊开手，“然后从此以后你再也不会听到她的名字，一切解决。”

“我不认为如此！”奥普拉激动地打断了珍妮的话，“我不同意他的说法，你做错了什么吗？没有，为什么阻止你面对你的过去？我相信我的观众——电视机前千千万万的女性观众都会为你的勇气和毅力，为你的智慧鼓掌，我说错了吗，朋友们？”

电视机里传来了山呼海啸般的欢呼声和掌声，电视机前也有许多主妇拿起纸巾。在美国，除了几个大城市圈外，余下广袤的国土上遍布的实际上都是单调乏味的小城市、小镇，在这样的小地方生活了非常多学历较低的家庭主妇，她们最普遍的娱乐就是观看电视。而这些主妇们的审美实际上是非常靠近日间肥皂剧和脱口秀、真人秀的，或者是她们的审美促使了这些娱乐节目往恶俗化发展，又或者是这些节目培养了她们较为简单的审美趣味，这已经说不清了。但无论如何，一些中国人看来都嫌太刻意的煽情，对于她们却是最好的武器。珍妮这样的身世，对于她们来说就是天然的口口（编者注：原文如此，具体用词不明）。即使她本人处理得很平淡，也足够感动这些单纯的观众。或者说，正是因为她说得很平淡，这种“历经沧桑后的平静”，更是让主妇们感到了触动。

“所以，你再也没听到你母亲的消息？”奥普拉又“哪壶不开提哪壶”地问着，“在你的成长过程中一次也没有？”

“完全没有。”珍妮摇了摇头，“我说过，我出生后一直都和祖母在一起，也许在出生后的一两年内是她在照顾我，但我显然已经没了记忆。在我的生命里的确没有母亲这个角色。当然我们国家的福利制度有一些问题，但的确，我就是福利制度的小孩，没有福利制度，我很难在童年获取到足够的食物，当然也不可能在后来进入寄养家庭。我一直非常感谢这个伟大的国家，如果要说有谁更靠近母亲这个角色，应该说是国家——真的，给我食物的是整个福利机构，还有教堂，所以我长大以后对这两个机构都有非常深的好感。”

电视机里的观众发出温暖的笑声，电视机前有许多观众也深有同感地点了点头。美国的爱国教育做得很好，大多数美国人都是骄傲的爱国者，以及虔诚的基督徒。珍妮的话让她们更加感觉到和这个漂亮姑娘之间的亲近，对于她现在所取得的成就也有了更浓厚的兴趣和赞赏。甚至有很多住在农场的主妇打算今晚就驱车进城看一场《加勒比海盗》，领略她的表演。

“所以，这就是你戴上这枚戒指（编者注：守贞戒指）的原因吗?”奥普拉指了指珍妮的手，“这是你对你出生理由的一种反抗？对你母亲的一种抗议?”

“我不会说这是我对我母亲的一种抗议……也许是因为从来都没有关于她的记忆的关系，而且，你知道，在我的同学里，家庭正常的人也不多，所以我觉得这是很自然的事，很多人都没有父亲、母亲，我也没有，但我有祖母，这就够了。”珍妮耸了耸肩，“但这枚戒指的确是我的一种决心，它不仅仅代表了它本身的意思（守贞），它还代表了我在离开阿拉巴马的时候想要铭记的东西……要慎重地对待自己的人生，把每一天都过得有意义，对自己未来的生命负上责任。”

“这女孩很聪明。”琼恩爸爸不知不觉间，也看进去了，他只能看到晚间的重播，本来只是当作看报纸的背景声音，但这些话让他放下了报纸，“也很有深度。”

“想想吧，琼恩，她比你大不了几岁。”琼恩妈妈扭头对女儿说，“但她已经做到了这么多事，如果你能像她一样，我们就绝不会要求你只能上纽约的大学了。”

美国的大学生活总是少不了大麻的幽灵阴影，对很多缺乏自制力的大学生来说，宿舍生活往往就是他们接触上瘾品的第一步，每年都有这样意志薄弱的学生因为离开了熟悉的生活环境而堕落。琼恩的父母也很担心琼恩的自制力，所以在大学申请上倾向纽约当地的大学。

“……没有，一次也没有。”珍妮正好也和奥普拉谈起了自己成长过程中面临的“诱惑”，“当然我们都知道坏学区是什么样的，但我没有尝试过那些东西，当然，一部分原因是我很穷，没人想把这些东西卖给我。”

在轻笑声中，她继续说：“但还有一部分原因是我下定决心不会和成瘾品打交道——当然不是说我就是个圣人，我不是，我把大部分时间都用来看杂志，把我的享乐花在这上面。我一直在想，等我毕业以后，等我赚钱以后，我会过上杂志上这些漂亮姑娘的生活，我会拥有和她们一样优雅的举止和气质，我在我的房间里练习瑜伽、芭蕾……我一直相信，虽然环境非常糟，但只要你足够努力，只要你不放弃希望，那么希望也不会放弃你。”

“那么你离开阿拉巴马州以后，再也没有回去过？”奥普拉感动地抹去了眼角的泪水，在得到珍妮点头确认后，又问道，“你有没有想过回去探望你父亲，或是寻找你的母亲？你有什么话想对他们说？你责怪他们吗？恨他们吗？”

这个尖锐的问题，被她问得很有同情感，观众们也没有责怪奥普拉的意思，因为他们都知道，奥普拉自己也是个父母亲都不想要的孩子。

“我……”珍妮露出了罕见的犹豫。

“我不接受。”珍妮盘起手，“很好的意见，但我不接受。”

茱蒂和朱利安都露出挫败的表情，切萨雷把手交叠在一起。

“对我的分析，你是哪一部分有意见？”他问。

“你的分析很有道理。”珍妮的语气很固执，“但有一个因素我想你没有考虑进去。”

切萨雷扬起眉毛，茱蒂往后靠去，不引人注目地翻了个白眼。

“我不喜欢。”珍妮说，把笔扔到桌上，“我不能接受，我一直在告诉你我不能接受他们用这个来炒作。一个节目，为了收视率，拿我的身世来炒作，我是什么？她们居然这样对我？”

“奥普拉为了收视率，连自己的人生经历都拿来出卖，你是什么？他们为什么不能出卖你的收视率？”切萨雷坐直身子，“你是个成年人了，杰弗森，如果你反对我的看法，说出你的意见，而不是做这样无用的发泄。”

“你觉得这发泄无用吗？”珍妮反驳，“你觉得一个人反抗自己的隐私被公众炒作的基本尊严都是无用的？你在逼迫我原谅抛弃我的人！不要祭出我和你的约定，这件事比所谓的皮肉交易还要过分一百倍。我不知道你为什么认为我会欣然接受，如果我要去电视台贩卖你的裸照，你会抢先一步公开吗？”

“我会上诉要求拿走你的全部利润。”切萨雷平静地回答，“你想要什么，珍妮？回绝《奥普拉秀》，失去所有先机，然后看着别人用更坏的方式消费你的身世？”

“如果我说我想要的就是这个呢？”珍妮也非常平静地说，“如果我就是要回绝《奥普拉秀》，就是不肯原谅那个人，就是要失去所有先机呢？你会怎么对待我？如果我就是这么任性呢？你会顺着我吗，切萨雷？”

室内陷入一片难堪的沉默，朱利安鼓出嘴唇，转动着眼珠子，和茱蒂交换了一个眼色。

切萨雷深深地吸了口气。

“那我们最好现在开始考虑备选方案。”他干巴巴地说，低头打开文件夹，“这是我对 Plan B 的一些考虑——顺便一提，既然这样的话，朱利安，你可以先回去了。”

朱利安快速站起身，明显松了口气。

而珍妮再度以要和切萨雷对着干的语气说：“坐下，朱利安。”

“啪”的一声，切萨雷用力合上了文件夹。

“我……对于他们没有什么可说的。”珍妮最终以下定决心的语气说，“我不会去见我血缘上的父亲，也不会见我血缘上的母亲，我觉得我们之间没有什么可说的，我对他们没有怨恨，但也没有什么别的情绪，这就像是……这就像是我们之间非常陌生，我从来也没有过感情上的父母亲。”

“因为他们从来也没有一天负起过责任。”奥普拉说，“而且这是他们自己的选择。”

“对，他们不是不能，而是不愿意，我从出生到长大都和他们没有太大的关系，所以我觉得我和他们也没有关系。”珍妮说，“这不是说原谅或者不原谅的问题，在某种程度说，我也感谢他们的缺席，我想如果他们愿意和我生活在一起的话，说不定对我的人格会造成更大的伤害。总之，我们之间就是这么简单的陌生人关系，我没有什么可对他们说的。”

“是的，我能理解。”奥普拉真诚地点着头，“但我——做一个冒昧的推测，你知道，珍妮弗，现在你非常出名。”

“我不会说我现在非常出名——”珍妮弗点了点头。

奥普拉说：“但你现在就是非常出名，听我说，珍妮，这世上有很多人——相信我，你知道，我和你一样，我来自底层家庭，有一些复杂的亲戚，在我刚成名的时候有些人一直想要利用他们来获利。”

“真的吗？”珍妮捂着心口，露出受惊的表情，“有人会这么残忍吗？”

“相信我，有些人绝对有这么残忍。”奥普拉慎重地点头，这长者的风范让电视机前很多观众都叹气出声，再次被她的宽厚、睿智以及对后辈的爱护折服，“也许不久后，你的父亲，又或者是还在世的母亲会通过公众媒体对你发声，试图和你交流，如果那样的话，你想对他们说什么呢？你知道，你很可能必须要说一些什么的，如果你不说的话，可能公众就会收到一些错误的资讯。”

珍妮考虑了一下，然后转身面对镜头。

“我想说……”她无奈地笑着摇了摇头，“谢谢你们给了我生命，虽然我知道你们可能也只是无意为之。希望你们一切都好……”

她深吸了一口气：“我不理解你们，对你们没有太多感情，我想你们也是一样，但我希望你们一切都好。如果可以的话，如果你们还有别的子女的话，希望对他们，你们能担上做父母的责任。愿主保佑你们。”

她那平静而坦然的神色，以及宽容和虔诚的祝福语，还有那恰当文雅的妆容，让观众们都不禁暗自点头，而那不经意间流露出的脆弱，更是让很多主妇观众投入地吸起了鼻子。

“如果有人想要采访他们的话——”奥普拉提示着问。

“请你们别接受。”珍妮说，她露出无奈的笑意，“如果你们有注意到我的报道……你们会知道我现在受到多大的关注，这些关注对我来说是荣幸也是重负，请别加重我的压力，让我保留一些小小的隐私。”

“是的。”奥普拉点头说，“我注意到现在你和你的朋友们受到了狗仔队的集中关注……”

她们转而开始探讨名气对珍妮生活的影响，以及她接下来的计划。

“……对，这可能会影响到我申请大学的计划。”珍妮显得有些不好意思，“其实我参演电影，是因为我一直听说这一行报酬丰厚，我在高中时期很穷困，一直在打工，所以 SAT 分数不高，申请不到奖学金，也没有助学贷款，我需要钱让我能读大学。”

“所以你在出名后想要修读大学课程？”奥普拉确认道，“这是你的计划？不是买豪宅，买名车？”

“我现在拥有的物质已经远远超出我还是个孩子时能想象的，”珍妮笑着说，“现在是时候去实现另一个梦想了不是吗？我一直想要过正常的大学生活，是的，如果可能的话，我希望能上大学，但显然现在的情况已经让申请变得比较困难，再说我的SAT分数也不高……”

“你知道吗？”奥普拉问，“在我们确认你要上节目之前，我问你的经纪人，你是个什么样的女孩，你的生活中有什么样的困扰。他就给我讲了个这样的故事——关于你和你的大学申请，你的梦想学校，以及你对你的SAT的忧虑。”

珍妮不解地点了点头，露出困惑之色。但电视机前的观众却早已熟悉《奥普拉秀》的作风，他们的呼吸绷紧了。

“朱利安，别走。”珍妮紧盯着切萨雷说，“坐下。”

“可……我……”朱利安在切萨雷和珍妮之间来回转头，茱蒂拉了他一把，他赶快坐了下来。

“可以问你的意思吗？”切萨雷的语调已经异常轻柔了，他反而把文件夹一丢，往后一靠，露出了闲适的表情——很明显，他这是在和珍妮试图惹怒他的意图作对。

“我们需要朱利安。”珍妮说，她的嘴唇慢慢上扬，忽然大笑了起来，“如果我们要上《奥普拉秀》的话，怎么能少得了他的形象设计呢？”

室内顿时一片哗然，朱利安站起身发出崩溃的叹息，茱蒂也惊呼起来：“珍妮！”

“不。”珍妮一边笑，一边冲切萨雷竖起一指，她咧开嘴，得意扬扬地说，“我不是说我要对生母事件妥协。不过，这并不意味着我们不能给他们一些别的来代替。”

“你知道，在好莱坞，想要上大学的女孩比想要拍电影的女孩少很多——我对我自己说，这是个很难得的女孩，她值得一次机会——”奥普拉站起身，用自豪的洪亮声音宣布，“在我们的观众席里，今天坐了一位非常特别的人物，他就是加州州立大学洛杉矶校区的传媒与表演学院院长，杰米·费耶先生！他全程参与了节目直播，费耶先生——”

在现场观众震耳欲聋的欢呼和掌声中，身穿格子衬衫的精干中年人快步走上舞台，而一整个晚上都十分淡然的珍妮也终于破功失去镇定，捂着嘴、别过身子，又拼命往上看、眨动眼睛，种种迹象都表明，她已经激动得流下了泪水。

“喔噢——”即使是第二次观看，但琼恩妈妈仍然不禁陪着珍妮湿了眼眶，她已经完全沉浸在了“一个非常努力的女孩从贫民窟中走出，实现了纯洁梦想”的感动中，“珍妮弗——”

“院长，请坐。”在热烈的掌声中，奥普拉把院长让到了沙发远端坐下，“你已经审读过了珍妮弗的一些资料，对吗？”

“是的。”费耶院长点了点头。

“你们正在进行秋季招生，是吗？”

“是的。”

“你对她的SAT分数满意吗？”

“坦率地说，如果只是分数来说，的确差了一点。”

“那么今晚你认为珍妮弗的表现是否足以为她赢得一封录取通知书呢？我是说，今晚的节目足够成为一封很好的大学申请论文了，是吗，朋友们？”

珍妮弗一边吸着鼻子，一边瞪大红眼睛，密切地望着费耶院长，奥普拉也露出了紧张的表情，而不仅仅是现场观众，电视机前，很多主妇都在擦眼泪的间隙屏住了呼吸。在这种时候，即使珍妮弗的梦想学校是哈佛，她们都认为她绝对有资格上，更何况只是一所并不算太好的学校。

费耶院长毫不犹豫地点了点头：“杰弗森小姐，CSULA很荣幸能够招收到你这样天赋超群、坚韧不屈的学生，我非常期待看到你的申请资料。”

在全场爆发的超大分贝欢呼声中，奥普拉喜悦地站起身，上前拥抱了费耶院长：“感谢你，院长！”

而捂嘴哭泣的珍妮在和费耶院长握手以后，也紧紧地抱住了奥普拉，把头埋进了她的肩膀里，肩头一抽一抽，明显是哭了出来。在抚慰她的过程中，奥普拉做了个示意切出音乐表演的手势，在镜头切换中，这一期的《奥普拉秀》访谈部分，就此结束。

“珍妮弗真是太了不起、太可爱了。”琼恩鼻音浓重地说，虽然是第二次看，她还是被感动得一度泣不成声，“噢，我真不知道该怎么说了。”

这一回，琼恩爸爸也是脸色柔和地点了点头：“是的，这是个很努力的女孩。”

他欣慰地看了女儿一眼——女儿能喜欢上这么优质、上进的影星，而不是那些行为怪诞、让人反感的名人，让他感到非常放心。

“乔。”

“海莉。”

在无数个家庭里，看完重播的女主人也对自己的孩子谈论着自己的感想：“如果你们一定要追星的话，也应该喜欢这样的明星，难道珍妮弗在电影里不狂野吗？可她把这一切分得非常清楚，在现实生活中，她多认真啊！”

和之前看完《加勒比海盗》时，更关注约翰尼·德普和乔什·布兰奇不同，这一次，主妇们对珍妮弗在电影里的表现已经是赞不绝口，甚至对她的时尚品位也多了几分认同：“她真是个聪明又优雅的姑娘，太让人喜欢了。”

“表现得很不错。”

结束录制后，切萨雷赶上珍妮，和她一起并肩走向嘉宾休息室：“这个学校的主意相当好。”

“谢谢。”珍妮一边解麦克风一边说，“反正我迟早都是要上大学的，不是吗？”

虽然演员这个行当并不要求太高的学历，但切萨雷之前也有和珍妮提过继续进修的事，他认为适度的充电和学习能让珍妮走得更远。不过当时他们在说的都是短期课程，现在却被修改成了大学入学申请。当然了，申请书还没递，最后到底是怎么个学习形式，那也是可以商量的。

“是的。你是个聪明的女孩。”难得地，切萨雷没有吝惜自己的夸奖，他看了珍妮一眼，眼底浮现出一些笑意，“当然，也很有野心，看来我以后得多留点神，才能把你管住。”

珍妮之前对他的反对和争取，不单是宣泄情绪，也是对话语权的一种争取，在她拿到《加勒比海盗》的极佳反馈后，对之前切萨雷说一不二的话语权发起一定的冲击，也是水到渠成的一件事，所以现在对他的这么一刺，她也只是露齿一笑：“切萨，总是如此计较？”

切萨雷对她露出商务笑容，回身关上休息室的门：“说到消息的来源，我和节目组编导谈过了。这个消息并不是他们主动去调查出来的。”

“嗯，合乎常理。”珍妮评论道，为自己倒了杯水，“他们不太可能为了节目效果专程做这样的调查，更重要的是，他们没这个时间——那么，是谁向他们透露的？”

“不知道。”切萨雷干脆地说，“在你要上《奥普拉秀》后，他们收到了一封匿名信，说明了你生母的住址和情况。经过查实和询问后，确认事实无误。不过，你生母对此也是一无所知，这件事应该和她无关。”

珍妮喝水的动作顿在了半空：“你是说——”

切萨雷点了点头：“这应该是你的敌人干的。”

他靠到门边，轻描淡写地说：“不论是谁，他们都已经做好了对付你的准备，这是他们的第一招，但我想，应该不是最后一招。”

（节选自晋江文学城）

【粉丝评论摘编】

@关心则乱 zszy：……可到了这里，忽然风格一转，维杰里老爷也好，女主也好，全都酷得一气呵成，从不伤春悲秋，绝没有犹豫推脱，从人物塑造到情节推进全都利落干脆，仿佛好莱坞电影工业流水线上打造出来的精品一样，绝对不会出现国产电影里小妹死了几次都死不了，或者抱着快死的人迟迟延期那种拖沓。

……不论你是否憎恨美国霸权，是否鄙视好莱坞，是否厌恶美式文化，都不能影响美国电影对全世界观影者的影响，都不能让这些经典镜头从你脑海中离去。

这就是好莱坞，这就是美国影视业。（《八卦好莱坞——开业大吉》）

@斑马扫文小铺：……我第三次错了，克里斯也离开了，珍妮越走越高，已经高出了一般娱乐文的范围，她从棋子变成了玩家。作者野心很明显了，读者必须接受：这篇文有可能没有男主，或者有一个安慰奖性质的男友。女主珍妮才是作品主角，从始至终，这都不是一个爱情故事，而是一个奋斗故事。

@菜籽_ 夜雨满城楼：十年中风雨兼程，十年中遍地荆棘，从最开始的为了成为 a－list，到后面的创办大梦，再到一步步完善部门团体开出电影电视两个子公司，以及搭建出那个未来的构架，即便只是单独抽出珍妮与切萨雷在这十年中走过的路，都完全可以塑造出一个惊心动魄的奇迹。在这十年之中，他们互相成就了对方，也成就了自己，并且成就了那个共同的未来。这种感情甚至难以用爱情来单独描述，因为这已经超脱其上，难以再受其左右。(《一直在前进，一直在——追求卓越》)

@看文好似剪羊毛：从这一刻开始，这个故事从“一个漂亮姑娘的影后之路”变成了“一个有魅力的年轻女性在男权世界里开疆扩土的奋斗史”。同样是打怪升级，有的故事的主角的道路到奥斯卡（或诺贝尔和平奖 orz）就到此为止了，而我们的珍妮——或者还是应该叫她珍妮弗——的眼光没有仅仅局限于成为一个成功的演员，她寻找的是进入牌局，甚至操纵牌局的权力。她不再满足于以一个成功演员的身份被选择，而开始积极寻求决定自己以及他人命运的能力。到这里，本文和一般娱乐圈文的区别开始显现。(《一个有魅力的年轻女性在男权世界里开疆扩土的奋斗史》)

@sun_ 司康：站在圈外看圈内风光，很容易有幼稚白目或流于浮夸的想象，实际上那就是漫长重复又辛苦的工作，靠作品一步步捍卫挣得地位与荣誉（当然也可以倚仗天花乱坠的吹嘘），交付更多，得到的更多，但与所有工作并没有什么不同。《制霸好莱坞》的材料扎实丰富，主厨有条理有技艺，汇成蔚为大观的海陆满桌。(《推文〈制霸好莱坞〉》)

@惠子很爱青草：作者在写作的过程中最大的诚意就是伏笔超多，逻辑非常棒，事业线的描写完全不弱于起点主站那群男作者，甚至比他们更棒，作为影迷、好莱坞电影的爱好者，我甚至完全相信了作者笔下的好莱坞就是真实的好莱坞，J·J 的成功是意外的，但并不是花哨不真实的，她的背后站着一个团队：经纪人、PR、助理、各种各样的人脉。

（导引、简介、节选、粉丝评论摘编：高寒凝）

高清画质的好莱坞与不可能的爱情

高寒凝

作为近年来女频娱乐圈文的代表作，《制霸好莱坞》最出挑之处，便是它无时无刻不在颠覆女频娱乐圈文的主流逻辑。

这套“主流逻辑”，大致可以概括为两个套路：一是在描写娱乐圈生态和娱乐工业生产机制时，流于简单化、平面化；二是描写男女爱情时，惯性延续以往言情模式。这两个套路交织在一起，构成了女频娱乐圈文最常见的形态。在这些作品中，本应纷繁复杂的“娱乐圈”仅仅作为背景布存在，缺乏细节层次和真实感，而主人公们就在这块单薄肮脏的背景布的衬托之下，演绎着“深情不悔”的爱情故事。

《制霸好莱坞》对这套主流逻辑的颠覆首先体现在它的“技术流”写法上。如果说主流女频娱乐圈文里的“娱乐圈”只是老旧手机拍摄出的模糊画面，那么在《制霸好莱坞》中，好莱坞娱乐工业体系的运作流程却仿佛是专业摄像机录制的高清视频。从影片选角、试镜、拍摄的流程，到八卦媒体的动向，再到粉丝圈生态、时尚界与影视业的合作、奥斯卡评委间的派系斗争、票选流程、公关博弈、电影公司的资本运作……诸多详尽的细节、数据与面面俱到、极有分寸感的描写将整部作品撑得血肉丰满。作者也常不厌其烦地对文中的描写进行注释，哪些说法确有出处，哪些是根据现有资料的推论，哪些属于作者原创，创作态度相比主流娱乐圈文，严谨得有些过分。

例如小说第一百五十七章《评委们的决定》，就详细描写了数位奥斯卡评委在填写选票前权衡利弊、听取各方游说，最终确定票选名单的经过。笔法旁逸斜出，不仅牵涉到好莱坞犹太裔势力的利益联盟，不同公司派系间的博弈、人情往来，还用翔实的数据对票选形势进行了分析。这样细腻深入的描写，在娱乐圈文中是极其罕见的。

除此之外，小说的颠覆性还体现在它对“爱情神话”的漠视。女主人公珍妮从未刻意排斥过恋爱，但纵观全文，她的“感情生活”实在乏善可陈。首任“男友”乔什是为炒作电影而假扮的协议男友；第二任男友克里斯爱得比她多，而她只是被动地享受他的爱，几乎没有回应的能力；后期与萨尔维之间的感情也显得有些潦草怪异。

与之形成鲜明对比的，则是小说的第一男主切萨雷·维杰里。作为珍妮的经纪人、合伙人和挖掘她的伯乐，两人是荣辱与共的合作伙伴和风雨同舟的知己好友。他们之间的对手戏分明火花四溢，却偏偏要联手打破言情小说男女主必须谈恋爱的陈规陋习，将纯洁的伙伴关系从开头维持到结尾。他们能够为了合理避税而面不改色地假扮情侣假结婚，能够将心底最深的创伤与隐秘暴露给对方，他们是彼此的唯一和世上仅有的同类。

然而，为了长久地维持这份珍贵的合作关系，两人却默契地把“爱情”当作一个不稳定因素彻底排除在外。又或者，在这份深挚的已无法用友情、伙伴关系来简单概括的情感面前，“爱情”也已经黯然失色，可有可无。

在这里，我们看到了作者在描写男女之间势均力敌的合作关系时的游刃有余，和描写恋爱关系时的无以为继。这显然，又是“爱情神话”的一次失效。

在“女性向”网文中，“爱情神话”的失效最深刻地体现在宫斗、宅斗文里。因为这类文的故事背景，源自对封建社会父权制家庭和现代职场的双重想象。在这种性别压迫异常深重、丛林法则主宰一切的残酷的现实逻辑中，爱情已褪去它的魔力。男性不再被想象为救世主，总在女性山穷水尽之时从天而降，用爱情、权力和财产拯救她于水火之中。事实上，在父权制家庭和现代职场里，爱情救不了女性，反而会成为女性个人生存和个人奋斗的绊脚石。女性除了独自清醒、自我拯救之外别无他法，因为从来就没有什么救世主，也不靠神仙皇帝。

这样的逻辑，我们在《甄嬛传》《知否？知否？应是绿肥红瘦》等小说中已经领略得很深刻。有趣的是，《制霸好莱坞》的作者御井烹香此前的创作题材，正是集中在宫斗、宅斗文的范围里。在这些作品中，作者始终关怀女性的生存困境，赞美她们的个人奋斗，而男主人公的地位，比起恋爱对象，也更像是合作伙伴。

在作者2011年的作品《庶女生存手册》中，女主人公就是一个在深宅大院里挣扎求存的庶女，“生活对她来说，只是生存中必须遭受的苦难”，她与丈夫之间也谈不上相爱，甚至到了小说结尾处，她仍在思考“她一直觉得她还没有开始了解许凤佳（男主），在过去的那段日子里，她一直太忙碌。或许两人依然并不太契合……”

就这样，过往宫斗、宅斗文的创作经验被作者延续到了娱乐圈文的写作中。这些创作经验除了处理人情世故、“职场”斗争时的犀利与洞明，自然也包括了爱情观。虽然舞台已彻底改变，从古老封闭的中国内宫、内宅转移到现代化的好莱坞娱乐圈，然而吊诡的是，“爱情神话”却并未因为环境的开放、性别压迫的减轻而复活，反而更加凸显出无以为继的困境。

现代社会和娱乐圈，作为一个较为宽松自由的环境，本应具备书写爱情的可能，主流娱乐圈文的创作实践已证明了这一点。然而作者却精心为女主人公寻找了一个“爱无能”的理由：她生长在重男轻女的父权制家庭中，父母为了生二胎将她谎报为脑瘫，她在弟弟的阴影下存活，觉得爱是施舍，不会平白无故地获得。

这样的身世，固然只是一个极端个人化的设定，但在作者的创作脉络中，却接续着过往宫斗、宅斗文的传统。与此同时，这一设定，也揭示了“爱无能”背后普遍存在的深层原因，那就是性别压迫。这也就意味着，“爱情神话”的无以为继并不是女主角珍妮个人的无以为继，也是这个时代和我们所有人的无以为继。

《制霸好莱坞》对女频娱乐圈文的颠覆，一方面是“技术流”这个在女频娱乐圈文中算不上发达的脉络不断发展进化的结果，另一方面，也是女频宫斗、宅斗文的爱情观和“网络女性主义”在娱乐圈文里的挪用和延续。归根结底，这是一部现代女性的职场奋斗史，职场和奋斗自不妨大书特书，爱情却没有那么要紧了。

快穿之打脸狂魔

风流书呆

风流书呆，晋江文学城近年上升最快的综合型作者。2011 年开始在晋江连载小说，以往作品题材多样，同人与原创、纯爱与言情各占一半，代表作《重生红楼之环三爷》（2014）是该年晋江排名第一的同人作品。

《快穿之打脸狂魔》（以下简称《快穿》）是风流书呆的第十二部作品，2015 年 3 月 8 日至 8 月 11 日在晋江连载完结，全文共 176 章，93.7 万字。连载期间一直高居晋江原创 VIP 金榜榜首，作品积分攀升至积分总榜（晋江建站以来所有作品）第十位。

《快穿》重现并逆转了女频类型文的各种流行套路，其开启的“快穿”（快速穿越）模式引来大量跟风之作，是本年度最值得关注的潮流之一。

【标签】 纯爱　穿越　系统　无限流

【简介】

周允晟被吸入“主神空间”并装载“反派系统”，被迫进入数个游戏副本式的世界，并注定成为悲惨收尾的反派。在发现系统存在漏洞之后，真身是顶级黑客的周允晟决定奋起反抗，改变反派的命运，使每个副本的故事走向发生偏移，以此达到最终破坏“主神”的目的。

凭借预知、智脑等“金手指”，周允晟先后进入十四个副本，以反派、炮灰的身份逆袭主角，使主角经历他们曾加诸于他的悲惨下场，即所谓的“打脸”。在此过程中，周允晟发现他在每个副本都会遇见一个命定的“爱人”。当他回到现实世界，终于发现“主神空间”是未来世界反叛了人类的人工智能终端“女皇”，“爱人”则是阻止“女皇”侵略的一组高级数据体。随后周允晟再次进入副本……

选文来自两个相邻副本：一是《命运迥异的双胞胎》，截取其开头的人物、事件设定，和结尾被“打脸”的原主角之一薛子轩的番外，头尾从不同的视角讲述了同一个故事；二是《绿帽子帝王》，从截取的开头已经可以看出，这个副本是对《甄嬛传》情节的彻底颠覆。两个副本之间还有一段现实世界的过渡。这些段落，大致能够展现小说的整体面貌，在叙事技巧、语言风格上也很有代表性。

【节选】

第一百四十一章 命运迥异的双胞胎

（略）

再睁眼的时候，周允晟正坐在一辆疾驰的豪车内，窗外的景物像虚影一般划过，留下一片模糊的灰色。

他感觉到自己身边坐着一个人，却没有转头看对方一眼的心思，而是自顾自搜索起脑海中的记忆，然后勾唇笑了。

很好，这又是一个曾经让他死无全尸的世界，而且憋屈度远超上个世界。在这里，他是一个名叫黄怡的留守儿童，生活在非常偏远贫穷的山村。他从小由爷爷奶奶带大，长到十六岁才见过父母几面。因为家境贫寒，夫妻俩必须没日没夜的打工，连过年都因为没有路费而常常回不了家乡，只能把赚到的绝大部分钱打给父母，让他们好好供孩子读书。

周允晟读初一的时候爷爷奶奶过世了，读高一的时候父母双双出了车祸，因抢救无效而死亡。他原本可以跟随父母去大城市，靠开发软件改善家庭环境，但系统不允许他那样做，并给他发布了留守农村的任务。肇事者试图用几万块钱掩盖他父母死亡的真相，他当时愤怒到了极点，却因为系统的禁锢什么都干不了。

他唯一能做的就是静静等待，等到爷爷奶奶去世，等到父亲母亲去世，等到外公外婆去世，终于把这个世界的命运之子等来了。

对方长得非常俊美，狭长的凤目中满是忧郁和冷漠，当他穿着昂贵的西装戴着雪白的手套出现在周允晟破破烂烂的小土窑里时，周允晟还以为看见了天使。他清冷的气质似乎把浑浊的空气都净化了。

当时周允晟就想着：如果这个男人是gay，他一定会出手。

但很遗憾，男人不是gay，也不是天使，恰恰相反，他是一个恶魔，一个没有道德感也没有是非观，彻头彻尾的恶魔。

他走到周允晟身边，用冰冷刺骨的目光打量他沾满污迹的脸庞，许久之后才淡淡开口："你还有一个亲人，想见她吗？"

系统适时发布了跟随男人离开的任务，然后他就点头了，还在男人充满厌恶的目光中抹了一把鼻涕。

凡是系统让自己亲近的人，一定会对自己造成威胁，已经意识到自己是个反派的周允晟当时就把那一丝好感扔到脑后，对男人戒备起来。然而这并没有什么卵用，有系统在，刀山火海他都得上。

事情和他猜测的一样，等待他的果然是那样黑暗的未来。

现在的他刚好穿到跟男人离开家乡的时刻。男人有非常严重的洁癖，把他带入市里最好的酒店，结结实实洗了三个小时的澡，等服务员搓掉他三层皮以后才让他换上一套干净的休闲服，坐车赶往帝都。

黄怡的家乡离帝都很遥远，两人连同一名助理换乘了好几种交通工具才顺利抵达目的地。在十几个小时的旅途中，男人一个字都没跟周允晟交谈过，他脸上没有任何表情，眼睛也幽深一片，更多的时候，他就像一团毫无存在感的空气，然而俊美无俦的外表和优雅高贵的气度又会让他像一束光芒那般耀眼。

无论走到哪儿，总会有人认出他，却从未冲过来干扰他。他们害怕污染了这团澄净的空气，抑或是被他的光芒耀花了眼睛。

当时的周允晟很好奇男人的身份，但反派系统绝不会给他提供任何信息。直到很久以后，周允晟才知道男人是华国最年轻也最富有才华的钢琴演奏家，十二岁就夺得了肖邦国际钢琴比赛的冠军，现年二十六，却已经举办了无数场钢琴独奏会，场场爆满。

从小到大，神童、天才、钢琴之王等美誉被不断加诸在他头上，这样的人，有孤高自傲的资本，也有藐视所有俗世之人的权利。

眼下，他们刚下飞机，正前往男人位于郊区的豪宅，在那里，周允晟将遇见开启他上一世悲惨命运的关键人物，这个世界的女主。

第一百四十二章　命运迥异的双胞胎

这是一个占地数百公顷的高尔夫球场，沿途经过几个果岭，风景非常独特，大片大片的绿色草坪带给人舒适凉爽的感觉。男人的家就坐落在高尔夫球场的南侧，是一栋带花园和喷泉水池的欧式别墅，花园里种满了各种名贵花草，五彩斑斓蝶儿翩跹的美景让人仿若置身于梦中。

如果周允晟真是从贫寒农村来到帝都的孤儿，没准会被这种场面吓住。但他不是，所以他内心非常平静，却又摆出惊呆的表情，等车子停稳后立即跳下车跑到男人身边，拉住他戴白手套的手，以表达自己的害怕和彷徨。

因为系统发布了讨好男人及其家人的任务，这种事他上辈子也做过。

“不准碰我，这是你必须遵守的第一条规矩。”男人立即甩开他，嗓音里充满厌恶。哪怕隔着一层布料，他也不喜欢陌生人的碰触，于是把手套脱掉，随意扔在地上。

周允晟踉跄了一下差点摔倒，男人却不理会他，径直朝大门走去，他的助理提着两箱行李，对少年同样不闻不问。他们的反应跟上辈子一样。

周允晟走在两人身后，低头掩饰嘴角的冷笑。男人还是那样不屑于伪装，倒也是，面对一个什么都不懂的半大少年，他没必要花费心思去哄骗对方，只要把对方带入这样一个优渥的环境，任谁也舍不得离开。

一名头发花白，身穿黑色西装的老者为男人拉开大门，弯腰道：“您回来了，晚饭快准备好了，您可以先去泡一个热水澡。”话落朝后瞥去，冷漠至极的目光像是在看一个死人。

上辈子，周允晟甫一踏进这扇门，就已经知道这里对自己来说不是天堂，而是地狱。这家人险恶的用意太明显了，也许能骗得了没见过世面的黄怡，却绝对骗不了他。他走进客厅的时候心里不断拨打着110，面上却露出怯弱卑微的表情，然后被沙发上端坐的、与自己长相一模一样的少女惊住了。

往事一幕幕浮现在脑海，回过神的时候，他已经被老者带到客厅，看见了等候在那里的一名中年贵妇和一名妙龄少女，画面与上一世完全重叠。

少女猛然睁大眼睛，白得过分的脸颊浮出两团红晕，她想站起来，却被贵妇拉住了，温柔地叮嘱一句：“别太激动。”

“你好，我是薛静依。”少女一只手伸过来，另一只手压住自己胸口。

周允晟盯着这只手看了一眼。对方的皮肤很白，是那种病态的苍白，指甲盖呈现出淡紫色，是重症心脏病的表征，多走几步路都气喘吁吁，还要聘请家庭护士随时照看，可见少女的身体状况非常糟糕。

周允晟素来不缺乏丰富的想象力，也不惮于用最险恶的用心去揣测人类的所作所为。上辈子，在意识到自己跟少女有百分百的可能性是双生子时，他心里咯噔一下，顿时明白为什么男人那么厌恶他还要接他回来。

世上再没有比双生子更好的器官供应者，如果少女得的是白血病倒也罢了，捐几次骨髓对他来说没有任何问题，但看样子，少女明显得的是心脏病，这家人是想要自己的命。

来到薛家的第一天，周允晟就已经看清楚了自己站在怎样一个万劫不复的深渊边缘。但他无力反抗，照着系统颁布的任务讨好薛家人，嫉妒少女陷害少女，然后理所当然的被揭穿被厌恶，等到“阴差阳错”之下发现自己被收养的真相，便开始设计杀害少女。

当然，作为一个反派，他是绝对不会成功的。他还记得上辈子自己是在追杀少女的途中被少女不慎从二楼推下，脑袋磕在茶几上造成了重度脑损伤，身体完全瘫痪了。薛家人本想马上摘除他的心脏，却被少女阻止。

她费心照顾他，不愿意用同胞兄弟的生命换取未来，哪怕他想将自己残忍地杀死。当她又一次因为心脏病发昏倒时，对薛家忠心耿耿的老管家拔掉了他的输氧管。

直到现在，他还记得那种窒息而亡的闷痛。

不堪的往事在脑海中打转，咆哮着嘶吼着，想要把这家人送入地狱，然而周允晟面上却半点不显。他握住少女的纤纤玉手，嗓音打着战：“你是谁？为什么跟我长得一模一样？”

两人继承了父母最优秀的基因，眼耳口鼻无一不精致，组合在一起更具有莫大的吸引力。不过一个温婉，一个英气；一个高贵典雅，一个卑微怯弱。还是能看出明显的差别。

“我是你的姐姐，或者妹妹？”少女也很苦恼，转回头用求救的目光朝中年贵妇看去。

中年贵妇也是个不屑于伪装的人，上前几步冷淡开口：“你们原本是双胞胎，十六年前你父母抛弃了静依，是我们收养了她。不用分什么哥哥姐姐，直接叫名字吧。”免得处出感情来。

“我叫黄怡。”周允晟应对自如地介绍自己。目前少女刚经历过一次严重的心脏病发，差点没能救回来，所以身体非常虚弱，经不起任何一点风吹雨打。在少女把身体调养到能动手术的状态前，薛家人会养着他，就像养一只待宰的猪。

Bullshit！周允晟心里直骂粗话，面上却露出恍然大悟的表情。他装出一副“我有很多话要问，但是我胆小没见过世面，不敢问”的样子，抓耳挠腮，手足无措地站在原地。

贵妇轻蔑地瞥他一眼，施恩般开口：“坐吧。”

“谢谢。”周允晟如蒙大赦，不敢坐实了，只半边屁股沾在奢华的皮质沙发边缘。少女有很多话要问，刚想张口却见兄长顶着湿漉漉的头发下来了，连忙走过去挽住他胳膊，依赖之情溢于言表。

在得知自己不是薛家的亲生女儿时，她曾经害怕彷徨过，但更多的却是窃喜。她那见不得光的背德之情终于有了容身之地。

兄妹俩感情很好，虽然男人素来沉默寡言，但对妹妹的询问总会耐心地回应一两句，也不排斥肢体上的接触。中年贵妇也褪去冷漠的外衣，关切地探听男人一路上过得如何，有没有受苦。

客厅里坐满了人，脉脉温情在空气中涌动，却与周允晟毫无关系，直到现在，男人甚至都没想过自我介绍一下。或许在他看来，这个卑微怯弱的少年迟早要死，关注他是种浪费。

周允晟悄悄挪了挪屁股，终于找了一个舒坦的姿势坐下，脑袋低垂着看似很怕生，实则在打盹。十分钟后，这家的男主人薛瑞回来了。

在周允晟眼里，薛瑞才是薛家唯一的正常人，他手段圆滑，行事谨慎，哪怕骨子里烂透了，表面也伪装得跟慈善家一般。他对周允晟的到来表示了热烈的欢迎，并说想收养他给女儿做个伴。

周允晟自然受宠若惊，感激涕零。

“但是现在户口和手续还没办下来，小怡就先住着，等手续办齐了叔叔再送你去上学。”

“谢谢叔叔。”

“以后都是一家人，别说这些客气话。”薛瑞给周允晟碗里添了一筷子菜，听见妻子的冷笑声狠狠瞪了她一眼。

薛静依和男人认真用餐，不发一言。

晚餐过后，薛瑞把周允晟叫到书房问话，关注点在于他还有没有亲人，得知他果真孑然一身，目中露出满意的神色。若不是亲生女儿忽然去世，导致妻子患了忧郁症，他绝不会收养一个跟自己毫无血缘关系的女婴。

但薛静依刚来薛家头一天，他的公司就接到一笔庞大的订单，妻子也摆脱了忧郁症的影响，以最快的速度恢复正常，让他坚信薛静依是薛家的福星，即便后来诊断出她患有先天性心脏病，也没有抛弃她的打算。

养了十六年，小猫小狗也该养出感情了，更何况是人。为了挽救爱女，薛瑞找了许多心脏，却因为血型特殊的缘故没能配型成功。他恍惚想起，当年把薛静依送来薛家的中介似乎说过薛静依还有一个双生兄弟，这才急忙派人去找。

事关一条人命，他不敢假手他人，只能让儿子去。所幸儿子虽然性格孤僻冷漠，对妹妹却是真心疼爱，并没有怎么犹豫就把人带回来了。

薛瑞说了很多场面话，为周允晟勾画了一个幸福美好的未来，这才让他回房休息。

路过楼梯拐角，看见拿着一杯水往上走的男人，周允晟忍不住撩拨了一下："哥哥，你叫什么名字？"

男人头也没回地说道："我不是你哥哥，今后不要让我再听见这个称呼。"

周允晟缩着脖子抱住肩膀，一副"我好怕怕"的样子。等男人的脚步声远去，他身后的房门悄然打开，薛静依探出半个脑袋喊道："黄怡，你进来，我们聊会儿天。"

老管家不知从哪个角落里钻出来，目光冰冷刺骨。

周允晟只淡淡瞥了他一眼就走进少女房间。当着少女的面，薛家人不会暴露他们险恶的用心，所以他可以肆无忌惮。当然，背着少女他会更加行事无忌，这次回来，不把薛家送进地狱他是绝对不会善罢甘休的。

老管家以担心小主人病发为理由留在房内，背着手站在门口，每一道皱纹都写着"严苛"两个字。

"哥哥叫作薛子轩，好奇怪，你竟然会不认识。哥哥可厉害了，从小到大都是天才，我给你看哥哥的照片。"薛静依用崇拜的口吻述说薛子轩的一切，从他第一次学琴到第一次获奖，再到第一次召开独奏会，眼底的爱慕之情越来越浓烈，一本又一本相册被她从床底拖出来，堆得满地都是。

现在的薛子轩对薛静依只有单纯的亲情，要等自己开始陷害薛静依，让她一次又一次遇险，一次又一次被薛子轩拯救，两人才会发展出更亲密的关系。然而这一世没了反派系统的辖制，周允晟压根没工夫当两人的红娘。薛家人看他像死人，他看他们何尝不是？

但薛静依该怎么办？她似乎是无辜的。

周允晟瞥了一眼沉浸在美好回忆中的少女，眼底滑过犹疑的神色。之前曾经说过，他不惮于用最险恶的用心来揣度人类的所作所为，哪怕薛静依表面看上去再纯洁善良，他也无法全然信任她。

薛静依获得他的心脏后仿佛涅槃重生，对生命有了不一样的领悟，也使她的钢琴弹奏技巧得到质的飞跃，仅用三年苦练就成为与薛子轩比肩的钢琴演奏家，由此可见她是一个多么聪明、多么富有灵性的姑娘。

薛家人把黄怡接回家中藏起来，且事先解雇了几个保姆，只留下忠心耿耿的老管家和护士，还让黄怡蓄起长发穿上中性服装，打扮得与薛静依一模一样，并经常带他到医院做体检……这种种异常之处，周允晟不相信薛静依会一点儿感觉都没有。

薛家人试图抹消黄怡存在的痕迹，就仿佛那个卑微的少年从未曾来过帝都，除了薛瑞，他们甚至不屑于给他一点点虚假的温情。他们把外在的痕迹全都清理干净，内在动机却连遮掩的工夫都懒得花费，把黄怡视为一个愚蠢的，任由他们宰割的牲畜。

他们的做派那样明显，但身为中心人物的薛静依直到最后被黄怡追杀还搞不清楚状况，未免有点可笑。

周允晟有理由怀疑薛静依早就知情，但也不会凭主观臆测就定她的罪。他打算给她一个机会，如果她抓住了，他就放她安全离开薛家。

（略）

第一百五十六章　番外＋绿帽子帝王

薛子轩番外：

因为妹妹的去世，薛子轩知道自己是个怪物。那年他十一岁，为了参加肖邦国际钢琴大赛，每天都待在琴房练习。他记得忽然有一天，母亲闯进来，哽咽道："子轩，你妹妹去世了，去看看她吧。"

他走出琴房才发现家里已经布置好了灵堂，不满一岁的妹妹躺在一口小棺材里，身上裹着一条崭新的襁褓。她一生下来就患有溶血症，救治了几个月终究还是去了。母亲趴在灵台上痛哭失声，撕心裂肺地喊着妹妹的名字，父亲双眼通红默默流泪，表情同样悲痛万分。薛子轩摸摸自己的心脏，却发现它很平静。他无法感受他们的悲痛，也无法融入这个家庭。当他们为了妹妹的病忙前忙后时，他甚至连问也不想问一句。

"你好好看看她啊！你那是什么表情？难道你就不伤心难过吗？"母亲显然发现了他的异常，将无动于衷的他压在小小的棺材上，让他与死去的妹妹对视。他漠然地盯着她，眼眶干燥，许久之后，母亲放手了，用一种全新的、奇异的目光审视他。

安葬了妹妹，母亲带他去拜访心理医生，从此以后他开始了长达五年的治疗。他慢慢接受了自己是个没有同理心的怪物的事实，这样的人无法体会别人的感受，不明白什么是悲伤，什么是喜悦。他对此嗤之以鼻，因为他知道，音乐能让他体会到悲伤，也能让他感觉到愉悦。在音乐的世界里，他是完整的。

但很多年以后，当宿命的那个人出现，他才明白什么叫作真正的完整。在此之前，他的世界是黑白色的，就像跳跃的钢琴键；在此之后，世间最美丽的色彩随着他的到来纷纷涌入他的世界，那是他从未领略过的绚烂和美丽。

母亲患上了忧郁症，甚至出现了自杀倾向，为了帮她缓解病情，父亲收养了一个女婴。但是很不幸，在女婴三岁的时候，竟又检查出先天性心脏病。因为薛家已经死过一个女儿，这个女儿无论如何也不能放弃，为此，父母不惜一切代价为她治疗。薛子轩已经明白自己跟常人的不同，并学会了掩饰。即便他对这个妹妹毫无感情，却也勉强接受了她的亲近，为此染上了戴手套的习惯，那是他最后一层防卫。

当她六岁时展露了钢琴天赋，他开始正眼看她，心想她出现在薛家或许是天意。他乐意教导所有有天赋的孩子，并期待他们的成长，音乐的国度需要更多人去维护，因为那是唯一能让他体会到情感的地方，是连通现实世界与他内心的桥梁。如果没有音乐，他就像活在真空里，早晚会窒息死亡。

当妹妹长到十六岁，她的心脏已经渐渐无法负荷她日趋成熟的身体。当父亲要求他把她的双生兄弟秘密带回薛家时，他明白他们要干什么，却没有任何感觉。妹妹需要一个健康的心脏，有人能提供这样一颗心脏，如是而已。

他在简陋破败的土窑里第一次与少年相遇，说实话，感觉并不美好。他无论如何也想不到，站在他面前的，皮肤蜡黄脏污的少年，会成为他最美的梦境，最痛悔的劫数。回帝都的路上，他一句话都没有跟他说，将他带回薛家后才用冷漠至极的腔调告诉他：一，不要碰我；二，不要叫我哥哥。一切尘埃落定后，他每每回忆起这一段，便觉得摧骨剜心一般疼痛。

少年抬起头，黑亮的眼睛里满是惶恐和迷茫，几丝水汽在潋滟的瞳仁里氤氲散开，仿佛随时会哭出来。下半生的每一个夜晚，他都梦想着能穿梭回那个时间点，将他紧紧地抱入怀中，用最温柔的语气告诉他："你可以，你可以对我做任何事，不要害怕，我会保护你。"

但现实是他什么都没为他做。他将他扔给心怀叵测的家人就离开了，直到巡演结束回到家中，发现了坐在钢琴前弹奏的他。他简直不敢相信那是少年第一次碰触钢琴，一曲《清晨》让他仿佛闻见了朝露和晨曦的气息，旅途的劳累在那一瞬间尽数散去。他第一次将少年看进眼里，猛然发现他有一双极其美丽的眼睛，当他盯着这双眼睛时，仿佛能透过他深不见底的瞳仁窥见另一个绚烂的世界。

那个世界是如此的神秘，以至于把他迷住了。他开始教导少年钢琴，从此不可自拔。少年比他想象的更优秀，当少年坐在钢琴前，欢快地舞动指尖时，他的目光简直无法从少年身上移开。少年像是一座宏伟的桥梁，又像是汹涌澎湃的潮水，以不可阻挡的姿态闯入他的心扉。

看见少年万般依恋地趴伏在薛阎膝头窃窃私语，他感觉到了嫉妒，他痛恨当初的自己为何要对少年如此冷漠，以至于让少年的心背离了他，转向别人。如果把少年带回薛家时他能陪伴在少年身边，聆听少年的彷徨与迷茫，或许少年会成为他一生中最重要的人。

但这个"或许"从一开始就不存在。妹妹和家人对少年的压榨和利用让他渐渐意识到，当初他是为了什么才将少年带回来。少年站在维也纳金色大厅的舞台上，用高超的技巧震撼了全世界，也震碎了他的心。少年的泪水和汗水洒落在琴键上，同时也落进他心里，浇灌了一颗名为爱的种子，让它迅速生根发芽，成长壮大。他荒芜的、仿似沙漠般贫瘠的内心首次布满了绿色的藤蔓并开出美丽的花朵，每一个花朵都凝聚着对少年的热爱和想望。

少年是一枚可爱的高音符，是一段最优美的旋律，也是一首最动人心扉的情歌。透过少年，他首次体会到真实世界的美好与温暖。他走上台将少年紧紧抱在怀中，向全世界宣布少年是他的骄傲。如果可以，他希望时光永远停留在他们相拥的一刹那。

少年使他空荡荡的躯壳长出了心脏，涌出了鲜血，成为一个有血有肉，有感知的人。然而生活中有美好的一面，自然也有丑陋的一面。带领少年回到薛家，他才猛然间意识到，他们把他找回来的初衷是什么。

妹妹问他希不希望她活下去，这句话让他的血液凝结成了冰块。他自然希望她活下去，但如果少年与她只能选择一个，他明白自己会选择哪一个。他想试着去保护少年，却发现一切都太晚了。

少年似乎发现了什么，连夜逃出了薛家。他想把少年接回来，又希望少年永远不要回来。但只要一想起少年趴伏在薛阎膝头眯着眼睛微笑的场景，他就无法克制嫉妒的心情。当时他的眼睛里坠落了无数星辰，一道又一道地划过，形成无比璀璨的流光。他多么希望某一天，那流光也能将少年笼罩。

他忍耐了三天，心底的思念让他几乎陷入疯狂。当父亲决定将少年接回来时，他是如此地心满意足，迫不及待。

然而现实给予他最沉重的一击。少年竟然要跟薛阎结合了，当他还在踌躇不前时，他们已经相约走向幸福的明天。他不知道自己是如何走出薛宅的，从那以后，他每一天都会从噩梦中惊醒。薛阎发现了薛家的阴谋，父亲深感恐慌，他却只关心少年是否知道真相。他最渴求的是少年的爱与关注，最恐惧的是少年的憎恨。然而他还未得到他的爱，就有可能面对他的憎恨。

谁会爱上一个试图杀害自己的人？这是他永远也洗不清的原罪。他躲在房间里，用力捂住心脏，分明拥有健康的身体，却体会到了妹妹病发时那撕心裂肺痛不欲生的感觉。当少年重新回到薛家，他全身的每一个细胞都在叫嚣着思念，却连与少年对视一眼都没有勇气。

他害怕在这双清澈如水的眸子里看见一丁点的厌憎与抗拒。那就像是一把刀，会把他的心灵乃至于灵魂切割成碎片。在痛苦难耐中他却又感到一丝解脱：少年离开了也好，离开就不会受到伤害。但他到底低估了妹妹的决心，在收到管家的预警短信时差点没能拿稳手机。

他用最快的速度赶回家，但到底还是晚了。看见少年胸前被切开一条鲜血淋漓的伤口，他的身体也仿佛被切割了一遍。当警察把他带出去时，他发现每天晚上必要光临的噩梦变成了现实。少年躲在薛阎身后，用厌憎恐惧的目光看着他。

在那一瞬间，他内心里遍布的绿色藤蔓和美丽花朵全都枯萎了，重新变得一片荒芜。带着血腥味的风从鼻端吹过，令他差点窒息。在低头逃避的一瞬间，他原本已能窥见的，那个绚烂而又瑰丽的世界彻底关闭了。他曾经构思过无数遍的幸福未来变成了看不见尽头的绝望。直到这一刻，他才发现，失去少年对他而言意味着什么。

那是比死亡更为可怕的死寂。

医生告诉他，他的双手可能无法恢复到以前的状态。但他并没有任何感觉，这双手是为了拯救少年而毁去，这样一想他便前所未有地满足，甚至怀着感激的心情盯着染血的绷带。在此之前，他什么都没能为少年做到；在此之后，他愿意为少年付出一切。他极力配合警方的调查，在法庭上供认不讳。他几次朝原告席看去，希望少年能看他一眼，哪怕用憎恨的目光。

但他终究还是失望了，少年对他的厌憎已然达到了连看他一眼也觉得恶心的程度。

他低下头，告诉自己这样很好，这是他应得的报应。薛家垮了，薛氏财团被薛阎吞并，部分资产用来抵债，部分资产用来赔偿少年的精神损失。薛了轩之前是世界上最顶尖的钢琴演奏家，颇有积蓄，他拒绝了代理人提出的卖掉大宅的建议。住在这里每年至少能远远地看上少年一眼，住在别处，他们此生便再也没有交集。

现在的他可算是身败名裂，家破人亡，双手因为韧带断裂连握笔都困难，更别提演奏。若是以往，他定然无法面对如此绝境，现在却颇为心平气和，因为他是在赎罪。他看似失去了一切，但只有他自己知道，充斥在内心中的，对少年灼热的爱意没有一分一毫的减少，反而随着时光的推移越发浓烈，那足够支撑他坚强地活下去。他坐在电视机前，目不转睛地看着少年与伊万诺夫的演奏。

在谋杀案发生之后，少年被世人称为受难的天才，他惊人的天赋和坎坷的身世让大家对他爱地疯狂。事实上，他也的确配得上这份爱。他的演奏精彩极了，全场的观众都站起来为他鼓掌，很多受邀的老兵甚至泪流满面。许久之后，少年的身影早就消失在屏幕上，薛子轩才擦掉已经冰冷的泪水，走到书桌前，将挤满了整个胸膛的，似火焰一般的热爱画成音符。

他修改了一遍又一遍，耗费了整整五年的时光谱写了这首《forever》，用忐忑而又激动的心情寄给早已成长为音乐巨匠的少年，不，应该是青年。他还是像往昔那般俊美，清澈明亮的眼眸也丝毫未变。他行事越来越低调，常常一两年不见人影，除非重大演出，否则不会现身。薛阎治好了双腿，每一次都以保护的姿态搂着他的肩膀穿过熙熙攘攘的人群，他也会伸出手抱住他的腰，笑得格外满足。外界对二人的关系猜测纷纭，却并不敢过多描述。

薛子轩把两人被媒体偷拍到的照片全都搜集起来，剪掉薛阎那一半，做成一本相册。支撑他活下去的信念是——或许有一天，那人会亲手弹奏《forever》，作为他爱的祭奠。但薛子轩等了一辈子，终究没能等到。他躺在病床上，满是皱纹的手背插着一根针管，鼻端戴着呼吸机。

他取掉呼吸机，艰难地喘了口气。视线开始变得模糊，他仿佛又回到了最初，年轻的自己踩着泥泞的小路走到破败的窑洞前，看见满脸脏污，眼睛却比星辰还要闪亮的少年正惊奇地看着自己，忍不住微笑起来。他走过去，毫不介意地将少年拥入怀中，用最虔诚的姿态亲吻他额头，喟叹道："我来了，这一世我会好好保护你。让我们重新开始好吗？"

少年懵里懵懂地点头，漆黑的瞳仁里清晰倒映着他的身影。

在梦寐以求的瑰丽幻境中，薛子轩心满意足地离开了人世。

周允晟醒过来的时候被修复液呛了一下，一边咳嗽一边狼狈地爬出感应舱。这次他昏迷了二十七个小时，医护人员一刻不离地守着他。

"有进展了，但是还需要再进去几次。"他快速穿好衣服，撇开忧心忡忡的元帅和几名将军，朝奥尔·亚赛的病房走去。

"你在做什么？"杰拉姆·亚赛正弯腰摆弄着奥尔身上的医疗仪器，似乎对呼吸机很感兴趣，盯着研究了很久。周允晟阴沉着脸走进去，拉开一张椅子在病床边落座。

"你是谁？"杰拉姆反问。

"你不用知道。"周允晟推开房门叫住一名路过的护士，"把我的感应舱搬到这个病房。”

上头早有交代，让他们满足这位“烈士”的一切要求，护士也不多问，很快禀报了上级并把感应舱搬过来，然后在房间的每一个角落安装了监控设备，派遣医护人员二十四小时轮班照看。杰拉姆被这一变故打地措手不及，假作轻松地与一名负责守卫的军人攀谈几句便离开了。

周允晟借口想休息把人赶走，这才取下耳钉嵌入奥尔·亚赛的耳垂，他做得很隐秘，从监控里看去只觉得他摸了摸奥尔将军的鬓角，动作虽然亲昵，却并不出格。脑电图发出活跃的声响，连带着，奥尔的指尖也颤了颤，这是脑域复苏的征兆。周允晟收回耳钉，冲监控器挥手：“准备一下，我要再次进入星网。”

“这么快？您刚休息了一个小时。”医生皱着眉头看腕表。

“大家都在受难，我没有权利休息。开始吧。”

少年大义凛然的话让众位专家感动不已，眼眶微红地看着他重新进入感应舱。

由于女皇的数据库出现了数据倒退和紊乱现象，周允晟也不知道自己即将进入的是哪一次轮回，所以在 008 里留下一些能量当危急时使用。还未睁眼，鼻端就传来一股淡淡的龙涎香，更有人执扇轻扫，送来徐徐凉风。

“皇上，您醒了？那便起来用膳吧。”看见他微微颤动的睫毛，一道婉转温柔的嗓音在耳畔响起。

皇上？周允晟迅速回忆自己曾经当过帝王的那几世，借由女人熟悉的声线理清了这个世界的脉络。好得很，上一世当了七八年乌龟王八，这一世终于可以讨债了。他睁开黑亮的双眼朝跪在榻边的女人看去，果然看见一张倾国倾城颠倒众生的脸孔。

这是他最疼爱的妃子，不，应该说是世界意识和反派系统最疼爱的命运之子——赵碧萱，观她稚嫩的五官和身上奢华的袍服，此时应是她刚被册封为贵妃的头一年，也就是她十六岁的时候。十六岁，在现代还是个半大不小的孩子，在这里却已经入宫三年，第一年因为不想承宠惹怒了帝王，被打入冷宫；第二年在冷宫中沉淀反省；第三年奋起逆袭，靠着一张艳冠群芳的脸和温柔娇怯的性格宠冠六宫，并为帝王诞下二皇子。

周允晟就是这大齐帝国的最高统治者，赵碧萱的夫君。他是个 gay，只喜欢壮男不喜欢女人，想也知道不可能真心疼爱赵碧萱，但无奈反派系统不停给他发布宠爱赵碧萱的任务，让他一次又一次地破格擢升她位分。在顺利诞下二皇子后，她已然晋升为从一品的贵妃，赐封号慧怡，代为统辖六宫，在元后已逝继后未立的当下可说是金字塔尖的人物。

后宫里不知多少女人对她恨之入骨，却因为周允晟的维护动不得她分毫。

“摆膳。”周允晟下榻穿衣。这具身体名叫齐奕宁，今年二十七岁，从铜镜中看去端的是眉眼飞扬、面如冠玉、俊美无双，因自幼习武，更有一副强健柔韧的体魄，胸肌、腹肌、人鱼线一样不少，打小便被先帝戏称为大齐第一美人，对他很是宠爱，更为了抬高他身份将他寄养在皇后，也就是现在的太后名下。周允晟是在三年前赵碧萱入宫时接管的这具身体，且看赵碧萱奢华的穿戴和富丽堂皇的寝宫，任务似乎完成得不错。

周允晟抬手让赵碧萱帮自己系腰带，淡淡开口：“诚儿呢？”

“他刚喝了奶，这会儿正睡着。皇上要是想看他我便让奶嬷嬷抱过来。”赵碧萱压根没打算吵醒孩子，不过顺嘴一说。要是以往，对她们母子格外宠爱纵容的齐奕宁定会摆手拒绝，今天却点头道：“带过来吧。”

赵碧萱只眸色一闪就遣宫女去偏殿，片刻后，奶嬷嬷抱着大哭不止的孩子跨入门槛，立时跪下请罪，说不慎吵醒了小皇子。

“无妨，让朕抱一抱。”周允晟将未满一岁的二皇子抱在怀中，轻柔地抚了抚他涨红的脸颊。孩子的眉眼与他有五六分相似，长大后必定也是一位俊逸风流的郎君，然而身体里却流着另一个人的血。

没错，这孩子不是周允晟的种。若不是在冷宫里不小心怀上，赵碧萱如此傲气清高的人物如何会放下身段引诱他？二皇子的生身父亲不是别人，却是周允晟同父异母的亲弟弟，太后的嫡亲儿子恭亲王齐瑾瑜。若非先帝驾崩时齐瑾瑜才刚满两岁，这帝位能不能轮到齐奕宁还是两说。他虽然被太后收养，但生母只是小小的庶五品嫔妃，且难产而亡母家不显，身份算不得贵重。

因为他自小与太后亲近，易于掌控，太后这才联合母家靖国公府将他推上帝位。然齐奕宁是个扮猪吃老虎的主儿，上位三年就摆脱了太后一系的掌控，成为了大齐帝国名副其实的主宰者。有了地位和权利，总要添些风花雪月的故事才算完美，故此，周允晟来了，在反派系统的操控下带着齐奕宁狂奔在爱美人不爱江山的傻叉道路上，直到被恭亲王活捉并一剑斩首，才堪堪明白自己做了半辈子的乌龟王八。

虽然疼爱赵碧萱只是迫于系统的威胁，但哪个男人能受得了这种屈辱？这次回来，周允晟必定要成全这对狗男女。心里翻滚着各种阴暗的念头，他抚摸孩子的举动却越发温柔。

赵碧萱笑盈盈地看着“父子俩”，似是十分幸福。

第一百五十七章　绿帽子帝王

齐奕宁不但长得风流俊逸，连兴趣也颇为高雅，平日酷爱吟诗作画，赏景踏青，处理完政务常会找几个貌美嫔妃陪伴左右，是个极其会享受的主儿。尤其在打压了太后母族并彻底掌控朝堂之后，他便松懈下来，命人大肆搜罗美女送入帝都，以填充原本空虚的后宫。赵碧萱就是在这种情况下被家族送进来，然后周允晟也跟着来了，成为她霸宠两朝的最大踏脚石。

有鉴于她是这个世界的命运之子，之前的齐奕宁有多风流不羁，在遇见她之后就有多深情专一，不但散尽后宫独宠一人，还在二皇子刚满周岁时便将之立为太子，对这母子俩的宠爱可算是前无古人后无来者。

周允晟每一次被反派系统逼着写下晋位圣旨时，心头都在滴血。当时他已经轮回了十几次，眼界慢慢开阔了，观测人心的本领也修炼得炉火纯青。即使赵碧萱表面上装得再温柔体贴，他也能一眼看穿她隐藏在眼底的冷漠和怨恨。他原本就不喜欢女人，偏偏对方还看不上他，在他面前百般装腔作势虚与委蛇，将他当个傻子耍弄。

天知道有多少次他想一脚将这女人踹开，大吼一声“叉出去”，却都被反派系统的一句“抹杀”给拦住。如此，他只能假装痴情种子，一装就装了七八年。他看穿了赵碧萱的虚情假意，看透了恭亲王和安亲王的不臣之心，也把朝堂争斗看得明明白白，但唯一没能识破的就是二皇子的身世。直到死，他才知道这孩子不是他的种。

他素来喜欢孩子，二皇子玉雪可爱，懂事乖巧，他也是真心疼爱过的，得知真相差点一口老血就喷出来。在被齐瑾瑜一剑斩掉首级时他还在想，这厮当了皇帝，赵碧萱和二皇子的身份问题该如何解决？毕竟世人都知道那母子二人是齐奕宁最宠爱的妃子和皇子。

但既然是命运之子，世界意识自然会补全二人身份上的bug，便也轮不到他操心。上辈子瞎操心的事，这辈子回来，他倒是要好好帮这一家三口合计合计。

耐着性子逗了一会儿二皇子，周允晟摆手道：“用膳吧。”

赵碧萱连忙让奶嬷嬷把孩子抱走，忙前忙后地为周允晟布菜。吃罢晚饭，赵碧萱果然又用身子不适为由让周允晟离开。她不想与他亲近，却也不想他亲近别人，所以总会每天让人送信邀他过来，却又绞尽脑汁地规避侍寝。

在这后宫里，她早已经成为众矢之的，若是周允晟被别的嫔妃笼络了去，对她而言是非常危险的局面。

她这种撩火却不灭火的举动若是换个男人早就受不了了，偏周允晟是个gay，对此求之不得，叮嘱了几句好生休息便信步离开。走到宫门口，他抬头看向悬挂在房梁上的匾额，上面龙飞凤舞地写着三个烫金大字——凤仪宫。

一个从一品的贵妃，有什么资格居住在凤仪宫？周允晟冷笑一声，慢慢踱步回了乾清宫。他翻了翻堆放在御桌上的奏折，已然明白自己回到了哪个时间点，不免露出郁郁之色。

之前说了，碍于反派系统的威胁，他对赵碧萱格外恩宠，连带的也开始重用她的家人。她原本是文远侯府的庶女，乃武将之后，祖上为大齐建国出了不少力，之后海晏河清，国泰民安，帝王又奉行重文抑武的政略，他家也就慢慢衰微。然而最近几年，大齐周边的几个蛮夷部落竟有联合之势，夏秋两季屡屡侵犯大齐边境。周允晟就是在这时候收到系统发布的第二个任务，重用文远侯府。

于是他钦点了文远侯的嫡长子赵玄为征西将军，率领百万大军驱逐鞑虏。赵玄是个领兵奇才，刚到边关就屡屡传来捷报，周允晟也在系统的胁迫下一次又一次擢升他品级，及至二皇子出生那日，他终于扫平蛮夷大获全胜，也为外甥镀了一层“天降福星”的金光。周允晟“大喜过望”，不等他回来就颁下圣旨，册封他为虞国公兼任镇国大将军，在重文抑武的大齐帝国可算是少有的正一品武职，且手中至少握有百万大军，足以左右国运。

周允晟翻开最上面一本奏折，恰是赵玄写来的。正所谓人如其字、字如其人，从赵玄这一笔铁画银钩的狂草不难看出他是多么桀骜不驯能力卓绝的一位人物。只是可惜了，他早已投效恭亲王，是恭亲王夺位成功的最大臂助，也是周允晟的头号敌人之一。

他在奏折中言明西征大军已经抵达帝都外的驻地，只等皇上开了城门检阅。

“来晚一步。”扔掉折子，周允晟摇头暗叹。文远侯府大势已成，要动恭亲王势必得铲除文远侯府。然赵玄手里掌控的百万大军可不是摆设，他须得慢慢来，否则必遭反噬。后宫还有一个太后时不时指使靖国公府在朝堂上捣乱，也不得不防。要是早来一两年，那可痛快了，他抬抬手指都能碾死赵碧萱和恭亲王一系。

“皇上，夜深了，您该歇息了，明儿个还要接见众位将士呢。”一道阴柔的嗓音不疾不徐地拂过耳畔，周允晟偏头看去，顿时眯眼笑了。朝堂后宫各有纷争，就连自己身边也不是百分百安全，这位忠心耿耿的大太监六和不正是太后和恭亲王安插在他身边的奸细？只因他们借着先帝的手送出，才让之前的齐奕宁毫无戒备。

周允晟从未信任过六和，却也并不防范。他心知自己早晚要被炮灰，防不防的没什么意义。于是当安亲王谋反时，看见引领安亲王前来捉拿自己的六和，他一点儿也不惊讶。安亲王谋逆在前，恭亲王勤王在后，一举除掉两大劲敌却没留下半点污名，也不知这个局恭亲王和太后究竟布了多少年。

可笑恭亲王还控诉说他所做的一切都是不得已，若非周允晟抢夺了他最爱的女人，还屡次猜忌暗杀他，他也不会走上这条弑兄篡位之路，他都是被逼的，话落一边流着眼泪一边砍了兄长的头颅。

脑袋飞出去的一瞬间，周允晟真想大喊一句——我也是被逼的！他好好的皇帝不当，干什么跟一个小自己九岁的弟弟死磕？就算弟弟成年了，也根本无法动摇他的皇位。他之所以一次又一次的暗杀恭亲王，不过是为了完成系统颁布的任务而已，不跟男女主作对，怎么好意思当反派？

往事一幕幕在眼前滑过，周允晟摆手道：“伺候朕更衣。”他的确该早点休息，因为明天在朝堂上很有可能会遇见爱人。他现在大约猜到了他的身份，心里满是期待。

翌日，众位功臣精神抖擞地站在朝堂上接受封赏。周允晟果然在他们中间感知到了爱人的存在，一一审视过去，眸色止不住地暗沉下来。

怎么会是他？他心里翻搅着惊涛骇浪，面上却半点不显，把所有功臣应得的赏赐颁下去。

风尘仆仆的一行人跪下谢恩，眼里是毫不掩饰的喜色，唯独一员长相憨厚的小将，张口欲言，抓耳挠腮，好不慌张。

看见熟悉的场景，周允晟眯眼而笑，指着小将问道："爱卿可是有话要说?"

"微臣斗胆，请皇上为微臣换一个赏赐。"那小将跪地拱手，面颊发白，显然很是紧张。

"哦，你对朕的赏赐不满意?"周允晟明知道原因，却很想逗一逗他。

"微臣不敢！请皇上听微臣解释。"小将苍白的脸颊迅速涨成紫红色，抖索着唇瓣迅速开口，原来他并非不满，而是想用高官厚禄为自己死去的母亲换取一个诰命。他原本是武昌侯府的庶子，母亲身份低微却貌美如花，因此常常受到正室磋磨，在他十一岁那年病逝。临终前他发誓一定会为母亲挣一个诰命回来，让她在黄泉之下能稍微过得有尊严一点。

当然，这其中的内情都是周允晟日后与小将渐渐熟悉才得知的。

为亡故的生母求一个诰命，这在重视孝道的大齐也算是一件人人称颂的事。周允晟大手一挥，准了，并把小将好生夸赞一番。至于被儿子下了脸子的武昌侯和侯夫人，周允晟表示朕日理万机没空搭理，想要诰命，让你们的嫡子去挣。

眼见时辰不早，他摆手宣布退朝，并刻意留下小将和赵玄二人。

"碧萱近日身子不适，怕是太过思念家人所致。朕前些天才招了侯夫人入宫探望，你也去探一探吧。你在西北征战时碧萱每日都要为你诵经祈福，这份心意实属厚重。"周允晟摆手，漆黑的眼眸一瞬不瞬地盯着眼前格外高大健硕、俊伟不凡的男人。

他万万没有想到，赵玄竟是他的爱人。上辈子，他只见过赵玄两面，一是他出征西北之时，二是他大胜还朝之时，此后他又匆匆去了边关，再也未曾回京，直至安亲王谋反，恭亲王勤王，他才率兵驰援，一夕便把帝都拿下，烧了大半座城池。明知道上辈子的赵玄和这辈子的赵玄不是同一个，他依然觉得如鲠在喉。这人现在是否已经投效了恭亲王，是否暗中襄助他夺位？他没有记忆，对他来说此处的一切都是真实的生活，有家人、朋友，甚至还有妻儿。

赵碧萱为恭亲王诞下二皇子，事发后文远侯府必会被满门抄斩。为了生存，为了门楣显耀，为了后世子孙，他们不得不跟二皇子和赵碧萱绑在一起。

而现在的周允晟背负着莫大的屈辱和仇恨，也早已站在文远侯府和恭亲王的对立面，二者不死不休。烦恼，周允晟从未如此烦恼过，刚算计着铲除这人，转回头却发现对方是自己的爱人，真真是命运的捉弄！

用指腹压了压眉心，周允晟不想再看爱人如雕塑一般俊朗硬挺的脸庞，再次挥手催促："去看看碧萱吧。"

赵玄垂眸，毕恭毕敬地答应，视线自始至终停留在帝王的衣襟上，并不直视圣颜，当然，此举不是胆怯，而是对帝王的长相不感兴趣。

等赵玄一走，周允晟便领着小将慢慢散步回乾清宫。小将名唤孟康，今年虚岁十八，从小食量惊人，力大无穷，为此没少被武昌侯府的主子和下人嘲笑欺辱，尤其是武昌侯夫人，将他视为眼中钉肉中刺，恨不得除之而后快。武昌侯甚少看顾庶子，只在其母死后满足了他的心愿，将他送入军营从此生死自负。孟康从小受够了打骂折辱，看多了世态炎凉，心性却没有长歪，很懂得知恩图报。只因今日周允晟赐其母一个诰命，且让她迁入孟氏祖坟，他一辈子都感激他。

在安亲王谋逆之时，正是他带领周允晟杀出重围，并为他挡箭而亡。周允晟多次让他离开都被拒绝，直言要为皇上效死。由于见惯了世界的黑暗面，周允晟的心比任何人都冷，却也比任何人都热，别人对他坏，他千倍万倍地还报；别人对他好，他也会终身铭记。

他原以为爱人若在此处，大抵便是这个为他献出了生命的傻小子，结果却跟他预料的完全相反。罢了，不是便不是，并不影响他弥补傻小子的心情。

周允晟示意孟康坐在自己身边，细细询问他在军中的情况，也从侧面打听他的身世。上辈子孟康用赏赐换了诰命，回到家被侯夫人明里暗里地挤兑打压，甚至为了控制他将娘家侄女儿嫁进来。那女人全听侯夫人摆布，孟康的大事小事全都暗地里禀了侯夫人，倒真让他们觑着空隙陷害了孟康几次，令他丢了差事，大好的前途差点毁于一旦。

这辈子，他再不会让那些魑魅魍魉谋害他一分半分。

周允晟不但没收回之前的丰厚赏赐，回到乾清宫后想了想，又给孟康添了一座三进的宅邸，当即就亲手写了匾额，让内务司去打造。皇上赐了府邸，赏了匾额，不马上住进去可算是大不敬。孟康性子憨直，人却不傻，知道皇上这是在为自己考虑，一双牛眼被感动的泪水涟涟。

"八尺高的昂藏汉子，怎说哭就哭了？叫人瞧见还当是哪里来的大姑娘，快把眼泪擦干净。"周允晟哭笑不得的扔了一条明黄手帕过去。犹记得当年他为身陷天牢的孟康平冤时，他也像如今这般，趴在御前哭得涕泪横流，把光洁的大理石地板弄得黏糊糊湿漉漉的一片，差点害他摔倒。这糙汉子的外表小姑娘的心，两世都没变，可真够怀念的。

看着哼哼哧哧擤鼻涕的孟康，周允晟点着他额头朗笑出声。

赵玄乃嫡子，赵碧萱乃庶女，两人虽是同源却隔了一层肚皮，因此感情并不深厚，见面只相互问候几声，看了看二皇子，便告辞出来了，还未走进乾清宫，就听一阵朗笑顺着房梁飞出，似刀兵相撞般激越，又似微风拂过草原般清爽。

他耳尖止不住的颤动了几下，立在门边等候召唤。

六和弯腰拱背的走进去，说是虞国公求见。这是赵玄刚获封的爵位，比他老子文远侯还要官高一等。这爵位和封号早在他班师回朝的路上便已经赐下，且备了案，无可更改，周允晟只能暗恨自己来得太晚，没法及时遏制赵家的发展。

“让他进来吧。”周允晟收起笑容，心中郁郁。

赵玄耳尖又颤了颤，已然发现此人暗藏在低沉嗓音中的不悦。他迅速回忆自己是否做错了哪里，只得出“功高震主”这一个结论，不由心内嗤笑。自古以来哪个手握重兵的武将得了好下场？就是大齐的几位开国猛将，也都死于鸟尽弓藏，由此可见猜忌是帝王的通病。

他抚了抚左手上的扳指，信步走进去行礼。

“起来吧。此次西征辛苦你了，时辰不早，不若留下陪朕用膳，明日朕再筹办大宴犒赏三军，与你们饮个痛快。”周允晟忍了又忍，终是没忍住亲手拉他起来，指腹在他手背上摩挲了一下。

赵玄谢恩后将手拢入袖中，用力握拳。被帝王碰触过的那片皮肤不知为何发起烫来。

（略）

（节选自晋江文学城）

【粉丝评论摘编】

@攻德无量扫文组：【槽点】没。【萌点】金手指。看快穿文不就是为了看金手指咩 hhh（编者注：hhh 即哈哈哈）【H（编者注：H 即性爱描写）】没见过。【总结】其实就是和作者文案中说的一样，就是文笔不错看起来不累的金手指苏爽文，ABO 末世宫斗商战修仙等等类型文都有，总有一款适合你！

@纠玖久旧扫文记录：三观不正快穿文，通篇下来一个大写的爽字，万能黑客心机受各种洗白虐渣，万能忠犬攻跟着受保驾护航，一点都不虐，一点都不憋屈，金手指开破天，人设丰满情节精彩，攻从头到尾都是同一个人，刷主线剧情的同时感情线发展也很赞，每一个故事都很好看哈哈哈哈哈哈哈，狠虐渣渣的反转戏真是爽到炸！太苏了舍不得看完怎么破！！！

@囧 = + = 咩！：作者菌每篇文的受都是那种很坚强、独立、自主的受……每篇文的受虽然性格各不相同，但是核心品质是一样的，攻也是这样，遇上受之前各种狂霸酷帅拽，遇上受之后各种二十四孝好老攻！！！

最喜欢这种，每次看攻受互动都觉得好甜，甜得发腻了都！

现实中已经累觉不爱，只有看作者菌的文里，看攻各种宠受的时候才会觉得人间还有真爱！！！（《献上我的膝盖 ~！》）

@苏如是°：我本来就是一个工作狗，每天心里面积累的压抑真的很多……我看网文，就是希望在一天工作之余，有个途径让我放松一下……所以真的很讨厌那种憋屈到死的文，不但不能帮我减压，反而加重了我心中的压抑感。……打脸狂魔周周出现得恰到好处，让我看得开心极了。苏不要紧，爽就够了，反正我就来看这种 PIA ~ PIA ~ PIA ~ 打脸的。（《其实我以为书呆是个高冷呢》）

@荆紫烟：老瓶装新酒，这年头撒狗血也能撒得如此赏心悦目的不多了，当时我可是考前熬夜看完的，根本停不下来啊啊啊。三观不正，但爽文嘛╮（╯▽╰）╭

@这么好的文一定要来一发长评：周允晟，辨识率极高，他智商情商超高、内心强大、本质强势、表里不一、灵动狡黠、腹黑霸气、任性胡为、游戏人间，他超脱了世间的一切，似乎让人无法看透抓住，又让人忍不住

为他驻足，这样的周周让人如何不爱。（《弱水三千我只取一瓢饮（1－10）》）

@lx：虽然我不太看耽美文，但这篇我还挺喜欢的。但是，我不喜欢小受跟女生一样感情太细腻，比如多愁善感、胡思乱想之类的。……在我看来，即便是攻受，也还是男人，在感情上还是男人一点好，不能整天哭哭啼啼，斤斤计较，像小白花，这跟女生都没区别。这也是我不看女尊文的原因。

@＝＝：我觉得受就像是在打RPG游戏，对一个NPC有感情想对他好很正常，对其他NPC没感情一切以通关为先也没问题，没必要对所有角色都真情实感。

（导引、简介、节选、粉丝评论摘编：肖映萱）

“大数据”时代的“反类型”

肖映萱

作为2015年晋江“纯爱”最大的“黑马”，《快穿之打脸狂魔》（以下简称《快穿》）自3月连载伊始就引发了追文狂潮，4月进入VIP收费模式后更加势不可挡，霸占金榜榜首直至8月完结。短短5个月内，《快穿》掀起了一种堪称“现象级”的狂热，或许只有在男频日更数万字的“小白文”那里，才能看到类似的景象——而《快穿》也的确转借了男频的“系统”“快穿”“无限流”等元素。那么，它是否如风流书呆自嘲的那样“苏苏苏，雷雷雷，金手指粗粗粗”，只是一篇加入了“纯爱”元素的女频“小白”爽文？事情远没有这么简单。

《快穿》的结构，遵循“无限流”的惯例，以系统副本（类似游戏系统的副本地图）的形式，划分为各自独立的故事单元。阅读《快穿》的过程，就像是没头没脑地被塞进一辆飞驰的高速列车，“快速穿越”于15张副本地图，每停一站，立即有任务卷轴交到手中，必须跟随主角去完成“打脸”任务，顺便与命定的爱人把恋爱谈了，再马不停蹄地开往下一站；旅途中，主角渐渐发现了世界的真相，而我们也慢慢看清了这辆车的全貌——原来列车的预定轨道是绕不出去的死胡同，唯有通过“打脸”使轨道一点点偏移，才能脱轨而出，碾碎制造这一迷局的终极BOSS。

列车行驶过快，路上的风景就成了一晃而过的色块。大量细节被一笔带过，许多情节隐线没有得到充分展开，主角之外的其他角色刻画也显得过于单薄……但只有这样，我们才能保持十章左右（多则10万字，少则4万字）刷完一张地图的节奏，趁着“打脸”的快感刺激和对命定爱人身份谜题的好奇，立即赶赴下一站。通常情况下，如此简单粗暴的叙事，会被看作是粗制滥造，甚至被当作网文写作水平低下的证据。但就《快穿》而言，这更应该被理解为一种故意为之的写作策略：列车始终高速运转，正是令读者欲罢不能的原因所在。

这种几乎可以被读作“写作细纲”的简单粗暴，之所以能够得到女频读者的容忍、接受，甚至鼓励，其背后隐藏的是一个网络互文环境下的“数据库”。小说的预设读者，是一群对女频类型文有着丰富阅读经验的资深读者。凭借以往的经验，她们完全可以自行“脑补”出那些已经被重复书写过无数遍的桥段，不必在细节上着墨太多。以节选的《绿帽子帝王》副本为例，周允晟化身的帝王，与让他戴了绿帽子的贵妃赵碧萱和恭亲王齐瑾瑜，这三个人的关系活脱脱是《甄嬛传》中皇帝与甄嬛和果郡王的三人关系的翻版。作者只需以寥寥数笔勾勒框架，读者们记忆中《甄嬛传》的所有丰富细节，就会自动填补剩下的空白。

这种“脑补”，是只有在网络“大数据”时代，才得以在读者中形成的特殊默契。在她们这里，既有的无数女频文形成了一个“数据库”式的互文空间。任何一部作品，作为类型文，其所属的类型都有一个固定框架。这些框架拆散了、揉碎了，就成了“数据库”中的无数背景、人设、情节等元素碎片。而任何一部新作品，都是抽取其中的部分碎片并进行重新拼接的产物，它的身后可能有一个或多个类型的无数文本充当注脚。如《绿帽子帝王》，它在类型上属于“宫斗文”，抽取的碎片是类似《甄嬛传》的背景和人设，并加入了“纯爱”类型中的“君臣”情节模式。

《快穿》使“数据库”机制第一次如此明确地表现为一部完整的作品，来自不同类型的元素碎片杂糅在一起，看似天衣无缝，却又在简单粗暴的叙事中暴露无遗。这正是其突破性所在：《快穿》暗示着“大数据”时代网络文学的全新读写方法——不要前奏，直奔高潮！你嫌细节不够看？有一整个类型的文本等着你去补充。

此外，《快穿》将类型的固定框架，即“商场”“重生”“种田”“娱乐圈”“末世”“西幻”“ABO”“修仙”“宫斗”等女频类型文的经典套路，进行了一次练兵式的陈列。主角周允晟化身“打脸狂魔”，以反派、炮灰、深情男配的身份揭竿而起，拳打“主角光环”，脚踢类型传统，实现了“反类型”的逆转。事实上，从“反琼瑶”到“反白莲花”，在类型文的发展过程中，因套路的陈旧而产生“反类型”的冲动是很常见的，“反类型”自身也渐渐成为了类型的一种。因此，《快穿》不仅是“反类型”的集大成者，也是类型的集大成者。即使作为一个缺乏“数据库”积累的新人读者，《快穿》也可以作为一部“入门小百科”，引导我们按图索骥地去熟悉每个类型背后的知识谱系，做到“一书在手，女频我有”。

值得注意的是，“纯爱”作为《快穿》的元类型，并没有随着其他女频类型一同被打破。爱情叙事不仅承担着串联各个故事副本的线索，更是所有碎片重组的必备要素；在解构了所有类型文套路的同时，“生生世世一双人”的设定，反倒强化了攻受的固定配对模式。这一定程度上道出了“纯爱”类型的某种本质：即使在言情的“职场”“宫斗”“宅斗”那里已经被消解了无数次，爱情在“纯爱”这里，仍旧是亘古不变的追求、不可逾越的底线。

如果说类型是“宏大叙事”，那么“反类型”可能是对“宏大叙事”的解构，也可能只是另一种串联被压抑的可能性的冲动。虽然作者只在少数几个副本中做到了从根本上推翻这一类型的固有逻辑，其他时候都只能用“金手指”（即游戏外挂/作弊器）强行“打脸”，但总体来说，《快穿》在展示“反类型”的可能性方面做出的尝试，仍是弥足珍贵的。

诛　砂

希　行

希行，起点女生网以医女和宅斗题材著称的古代言情作者，代表作《名门医女》（2013）、《娇娘医经》（2013）至今仍位列书友推荐榜总榜前列。希行的题材从早期的西医、中医、药学，转向近来代表民间文化的巫医、巫蛊，始终在浓郁的知识氛围中，创造阅读快感，并探索对现代社会的深层思考。《诛砂》全文共164万字，2015年3月1日至12月1日在起点女生网连载，连载期间，在女频月票榜连续五个月名列第二，10—11月更是位居第一。

本书继承了宅斗文、重生文的传统爽点，又穿插了采砂炼丹、巫医巫舞、民歌民谣等新鲜知识，在女主重生的成长与抉择中，贯穿了对自由、人性的反思，既为“热文”，又自成一格。

【标签】古言　重生　宅斗　架空

【简介】

彭水谢家，世袭采砂大户，依靠矿山、凭借巫术被百姓膜拜信奉。掌控山神祭祀的谢家“丹女”被民众狂热崇拜，犹如精神领袖。

每一代只有嫡长女才能成为“丹女”继承者，因而，当双胞胎姐妹谢柔惠、谢柔嘉一同降世，就注定有一场风暴要来临。然而，预计中的“夺嫡之争”并没有发生——姐姐谢柔惠意外早死了。之后，懦弱的妹妹谢柔嘉却在家族内被冤为凶手，对外又被迫假扮姐姐，受人摆布，这样的撕扯最终导致家族覆灭。

小说在此开启了“重生文”模式，谢柔嘉重回十二岁，她希望有能力向命运说“不”。然而，当她拼命保护姐姐时却发现，姐姐表面温顺，却为夺“丹女”之位不择手段；谢家众人为保“丹女”独尊，无所不为、鱼肉百姓；而前世的灭族仇人们，却有着各自苦衷。

随着“丹女”之争深入，家族命运也在皇权暗斗中起伏。谢柔嘉发现腐朽的“丹女”制度才是人性扭曲的源头，于是决绝地走上了“诛砂”之路——诛灭这一伤害山林、罔顾矿工生命的采砂业和“丹女”独尊的制度，重建家族温情，将采砂知识传授开来，破除垄断，谋求万民幸福。

选文为全文第四卷第二十三—二十六章，谢柔嘉在宫中遭遇皇族轻视戏弄，以摄人心魄的巫舞，维护了自己的尊严，获得皇帝“顶天立地”赞誉的一段。在这段文字中，宗教的神秘、艺术的魅力与女主不惧权威的智与美交相辉映，体现了希行创作的特色。

【节选】

第二十三章　不让

看着太后脸色难看，显荣公主上前将谢柔惠拉回屏风隔间后。

“你妹妹好凶哦。”站在屏风后的其他的公主们笑嘻嘻地低声说道。

谢柔惠要说什么，被显荣公主拉了下。

“你妹妹凶不凶谁都看得出来，我长这么大第一次看到敢打方子元的人，这些话你就别说了。”她说道。

谢柔惠就拉着她的衣袖。

“公主。”她一脸哀求地说道。

显荣公主甩开她的手。

“太后娘娘不问事就是不问，一旦她要问了，别人说话就不管用了。”她低声说道，“现在我说好话也没用，就看你妹妹怎么说了，但愿你妹妹机灵点，有点分寸。”

她们低声说话，听得屏风那边传来谢柔嘉的声音。

“因为他骂我。”

有个公主就又笑了。

“你妹妹真凶哦。”她再次说道，“是不是从来没人骂过她啊？”

“怎么办？太后一会儿要是骂她会不会被打？”另一个公主哧哧笑道。

听着这些取笑谢柔惠神情尴尬。

“行了，你们都闭嘴，想说去外边说去，管谢大小姐什么事，好人就是这样，总是要被人带累。”显荣公主说道。

那边太后已经让人去带方小公子来了，很快殿内响起变调的喊声。

“姨母！我要死了！”

“哪里就死了？”皇后没好气地给了他一巴掌，“这么多人在呢，怎么就让你死了，不许大呼小叫，太后还等着你回话。”

方小公子就高一声低一声地呻吟着。

“子元，你为什么骂谢二小姐？”太后问道，“你不知道这谢家二小姐是哀家请来的吗？”

方子元挣扎着从躺椅上坐起来，一只手捂着青肿的眼。

“娘娘，我当然知道，我就是知道才上去跟她打招呼的。”他委屈地说道，“我还跟她说了我是谁……”

听到这句话，一旁的皇后的视线就看了眼谢柔嘉。

说了身份啊，这小姑娘还敢下手啊？

别说不知道文昌伯是什么人，她的姐姐显然对宫里的人清楚了解得很。

“少废话。”太后说道，“好好打招呼没人会打你，说，到底说了什么惹恼了谢小姐。”

方子元再次叫冤枉。

“我也没说什么，我就夸赞谢家小姐舞跳得好，她就打我。”他说道。

“不是，是他要我和我姐姐跳舞。”谢柔嘉说道。

“叫你们跳舞怎么了？要不是认为你们跳得好，我能叫你们跳吗？”方子元喊道。

太后啪地一拍几案。

“都住口，娘娘问你们了吗？”一个内侍尖声喝道，“没规矩！”

方子元不说话了，谢柔嘉抿住嘴。

“就是说，方子元你让二小姐跳舞？”太后问道。

“是。”方子元说道。

太后又看向谢柔嘉。

“二小姐，因为他说让你跳舞，你就打了他？”她问道。

“他拦着我不让我走，说不跳，就别想出宫。”谢柔嘉说道。

“你为什么拦着她？小姑娘不愿意跳就算了，你拦着干什么？”太后呵斥道。

“不是啊，太后，是她先冲撞我，我才让她给我道歉，她不肯，所以我才生气说让她跳舞赔罪的。”方子元喊道。

“你胡说！”谢柔嘉喊道，“是你先挑衅我的，你张口就让我跳舞！”

这次不待太后拍几案，内侍就尖声喊着住口住口。

“你也别说你有理，有没有理又不是你说了算，敢说假话，我也不饶你。”

皇后看着方子元呵斥道。

当然这话谢柔嘉也听得到。

“我没说假话。”方子元可怜巴巴地说道。

“有没有说，也不是你说了算，那么多人看到呢。”皇后说道，看着一旁安静而坐的东平郡王，“东平，你说呢？”

东平郡王自跟着进来后就一直没说过话，听到这里笑了笑。

“娘娘，我到的时候只是阻止他们打架，至于他们为什么打起来，我并没有看见和听见。”他说道。

皇后便又看向太后。

“娘娘，叫人进来问问？”她问道。

话音未落，就听得外边喊皇帝驾到。

皇帝来了？

里里外外的人忙都站起来迎接，谢柔嘉也转过头，看见一个四十多岁的气宇轩昂的男人走了进来，周成贞就在他身边。

谢柔嘉垂下视线，跟随众人叩拜。

“陛下怎么过来？”太后问道。

皇帝还没说话，周成贞就开口了。

“娘娘，是我请陛下过来的。”他笑着说道。

太后瞪了他一眼。

“你多什么事！”她喝道。

“娘娘，这种事怎么能瞒过陛下。”周成贞说道，“况且方子元还是打了皇帝和娘娘你们两个人的脸面。”

他这话一出口，方子元就从躺椅上嗷地跳起来。

“周成贞，你胡说什么！”他喊道。

“我胡说？我可是亲眼看到了，就是你调戏人家小姑娘，拦着不让走，说些不三不四的话，活该被打，本来我都要打你的，不过是手慢没轮上。”周成贞说道。

“周成贞，你胡说！”方子元喊道，又想到这周成贞是跟皇帝来了，肯定是已经在皇帝跟前告过状了，他又忙对着皇帝施礼，“陛下，陛下，我真没有，周成贞是污蔑，他跟我有仇，您不能只听他的，再叫别人来问。”

“我跟你有仇就是污蔑你?”周成贞勾起嘴角笑道，“那别人跟你没仇就是包庇你喽。”

这话说得直接堵住了太后皇后说找人来对质了。

皇后皱眉，太后的脸上也浮现不悦，想到什么目光看向谢柔嘉。

女孩子一直低着头看上去安安静静的。

周成贞的视线也看向她，毫不掩饰几分得意。

看看吧，只有小爷才能护得住你。

什么都不用怕，我直接搬来皇帝陛下。

“陛下!”方子元气得跳脚，但他也不是没眼色，看到皇后都不说话，他也不敢再大喊大叫，只得委屈地喊道。

皇帝笑了。

“你这伤就是谢二小姐打的?”他问道。

方子元立刻点头，声音变得有气无力。

“还有呢。”他指着自己身上这里那里。

皇帝视线已经转向谢柔嘉。

“你是谢家二小姐?”他问道。

谢柔嘉应声是，低着头也感觉到皇帝的视线在她身上扫过。

“跟你姐姐是挺像的。”皇帝笑道。

已经从屏风后出来和公主们站在殿内的谢柔惠忙上前施礼。

“陛下，都是我没有照看好妹妹。”她说道。

皇帝笑了笑。

“是他调戏你你才打他的?”他继续问道。

“是。”谢柔嘉说道。

“不，不是的，只是方公子开个玩笑，我妹妹她脸皮薄恼了。”谢柔惠忙跟着说道，“陛下，这是个误会。”听她这样说太后和皇后的面色好了一些。

“他开的什么玩笑?”皇帝问道。

这是最关键的问题了。

皇帝虽然是听了周成贞的话过来的，但此时此刻又把问题踢给了这女孩子。

那这件事结果如何就落在这小姑娘身上了。

跟周成贞说的一样，皇帝这时会护着她，但她立刻就得罪了皇后太后。

如果跟她姐姐说的一样，承认这件事是个玩笑误会，那皇帝这里她留不下好印象，太后皇后也不会领她的好。

看来皇帝根本就不是打算护着她，要不然也不会把问题扔给她了。

太后皇后的脸色好了很多，咽下了要说的话。

殿内安静下来，视线都落在谢柔嘉身上。

周成贞更是几乎把她看穿。

别夙啊，这可是报仇的好机会，我都给你铺好路了，拿打我的精神把话往狠里说。

“他让我跳舞。”谢柔嘉说道。

扑哧一声，不知谁笑出声。

你傻啊！

跳舞算什么玩笑！算什么值得立刻将人往死里打的玩笑！

不共戴天你死我活的玩笑最起码应该是被摸手捏脸不堪入耳的调戏话啊！

周成贞差点跳起来，瞪眼看着她。

太后皇后则笑了带着几分不以为然。

“就是因为他说了一句让你跳个舞的玩笑话？”皇帝笑问道。

谢柔嘉抬起头。

“陛下，这是玩笑话吗？”她问道。

皇帝看着她。

“哦，是有点过分了，你生气也是应该的。”他淡然说道。

“原来陛下认为这只是有点过分。”谢柔嘉说道，“那陛下为什么要召我们谢家觐见呢？难道这也是个玩笑吗？”

此言一出，殿内的人面色都惊愕。

她这是，在质问皇帝吗？

太后的脸色沉下来。

“脾气真大。”一个声音忽地响起，还带着笑意。

众人的视线不由看过去，见是一直安静而坐都要被众人又忘记的东平郡王。

见大家看过来，东平郡王笑了笑却没有再说话。

不过，是啊，这小姑娘的脾气还真不小啊。

竟然敢对皇帝甩脸了。

“谢二小姐觉得朕说错了？”皇帝问道，脸上已经没有了笑意。

殿内年纪小些的公主们都低下头带着几分畏惧。

皇帝的脾气其实也不小。

有些不妙啊，她只是想让谢柔嘉受到羞辱以及被皇家的人厌弃，但并不是要谢家被厌弃，谢家现在被厌弃可是会累害她的。

只是……

这又是个极好的机会，惹怒皇帝，这个家伙这辈子就再也翻不了身了。

谢家被皇帝厌弃就被厌弃吧，反正她在谢家也不会被厌弃，她还是且更是不可取代的大小姐。

谢柔惠也垂下头，袖子里的手攥了起来，心怦怦地跳起来。

快，快惹怒皇帝吧。

“是。”谢柔嘉说道，脸上虽然有畏惧，但她还是挺直了脊背。

这不要命的臭丫头！

周成贞张口就要说话，皇帝却拍了下几案。

殿内的人一哆嗦，周成贞的话也卡住了。

“真是大胆！”皇帝喝道，声音里满是怒意，“朕错在哪里？”

“陛下息怒。”乱乱的声音响起，殿内的人呼啦啦地跪倒一片。

站着的谢柔嘉就格外地显眼。

“陛下您错在不该召我们谢家进京，陛下更错在不该召我们谢家以觐之礼进京。”

女孩子的声音在殿内响起，盖过了一片息怒声。

“陛下您为什么召我们谢家进京？难道是因为我们谢家的朱砂生意做得大吗？”

谢柔嘉说道，自己摇摇头。

“不是，再大能大过陛下的江山吗？

“陛下您为什么要赐予我谢家以觐之礼？难道是因为我们谢家富可敌国吗？

“不是，再富能富过陛下的社稷吗？

"我们谢家上上下下里里外外，我们巴蜀万众都认为，是因为我们谢家进献了凤血石，是因为我们谢家三月三祭祀得天降下异象为祥瑞。

"我们谢家为什么会发现凤血石？为什么会得天降异象？是因为我们谢家是大巫，是巫清的后人，这些都是神灵通过我们谢家，赐予万民赐予陛下的。

"所以我们谢家以巫沟通天地神明，所以陛下才奖赏我们谢家如此荣耀，没想到，原来陛下并不是这样认为的。

"陛下，我们谢家是巫，巫是怎么沟通神明的？是舞啊。

"陛下，那是巫舞啊，是敬天地鬼神的巫舞啊。

"现在，有人竟然当众要我们谢家人给他跳舞，说我们谢家跳舞跳得好，把我们谢家当成舞娘，把巫舞当成供人玩乐的伎乐。

"而陛下竟然认为这只是一个玩笑，这只是一个过分的玩笑。"

谢柔嘉看着高高在上的皇帝，眼里有眼泪大颗大颗地滚落。

是您自己要吃丹药，吃出了问题，就灭了谢家的族。

那是一个族啊，老老少少的人命啊，那些都是无辜的人命啊。

"陛下，既然我们谢家在您眼里只是一个跳舞的，您何必召我们进京，何必如此大礼相待啊！"

说到这里她深吸一口气。

"可是别人可以认为这是一个玩笑，陛下您也可以认为这是一个玩笑，但我不会这样认为，谢家的人不会这样认为。"

她拂袖抬手高举过头。

"陛下您不用再查再问，也不用思虑斟酌各方，方子元是谢氏柔嘉我出手打伤，我认罪认罚但凭处置。"

她对皇帝一拜。

"心甘情愿以此为荣。"

殿内鸦雀无声，看着那小姑娘躬身缓缓弯拜的身形，很多人只觉得好似有石头压过来，不由气息凝滞。

娘啊……

方子元已经呆滞了。

不就是打个架嘛，怎么搞得好像士大夫进谏，为忠义慷慨赴死了？

周成贞脸上已经没有半点的焦虑暴躁，取而代之的是沉沉眼里闪烁的荧光。

第二十四章　起舞

“脾气果然很大。”

在一片沉寂中，东平郡王的声音再次响起，依旧带着淡淡的笑意。

“听说过本事大的人脾气大，现在看来小孩子的脾气也很大啊。”

这话打破了殿内的凝滞。

皇帝的面容微动，而太后和皇后也回过神来。

“你这孩子，真是想多了。”太后说道，“他又不懂这个，也不知道这是冲撞你。”

方子元终于反应过来了。

“是啊是啊我不知道啊。”他喊道，“这是我自己不知道，我又没见过什么巫，就跟我夸谁谁好看似的，我是好意，哪里知道对你来说是羞辱啊！”

他说着梗起脖子。

“你有什么冲着我来，不用牵涉到皇帝身上，羞辱你的是我，别扯那些有的没的。”

“是啊，你说的这些，我们也不知道啊。”显荣公主说道，“你觉得你被羞辱，你就告诉方子元，哪有这样动手打人的？”

“你是说，他不是存心羞辱我的？”谢柔嘉看向显荣公主。

是不是的，显荣公主心里也多少知道，但是这个时候又怎么能承认。

“当然不是。”她说道。

“就是，我就是好心，我就是觉得好看夸你呢，我才没有羞辱你。”方子元也跟着说道。

谢柔嘉看向他。

“你知道巫舞是什么状况下才会跳的吗？”她问道。

“我怎么知道？！我又不是巫！”方子元没好气地喊道，“我又不知道你跳舞不是给人看的。”

“不，巫舞降神，祈祝祷酬，但也是给人看的，给那些有所祈求、祝愿、感谢的人看的，既然你说你好心，你不是心存故意羞辱我。”谢柔嘉说道，看着方子元，“那我可以为你跳舞。只是，你敢看吗？”

可以跳舞，你敢看吗？

这话什么意思？

殿内的人都愣了下。

“你敢跳我有什么不敢看的？”方子元说道。

“因为如果你心存恶意，心存不敬要看巫舞，你就会被惩罚。”谢柔嘉看着他说道，“你还敢看吗？”

什么鬼啊！

方子元一怔，心里骂了声娘。

骗小孩呢？

“怎么不敢看啊。”显荣公主先开口了，冷笑一声，“在宫里看个巫舞又不是什么稀罕事，南朝张丽华专攻巫舞，至今教坊还传承呢。”

南朝陈后主的宠妃张丽华，常常以祀神的名义歌舞，深得皇帝喜看。

这是把谢家巫舞比作后宫宠妃，比适才的开玩笑更为过分。

殿内的人纷纷惊骇。太后皇后也勃然变色。

“显荣，放肆！”太后竖眉喝道，“跪下！”

“娘娘，您是要我给您跪下，我就跪，要是因为我这句话说错了，而对别人下跪，显荣不跪！”显荣公主说道。

“显荣大胆！”皇后也急了，起身喝道。

显荣公主还没说话，谢柔嘉已经一转身拂袖。

“好，我今日就让公主看一看，谢家的巫舞跟张丽华的巫舞有何不同。”她说道。

“要准备什么？”显荣公主问道，看着那转过身的女孩子，“在哪里？鼓乐要什么？”

谢柔嘉回头看她一眼。

“什么都不用准备，只是舞而已。”她说道，说这话抬起手击掌一拍，腰身长甩。

击掌声一下一下，随着肩背腰身晃动。

开始了？

这就开始了？

没有换上华丽的舞服，没有鼓乐做伴，甚至没有清场。

殿内的人或坐或站，有公主们有太医们有内侍，有的低头，有的垂手，有的在交头接耳，有的在木然发呆。

就在这种情况下，那女孩子就开始跳舞了。

她顿足踏地，甩肩转腰，摆臂击掌。

没有鼓乐相和，没有歌声相伴，只有清脆的击掌声，脚步踏地的咚咚声。

嘈杂低语渐渐小去，所有人的视线落在这个女孩子身上，神情愕然。

怎么看这场面都有些滑稽。

“你妹妹也会跳舞？我还以为只有大小姐会跳呢。”

谢柔惠耳边有人问道。

“我们都会跳，都要学的，家里的姐妹都要学的。”谢柔惠挤出一丝笑说道。

“那她跳得很好？”那公主问道，看着场中跃动的女孩子，那简单的肢体摇动，简单的缓慢的没有任何技巧的脚步移动，哪里有半点舞蹈的样子。

谢柔惠没有说话。

何止跳得好，她还跳了三月三，引来了风雨雷异象。

但是这种异象不是因为三月三大祭吗？

还有上一次给祖母的大傩，那都是有告有求，有巫歌有仪仗有鼓乐，有请神所以才降神。

可是现在什么都没有，只有舞，只有舞又能怎么样？

在巴蜀那些民众会仅仅因为你挂着谢的姓氏就能癫狂，但在这里这些人可不会。

她这是想干什么？

疯了吗？赌气吗？这能跳出什么来？

显荣公主也从愕然中回过神，看着面前跳动的女孩子。

“真是可怜。”她嗤声说道。

方子元嘎嘎笑了。

“跳得这样难看啊，早知道就不问了。”他说道。

还有几个年纪小的公主干脆笑嘻嘻地拍手学着谢柔嘉的动作。

坐在上位的皇后嘴边浮现笑意。

“这小姑娘还真是脾气大。”她说道，“这就开始了，娘娘，让这些人避让一下吧，至少给她腾出跳舞的地方。”

太后嗯了声，带着几分无奈摇摇头，才要张口，另一边的东平郡王开口了。

“不用，娘娘，小姑娘自己清场呢。”他含笑说道。

自己清场？

太后和皇后看过去。见那女孩子正一步一步地倒退而行，在她的前方几个小公主亦步亦趋地跟随。

小公主们笑着跟着那女孩子旋转，下一刻却见那女孩子又到了另一边，穿梭在两个内侍之间，左摆右摆，内侍随着她的摆动挪动。

脚步踏踏，掌声顿顿，横奔竖跳，转眼间殿内果然空出一片。

“大家又不是没有眼色，不用开口说，自然会给她让出地方。”皇后说道，“也只有子元和显荣两个还在赌气。”

方子元和显荣公主都依旧站在原地，似乎没有退开的意思。

谢柔嘉摇摇晃晃，一步一顿向他们走过来。

不就是踏歌嘛，这种舞看得多了。

方子元心里说道，而且她跳得也不好看。

不好看吗？

眼前的女孩子身形摇曳，媚眼如丝。

不……

方子元心神一顿。

好看。好看。

女孩子手臂摇晃，遮挡着半面，一步一步地后退，左摇右摆，露出俏丽的笑。

方子元也跟着笑起来。

有什么好笑的，显荣公主看着方子元露出笑，哼了声，看向眼前的女孩子，女孩子的脚步一顿，似乎被她吓到了。

显荣公主抬起头挺直了脊背，对她怒目而视。

女孩子脚步慢慢地再起，一顿一扬，一顿一扬，双手在左右交换击打，她的神情也渐渐肃然。

土归土，水归壑，虫勿作，草木有泽。

巫来南山，上古神传，今我出行，且退且避。

手臂旋转，腰身同转，裙角飞扬，殿中似乎风起云涌，显荣公主只觉得眼前的人陡然悬空。

风开路，雷作鸣，兽为护，鬼为奴。

一步一进，一进一跃，踢腿踏歌，顿顿有声。

退！退！退！

显荣公主呼吸急促，紧紧攥住了手，只觉得风吹雷鸣，视线也变得昏昏，四周似乎都是山黑压压地聚集过来，山间还有乌云盘旋。

耳边的一声雷一声鼓，脆脆咚咚，击打着她的心。

跪！跪！跪！

眼前似乎有山坠来，显荣公主一声低呼，浑身发麻，扑通跪下。

这扑通的声音让方子元不由哆嗦一下，抬头看适才那个美人已经消失不见，取而代之的是一个巨人。

方子元瞪大眼，看着面前如山高的大汉。

他抬脚，落步。

地动山摇。

抬脚，落步。

地动山摇。

怎么回事？这是什么？

方子元想要大喊，眼前的巨人却瞪着铜铃般的大眼，冲他张开口。

诃！

耳边一声滚落，如同雷滚，又似乎是在唱歌。

是……什么声音？

不是歌，是呵斥，听不清喝的什么，只听到一声高过一声的喝。

诃！诃！诃！

伴着这一声一声，眼前无数木钉，铺天盖地如雨而来。

方子元浑身发抖，想要大喊想要逃跑，却一动不能动。

噗的一声。

谢柔惠咬破了舌尖，剧痛让她醒过神，嘴角边有血迹渗出。

眼前幻象消失，她的眼前只有一个女孩子正在踢腿踏歌，

女孩子或单足跃起，或旋转飘舞，衣衫飘动。

四周的公主们依旧含笑嘻嘻，或者拍手，或者跟随摇头，散落在四周的内侍们，或者呆呆看舞，或者低头伺候身边的公主们。

台上太后和皇后脸上甚至出现倦态，似乎对着舞倍感无聊。

谢柔惠的视线落在场中的显荣公主和方子元身上，他们依旧呆呆立着，似乎跟方才没有两样。

但是谢柔惠知道，他们已经不一样了。

他们已经被摄魂夺魄。

谢柔惠的视线又慢慢地看向舞动的女孩子，只看一眼就觉得无数视线瞬时射来。

不能看，不能看。

谢柔惠咬住舌头，心中狂念经文。

是诃！这是诃！这就是母亲讲过的诃！

诃舞！是诃舞！

大言而怒，钉入人罪，牢不可拔。

第二十五章　弄影

诃！

方子元一声惨叫，那逼近的木钉终于有一根扎入他的肩头，如同万箭穿心。

谢柔惠垂下头紧紧地攥着手，耳边清楚地听到方子元的惨叫，她一点也不敢抬头，浑身发抖，唯恐入障受咒。

“子元怎么了？”坐在台上的太后终于发现不对，“他怎么看起来肩头歪了？”

皇后抬手掩嘴遮挡哈欠看过去，也皱起眉头。

是啊，方子元是还站着，但身子看起来有些古怪，好像有什么力量拉着他向后倒去。

“子元？”皇后喊道。

方子元没有任何反应。

“子元子元!”太后也急急喊了两声，又看方子元旁边的显荣公主，“显荣，显荣。”

显荣公主也呆滞无动。

嘈杂的殿内因为她们的喊声而安静下来，所有的视线看向正中显荣公主和方子元。

所有人都看出异样了。

“显荣!”皇后起身就要奔下来。

“不能动!”东平郡王喝道。

皇后下意识地停下脚。

太后坐直了身子，伸手按住心口。

她们终于发现不对了。

“他们怎么了?”太后喊道。

“他们失魂了。”皇帝说道。

失魂?

怎么好好的，就失魂了?

难道……

太后和皇后不可置信地看向那个还在舞动的女孩子。

满殿寂静，所有人都停止了动作僵直如木，只有那个女孩子在舞动。

这不过短短一刻的工夫，但她看起来似乎舞动了很久，她薄薄的夏衫被汗水打湿，紧紧地贴在身上。

玉臂轻抬半遮面，单足跃起身飘旋。

肤若凝脂，面似白玉，螓首抬，蛾眉舒，盈盈一笑。

皇后直直地跌坐下来。

为什么这么美的画面，却让人汗毛倒竖，魂飞魄散。

咯吱一声脆响。

周成贞捏碎了手里的茶杯，有血滴落在衣襟上，他无知无觉眉头紧皱，眼神幽深晦暗。

“快制止她!”太后尖声喊道。

“不行。现在打断她，他们三魂六魄就散了。”东平郡王说道。

“那会怎么样?”皇后急问道。

“痴傻。”东平郡王看向皇后说道。

痴傻!

“陛下!”皇后几乎哭着看向皇帝。

皇帝没有理会，只是看着场中舞动的女孩子。

“陛下是不是也……”太后急急问道。

皇帝抬手嘘了声。

“别吵，看跳舞。”他说道。

这，这种舞还敢看啊!

太后和皇后面色发白，坐立不安，想要大喊又怕如东平郡王所说是真的。

她们哪里会知道一个跳舞而已，会跳出这种事。

这怎么可能!

明明其他人都没事。

“因为其他人没想看啊，谁让他们两个叫嚣要看。”周成贞说道，又夸张地哇了一声，“真是吓人啊!巫果然不欺啊!”

太后和皇后气得面色发白。

“周成贞!”她们喊道。

周成贞转头冲她们嘘了一声。

“娘娘，小声点，打断了她，您可就把他们害成傻子了。”他低声说道。

太后和皇后忙掩嘴，但旋即又竖眉。

什么叫她们把他们害成傻子?!

东平郡王看着场中的女孩子，慢慢地抬手抚上发冠，握住那根金簪。

殿内再次陷入一片安静，只有那女孩子还在舞动，击掌声踏步声。

巫咒!咒巫!

对我不敬，对不我敬，不识，不识，匪可妄施，让其醉，让其止。

投畀豺虎，投畀有北。

谢柔嘉眼中闪着兴奋，浑身的毛孔都在叫嚣。

一根钉，两根钉，打在眼前方子元的身上。

显荣公主跪倒在地上。

耳边是哀哭和痛呼。

还有一声叹息……

叹息？

谢柔嘉身形一顿，眼前浮现飞舞的经文。

谣诼谓余，余谓谣诼，嫉我伤我，罚之咒之，哀戚奈何，余有别？

这短短的一行充满了犹豫哀伤委屈以及怀疑。

谣诼，伤人，谣诼，恶言。

余不为也，不为余也。

她慢慢地停下脚步，看向前方的二人，一步一步走过去，俯身抬手，俯身抬手。

方子元只觉得有水泼在脸上身上，身上的剧痛散去，眼前的迷障拨开，面前的木钉也纷纷后退。

那吓人的巨人身前慢慢出现了适才的女子。

她手中甩着长长的羽毛，随着摇动，风退云散。

耳边清脆的击掌声踏足声渐渐清晰，一下一下安抚着身心，他不由松口气慢慢地跌坐下来。

羽毛拂过他以及身旁显荣公主的头上身上，扫去了身上的巨石重压，扫去了身下芒刺。

方子元长长地吐口气，只觉得从来没有如此轻松过，真想好好地睡一觉啊。

念头闪过，人扑通一声倒下。

太后和皇后发出一声尖叫。

殿中原本直直站立的方子元和显荣公主软软地倒下来，跪倒在地上。

而在他们前方那个女孩子也收势而立。

殿内彻底陷入一片死静。

太后和皇后掩住嘴按住心口，想要起身飞奔而下又不敢动作僵在台上。

他们，死了吗？

忽地有声音响起来，呼噜噜呼噜噜……

这是？

“方子元在打呼。”一个小公主咯咯笑道，伸手指着跪趴在地上的方子元，“方子元睡着了。”

睡着了？

东平郡王将已经拔出一半的金簪推回去，收手重新放回膝上，嘴边露出笑容。

“快将方子元和公主搀扶起来，另行安置歇息。”他说道。

可以动了？

太后和皇后人陡然起身，向二人跑去，内侍公主们也都涌了过去。

“方公子怎么睡着了？”

“公主也睡着了。”

“八姐姐睡得口水都流出来。”

“太医，太医。”

内侍的询问声，其他公主们的说笑声，以及太后皇后的喊声搅动着，大殿里喧闹一片。

谢柔嘉退到一边，大口大口地喘气，身上头上大汗淋漓如雨。

手脚发软身子一歪，有人扶住了她的胳膊。

她抬起头看着东平郡王站在了身边。

“累了吧，来这边歇息。”他说道。

谢柔嘉看着他点点头，没有丝毫的迟疑将手搭上他的胳膊，跟着他迈步。

周成贞看着他们二人向外走去，不由看向皇帝。

皇帝安静地坐在椅子上，似乎根本就没看到，反而端起一旁的茶吃了起来。

周成贞吐口气坐回椅子上，眼神幽暗地看着门口。

当谢柔嘉消失在殿门口，谢柔惠如同被抽干了力气一般身子一晃，扶住了殿内的柱子勉强撑住身子没有倒下去。

她的面色发白，嘴角的血迹还未擦干。

怎么可能？怎么可能？她竟然能用诃！

备注：诃：西周金文中，歌就是诃，《说文解字》为大言而怒，与咒相同，现在所用的歌就是来自诃，歌的本意就是诅咒目的的歌颂，歌谣最初的出现都是用作诅咒的，是咒的功能。现在看来，谣这种意思还较明显，谣言谣言，害人不浅，当得起诅咒啊。

第二十六章 钦赐

日光有些昏暗的室内响起清脆的碗勺磕碰声，进进出出的宫女走动带起阵阵饭菜的香气。

东平郡王坐在几案前，看着对面的女孩子大快朵颐。

她的面前摆着满满的一桌子鱼肉，此时几乎扫荡一空，可她似乎还没吃饱一般，不停地还在吃着。

“还要吗？”东平郡王问道。

谢柔嘉点点头。

“再来些汤羹就够了。”她说道。

东平郡王对宫女吩咐几句，将自己面前的一碗茶汤推给她。

“先喝这个。”他说道。

谢柔嘉没有丝毫推辞伸手接过喝了，顺下一口菜。

她的脸和手洗过，身上的衣裳也换过来，除了面色依旧发白，已经看不出适才刚进来时的狼狈。

“好些吗？”东平郡王问道。

“好多了，吃了东西就有力气了。”谢柔嘉说道，对他笑了笑，“跳舞是很需要力气的。”

这是在给他解释了，或者掩盖。

东平郡王笑了。

“看舞也需要力气。”他说道，“适才内侍说方子元和显荣公主都醒了，也正喊着饿，吃了好几碗饭了。”

也就是说他们二人什么事也没有。

太后和皇后不放心，叫了无数太医来看，最终都证明方子元和公主毫发无伤，只是有些疲惫，休息一下就好了。

谢柔嘉哦了声低下头慢慢地吃菜。

“你跳的是诃舞吧？”东平郡王问道。

谢柔嘉抬头看他一眼。

“殿下也知道诃舞啊？”她说道。

东平郡王点点头。

谢柔嘉哦了声握着筷子没有说话。

“可是，为什么你中止了诃咒？”东平郡王又问道，“不惜耗费你这么大的力气，冒着被反噬的危险？”

谢柔嘉抬起头有些惊讶。

“我不仅知道诃，我还亲眼见过诃。”东平郡王说道，“我见过中了诃的人，自己把自己的肉割下来一口一口地吃，直到死去。”

被巫的怨谤之气吞噬，夺去了神智，变成了行尸走肉，人已经不能称之为人。

所以为什么巫让人敬畏呢，这就是畏。

这样一来，皇宫里的人都对她避之如毒蝎了吧。

谢柔嘉没有说话。

“是因为怕皇帝和太后事后的追罚吗？”东平郡王问道。

“我事先说了，看巫舞很危险，是他们自己要看的。”谢柔嘉说道，小脸绷得紧紧，“为什么要罚我？”

东平郡王笑了。

“你不怕被罚。”他说道，“难道是不生气了？”

“生气啊。”谢柔嘉说道，“我被人算计带入宫里来，生出这么多事，我当然很生气，我明明没惹他们。”

她也知道是被人算计了。

就跟自己听到人来说太后要召见她的时候一样，知道这件事肯定是有人故意安排的。

东平郡王笑了笑。

“那你为什么停止了诃咒？既然还生气也不怕罚，为什么冒着伤害自己的危险这样做？”他问道。

谢柔嘉放下手里的碗筷。

“因为我是巫啊。”她说道。

小姑娘的眼神清明亮丽，在黄昏中闪烁着。

“我是顶天立地的巫啊。

“巫，顶天立地，左抚众右慰民，怎么能以通神之力害人？

“诃和谣和咒，不是用来害人的，而是用来救人的。利用咒发泄自己的怨恨，那不是巫。

“郡王殿下，您说的您看到的诃，施行诃的人一定不是真正的巫。”

东平郡王看着她笑了。

“好，快吃吧，吃完了就出宫吧，你的家人等得该着急了。”他说道。

“我可以走了吗？”谢柔嘉忙问道。

“我帮你问问皇帝陛下。”东平郡王说道，站起身来。

站在屋子里的内侍们疾步上前，将另一边的垂帘拉了起来，赫然露出另一间屋子，入目一片明黄以及一个高大的身影。

皇帝！

谢柔嘉惊愕地起身。

皇帝竟然站在这里！

她这是被带到皇帝的宫里吃饭吗？

“陛下，谢二小姐吃完了，能出宫了吗？”东平郡王对皇帝施礼说道。

他真这样问啊？

这样问就行吗？

谢柔嘉忍不住看向皇帝。

皇帝迈步走了过来。

“走吧，再吃下去，朕也要被吃穷了。”他说道。

这是，开玩笑？

谢柔嘉看着皇帝，有些怔怔。

“跪安。”东平郡王说道。

谢柔嘉忙低头施礼。

东平郡王看了一个内侍一眼，那内侍忙站出来。

“二小姐，您这边请，奴婢送您。”他含笑说道。

谢柔嘉便跟着内侍走了出去。

皇帝看着走出去的女孩子，抖了抖袖子。

“还真走了，什么话也不说？”他说道，“这孩子除了发脾气时说话，别的时候都不会说话吗？”

东平郡王笑着点点头。

“本事大的人，脾气就是大一些。”他说道。

皇帝看他一眼。

“怎么不说下半句了？”他说道，“不说是小孩子脾气大了，只说本事大了？”

东平郡王嗯了声。

“是，因为现在看来就是本事大。”他说道。

皇帝撩衣在椅子上坐下。

“现在？以前本事也不小吧，能劳动你伺候她。”他说道。

东平郡王整容没接话。

“陛下，您现在没有疑虑了吧？谢家当得起您的礼遇。”他说道。

皇帝嗯了声。

“这姓谢的一家人这些日子上跪下舔的朕都不忍心看。”他说道，“没想到还是有脾气的啊，既然如此，对有脾气的人就得好好地看待了，要不然这些臭脾气闹起来。朕可吃不消。”

他说着一笑，看向那边的几案。

碗盘已经被收拾干净。

“是啊，这脾气真要闹起来，我也保不住我的宝贝了。”东平郡王说道。

皇帝眉头一挑，带着几分兴趣。

“真是可惜这脾气还是不够臭，竟然半路收手，没机会让你的宝贝和她的巫舞比一比谁更厉害。”他笑道。

东平郡王淡然无波，伸手拔下头上的金簪。

其实这不是一根金簪。而是一根玉簪上缠绕金箔。

昏昏的光线下这金箔花纹独特看不出形状。

“虽然是古蜀巫王的太阳神鸟，但我想厉害的永远是人，而不是器具。”他说道，看着手里的簪子，“最多也就能保住显荣公主一个的魂魄不散吧。”

皇帝笑了，抬手甩袖。

“保住了你的宝贝，朕也见到真正巫舞，证实了书中的记载并不都是胡吹乱写，如此双喜，朕要赏。”

谢文兴已经举着谢罪书在宫门外等候半日了，可是始终投告无门。

眼看天要黑了，六部衙门的人都走了，宫门也要关闭了。这告罪书更没办法送进去了。

“你知道这说明什么吗?”他看着宫门失魂落魄说道。

邵铭清也看着宫门没有理会他。

他不想知道这说明什么，他只想知道皇宫里到底怎么样了。

怎么过去了半日，没有半点消息传出来?

“这说明皇帝不肯接我们的告罪书了，所以这些人才不肯接，所以才半点消息也没人给我们透露。”谢文兴说道，“苦心经营的这一切，上天赐予的谢家的好运，就这样都糟蹋了!”

“宫门开了!”邵铭清喊道，抬脚就冲了过去。

谢文兴一个机灵醒过来，看到眼前的宫门果然有人走过来，灯光正在逐一亮起，照得那两个在巍峨城门下小小的一前一后的身影越发地渺小。

“惠惠!”谢文兴大喊一声，疾步冲过来。

邵铭清比他快很多，但到了这两个女孩子面前，也不由停下脚。

这两个女孩子身上穿的衣服，都不是谢柔嘉出门时穿的了。

念头才闪过，其中一个就冲他伸出手。

邵铭清毫不迟疑地伸手接住。

“嘉嘉，你没事吧?有没有受伤?”他一迭声地问道。

谢文兴也停在了谢柔惠面前。

“到底怎么回事?惠惠，你怎么不看着你妹妹。”他喊道，“这下可怎么办?让她闯了这样的大祸……”

他的话音未落，就听得宫门里又传来脚步声，同时亮亮的灯火涌出来。

“皇上有赏。”

内侍的高喊划破了宫门前。

皇上有赏?

谢文兴等人都看过去。

不知道赏谁啊，此时此刻听到真是伤口上撒盐。

谢文兴心里喃喃。

内侍停在了他们面前。

“谢大人，谢二小姐。”他说道，伸手指着身后，“陛下赏你们的。”

赏我们的?

谢文兴呆呆看过去，见在那内侍身后，有两个小内侍捧着一个卷轴，随着内侍的说话，二人将卷轴拉开。

金黄的大字在火把下闪闪发亮。

顶天立地。

顶天立地！

谢文兴腿一软，扑通跪下来，紧紧握在手里的告罪书掉在地上。

他眼瞎了还是见鬼了？

“哎呀谢大人，您快起来啊，陛下可是钦赐你们谢家顶天立地，就是让你们免跪了。”

内侍的说话声在耳边忽远忽近。

顶天立地。

皇帝赐谢家顶天立地。

在谢家的女儿在宫里打架之后。

谢文兴嘴角抽了抽，不仅没有按内侍说的站起来，反而一头栽倒在地上晕了过去。

宫门前陷入一片混乱。

谢柔惠呆呆地后退几步，避开了晕倒的谢文兴和替谢文兴对皇帝施礼接旨的邵铭清。

她跟那个女孩子一样，也看着那一幅字。

顶天立地。

顶天立地啊。

她闭上眼摇摇欲坠。

天欺人！天欺人！

（节选自起点女生网）

【粉丝评论摘编】

@不具名的晴空：喜欢这种每一个字都不多余，值得揣摩的文章。感觉是部大巫成长记，不局限于女性间的争斗，而是更大格局的大爱。

@瑞麒尔：这是篇要诛“砂”的故事。是要毁了这吃人不吐骨头，伤山伤矿工扭曲人性弊端重重的砂行业的故事。她的愿望是赞美山神，让山神休息，让人人能够为自己自由地活。明明大能，偏偏大爱。（《谢柔惠不是谢柔嘉的对手》）

@绿雪依梅：在对抗命运的这条路上，柔嘉的目标几经修改，使她一步步走来的根本，并不是赤虎经这样的金手指，而是作为一个“人”的自我觉知，自我尊重，与自我爱护。她是一个“人”，不是工具，不是符号。她是一个“人”，别人也是。基于“人”的认知，她完全不为丹女所可能有的巨大权势与利益所动，而是顺从自己真正的心愿，决意要推翻它。（《生而为人——〈诛砂〉长评》）

@ snowydew：如果只把《诛砂》归为一部言情小说的话，不免太过折辱整本书大气的构架和宽阔的视野。这是一个关于柔嘉小姐成长的故事，关于每一个人成长的故事。嘉嘉从懦弱自卑天真单纯到现在的勇敢自信有担当有气魄，经历的坎坷磨难不一而足。包括谢柔惠、谢瑶，她们何尝没有体会到世间百态、人情冷暖，何尝没有变得更加杀伐果断、步步为营。她们也同样在自己选择的道路上越走越远。惠惠输给嘉嘉的，不是能力，不是运气，是心而已。看到她落败，痛快之余也让人唏嘘不已。同样的脸庞，同样的血脉，一念之差，竟至于此。（《有关感情，有关成长》）

@猜测已注册：希行的行文，充分体现了性格决定命运，作者没有把自己的想法强加在人物身上，即没有开多少金手指。完全是情势性格决定了人物的命运，所以行文有水到渠成之感。（《赞希行的写作手法》）

@雾外江山看不真：太好看了，最开始五十章，还很平淡，但是第一卷结束之时，瞬间爆发，女主守护的都是虚幻，完全地大逆转，看得毛骨悚然，然后巫舞一段，彻底点燃，女主开始拥有自己的人生。最开始我还过去喷作者，没想到后面彻底投入，值得推荐！

@青菜书虫子：佛家共相有个无我！在我看来，柔嘉小姐就是无我的人，这个跟她重生机遇有很大的关系，只有失去过，才懂得珍惜！所以，这世，只为守护而来！柔嘉小姐已做到善人也，信人也。（《谁成就全了谁!!》）

@阿虚仔 michel：希行大大写文不是纯写言情而是重在剧情。看的是一个姑娘如何活得顶天立地活得潇洒自如，看的是人间百态是世事无常。写的是一个人的故事，她的经历，她的喜怒哀乐，她的成长，她的改变。

（导引：邓溪瑶；简介：朱彦臻；节选：刘雯昕；粉丝评论摘编：邓溪瑶 童宛村）

以“重生”回看“现代性”的诞生

薛 静

“重生”“宅斗”“架空”“古代言情”……提到这些标签，多少看过一些网络文学的读者，都会自动勾勒出一个大致的形象：这是一部自带金手指，或许还很玛丽苏的爽文。然而希行的这部《诛砂》，超越了所有的这些刻板印象。重生的女主带点金手指，但也会面对无助、意外与放逐；和几位异性交好，但家族和朝堂的云波诡谲，淹没了个体的小情小爱；女主从被缢死的前世重生，又瞬间跌落今世的人生谷底，此后向死而生，一路露头角、争荣耀、斗反派、揭阴谋，的确酣畅淋漓，但从家宅走向皇朝，从维护一族的荣誉权势，到看尽天下的爱惧悲欢，最终选择亲手将自己的家族覆灭，这又超越了单纯的快感，带来了对现代知识与个体命运的深层思考。

彭水谢氏每代嫡长女称为“丹女”，掌握整个家族的矿山开采、丹砂交易，还主持各种山神祭祀，被民众信奉膜拜，犹如宗教领袖。《诛砂》的主人公谢柔嘉，本是双胞胎中的妹妹，前世因姐姐早逝而假扮姐姐，亲历家族覆灭，重生后决心不惜一切保护姐姐与家族。《诛砂》开篇，全新的巴蜀丹砂巫蛊世界纵然奇诡，但复杂的家宅人物关系难免让人云山雾绕，父慈子孝、其乐融融的场面也稍显平淡与乏味。直到“长幼抱错”传言流散，姐妹身份成谜，利益背后的阴谋才图穷匕见。

虽然是重生回了自己的十二岁，但谢柔嘉却比前世更困惑于“我是谁”。当被家族抛弃，被去掉姓氏、遮盖面容时，她是“柔嘉小姐”；当她为家族带来荣誉时，被称为“真正的大小姐”；当姐姐卷土重来，她再次被家族抛弃时，她则成了“被追杀的二小姐”。血统、姓名、巫术、经书……区分彼此的标准，一次次立起又一次次打破，究竟是什么，能够决定一个人的身份？

柔嘉不是“穿越”的现代人，她的追问，出于对身份和命运的本能困惑，却最终走进了主体意识与个人价值的现代范畴。她曾是深宅大院中的娇小姐，但却在被放逐的矿山中，看到了这片土地上的人们，对自然的热爱，对神灵的敬畏，对付出汗水血泪却依然艰辛的生活的默默承受。她也曾是以舞惑人的大巫女，但却在屡次巫祝前后，看清了家族为利益趋炎附势、竭泽而渔，皇室为长生沉迷丹药、构陷忠良。正是在这切身经历中，柔嘉拒绝再当“丹女”，她的身份与价值，并不是成为统治阶级的花瓶，而来自那份对责任、公义的坚守，对生命、自然的敬畏。

《诛砂》的故事，表面上铺陈的是前现代的背景，内里上讲述的则是现代性的诞生。这里不是猎奇地观赏中国民间隐秘的精神世界，而是去挖掘这种近乎宗教崇拜的巫蛊之术，究竟是怎样从中国民间文化中生长出来的。“丹女”的神秘力量，很大程度上源于世代积累的地理、天文、医学知识，柔嘉重生，也就更早更全地掌握了这些知识。然而和所有独占金手指、斗翻大反派的重生文不同，柔嘉打破了对经书知识与矿山经济的垄断，摧毁了既得利益集团的命脉，而让平民百姓获得了进步和富足。他们不再有神，但是他们却拥有了自我。现代知识与技能不应是为精英阶级巩固旧土，而是应当推动整个社会走向新生。所谓知识，不过是现代性的术，而打破知识垄断，进行制度改革，才是现代性的道。

作为写文多年的大神，希行的这部《诛砂》，是她的“任性”之作。希行不是那种“一作封神”的天才型作家，但是却努力保持不断进步，尝试在既有领域开拓新的可能性。她《回到古代当兽医》（2010）用兽医小试牛刀，继而《药结同心》（2012）专研草药，《名门医女》（2013）探讨西医，到了《娇娘医经》（2013），希行的笔触已经伸向了楚地巫医，及至这本《诛砂》，在巴蜀巫蛊的基础上，加入采砂炼丹、祭祀舞蹈、民歌民谣等元素，再一次带给人耳目一新的感觉。然而从已经纳入现代知识谱系的医药学，转向中国传统民间文化，从直接带去文明火种的“穿越”，转向还原本土现代性萌芽的“重生”，完成这种转型并不容易。《诛砂》连载之初，成绩并不理想，希行在《9月感言》中回顾，“这本书因为选题设定，从开始就被质疑，我曾经接到读者私信委婉提醒我灵感枯竭，要为我进行一下心理治疗。期间我看着曾经的书友愤而离去，看着各种书评责问”，直到序幕结束风云惊变，在女频月票榜上逐渐攀升至第二，连续五个月地位稳固，最后两月强力登顶，《诛砂》与希行才证明了自己。

《诛砂》的成绩，不是源于伏低做小地取悦了读者，而是因为带领读者完成了突破和超越，最终抵达了新的世界。希行起初的创作，也曾离标准爽文模式相去甚远，但在不断调整提高中，逐渐与读者的爽点达成共振，《药结同心》建功立业，《名门医女》功成名就，但也正是在这种高度的契合之后，希行悄然加进了自己任性的私货：在这个“现代”逐渐被本质化的时代中，“历史”成为不可动摇的存在，希行试图回到前现代背景下，用血肉丰满的故事，重新发现个人的主体性是怎样被建构出来的，现代性是如何从中国的历史中诞生出来的。那些曾经激励人心的宏大叙事，并非空中楼阁，无论是拥有现代知识的穿越，还是未卜先知的重生，抑或生活在当下这个时代的你我，作为一个负有使命感的个体，所有学识和能力，所有的现代与自由，不是为了用来“避免最坏的结局”，更应用来“追求更好的可能”。

帝　　师

来自远方

来自远方，晋江新晋大手，2004 年开始在晋江连载小说。尤其擅长历史题材，能够驾驭波澜壮阔的宏大叙事，感情描写也颇细腻。代表作《谨言》(2013)、《清和》(2014)。《帝师》，2015 年 6 月 30 日开始在晋江连载，至 12 月 12 日正文完结，共 168 章，92 万字。连载期间，长期入列晋江原创 VIP 金榜前位，并一度登上榜首。

《帝师》延续了《清和》的明代背景，小说中粉墨登场的众多历史人物，以及幽默通透行文风格，都会让《明朝那些事儿》的读者倍感熟悉。和众多的“历史穿越”文一样，这又是一个讲述“大国崛起”的故事。不过，作为“女性向”的“大历史叙述”，主角的“金手指”戳中的不仅是读者的萌点、爽点，还有情义千秋的家国情怀。

【标签】纯爱　穿越　历史　种田

【简介】

私企白领杨瓒一夜醒来，发现自己穿越到了明弘治十八年进京赶考的少年举人杨瓒身上，并获得了后者残留的记忆。殿试中，他因“少年老成”得孝宗青目，被擢为一甲探花、太子侍读；孝宗临终前令太子对其执弟子礼，至此年未弱冠的杨瓒成为了“帝王之师”，与李东阳、刘健、谢迁三公一道辅佐后世声名不佳的武宗朱厚照。

天子身侧，杨瓒一边挥动先帝御赐金尺上打昏君下打谗臣，努力引导叛逆期“熊孩子”皇帝；一面凭其才智胆识和穿越的后知之明挖坑下套，拉拢当朝同僚，更有“大明第一牛人”王守仁，甚至“奸佞”刘瑾、严嵩之辈一道整朝风、查贪墨、开贸易、探银矿、抗鞑靼，为国泰民安马不停蹄。同时，杨瓒和旁人避之不及的“天子鹰犬”锦衣卫千户顾卿互生好感，他们的感情也在波谲云诡的朝堂和风刀雪剑的边塞不断升温，成为热血小说的一抹温柔底色。

小说的节奏随着人物成长和矛盾深入呈现出由缓入疾、高潮渐起之势。节选章节选自小说第一百三十五—一百三十九章，讲述鞑靼入侵，杨瓒、顾卿等人临危受命，率军北上保卫京师的高潮。以战事为核心，又穿插多线叙事，壮阔的战争场面之下，激荡着爱情、悲情、民族情，气壮而声婉，展现出作者大历史叙事的深厚功底。

【节选】

第一百三十五章　君心难测

乾清宫内，仿佛台风过境。

立灯歪倒，瓷盏碎裂，奏疏散落一地。

一只雕刻青龙出海的笔筒，砸落玉阶，沿着石砖，骨碌碌滚到墙角，磕出两道裂纹，方才停住。

朱厚照犹不解气，抓起巴掌大的三足铜鼎，直朝盘龙柱砸去。

砰的一声，铜鼎倒栽，香灰洒落，瞬息腾起一片烟气。

殿中宫人中官，都吓得脸色青白，噤若寒蝉。胆子小的，更是跪在地上，瑟瑟发抖。

谷大用北上，刘瑾接位，与张永同在御前伺候。

平日里，两人互看不顺眼，得空就互别苗头，以眼交锋，出言讥讽，还曾闹到朱厚照跟前。现下，都是低着头，诚惶诚恐，装起鹌鹑。

天子怒成这样，别说斗气，大气都不敢出。

听到殿内动静，禁卫同样头皮发麻。明知怒火喷不到自己身上，还是禁不住后颈发凉。

圣上离京数日，自皇庄折返，威严更胜往昔。以雷霆手段，处置一批六部官员，更显龙威难测。

御前伺候的中官宫人，越来越猜不透天子的脾气，更不用说内廷禁卫。

唯一能摸准“龙脉”的，正在北边对敌，想求援，也是鞭长莫及。

这个关头，南京又开始闹腾，借孝陵遇闪电生事。奏疏送进宫中，天子大发雷霆，怒火烧起来，一时半刻恐难熄灭。

照愤怒程度，不烧死一两个，绝不会干休。

不可能？

诏狱都快住满了。

对比光禄寺和户部官员下场，没有什么不可能。

不是北疆战事正急，又有阁老进言，不宜此时发配，恐旁生枝节，甭管事发前是几品官，都要戴枷上镣，流放北疆，戍守边镇，吹风饮雪，和鞑子拼刀。

砰！

啪嚓！

暖阁内连传巨响，殿前巡视的禁卫互相看看，这一回，八成是那对梅瓶？

宣德年间的旧物，匠人技艺精湛，价值千银。单是瓶上两幅梅图，就出自大家之手，相当了不得。

说砸就砸，可见天子怒到何等地步。

啪！

又是几声脆响，禁卫不约而同加快脚步。

早点巡视完毕，早点换班。

运气不好，喝凉水都能塞牙。早一班晚一班，都能避开风口，偏偏赶上寸劲，当真是倒霉。

朱厚照砸得起劲，一边砸，一边想着奏疏内容，怒火更炽。

孝陵落雷，同他何干？

古木被劈，林木被烧，和他又有什么关系？

一南一北，八竿子打不着，就能扯到他的身上？

越想越气，愤气填胸，随手抓起一只砚台，用力掷在地上。

残墨飞溅，染湿袍角。

奏疏摊开散落，几点墨痕，恰好落于其上。

“奸臣欲擅权，必先惑人主心志。人主不自觉，反信为贤，而祸乱随之。

“如秦赵高劝二世严刑肆志，唐仇士良常以奢靡娱君上，俱祸国之始！

“今朝中有奸，欺君之善，逢上之好，屡进谗言，勿使亲近儒生，以知尧舜之德，前代兴亡之故。而说以严刑之道，匠人之技，何其庸哉！

“天降雷霆，是以为警。

“夫天子不修仁德，亲佞远贤，疏远宗亲，不信朝臣，以赵括之流领兵，纵厂卫外戚掌权，其害深远，其祸久矣！”

以上还是指桑骂槐，紧接着，话锋急转，完全是指着朱厚照的鼻子，大骂昏君。尤以南京都察院右都御使史雍，言辞最为激烈。

“皇上嗣位以来，天下颙然，治未几兴。

“不近贤臣大儒，而宠幸阉寺，亲近奸佞，颠覆典刑。不问法司，滥下锦衣卫，蒙冤者不知凡几。凡天下有志之士，无不嗟叹。

“太监张永、谷大用、刘瑾、丘聚、高凤翔等蒙蔽左右。

“都察院佥都御使杨瓒，国子监司业顾晣臣，兵部郎中谢丕，入弘文馆，不讲圣人之学，反以番邦蛮夷媚献御前。

“国库空虚，皇上不急于万民，修筑豹房，大发赏赐，用度奢靡，游宴无度。

“殊不知人君为天地之主，系宗庙安危，掌万民之运。

“陛下耗银巨万，秋发徭役，兴土木只为游玩。岂知小民穷檐蔀屋，谷粮难济。陛下锦衣玉食，宴饮无度，殊不知小民苦风寒雨，冻绥之弗。

“自先皇大行，圣上垂统，南水北旱，莱州九震，宣府落雹，太原、大同等地接连灾异，岂非上天示警?

“今岁夏秋亢旱，北疆连震。江南稻丰之地，米价腾贵。京畿内外，盗匪充斥，岂仁君治世?

“孝陵落雷，损百年古木，焚两日不熄，实上天再警!

“臣等泣血，恨不碎首玉阶，以清君侧之恶，正天子之德！内阁部院，九卿之属，受先帝顾命之托，宜迎艰赴难，谏匡救之言，责无旁贷，何能借词卸责。

“陛下犹不悟，臣等伏阙死诤，以为忠义激谏!

“先帝托付天下，嘱望何哉?

“勤政爱民，亲贤远佞，垂统仁德，简肃持正，爱惜万民。

“圣心顾，则国朝昌盛，八方咸服，小民得仰。

“臣等伏望陛下因警知惧，侧身修德，以诏除恶，亟敕内阁部院科，通查嬖幸，屏斥奸佞，以绝祸端。

“召还北兵，抚恤临境，免起兵祸。除西厂之属，夺东厂之权，束锦衣卫之行，释放冤狱，肃清朝纲。

“今后委任大臣，务学亲贤。讲求古今，勿以蛮夷为得。

“理乱以尧舜之德，抚化外以圣人之道。

“一日三省，诏下万民，则祸乱可息，灾异可弭。”

洋洋洒洒近千字，几乎将朱厚照骂得体无完肤，所行诸事，更是骂了个遍。

建造豹房，是错！

改善膳食，是错！

学习海外方物，也是错！

南下剿匪，错！

北上御敌，错！

令厂卫抓贪，肃清地方，完全大错特错！

总之，凡天子所行，无论因由为何，结果为何，通通是错！

北边旱灾，是天子无德；南边水患，属皇上不仁。

宣府冰雹，损伤庄稼，实因天子大兴土木，肆意游玩，触怒上天。

莱州太原地震，更是上天示警，令天子自省改过。

警示既下，皇上不能从，以致金陵狂风闪电，孝陵落雷，古木损毁。

此间种种，再不可视之等闲！

为保社稷宗庙，陛下当诚心悔过。

赶走奸佞，重新启用贤良。圣祖高皇帝的法度，不能再用。最好仿效仁宗皇帝和先皇，尊重士大夫，重用饱学之士，广纳言论，不因言获罪。

还有，兵祸不可开启。

正统之祸，犹在眼前。

杨瓒顾晣臣之流，为官不过一载，纵然读过兵书，也是纸上谈兵。使其带兵，简直荒谬。禀奏战报恐为不实，当遣科道官重查，问以欺君之罪！

图穷匕见。

忧国忧民是假，扫除绊脚石，意图使天子闭眼塞耳，任由摆布，方才是真！

弯腰捡起奏疏，朱厚照冷着表情，双手用力。

“哧啦”声中，奏疏被撕成几片。

下诏除恶？

分明是逼他下罪己诏！

清君侧？

这是要置杨先生于死地。

不起兵祸？

强盗踹门，抢劫杀人放火，不抄家伙打回去，还要以理服人？

信不信嘴没张开，早被烧房子拆梁，两刀捅死?!

人在金陵，安居繁华之地，不见北疆惨烈。红口白牙，倒是“义正词严”。

殊不知，一句句一行行，都是狗屁!

“朕说过的话，都当成耳旁风?一群王八蛋!”

终于没忍住，朱厚照爆了粗口。

张永刘瑾小心瞅一眼，心依旧悬着，很是没底。

照理说，怒也发了，人也骂了，最强风力是否已经过去?

连爆几句粗口，扔掉奏疏，怒到极点，朱厚照反倒平静下来。

遍地断玉碎瓷中，少年天子负手而立，脸凝冰霜。如史都宪当前，九成会举起龙椅，狠狠砸过去。

这样颠倒黑白，无能短见之辈，砸死一个少一个!

“张伴伴。”

“奴婢在。”

“今日之事，不可传入朝中。”

“是。”

张永应诺，扫过殿中，动静是遮不住，但暖阁门关着，伺候的人都有谁，却是一清二楚。

回头请戴义帮把手，嘴都捂住，朝中想打听，也问不出个五四三来。

“刘伴伴。”

“奴婢在。”

“拿牌子出宫，宣牟斌觐见。”

“奴婢遵旨。”

刘瑾躬身，小心退出殿外。

天子宣牟斌，不外乎查证抓人。

从怒气估算，上疏的南京都察院和科道都要倒霉，倒大霉。

（略）

京城起风，尚未吹到北疆。

镇虏营一役，击败鞑靼千骑，明军同样损失不小。封赏尚未送达，营堡内外已挂起白幡，立起上百新坟。

无论边军还是京卫，马革裹尸，战死北疆，依传统，都将埋骨边塞。

营堡中没有阴阳生，李大夫代为焚烧祭辞。

总兵官以下均臂缠白布，在灵前燃香，焚烧纸钱。

“魂兮，归乡——”

悠长的调子，穿过朔风，夹杂悲音。

营堡将士，无论是否受伤，只要能动，便是请役夫抬，也要到坟前祭拜。

一将功成万骨枯。

战死英魂，仍碑面向北，以身卫土，以魂守疆。

风扯白幡，六出纷飞。

祭辞声中，眼前一片白，未知是鹅毛大雪，还是没有燃尽、随风飞散的纸钱。

祭礼之后，杨瓒返回营堡。刚跨过门槛，忽然眼前一黑，抓住近旁人的手臂，方才没有跌倒。

转过头，一身大红武官服，却不是顾卿。

“顾总戎，失礼了。”

杨瓒侧身退开半步，脚下没注意，绊到门槛，整个人倾斜，差点砸到顾鼎身上。

幸亏顾卿离得不远，反应又快，探手将人扶稳。

晃晃脑袋，杨瓒心中苦笑。

连续三日，只睡不到两个时辰，果真有些撑不住。

顾鼎则倒退两大步，对上顾卿双眼，本能摆出防御架势。

大敌当前，弑兄万万不可！

正在这时，忽有校尉来报，怀柔快马进营，携紧急军情。

“怀柔？”

想到领兵增援的才氏兄弟，杨瓒神情微变。

南京。

都察院值房内，戴铣放下笔，吹干墨迹，端起茶盏轻抿一口。

经历一番磨难，戴铣整个人都发生变化。

闻窗外风声，不由得冷笑。

史雍，尔今找死，就怪不得戴某。先时诬陷之仇，也该算一算了。

第一百三十六章 形势急转

正德元年，十二月己巳，天子停朝三日。

北疆战报抵京，言鞑靼别部额勒亲率三千骑兵，叩开慕田峪，杀边军三百，火烧峪口。其后兵分两路，分袭渤海所及怀柔。

“怀柔总兵官亲援渤海所，鏖战两日，负创十余处，力竭不退。镇守太监领火铳兵增援，遇鞑靼设伏，十不存一。渤海指挥及兵备副使领兵突围，死于阵。巡抚都御史困于营堡，烟熏中箭而亡。

“昌平知州接应败军灾民，不慎为箭矢所伤，折返永安城，毒发气绝。

“是役，虏以内贼引路，叩关破隘，占地劫掠，得银布牲畜无算。洗劫十余村，火焚黄花镇，杀伤民丁百余。”

战报之上，字字染血。

送抵通政使司，通政使以下皆默。

“营州左屯卫千户才松，百户才杨、才槐率领骑兵两百，步卒五百北上怀柔。仓促应敌，死战螺山，五日不退。

“有螺山猎虎山民，忠勇节义，为官兵引路，伏击虏贼。

“怀柔卫学训导不惜性命，诈降，引虏至城下。事觉，刺虏首不得，身死报国。

“巡抚都御史伤重，遗杀敌之言，绝命阵前。

“报送至，镇虏营两千步卒尽出，设防黍谷山，截杀来敌。

“虏贼凶恶，涂炭边镇。将士怀必死之心，以身报国，以命御贼，以魂守疆！

“臣都察院佥都御使杨瓒，兵部武库司郎中谢丕，国子监司业顾晰臣，奉圣命监军。不负天子，唯以身赴死，报效君上，护卫黎庶，捍卫国土！

“报送至，战未绝。

“驱逐虏寇，臣死不足惜。伏望陛下江山永固，国朝康泰，万民乐安。”

最后几行字，力透纸背。

台阁体方正，亦藏不住煞意锋锐。

读完战报，通政使亲自抄录封存，递送内阁。

当日，刘健微恙，谢迁代值文渊阁。得战报，脸色骤变，双手微抖。

“来人!”

顾不得体统，谢迁拿起奏疏，便要直往乾清宫。

刚出值房，正遇李东阳。因步履匆忙，险些迎面撞上。

“于乔，”李东阳侧身让开半步，面带诧异，“发生何事，为何这般匆忙?”

如此仓皇不定，急三火四，同往日大相径庭。

“出事了!”谢迁脸色微白，递出战报。

出事了?

李东阳翻开抄录的战报，一目十行，看到最后，眉心已然蹙紧。

“怀柔?”

镇虏营刚刚击退千名鞑靼，军情骤然告急。

慕田峪被破，渤海所、怀柔接连被下，如未能将其拦截，密云将再度危急。

“我要面圣!”

事到如今，谢迁顾不得那么多。

三千鞑靼骑兵，以镇虏营现存兵力，根本抵挡不住。永安城只能固守，根本无力支援。顺义空虚，从兴州调兵，也需要时日。

万一被鞑靼攻破防线，长驱直入，后果不堪设想。

战报末尾，三人立誓赴死，直让谢迁五内俱焚。

六个儿子，均才高知深，拔萃出类。谢丕更是金榜登科，状元及第。年不及而立，已为天子信重。纵然没有按照谢迁的期许，以翰林院学士进身，能够入职兵部，手握实权，比之前朝同期，也是奔逸绝尘，足令父祖老怀大慰。

北疆战况危急，谢丕御前请命，谢迁既吃惊又骄傲。

文士如何，书生又如何?

贼寇当前，同样杀敌报国!

骄傲归骄傲，不代表不担心，更不代表会眼睁睁看着儿子去死!

想到这里，谢迁不禁咬牙，对主张罢兵的史雍，更添一分恼怒。

如不是南京蹦跶得过分，天子为何称病?

皇帝不升殿，内阁有权处理政事，却无权调兵，遑论遣京卫支援。

日前，有刑科都给事中严嵩上疏，言鞑靼一日不去，北疆一日不得安宁。乞朝廷再增援军，借大胜之势，一举将鞑靼赶回草原。

奏疏送进乾清宫不久，天子尚未批复，南京弹劾又至。这一次打击面更广，甚至牵扯到边镇守备，怀疑战功俱是虚报。

此种情况，哪怕立即升殿，也将面临一场扯皮。

如果史都宪在顺天，谢阁老自然能撸起袖子，抄起笏板，揍他个满脸开花。力有不支，大可拉上李阁老帮忙。

奈何人在金陵，地北天南，山高水远，就算想揍，也是寻不到正主。

战报和弹劾奏疏一并摆在面前，朱厚照如何反应，尚且未知。谢迁是当真怒了。

不论史雍出于何种目的，牵连到谢丕，都会引来谢迁怒火。

不比刘健善断，不及李东阳善谋，不代表谢阁老是软柿子，谁都能捏。

捏捏看？

信不信柿子皮破开，喷出的全是辣椒油！

“战事十万火急，不容耽搁。”

看出谢迁焦急，知刻不容缓，李东阳当即道：“我和于乔同往。”

两位阁老一同请见，把握更大。

谢迁心怀感激，却没有多言，只颔首。

以两人交情，无须说得太多。今日情分记下，他日定当回报。

乾清宫门前，见到联袂而至的两位阁老，丘聚袖着手，摇摇头。不是咱家不禀报，实是时机不凑巧，两位阁老白跑一趟。

“陛下不在乾清宫。”

不在？

“坤宁宫宣太医，陛下方才移驾。”

谢迁李东阳很是为难。

情况紧急，不容延误。但坤宁宫是皇后居所，属内宫。两人都是外臣，如何能入？

“丘公公，可否行个方便，遣人禀报天子，我等实有军情要事。”

“这……”丘聚有些犹豫。见两人焦急不似作伪，左右衡量，终咬牙点头，道，“咱家去试一试。如果不成，还请两位相公见谅。”

“多谢！”

李东阳和谢迁都松了口气。

如果丘聚摇头，他们也没办法。

杨瓒有内府造的腰牌，随时可以觐见。朝中文武却没这份优待，阁老也是一样。

应下此事，丘聚不唤旁人，亲自带着小黄门，匆匆赶往坤宁宫。

既然要卖好，不如彻底些。

就算不能让内阁刮目相看，好歹让对方知道，公公也不全是胡搅蛮缠，也会关心社稷安危，疆域安稳。

（略）

正德元年，十二月辛未，内阁觐见天子。

翌日，天子病愈，升殿早朝。

“升赏庆云侯世子顾鼎，长安伯顾卿，都察院佥都御使杨瓒，兵部武库司郎中谢丕，国子监司业顾晰臣，锦衣卫南镇抚司佥事赵榆等十六人，录其镇虏营御敌有功。

“营州左屯卫指挥使才方，忠烈有功，进阶右军都督府佥事，追赠太子少保。子三人，御敌有功，升一级，赏银五十两，布帛十匹。

“营州左屯卫同知孙连，失于戒谕，懈于设备，怀私挟怨，外不能御虏边塞，内不能保聚人畜，逮治锦衣狱。罪证确实，于阙下杖三十，重枷长安左门外。除一幼子，儿孙发北疆戍卫，五代不赦。”

群臣都没料到，升殿当日，天子不问诸事，先下敕令。

唯内阁三人表情平静，似早有预料。

“敕升英国公世子张铭锦衣卫佥事，为副总兵官，率京卫两千驰援镇虏营。命会昌侯孙铭领奋武营，设防牛栏山。

“下章程兵、户两部，诸事俱备，不得延误！”

敕命下得太急，群臣未有准备。有兵部官员想要出列，立即被同僚拉住。

后者摇头，示意三位阁老。

前者蹙眉，正自不解，忽见李东阳出列，平举笏板，朗声道："臣等遵旨，陛下圣明!"

户部两次地震，尚书韩文之下，侍郎仅存一人，办事官员少去大半。不及填补缺额，遇京卫北上，忙得脚不沾地，生生累病。

此时，韩尚书告病未朝，李东阳挂户部尚书衔，出列领旨，部中上下谁敢反对?

阁老率先表态，别说户部，兵部也不敢有二言。

本该商讨几日的敕令，三下五除二，干脆利落，当殿敲定。

惊讶过甚，群臣尚未回神，刑科、兵科先后有给事中出列，以灾异劾南京六部及都察院官员。

"孝陵遇雷，水旱地动连月不绝，礼部条奏灾异。

"臣等窃观，灾异之相，皆有微意。

"北者，夷狄为患，虏贼叩边，百姓涂炭。将兵死战，粮饷难济，边患至今未解。南者，盐法败坏，南京六部留中不报。将老之臣不安其位，索贿弄权，颠倒是非，指贤为佞，引天示警，落雷焚木。

"今以灾异劾南京吏部尚书林翰，户部右侍郎陈金，太常寺卿吕等，国子监祭酒章懋不职，请俱罢黜。

"劾南京工部侍郎叶赀，南京都察院右都御史史雍不法；南京光禄寺卿胡谅，浙江按察使李善，参政李文安、唐锦舟侵克灾银，请移文巡抚官核实其罪，下有司逮问，俱罢官追银，依律惩治!"

阁老要收拾一个人，无须亲自动手，自有学生部科官甘为马前卒。

六科弹劾，不过是开胃菜。

纵能定罪，依律严惩，也不过是罢官去职。

戴铣递送的奏疏，才真是要命。其中列举南京六部及三法司种种不法，皆查有实据，尤以都察院为最。

不知晓内情者，都会以为戴给谏刚正不阿，身染诬名，历经起伏，愈发疾恶如仇。

唯有戴铣自己清楚，旁人都是幌子，史都宪才是最终目标。

经历前事，戴给谏轻易不信同僚。从写好奏疏到递送入京，未经南京衙门，只请南京守备太监傅容相助。

反正要得罪人，不如得罪个遍。将六部三法司一起拉上，人数多了，彼此猜疑牵制，反倒更加安全。

就算要报复，也要等风头过去。届时，他是否留在南京，早成未知数。

况且，弹劾范围越大，呈至御前，才会更有说服力。不至于被他事压下，留在文渊阁落灰。

只不过，戴铣万万没有想到，这封奏疏，远比想象中力度更足，掀起的风浪更大。

阴差阳错，藩王安插在金陵的钉子，都被连根拔起。

历史上，戴给谏死在刘瑾之手，廷杖之下。这一回，弹劾奏疏递到京城，刘瑾奉天子之命，亲自安排番役南下，护卫戴铣北上。

该说是历史惯性，有关联之人总会“走”到一起，还是老天恶作剧，开出这样的玩笑？

无论哪一个，弹劾递至御前，天子震怒，风浪骤起。

朔风吹至金陵，今岁冬日，将比往年更冷。

蓟州。

杨瓒率领五百人，继续在城头堆雪筑墙，令役夫拆毁城内废屋，削尖木桩，在城外地堡布防。

黍谷山战况不停传回，才氏兄弟阵亡其二，赵榆谷大用带伤御敌，顾卿顾鼎分领一队骑兵，在鞑靼侧翼骚扰，意图拖延时间。

谢丕顾晣臣几日未眠，领伤兵全力建造投石机，运上城头，预备一场大战。

李大夫主动找上杨瓒，令徒弟抬出两箱药粉。

“入师门时，曾立誓救死扶伤。现如今，贼虏肆虐，害我百姓，老夫几次破誓，死后被祖师斥责，亦无悔无憾。”

疲累交加，杨瓒双眼布满血丝，嗓子哑得说不出话来。收下药粉，拱手向李大夫致谢。

待师徒几人走下城头，一名力士来报，入城避难的百姓中，发现可疑。

“里中村民证实，此人来历不明，且非蓟州口音。标下怀疑，其为鞑靼奸细。”

鞑靼奸细？

杨瓒用力搓脸，捏了捏额心。

“鞑靼万户可醒了？”

力士点头。

“带他和降兵去认，再来报知本官。”

“遵命！”

力士退下，杨瓒猛地咳嗽两声，自城头眺望，见远处掀起一片灰雾，心陡然一沉。

与此同时，锦衣卫缇骑分三路疾驰，顶风冒雪，日夜兼程。最快者，已抵达太原。

为首一名千户，持圣旨入府。

待王府设好香案，一众人跪在厅前，方展开黄绢，朗声道：“天子敕，赐晋王食盐岁三十引。”

赐给盐引？

晋王愣住。

本以为是兴师问罪，没想到竟是赏赐。

可赏赐也该有个说法。

接过圣旨，确认之后，晋王更是满头雾水。实在不明白，天子的葫芦里，究竟卖的是什么药。

第一百三十七章　惊险

圣旨送到，锦衣卫未做停留，当天启程前往大同。

捧着突然到手的“赏赐”，晋王未见欣喜，反而心怀忐忑，满脸凝色。待锦衣卫离开，当即关起府门，召长史司属官及幕僚至承运殿。

屏退左右，商讨许久，始终无一人能猜出，天子究竟何意。

“莫非南边事发？”

此言既出，室内骤然寂静。多人面现惶恐，愈发显得气氛凝重。

晋王府地处北疆，圣祖高皇帝时，肩负戍卫边塞之责，掌晋地兵事，领上千护卫，权柄不下当时燕王。

皇太孙在位时，削藩之意昭然。晋王府亦在名单之内。

可惜，没来得及动手，燕王便起兵靖难。宫中一场大火，尸身面目全非。皇太孙究竟是生是死，民间多有传言，莫衷一是。

无论真相为何，江山终究易主，皇位为太宗所得。

其后，太宗皇帝貌似优容，未明令削藩，藩王们的日子依旧不好过

封地仍存，权力却不断被削减。最显著标志，护卫先减后夺。

卫所官军，无圣旨虎符不得轻易调动，藩王更不可能插手。王府护卫，是唯一直属藩王的武装力量。

太宗皇帝起兵靖难，夺取江山，主力便是燕山卫。永乐朝的功臣勋贵，一半以上都曾在燕山卫任职。

经验在前，为保江山，自要掐死他人仿效的可能。

故而，自永乐朝至今，各地藩王，无论是穷是富，是才高八斗还是庸碌纨绔，是胸无大志还是心怀天下，都像是被养在笼子里的鸟，一举一动都被朝廷监视。

太宗和宣宗皇帝在位时，稍微动一动翅膀，厂卫都会第一时间禀报。

晋王府在北疆，为安全考量，许保留一支护卫。后被朝廷陆续削减，几代过去，已不足百人。

凭这点人，保卫王府绰绰有余，想再做点别的，无疑是痴人说梦。

晋王不甘心，明着不行，暗中发展壮大，除要躲开厂卫耳目，更需大量金银。

前者不容易，后者更难。

正统之后，英宗还朝，经夺门之变，神京城一直不“太平”。

后经成化、弘治两朝，朝廷对王府的监视一度松懈，藩王的日子总算好过一些。如宁王之流，得陇望蜀，几次策划上表，请恢复王府护卫。

至今上登基，藩王本以为天子年少，会更加放松。没料想，朱厚照的性格完全不似孝宗，更类太宗。

厂卫的动作骤然频繁，封地内，明里暗里被埋下不少钉子。

有的摆在明面，有的则深藏背后。经验再老道的护卫，也寻不到半点蛛丝马迹。

这样一来，就像有一柄弯刀悬在头上，各地藩王再难睡个好觉。

为养护卫，前代晋王起，王府长史司便同江南豪商暗中联络，进行交易。

王府为豪商北行大开方便之门，作为回报，后者走私市货，无论海陆，必有分润。少则一成，多则三四成。

别看份额不多，基数却是相当大。

成化末年至弘治十六年，靠同商人勾结，晋王府累积下惊人的财富，暗中豢养护卫千人。

期间发现，宁王府和商人联络更密，所得好处更多！

去岁，钦差南下，剿灭双屿等海盗窝点，抓获谢十六等悍匪，许多假倭走私商也陆续落网。

消息传到太原，晋王立即知晓不好。

果然，很快又有探子回报，表面为商，背地为匪的徐船主，举族被抓，或斩首示众，或流放发配，或卖作官奴。

巨万豪商，门楣倒塌，一夕覆灭，震动江南。

得知消息，晋王当机立断，派出暗藏的护卫，沿商路北行，沿途搜索拦截北归的徐氏商队。

付出再大的代价，也必须将其劫住，斩草除根。

王府同徐氏的交易，始终在暗中进行。

徐船主身死，族人多被蒙在鼓里。

只有借晋地市货草原的商队，才知晓内情。

可惜，消息走漏，对方有了防备，王府护卫在必经之路设下埋伏，苦等数日，未见有人经过。沿路追寻，竟中途失去踪迹。

晋王提心吊胆，唯恐对方落进朝廷手里，破罐子破摔，咬出王府。

几月过去，没得来商队落网，却等来鞑靼叩边。

蓟州升起狼烟，同草原相邻的晋地也不太平。

起初，不过是十余游骑骚扰，引起边卫警戒。

很快，队伍扩大到百余人，每行都能绕过边塞堡垒，避开边军主力。来去如风，杀人放火，抢夺金银，掳掠丁口牲畜，如入无人之境。

一次两次尚罢，次数多了，边镇武将不得不开始怀疑，晋地有鞑靼探子混入。要不然，就是有熟悉边镇之人，背叛国朝，投靠鞑靼。

晋王听闻回报，当场冒出冷汗。

为助商队躲开边卫，长史司特遣文吏随行。徐氏商队不见，文吏也随之消失。

如果真是徐氏卖国，有文吏在侧，晋王府绝脱不开关系！

随蓟州战事愈急，晋王愈发食不甘味睡不安枕。唯恐哪日事发，朝廷派人包围王府。

午夜辗转，常被噩梦惊醒。

醒来后发现，自己还囫囵个躺在寝宫，没有被厂卫抓去，贬为庶人。也没有被带进宗人府，由宗正历数罪状，跪在囚禁处，面王陵方向忏悔。

坐起身，擦掉冷汗，晋王终于明白，亏心是什么滋味。

他不像宁王，有怀抱天下、垂统万民之志，即便有，也在今上登基后被磋磨殆尽。现如今，他只想多赚银子，多些护卫，日子过得好些。

可惜，唯一的愿望，也将成镜花水月，触之即碎。

捧着圣旨，晋王满面愁容。

想起离开不久的宁王信使，更是翻肠搅肚，心中忐忑。

（略）

晋王忽然笑了。

朱宸濠处心积虑想造反，他都知道，皇帝会不晓得？

明知是找死，还要跟着一起？

退后几年，情况或许不同。现如今，想得越多，越是错。

朱厚照是圣祖高皇帝子孙，他也一样！

同为圣祖血脉，不意味着能坐上皇位，但享世代恩荣，卫土守疆，责无旁贷。

“不必多言。”

钱长史几番劝阻，反坚定晋王决心。

“本王要上表朝廷，调王府护卫往偏头关。运粮万石，银万两往万全都司，助边卫御敌。”

“王爷……”钱长史似想再劝，见晋王态度坚决，到底将话咽了回去，深深揖礼，退下安排。

王府的动作，很快被锦衣卫得知。

两名校尉立即出城，放飞鹰隼，回报消息。

与此同时，携同样旨意的厂卫，先后抵达宁夏、南昌，安化王和宁王的反应，同晋王截然不同。

前者接下圣旨，没有出钱出粮，也没调出护卫，只上表谢恩。

后者回到存心殿，冷笑一声，将圣旨丢在一旁，当日便秘遣护卫，往金陵传递消息。

三人的动作，俱传至北镇抚司，报送乾清宫。

看完牟斌递上的条子，朱厚照咔嚓啃了一口苹果，心情貌似不错。

“和朕预料得差不多。”

腮帮鼓起，朱厚照放下苹果，擦擦手，提笔写下三份手谕，交张永带出宫去，分别交往北镇抚司、东厂和西厂。

一张黄绢，三十余字，盖上宝印，眨眼之间，决定三位藩王后半生的命运。

无论是好是坏，是继续享受恩荣，还是一朝跌落尘埃，都是自己种下的因果，怨不得旁人。

正德二年，正月癸丑，天子下旨，赏晋王食盐岁五十引，并赏晋王妃绸缎宝钞。

同日，各王府在京长史得旨，可启程归藩。独宁王府长史被扣押，有民告其强良家女为妾，证据确凿，经顺天府询问，交刑部发落。

不等消息传回南昌，酝酿多时、憋了一肚子气的皇帝，终于爆发。

早朝之上，抛出戴铣奏疏及厂卫送回实据，令张永刘瑾宣读。

群臣垂首，殿前默然，无一为史雍等辩白。

宣读完毕，朱厚照冷笑数声，当殿下旨，差锦衣卫往南京械犯官。

“贪赃枉法，构陷同僚，具法司提审，拟罪勿纵。

“林翰陈金停半禄闲住，吕等、叶赞、章懋降三级留用，胡谅降浙江布政使司右参政。

“杖史雍、李善等五人，抄没其家，追夺官银。旨到，即南京阙下行刑。

不解至京，即发南疆。三代不归，遇赦不赦，子孙五代不许科举。

“敕令抄录三都，与闻百姓！”

张永宣读圣旨，略显尖锐的声音在奉天殿前回荡。

百官齐身下拜，万岁之声山响。

非常时，行非常手段。

天子同内阁达成一致，南京之事，只处置带头之人，余者从轻或暂免发落。

“蓟州危急，调兵北上为要。”

朱厚照年轻冲动，但吃一堑长一智，吃过几次暗亏，终于明白，哪怕是天子，也无法事事顺心，该妥协的时候，必须低头。

锦衣卫送上证据，朱厚照手握名单，当真想一网打尽。然内忧外患不绝，群臣立场不一，阁老也各怀思量，能维持如今局面，已十分不易。轻易打破，实难预料后果。

镇虏营兵报五日送达。

黍谷山随时将破，军情十万火急，容不得半点拖延，更不能旁生枝节。

为保晋地宁夏安稳，他可以压下怒火，拉拢晋王，安抚安化王。为朝中不生变故，哪怕想夷史雍三族，也硬是咬牙，将砍头改成流放。

退朝之后，朱厚照回到乾清宫，独自坐在暖阁里，翻开杨瓒北上之前所进奏疏，看了一遍又一遍。

杨先生曾言，忍字头上一把刀。

忍一时之气，保百年之安。

为退鞑靼，他必须要忍！

合上奏疏，朱厚照深吸气。

不会太久，等援军北上，将鞑靼撵回草原，该算的账，该讨的利息，朕都要一一讨还！

天子让步，聪明人自当知机。

当日午朝，兵部即上言，再调两千人北上退敌。户部侍郎随后出班，上奏府库米粮尚且充足，可运二十万石。

“准奏！”

朱厚照等的就是这番话。

李阁老同他说，天子出面，逼迫两部派人出粮，实乃下策。远不如态度稍缓，先退后半步。凡心系家国者，必知事情急缓，不会在这时为难。

真有想不开拖后腿的，再下手处置，更为名正言顺。

“一重一轻，两相兼顾，策动人心，实为上上之选。”

朱厚照点头，表示明白。

打个巴掌给个甜枣，朕懂。

甜枣给多大，巴掌扇多响，是不是扇掉几颗牙，都是朕说的算。

简单而言，杨先生讲得更为透彻。

李东阳无语半晌，背过身，心中思量，待杨御史回京，必要延请过府，做一番恳谈。

教导天子的大方向没错，但在细节方面，还需仔细把握。

第一百三十八章 杨佥宪威武

镇虏营。

（略）

开战不到半个时辰，营堡已岌岌可危。

“怎么办?”

杨瓒脸色煞白。

握紧御赐宝剑，仍控制不住双手颤抖。

终于，第一个鞑靼爬上城墙，口中咬着弯刀，面孔染血，狰狞之态，仿如地狱爬上的恶鬼。

“佥宪!”

恰好立在鞑靼正面，杨瓒全身僵硬，大脑登时一片空白。

赵横焦急的呼声，城墙上骤起的喊杀声，全部变得模糊。

他的眼里，只有狞笑的鞑靼，以及迎面飞来的利刃。

“啊!”

惨叫声中，鲜血飞溅。

温热扑面，铁锈的味道充斥鼻端。一瞬间，朦胧的喊杀声变得清晰。

杨瓒退后半步，发现自己没有受伤，对面的鞑靼，低头看向胸口，满脸不可置信，向后栽倒，就要跌落城下。

行动快于思考，杨瓒匆忙上前，在最后一刻握住剑柄，收回宝剑。

未料脚下一滑，位置没找准，直接撞上长梯。

梯子撞倒，人也险些飞下城墙。

半身探出墙垣，惊魂未定，冲到喉间的酸涩消失无踪。先时的恐惧，随之削减大半。

这一幕，尽数落在众人眼中。

军汉眼里，风吹能倒的杨御史，竟仗剑杀敌，一击毙命，简直不可思议！

杀一个不算，完全不惧危险，奋不顾身，徒手推开长梯。

“佥宪威武！”

“英雄！”

杨瓒的举动，立时激发明军豪情。

士气再起，杀声震天。

仅凭百人，就牢牢守住城头，硬将攻城的鞑靼压了回去。

镇虏营激战时，消失数日的顾卿，率百名骑兵，神不知鬼不觉，出现在慕田峪。

别部额勒率大军出击，隘口仅留二十余人。

顾卿一马当先，冲破守卫。骑兵左砍右杀，最后仅留一个活口。

“要杀便杀！”

壮汉被按跪在地，意志坚定，满面不驯。

顾卿没有浪费口舌，甩出五鞭。壮汉被抽出满脸泪花，当即吐口。

“出关！”

别部额勒领大军叩边，部落老少不会留在草原。纵然没入边镇，也不会相距太远。

只要找到部落，无论是杀是困，都将截断别部后路。

“放火烧帐，牛羊皆杀！”

寒冬腊月，没有遮挡风雪的帐篷，失去全部牛羊，几无生路。

此举的确残忍。

然看到慕田峪中惨景，见到倒伏在雪中的军民，心中最后一丝怜悯，也将消失无踪。

别部额勒决心攻占镇虏营，不惜亲身上阵。分毫不知，一支明军冒险进入草原，部落正将起火，后路已被截断。

第一百三十九章　大胜

镇虏营外，明军和鞑靼鏖战半日，仍坚守不退。

连遭重击，西侧城门半面被毁。

见到缺口，鞑靼骑兵如嗅到血腥味的鲨鱼，挥舞弯刀，将要涌入。

百名役夫挥舞木棍，抛出石块，甚至抱起火雷，扑入鞑靼之中。

轰然巨响，血肉飞溅。

众人以命相搏，方拼死挡住缺口，将鞑靼赶出城外。其后拆掉房屋，搬运木材门板，堆到雪上，总算将鞑靼挡住。

攻城锤半进城中，被役夫堆雪浇水，竟牢牢堵住缺口，拖延住鞑靼进攻的脚步。

谢丕镇守的西城门，是鞑靼主攻方向，承受压力最大，死伤最多，几成不存之地，祸迫眉睫。

顾晰臣指挥的北城门，以及杨瓒镇守的南城门，同是险象环生，伤亡惨重。

未时末，接连有鞑靼登上城头，守军悍不畏死，拼命抵挡。

弓箭折断，石块耗尽，伤兵无法继续杀敌，竟不惜性命，抱住鞑靼跃下城墙。

以命换命，同归于尽。

如斯惨烈，方才挡住最猛烈一次进攻。

背靠墙垣，杨瓒手握宝剑，脸色愈发苍白，艰难地喘着粗气。

胸中像有一只风箱，不停地拉动。

每一秒，耳际都似有重锤击下。

耳鼓震动，脑中嗡嗡作响。

视线模糊，疼痛从胸口蔓延至喉咙，张开嘴，声音异常沙哑，似砂纸相互摩擦。

“佥宪！”

斩杀最后一名鞑靼，顾不得抹去脸上血迹，赵横连忙转身，查看杨瓒状况。

“我没事。”

艰难吐出三个字，杨瓒摆摆手，示意赵横不必担心。

“防备鞑靼要紧。”

“弓箭手！”

城墙上，明军和鞑靼俱有百人死伤。冰冷的尸体，已是活人的三倍。

说了两句话，又是一阵头晕眼花。

刺鼻的铁锈味越来越浓，只觉一阵阵恶心，侧过头，却是什么都吐不出来。

靠墙壁支撑，杨瓒勉强站稳，深深吸气，才没有当场软倒。

宝剑支在地上，温热的鲜血沿剑锋蜿蜒滑落，牵连成数条血线。中途被寒风冻结，凝成一道道抹不去的红痕。

杨瓒闭上双眼，用力咬住腮帮，口中尝到淡淡的涩味。

猛然举起手，狠狠掐在腿上，疼得直吸冷气，精神到底好了些。

“一、二……五……九……”

赵横安排众人布防，杨瓒用力搓脸，强打起精神，开始默数人数。

从一到五，从五到十，再到十五。

戛然而止。

十五人。

城头只剩十五人！

杨瓒咬着嘴唇，不敢相信，也不愿相信。

无论如何催眠自己，冰冷的现实，依旧摆在眼前。

伯府护卫，东厂番役，边军，营卫，分到南城门共一百二十三人。

半日不到，仅剩十五人！

不对。

摇摇头，杨瓒扯了扯嘴角，牵起一丝苦笑。

不是十五个。

加上自己，是十六个。

城下的鞑靼，还有两千。只要再发动一轮进攻，这十几人，都将倒在冰冷的边塞，尸骨不存。

想到这里，杨瓒竟奇怪地平静下来。

摸摸胸口，心跳未见半点变化。

习惯了？

还是因为，左右都是死，恐惧害怕都变得无用。不如想想，临死之前，如何才能拉上几个垫背。

“佥宪，”赵横胳膊上绑着布条，没有药，只为暂时止血，“城头箭矢不足。”

杨瓒蹙眉，问道：“还有多少？”

“不到五十。”

五十吗？

杨瓒垂下头，两息之后，视线凝在一处。收起宝剑，离开墙边，几步走到一名倒伏的鞑靼身前。

弯腰，单手拽住箭尾，用力拽出。

一声轻响，似钝刀划过牛皮。

染血的箭矢，尚算完好。

又拽出两支，杨瓒单手握住，递给赵横。

“这些可用？”

赵横看向杨瓒：“佥宪，此恐不妥。”

“如何不妥？”

杨瓒挑眉，赵横没有接话。

城墙之上，陷入短暂死寂。

十五人的目光，全部聚集在杨瓒身上。

死者为大，是华夏的传统。

哪怕是敌人，也当予以尊重。

尊重吗？

杨瓒又扯了扯嘴角，手臂举在半空，始终没有收回。

城下，鞑靼号角声再起，更多骑兵下马，搬运木梯，攻到城下。

“赵校尉，事急从权。”杨瓒道，“任何后果，本官一力承当。”

“佥宪……”

“此乃军令。”

赵横狠狠咬牙，终于应诺。

接过箭矢，继而快速在城墙上翻找。凡是完好可用，无论是明军的铁箭，还是鞑靼的骨箭，全部搜集到一处，交给弓兵。

“射击！”

濒临绝境，身在死地，一个读书人，都敢冒天下之大不韪，死尸堆里爬出的汉子，又有何惧！

破风声接二连三，不时有鞑靼惨叫，跌落城下。

奈何兵力对比过于悬殊，三架攻城梯立起，鞑靼骑兵咬着弯刀，顶着箭雨，悍不畏死，蜂拥而上。

一个被砍杀，更多登上墙垣。

城头兵力难以支撑，很快陷入包围。竭尽全力，仍接连倒地。站着的人，也是各个带伤。受伤最重的，几成血人。

杨瓒被赵横挡在身后，背部手臂也是接连中刀。

手持宝剑，立在城墙边，杨瓒十分明白，如援军再不至，鞑靼加大攻势，镇虏营必如风中残烛，旦夕危亡。

北门处，同样弹尽粮绝，陷入危境。

顾晣臣身负重伤，半身染血，守军之数，已不足二十。

西门下，木料和役夫的尸体层层堆叠，鲜血流淌，凝结冰雪，筑成一面血墙。

别部额勒骑在马背，听着号角和喊杀声，看着部落勇士搏命前冲，不断攀上城墙，不禁面露得意。又见穿着红色袢袄的明军接连殒命，跌落城下，立刻发出一阵狞笑。

先时劝说的万户，躲开铁球碎石，却不幸身中箭，侥幸未死，也是说话艰难，四肢抽搐，再上不得马，拉不开弓，几同废人。

“可看到了？”

别部额勒很是得意，命人将他抬来，指着城头，大声道：“如何，还要劝说我退兵?”

听闻此言，万户猛然咳嗽，因喘不过气，脸色涨得赤红。

以为他是羞愧，无话可说，别部额勒纵声大笑，大感畅快。殊不知，万户看着城头，目光满是悲悯。

一座镇虏营，既非富饶城池，也非重要关口，没有藏银，更无州库。这样的地方，竟折损几百勇士!

即便打下来，将城内守军杀光，除了泄愤，又有何用!

额勒可曾想过，抢不到粮食牲畜，得不到补给，这几千人吃什么喝什么，如何打下密云?更重要的是，整个部落才有多少人，可能承担这样的损失?

额勒以为，打下这座营堡，显示出勇猛无畏，就能万事大吉?

此役之后，无论胜负，部落都将元气大伤。即使不被明朝大军追击，回到草原，也将被仇家截杀，再无宁日。

想到可能的后果，万户咳嗽得愈发剧烈，心中更觉悲凉。

活了几十年，他从未这般后悔。

不该念及血缘亲情，更不该心存幻想。额勒被伯颜说动，大举兴兵之前，就该拉走追随的牧民，远远躲开这场是非。

现如今，后悔也晚了。

无论进退，都是死路一条。哪怕痛下决心，情愿背上懦弱胆小的名声，领麾下奔回草原，也躲不开被吞并的命运。

战损传出，第一个动手的，十有八九就是伯颜!

承袭百年的荣光，将被抹黑，黄金家族的子孙，会成为整个草原的笑话!

咳出一口鲜血，万户闭上双眼。

不想再看，不愿再看，也不忍再看。

一座边塞营堡，填进几百条人命。额勒视而不见，仍一心做着美梦。

难道说，别部当真气数已尽?

无心理会万户所想，炫耀过“胜利”，别部额勒高举弯刀，下令所有骑兵出战。

“必要拿下此城!”

城头被鲜血浸染，冰墙渐成血色。

悍性完全被激起，鞑靼骑兵挥舞弯刀，发出苍狼一般的吼叫。

越来越多的骑兵下马，如蚂蚁般攀上城头。

最危急时，李大夫丢开药箱，抓起长刀，带着徒弟加入守城队伍。

本该躲在内城的老人、妇人，以及半大孩童，均手持刀枪棍棒，踩着鲜血，冲上城头。

没有武器，捡起几块石砖，同样迎敌。

鲜血和死亡令人恐惧，也会激发人的勇气。

杨瓒左臂重伤，完全抬不起来。靠在墙上，已无退路。

见他身着官服，料定是个大官。一个鞑靼百夫长露出狞笑，高举弯刀，就要砍下。不想，忽被两个半大孩子抱住腰间，动弹不得。

“大人快走!”

“我和你拼了!”

两个孩子，自然不是鞑靼对手。

百夫长冷笑，弯刀接连斩落。

两个孩子没有放手。

即使被弯刀砍中，口中涌出鲜血，四条手臂仍牢牢箍住，似钢钳一般。拼出最后力气，将鞑靼拖出墙外，坠落城下。

“不要!”

杨瓒猛地扑向前，探出手，却什么都没能抓住。

眼眶酸涩，却流不出半滴眼泪。

一阵咳嗽，满目尽被染红。

城头上，战斗仍在继续，边军和百姓，一个接一个倒下，鞑靼却是越来越多。

终于，南城门只剩五个明军。身负重伤，仍拼着最后力量，将杨瓒护在身后。

鞑靼逐渐逼近，表情狰狞，双眼赤红，似盯着猎物的恶狼。

要死了吗?

正对刀锋，杨瓒表情平静。

回想一下，人活几十年，如他一般，能经历两世，实是赚到。

只不过，没能完成计划，打造出一个大明盛世，实以为恨。没能见到朱厚照成为一代明君，碾压草原，熊到欧洲，没能目睹明军扬帆海上，开拓海疆，更是遗憾。

甚者，未能见顾卿最后一面……

闭上双眼，杨瓒牵起嘴角。

明知无路，终是不甘。

天空中，彤云密布。

边塞之地，寒风骤起，飞雪迎面，似在为逝去的忠魂悲哭，为将受铁蹄蹂躏的边民哀悼。

朔风声中，一阵号角声乍然响起，穿透层云，撕开灰雾。

刀停中途，鞑靼表情微变。以为必死的明军，双眼骤然发亮。

号角声越来越近，继而是熟悉的战鼓。

咚！咚！咚！

一下接着一下，一阵紧似一阵，传遍茫茫雪原，震动众人耳鼓。

奔雷声中，战马碾压而过。

雪亮的刀锋，反射重重雪光。

红色袢袄，如林长矛。

步卒敲击盾牌，列阵出现，刹那之间，仿佛幻象一般。

“援军！”

“是援军！”

守军开始嘶吼，鞑靼骤然胆寒。

鼓声骤急，张铭拉住缰绳，高举长刀，猛然挥落。

五百骑兵当先，一千步卒在后，弓兵拉满长弦，嗡鸣声震碎雪幕。

“进攻！”

号令下，轰隆隆的蹄声压过雪原。

“杀！”

滚滚洪流，携不挡之势，冲破鞑靼营盘。

战场天平开始倾斜。

预期即将到来的胜利，别部额勒正扬扬得意。未料想，朝廷的援军竟在这时赶到！

比拼战斗力，现下的明军骑兵，绝不是鞑靼对手。然后者已鏖战整日，又半数下马，集中全力攻城，遇明军冲锋，完全措手不及，根本来不及反应。

杀声震天。

战马撞击，长刀扫过，鞑靼毫无还手之力，瞬间死伤百余。

“再冲!”

张铭调转马头，甩掉长刀血迹，趁鞑靼陷入混乱，不及重整队形，第二次冲阵。

这一冲，竟将别部额勒同护卫冲散!

见首领被困，鞑靼顾不得生死，悍然挥刀，同明军互砍。

援军的死伤开始加重。

战况最激烈时，应城伯率领的援军及时赶到。

举起千里镜，看到冲锋的张铭，孙钺未做迟疑，当即下令，步卒殿后，骑兵冲锋。

“随我来!”

孙钺擅使长枪，一身银甲，当先冲到阵前，抡起铁造枪身，当即横扫一片。

“杀!”

两支骑兵，先后冲入鞑靼阵营，左冲右突，互为支应，很快将两千人切割开来。

鼓声突起变化，骑兵减慢速度，步卒举起立盾，组成战阵。

长矛斜挑，腰刀出鞘，一声声敲击在盾面，迅速张开大网，填补缺口，以优势兵力将鞑靼包围，截断后路。

“增援城头!”

几次冲杀，长刀卷刃。

随手抓起一把腰刀，张铭率骑兵和部分弓兵，直冲城下。

“西门!”

谢丕所在，最为危急。

攻城锤破开碎冰，凿开城门，碾过役夫尸身。如非援军赶到，杀得鞑靼人仰马翻，此刻，鞑靼定已涌入城内，大开杀戒。

“杀!”

推动攻城锤的骑兵，多来不及上马，当场被弓箭射杀。

张铭一马当先，指挥步卒冲进城内，迅速登上城墙。

此时此刻，鞑靼大营一片混乱，新入步兵战阵，别部额勒亦被包围，难以脱身。城墙上的鞑靼进退不能，同先时明军交换角色，转瞬陷入绝境。

“杀！”

步卒冲上城墙，挥刀劈砍。

鞑靼惊魂难定，很快被杀得大败。

见到同袍和百姓尸身，明军悲愤难抑，下手毫不留情。刀劈矛刺，直将鞑靼逼至跳墙，誓不留半个活口。

危机解除，杨瓒忽然没了力气，靠着石墙，滑倒在地。

阽危之域，生死一线，转瞬绝处逢生，化险为夷。

大起大落，心情实难表述。

“佥宪？”

“我无事。”

放下宝剑，后脑抵住石壁，伤口一阵疼似一阵，杨瓒却甘之如饴。

疼，代表活着。

活着……

想起战时，不顾掌心血污，用力捂住双眼。

咸涩的泪水，终于滑落眼角，浸湿脸颊。

（节选自晋江文学城）

【粉丝评论摘编】

@醉夜玫瑰暗憔悴：作者很有名，水平有保证，相信很多人都看过《谨言》《清和》，所以不用我说，都清楚。而且，最主要的是，看这篇文的好多乱入党啊！！！有一个评论说看了六十章才晓得顾卿居然是男的。嗯，顾卿是攻（不要脸剧透），当然，秉承太太一如既往的习惯，这种文小攻都是打酱油的。所以不是很喜欢腻腻乎乎的感情戏的应该会很喜欢。

@姓樊名雯：远大的文笔，写社会大场面大气，并且擅长以小人物的生活折射社会。所以本文很多用语不完全是照着白话文来的，有些地方能明显感觉到那种让人流口水的文笔功底。

@寒武纪年吧：作者的文风是一如既往的大气磅礴，有历史的厚重感。这次也是明朝背景的文，和她之前的一部作品《清和》是同一朝代，但是那之后发生的事了。虽然题目是“帝师”但不是帝师 cp，不过攻君也是一如既往地帅气。在明朝走下坡路之时看受如何力挽狂澜！而且受开金手指开得合情合理，剧情有理有据，是正剧向中难得一见的作品。作者在历史发展之中穿插进细腻的感情戏，像淡淡的蜂蜜水一样沁人心脾，虽不如威士忌般浓烈，但也别有一番风味。客官，不来一杯么？虽然感情线它有点稀薄，但无虐，一上来相遇就开启老夫老妻模式，默契感爆棚！

@煌越：“敕令抄录三都，与闻百姓”——我觉得最狠的是这一点，我觉得可以发展一个全国性的官方反贪报纸，每当有贪污受贿的官员被查处，就将其姓名籍贯、祖宗八代、宗族所在公布在上面，最少要发至县级，每期报纸都要让一个识字的人当众诵读多日。犯官的宗族即使与其断绝关系也没用，毕竟犯官还没被查的时候宗族也享受过这个官员带来的好处。而且“养不教，父之过”，事实上，宗族里的长辈也肩负着教导的职责，有贪官也说明他们失职了!!!

@Im_ highcoldS：这篇还不错，正剧风格，但是不死板，看这篇就想起之前看的《成化十四年》，不过这个不是破案，就是杨小探花辅佐君王一路打怪升级的故事，感情线为辅，顾千户闷骚很喜欢。

@黑猫白袜子：《帝师》对于我来说是来自远方最好看的一篇文……然而之所以这么喜欢这篇文是因为我完全站错了 cp，站了小皇帝 X 小受的队。看着骄傲的小狡猾有着少年青涩的小皇帝在小受的调教下一步一步走向帝王之路什么的，其他人的话都不听只听小受的话什么的，比起布景板一样的顾某人，小受和皇帝之间的互动萌多了……

@点滴：其实远方的史观可能还需改进：不贪墨，工资低，官员和衙役都怎么活？而且清朝没那么糟……

（导引、简介、节选、粉丝评论摘编：陈子丰）

历史不是挂小说的钉子

陈子丰

赶在2015年的尾巴上完结的《帝师》延续了来自远方一贯刚健清新、考究严谨的写作风格，再次让对“远方”的名号有所期待的历史小说爱好者肚皮一拍，心满意足。

自《明朝那些事儿》（2006—2009）和《万历十五年》（2006）掀起明史热，大明就成为了网文大神发掘题材的聚宝盆。然而明代历史小说的江山大抵被《回到明朝当王爷》（月关）、《官居一品》（不戒大师，2009）等男频小说独揽。它们大多架构宏大、精于考据，虽然有不少女性粉丝，却没让考据风刮到女频。在这种大环境下，来自远方可谓别具一格。她知识功底扎实：一方面从朝中皇帝、内阁、厂卫、六部的各怀心事，到北京南京、中央地方之间的暗自较量，再到草原上鞑靼、女真各部的相互吞噬，都如数家珍，描绘的翔实程度丝毫不让男频小说；另一方面皇帝吃碟豆糕也要提防弹劾、酒楼老板攀进士高枝、将门之家吃米饭用盆这种充满烟火气的有趣细节，又将抽象的政治拉回了现实，在宏观和微观上都以框架的稳固和细节的真实营造出富有立体感的古代世界。同时，她也很会讲故事，没有耽于考据、流于炫技，而是紧凑地以成熟的多线叙事穿插于京畿、太原、北疆、江浙等结点编织的网络中，在相对较小的篇幅内（不到100万字，而男频同类题材大都在300万字以上）合理把握张弛节奏，贡献了一个精彩干练的好故事。

其实就国内“纯爱”小说来说，将时代背景设置在古代是再常见不过的事情，但绝大部分只能称之为“古风”，历史对于作者来说，只是“挂小说的钉子”（大仲马语）。当然，对历史这枚钉子给予足够重视的“纯爱”作家也并非没有，如擅写南北朝和民国史的尼罗、同样专注明朝的楚枫岚等等。且自

2008 年晋江开启 VIP 付费制度以来，“纯爱”和其他类型，尤其是男频的历史、玄幻等融合以扩大故事容量也成为趋势，但是像来自远方一样将大历史写作贯彻得如此彻底的却是凤毛麟角。她的主角几乎永远是穿越人物，天然地带着二十世纪深入骨髓的历史焦虑和不用可惜的“后见之明”金手指。在成名作《谨言》(2013) 中，李谨言和楼少帅作为伴侣尚有可观的耳鬓厮磨，小说甚至还有一定篇幅的宅斗。但包括第一次世界大战、国内军阀混战、抗日战争在内的民国风云，却是情节的核心——当然也是楼、李两人感情发展的主要动力。对于民国史，来自远方既有丰富的知识，又有自己的理解，故而可以将“英雄气”和“浪漫情”融为一体，甚至人物在“夜半无人私语时”的浪漫时刻都在煞有介事地计划着肥皂厂、坦克炮。其后的《清和》(2014)，孟清和与沈瑄军中相识，前期的接触都因为替燕王谋事，感情处理比起《谨言》更加清水（较少涉及情欲描写之意），甚至很多读者纳闷两主角是什么时候互生好感的。到了《帝师》，除去偶尔惜墨如金的感情描写，主角一直陀螺一样地忙于剿匪、贸易、守边、开矿……作为第二主角的“攻君”顾卿不在服务区的时间比起电视剧《琅琊榜》的掉线女主穆霓凰还要长十倍。虽然还不至于像典型的男频历史穿越文《临高启明》一样长篇大论、不带情节地讨论如何造玻璃，但能用整整十三章让“纯爱”小说的主角带着大太监刘瑾沿海剿匪也已经够得上女频文的一道奇观。

从《谨言》到《帝师》，这种向男频历史文的靠拢是否称得上成功还值得商榷——在很多读者看来，《帝师》中蜻蜓点水的情感描写就像是工作狂丈夫下班时对妻子完成任务一般的吻。但将感情融于功业的努力却未尝不是触及了“纯爱”小说的要旨。之所以“纯爱”引入中国以来会风行网络，很大程度上是因为，男男之间充满幻想的爱情书写使得扎根于传统性别意识之中的言情小说难以提供的那种精神平等、视野开阔、与事业理想相辅相成的感情成为可能。江山还是美人不再必须是一道单选题，甚至美人还要光明正大地指点江山。如果仅仅将“纯爱”限定在你情我爱的小世界，剥夺人物在更广阔的天地中自我实现的机会，不知道算不算是对这一设定的潜在能量的暴殄天物?《帝师》中杨瓒和顾卿的感情虽然含蓄克制，却总能在读者中制造兴奋，就在于此。两个人由惺惺相惜到心心相印，在并肩战斗中情感不断升温，个人不断成长，功业也不断建立。没有女频常见的古代言情声嘶力竭、淹没一切的情感，也不像大开后宫的男频历史文明火执仗的欲望书写，来自远方惯用的“夫妻档政治家”模式，投射了办公室一代对现实中职场情侣相互扶持、事业爱情齐头并进的憧憬。加上高扬于整部小说的家国情怀，无疑具有崇高而温馨的魅力。

大历史让“纯爱”有了力度和广度，“纯爱”让大历史有了温度。在崇尚真实、广博和知识性的价值体系中，两者的结合绝不仅仅是把衣服挂在钩子上，而意味着女性也有了好看的大历史书写，从而不必踩中男频历史文过度暴力或性别偏见的雷区。虽然在拼合之上真正创造出“女性向”的大历史话语还需要进一步尝试，但来自远方的努力已经提供了可贵的经验。

女帝本色

天下归元

天下归元，潇湘书院大神级言情作者，目前已有七部作品、近800万字全部出版，其中《帝凰》（2009年）获潇湘书院十年经典第一；《扶摇皇后》（2010年）获“2011全国优秀女性文学奖”。《女帝本色》是天下归元“天定风华”系列作品第三部（前两部：《千金笑》（2011年），《凤倾天阑》（2013年）），于2014年7月20日至2015年9月20日间在潇湘书院网连载完成，共计280余万字，自连载开始连续六个月雄踞潇湘书院月票榜榜首，目前在潇湘书院榜总榜排名第七。

《女帝本色》一书以言情写权谋，延续了早期的网文言情传统，塑造了一位具有成长性的女主：风流恣肆不动脑子只想追求爱情的傀儡女王，在腥风血雨中一点点磨炼心机，最终踏尽残酷登上王位、一统天下。

【标签】古言　架空　穿越

【简介】

现代研究所异能四人组——“神眼”君珂、“女汉子”太史阑、“大波”景横波、“小蛋糕”文臻，各自穿越，误入异世，踏上了寻找好友的道路，编织成天下归元的“天定风华”系列小说。其中，《女帝本色》的女主角景横波穿越到大荒世界，应上了同名女王的转世命盘，成为新任大荒女王，从此开启了一场尽显“本色”的异世之旅。

不愿动脑只爱“美色”的景横波，本想坐拥后宫美男三千，却要面对六国八部割据分裂、王权只是傀儡的局面，看过太多的人为自己牺牲后，被逼走上了磨炼心计之路。期间，景横波爱上了国师宫胤，情浓时遭到背叛，最后却发现这其实是宫胤为自己设定好的“成长”之路，危机时刻总是他在暗地里处处保护，用一生谋略与牺牲铺就了景横波的帝王人生。

这是一部延续了传统纸质言情模式的小说，但又有在网文时代的发展转型：爱帝王的女主，终于被迫走上了自己做女王的路；男主让出帝王的位置，升格为背后推动一切的“爱神”。景横波与宫胤间“忠诚唯一”的爱仍是琼瑶的纯美言情，而女主“被逼迫”的成长是爱情包裹下权力欲望的隐秘获得，同时也表现出某种女性革命意义上的推进性。

选文为全文第二卷结尾、第三卷开头，景横波得知雪夜逼宫真相后，逼迫宫胤现身，两人解开误会的一段，表现出女主对于平等感情与尊重的需求，也是两人情感关系的有力刻画。

【节选】

第九十四章　相见（第二卷完）

且跨沟壑三千尺，凝冰大道城关前。

城上士兵连射箭都忘记。

数日之内，他们接二连三地被震慑。自黑水女王瞬闪惊城头后，他们再次看见有人，一步冻长河。

玉照龙骑用最崇敬的目光，注视着他们的主上，他们知道，继女王之后，他们也将以最快速度夺下城头，成就龙骑战争史上名垂青史一战。

宫胤一个来回，护城河冻出一条冰道。

再一个来回，冰道更加坚实。

第三个来回，冰道成了一道黑色的桥，四面黑色河水簇浪起伏，那些河底利刃，成了冰桥之骨。

第二个来回的时候，城上人醒悟过来，纷纷射箭，宫胤周身罡气激发，箭在半空都被冻断，坠落时凝结冰雪，叮当有声。

从城上看，黑色冰桥在下，中间从容走着大袖飘飘的男子，其上罡气如星团，浮沉闪耀，无数箭矢如雨下，遇上星团镀一身银白闪亮，如断翅的蝶纷落天际。

这一幕如诗如画，如神祇展示风华。

从未见战场凶杀如画。

目眩神迷之间，冰桥已成。

宫胤停下，微微垂眼，无人发现他脸色微微苍白。

便纵般若雪独步天下，但将这三丈护城河化一道冰桥，所耗费的真力，也难以估算。

他已经不剩多少真力。再不进城，就没了机会。

接下来的战役，还需要人指挥。

分身乏术，而天色已黑。

身后龙骑，踏着冰桥越过护城河，开始上城。

冬夜寒气彻骨，身后将领要为他披上大氅，他想起自己发过的誓，一摆手拒绝。

对横波但有一丝危险，哪怕是个虚无的誓言，他也不敢尝试。

他仰望高高城头，似乎嗅见从城内传来的硝烟和烈火气息。

横波，你怎样了？

……

“陛下！亢龙军似乎要点火！”

“我知道。”

“陛下……”

“你们，投降吧。”

“陛下！”

她摆摆手，疲倦地吐出一口长气。看向已经全黑的天色。

今夜无月无星，天黑得没有任何色彩。

是为了令等会的火光，闪耀得更加鲜明吗？

可是再闪耀的色彩，再鲜明的标杆，如果有人执意不要看见，都没有用。

三日三夜等待，心由灼热翻涌自平静至此刻凉如冰。

至绝望。

算算时间，轻骑快进，早该到了。

她已经没有了任何期待。

是她想多了，那些伪装，那些相伴，那些护持，或许只是假象，或者只是他另外的计谋安排，和爱情无关，和心意无关，和她无关。

虽然她不信，不愿信，但三日空等告诉她，似乎就是这样。

没有关系。她要的只是一个答案。这也是答案。

有了这个答案，她便可以将过往斩绝。

如果说之前她还雄心万丈，想要称王称帝，打回帝歌。可当她确认她一直在宫胤掌握中，一直被他监视戏耍着时，她所有的信念，便已崩塌。

何必呢，做个小丑，在别人安排的局中生活，为自己的每一份成就欢呼时，也许掌控一切的人，正在一边冷冷嘲笑。

在别人安排下走出的路，最后会抵达什么方向？反正肯定不是她想要的。

她宁可放弃一切，也不要莫名其妙为人摆布。

得到这个答案，她便可以让所有人解散，士兵归于成孤漠，算是对间接害死他儿子的补偿，而基业、宏图、女王、帝业……统统都见鬼去吧。

她等到最后一刻，等到所有人都以为她已经死亡，然后，永远地离开这里。

很想念三个死党呢……

头顶的天如此沉重，她觉得疲倦。

抬起眼眸，前方城门隐隐星火。

宫胤。

你竟不来！

……

城门前，第一轮攻击被打退，正在进行第二轮。

火光里宫胤脸色如雪，在阵前一步不退。恍惚里还是当年玉照宫，曾也有一场战役，他也曾重伤在城头一步不退。

那时候他是为自己的权位挣扎，此刻他在为她的生命坚持。

横波，你怎样了？

……

（略）

第二轮攻城。

不断有士兵增派上城，宫胤几乎可以确定，内城的兵力，有相当一部分已经被引到了城门前。

但他不能确定对景横波的压迫，是否已经完全消失。

正要下令再进一轮，忽然感觉到天光一亮。他抬头，就看见远处天际，火光映红半天。

最后一丝血色从他颊上褪去，他身子一晃。身边将领急忙扶住。

他只紧紧盯着那方向，连唇色都已经发白。

火攻！

那位置不用猜，一定是沉铁王宫！

最怕的事情发生了，他们果然用火逼她！

她的瞬移，原可以不怕任何攻击，但她绝望愤怒之下，是否会自毁？

身边火把热力熊熊，他却觉得如堕寒窖。

再顾不得城前军队，他忽然拔身而起。

此刻真气所剩无几，硬闯城关把握不大，更不要提丢下军队之后是否还会有变数，但所有不利，都已经顾不得。

她在城中，她在火中！

一声长啸，人影如逆行流星，拔地而起，脚底带起腾腾雪气，直扑城头。

城上人早有准备，大弓劲弩轧轧连响，箭如幕布般凶狠地罩下来。

三丈城头，一气上冲，还要抵御第一波的箭雨，需要一口极其雄浑绵长、生转无休的真气。

而他远奔无休，不断应敌，更在城门前凝冰成桥。

眼看离城头不过三尺。

他心口忽然一痛。

真气流转，遇见了心口那根针，稍稍一顿。

刹那真气一泄，身形一阻，身前罡气顿现缺口，一道乌黑的箭尖，已经旋转着飞逼他眉心！

他可自救，但必落城。

落城后想再起，绝无可能。

他咬牙不落，半空中生生扭转身形，想要避开要害，以一箭之伤，换上城离开。

忽然脚底风声一响，一双手轻轻托住他靴底，将他向上一送。

那双手出现的刹那，一个熟悉的声音，传音低笑：“去吧，救她，军队我来！”

一股真力直飙，送他上云霄。

他一声清啸。

城头士兵停了弓箭，看见一道人影火箭般自城下飙上，越过城墙，越过牒跺，越过他们头顶。他们仰起脸，视线跟随那一道烟云般的轨迹，脖子齐齐转过三百六十度，眼见那道如仙如烟云的影子冲上云霄，越过城头，落进城内的黑暗和火光中。

太过震惊，以至于城上无声。

好半晌才有人醒悟，大叫："有人飞过了城头！"

城墙前，另一条宽袍大袖的人影，飘飘下落，落在龙骑前，宫胤先前骑过的马身上。

面对龙骑惊讶疑问的目光，他手一摊，掌心是宫胤的锦囊。

"国师有令，"他道，"从现在开始，你们由我指挥。"

宫胤的锦囊，有他的独门标记。群将俯首听令。

耶律祁收了锦囊，微微一笑，随即敛了眉头，注视着天际的红光。

他先一步到了城门前，一时却也无法进城。本想等宫胤打开城门，捡个便宜，谁知道却看见了城内的大火。

这个时候，不是争风吃醋的时候。

当然他更希望是宫胤送他进城，可惜他清楚地明白，景横波等的不是他。

虽说他也觉得景横波瞬移不怕火攻，可他也怕景横波犯傻。

他也有私心，不愿成全情敌，可和景横波安全比起来，什么都不重要。

有万分之一的危险，都不能忽视。

耶律祁摸摸鼻子，心想以后这笔账必得加倍地讨回来。

当然如果他做出这么大牺牲，宫胤都救不回景横波，宫胤也别回来要他的军队了。

他想着燕杀军不知道到哪里去了，这次来本来想联系上他们，一起来救景横波，谁知道传信的人找到燕杀军的暂时驻地，却发现已经营地一空。

燕杀桀骜，还保留游牧民族般的风俗习惯，时不时游荡在大荒土地，这次看来很不巧。

他只得带着属下奔来，在这王城城墙下驻马。

天尽头大火冲天。

他目光微冷，一扭头，道："攻城！"

……

离沉铁王城不远的郊野之上，也有一队队伍，在匆匆前行。

最前方有彪悍的将领，有沉默的小姑娘，还有尾巴毛茸茸的小动物，在马头上跳跃，越靠近王城，那跳跃越急，似乎有所感应，感觉到主人巨大的危险。

……

大火冲天。

一团团火舌盘旋而上，舔舐着砖石梁柱帐幔器物……最近的火焰，离景横波不过数丈。

士兵已经在景横波勒令之下，放弃了反抗，满怀郁闷和不甘地频频回头。

景横波在赶那些不肯走的同伴们。

“走吧。”她面对着众人忧心忡忡的目光，故作轻松笑一笑，“我只是在想事情，现在我想通了。你们陪在这里干吗？马上大家都会烧死。”

“不行。”铁星泽道，“你为我而来，如果折损在沉铁，我还不如陪你一起死了。”

“谁说我是为你来的？我另有想法，只是现在也不必说了。”景横波耸耸肩，“不要用这种眼光看我，我不会自杀。更不愿意因为我的原因导致别人伤损，所以你们必须走，你们一走我就走。你们不走，那就一起烧死吧。”

众人都凝视着她的眼睛，半晌七杀叽叽咕咕地道：“我看波波不会自杀。”

“她有瞬移呢。”

“啊呀呀！我可不想被火烧掉一头好头发。”

“那就走吧。”

伊柒还不肯走，被逗比兄弟们拖走了，一边走一边大喊：“波波你可不要犯傻啊啊啊……”

景横波挥挥手，一反手打昏紫蕊，塞给铁星泽。“你一定熟知道路，带我的女官走！”不等他拒绝，又道，“我把她交给你了，你要磨磨蹭蹭害她性命吗？”

铁星泽只得咬牙，背起紫蕊，一边拣路往下走，一边犹自殷殷嘱咐：“无论如何命最要紧，一定要及时离开……”

“知道啦，啰唆！”景横波看看天弃和英白，天弃不等她说话，转身就走，道：“我觉得有些事不大对，我得先出去静一静。”身形一闪便不见。

最后她看向英白。

“不是这样的。”英白拿起酒壶，站起身，“别上了人的当。”他指指那堆衣物，“你不觉得这些，很蹊跷吗？”

她微微翘了翘唇角。

当然蹊跷。

这东西，明显不是宫胤拿给她的，宫胤一心要掩藏，怎么会暴露在她面前？

那么如果说有心人一路收集，也太可怕了，难道宫胤和她一路踪迹都在他人眼中？那人如果真那么厉害，早下手了。

再说有些东西，宫胤根本不会留下来。

殿顶三日夜，从激越情绪中平复之后，她开始冷静思考，翻检那些衣物，然后发现，很多东西，其实对不上。

衣服是可以仿制的，气味是可以混淆的，比如襄国太监衣裳下摆的红泥，仔细查看并不是那密室丹泥；而那土地公公面具，细看也不一样。

连那洛阳铲，仔细看也不一样，不如宫胤当初给她的那个精致。

她想，这里这一堆，其实都不是原版吧？

事情都过去了很久，衣物上怎么可能还留有那些气味，这是最近的手笔。

但对方对她很了解是必然的，知道她心中怀疑早已到了顶峰，无须原版，只要近似的东西稍稍一提示，她就会自动对号入座。

对方绝不可能一直掌控着宫胤的变身，她觉得更多应该是事后推断。对方应该也是个牛人，综合各种线索，真的将宫胤大多数变身情况都推断了出来，以近似物唤起她的确认，直至疯狂。

能推断准确到这个地步，还是有很大问题的，其中一定有些她暂时想不通的不妥之处，但现在她不想思考。

对方低估她了。

生怕她不疯，所以来了这么一招，却不知道，她本就是个疯子好吗？

来自异世的灵魂，不管这时代种种拘束，她有自己的思想和原则，不惜燃起大火，驱散这眼前浓雾。

“别赌气。”英白难得这么认真，凝视着她的眼眸，“和我先下去，他会来的。”

“我会走。谁也不值得我自杀。”景横波心中冷冷热热，不知是痛是悲，只想狂歌痛哭，又似乎无法发泄，一伸手抢过英白酒壶，抬头就灌了大半壶，英白抢救不及，哎哎连声，也不知是在可惜酒，还是怕她喝醉。

英白这种酒鬼，他壶里都是最烈的酒，连七杀等人都不敢轻易尝试。他盯着景横波，心想醉了也好，一捞就走，省得麻烦。

景横波半壶酒下肚，没觉得烈，脑子却一晕，她闭了闭眼睛，努力稳定身形，不想被英白看出自己已醉。

三天几乎没有吃饭，经不起烈酒挞伐。

“走吧！”她挥手，“你要我信他，那么，你去接应他，把他带到我面前，我就信。”

英白第一次出现犹豫。

他也知道事态紧急，奇怪宫胤怎么还没到，但他确定，一定是宫胤遇见了麻烦。

他确实很想去接应宫胤。

“去吧。”景横波大笑，身影一闪，跃上前方一座竖向天的立柱。

大殿连烧带塌，已经毁去大半，屋顶几乎全无，几根横梁几根立柱，孤零零地歪斜在一地断壁残垣之中，高处火势较小，但火舌依旧缠绕着那些柱子，缠缠绵绵地爬上来。

“英白。”景横波立在那柱子上，居高临下对着凝视她的英白，“两年前，我来到大荒，那时候我还没遇见宫胤。那时候我还是凤来栖的头牌。现在回想起来，那真是我人生至今最痛快的一段日子。”

她仰起下巴，看向前方，废殿之下，亢龙军已经停了手，正用茫然的眼光，看着他们的女王。

到现在，普通士兵终于知道，他们化整为零赶了远路，抢了粮车，在这沉铁内部要剿杀的“叛匪”，竟然是女王。

亢龙士兵知道自家主帅和女王的恩怨，大多数人也见过她，都知道去年帝歌逼宫之变，正是亢龙一手推动。用全营啸营，用七条人命的广场自尽，将放逐女王一事推上高峰。

那次事变，大多数士兵虽然算参与，但并没有眼见那年大雪纷飞下广场上女子苍白的颜容。心上的感触便也不强烈。然而此刻，面对大殿废墟，烈火升腾，废墟和烈火之上的红衣女子，看她衣袂飘拂于殿顶之上，身姿笔直而神情凄怆，他们忽然也觉得心底苍凉。

他们是铁军，是皇家军队，是满载荣光，从来只为保家卫国而生的忠诚军队，如今，却为统帅私人恩怨，对这样一个并无过错的女子，一再相逼。

那些劈出的刀剑，那些拼杀的呐喊，其实都早已失却正义的支撑。

景横波却没有看他们，甚至也没看英白，只看着前方。

“我曾有雄心壮志万千，但此刻我觉得我很无聊。我忽然想起当初我来的时候，以一舞，博得了在凤来栖生存的机会，那是我平生跳得最痛快的舞；再之后我做了女王，就再没有那样跳过。现在我想离开了，离开之前，我想再痛痛快快跳一回。”

当初我曾痛痛快快地来，以一舞开启异世生活。

最后我想痛痛快快再一舞，以此告别这人生浮华和虚妄。

她一抬手，甩掉红色披风，里头是红色改良版长裙，贴身，勾勒一身起伏线条。

长裙里还有紧身长裤，算适合作舞的衣裳。

一股酒气上涌，冲得她心情激越脑中发晕，眼睛却越发的亮，亮过天星。

英白被燃烧的火苗不断逼下，倒退中抬头看她，不得不越行越远。

只剩下她，立在柱子顶端，俯瞰这巍巍王城，这静默天下。

当初凤来栖以棍子做钢管，一舞动青楼；如今她以大殿废墟为舞台，以正殿梁柱为钢管，以万千兵甲为观众，这一舞，能动谁？

如果想让他看见的那人没看见，那什么都无意义。

扬手，踮足，起舞。

刹那回旋。

刹那深红裙摆旋开如火焰，腾腾燃亮这夜空，她伸展开的双臂，拥有人世间最美好的姿态弧度，似一只涅槃的凤，在天尽头昂起头。

底下的喧嚣纷扰渐止，众人昂头，屏息，目光灼灼。

……

他在沉铁街道上狂奔。

嫌马不够快，只将自己的身形扯成风。

一生里沉静雍容，如山不动，他未有过如此奔跑，似夸父，在用生命逐日。

……

她在殿柱顶端起伏纵跃，携了微醉的狂放，舞出这一生最烈的姿态。

一字马大回旋，卷腰勾转，转这人间烈焰人间风，身下的火是盛开的红莲，她是莲心里滚动的晶莹露珠，染了霞光的艳，在苍生的视野里灼灼。

女子身姿的柔软，女子身姿的绝艳，女子久经锤炼的最美好曲线和韧度，成就一场舞的灿烂光华。

飞跃的火苗，不及她灵动里的疯狂，诱惑中的颓废，发在激舞中散开，红色发带飞入火中化灰，那一霎黑发染墨了夜，星月在云层后为艳色而退避。

前方宫门在望，他将力竭，速度却丝毫不减。守门的士兵只隐约看见白光一闪，未及喝问，便已经被踩着头颅而过，一瞬间头顶落下簌簌的雪花。

……

她忽一个回旋，于几乎不可能的角度，折腰而下如倒挂莲花，垂下的长发遇及火焰，哧一声消失半截，万众惊呼，她却若无其事，在火焰之巅腾腾翻舞，似要将这一舞燃烧成灰，似要将自己在这样狂烈的舞中也燃烧成灰。

深情总虚掷，心字已成灰。

……

他闯入宫门，进宫之后反而速度更快，因为士兵都已经涌到后殿，去看那场火场中绝世之舞，就算被勒令留在原地的，也无心看守，都踮着脚看着那个方向的火。

每个人眼神惋惜，为这世间美好事物，眼看就要从眼前永久逝去。

惊天一唱，终成绝响。

……

飞转黏缠，起伏钩沉，在翩翩的风中，她已经感觉到了火的热度。刚才还有距离的火焰，现在已经顺着梁柱爬了上来，四面的梁柱也已经起火，脚下的柱子也不如先前踏实有力，感觉随时会断裂。

长发在无声无息化灰，很热，她一直调节着自己的明月心，保护着自己不被烟气熏死或者被烤死。

但已经到了最后的时刻，再不走，她会葬身火海。

一个探身，绕柱一周，她的红裙飞了起来，如一道华丽尾羽，绕火海红云而过。

这火中的舞。

这火中的告别之舞。

脚下咔咔微响。

她抬头，眼眸忽然一缩，看见一条人影，以一种言语难以形容的速度，电射而来。

……

宫胤已经到了正殿之前。

还没靠近，就能感觉到热浪扑面，一抬头看见这时候她还在殿顶起舞。

那一舞怪异又美艳，每个动作都极尽女子身体柔韧灵动之美，极尽女性天生诱惑，似一抹艳色红唇，将这天地所有懵懂和潜藏欲望唤醒，轻轻一勾，便销魂了人间。

再在这大火映衬下，别生凄艳凄怆，惊心。

他却根本无心欣赏，飞跃向黑压压的人头。有人已经看见他的到来，大喝："何方来人！放箭！"

他听而不闻，脚踩最外圈人头，高高飞起。

箭矢如飞雨，扑出火场奔向他。

几条人影扑出，是英白天弃等人，接下这无边箭雨。

他看也不看，只向那火场方向。

横波，我来了。

你且住，看一看我——

……

她睁大眸子，一只手臂犹自高抬，却忘记了下一个动作。

然而下一瞬她的眼光就黯淡了。

滚滚浓烟令她辨不清来人面目，但却可以大致看清那人衣着。深色衣裳，宽袍大袖，领口开得很低，露一抹平直锁骨，甚至还有半边胸膛……

耶律祁。

宫胤无论如何不会这样穿。

绝望之后迸发希望，希望之后再绝望。这般滋味，最难熬。

这一霎心若死灰，脚步一乱。

咔嚓一声，头顶不远处斜斜的一截横梁，忽然断了，当头而下，堵住了她的去路。她要纵身闪开，又是咔的一声，已经烧得酥软的梁柱两半裂开，她脚下落空。

烈焰逼人，酒气上涌，脚下没有凭借，浑身无力。

她在万众惊呼声中坠落。

身下就是火场。

狂呼声如海啸。

忽然一条人影，冲过高高人群，射入熊熊火场，撞上倾毁的横梁，踢开爆裂的立柱，一把抱住了她。

然后。

一同，坠入火中。

第三卷第一章　相认

她在坠落。

身周热浪灼天，长发几乎瞬间就化灰，她知道下一瞬她自己也要化灰化骨，在世上消失了无踪迹。

明明没想这么窝囊地死的，不过跳一场舞，怎么跳成了这结果，她自己也想不通。

一霎心中滚滚流过的，不是遗憾后悔，而是从前生到此世相遇种种，奇怪的是，那些痛苦记忆大多消失，似被这场火燃尽，似被这场舞舞尽，此刻眼前画面在火海中飞速而过，却都是那些温暖、温馨、爱恋、扶持、记忆中美好的那些人的轻颦浅笑……

“砰。”一声裂响，听在耳中如洪钟。

接着又是砰砰两声，下一刻她身子一停，被一个身体紧紧抱住。

熟悉的清凉冰雪气息，令她的身体顿时僵住。

难道……

泪水忽然涌出眼眶，没有理由。

三日夜的等待，最后一舞的疯狂，最后一眼的绝望，坠落一刻她已经和过往告别，然后发现自己在他怀抱。

可是……终究是迟了是吗……

她记得身下熊熊火海，已经没有任何可以立足的地方。

他的身体如此清凉，这么久，他终于恢复了她熟悉的温度，不，比记忆中还凉上无数倍。

在那样极致的冰冷下，她皮肤上的高温被迅速降低，身周发出无数细细的碎裂音，似乎有什么在迅速凝结又在迅速融化，循环往复，她感觉到身边的温度明显降了下来。

火场前万军僵硬。

人人抬头，目瞪口呆地看着火场中那一幕奇景。

烈焰之中，那人扑入火海，一开始火焰狂扑而上，但是瞬间，火焰一停，随即那人身上不断凝结雪色，刚凝便化，刚化便凝，在不断的循环中，火焰渐渐弱去，相拥的两人身周，现出一片火灭之后的焦黑，然后凝出一片霜色，那冰雪之色扩展出一片圆，以两人为圆心，在火场中不断向下，向下，直至延伸出一个透明的旋转的通道……

“砰”一声，那两人坠入烧毁的殿底，从众人视野中消失不见。

……

“砰。”景横波和宫胤相拥着直撞而下，顺着立柱烧毁后留下的通道，最后重重落在滚烫的地面上。

但他们并没能停下来，又是砰一声，身下什么东西塌陷，他们继续落，落下一层。

天旋地转中他没有再以真力抵挡，只是用双臂紧紧揽住了她，始终将她护在怀中。

景横波本就半醉，哪里经得起这样翻滚折腾，嘴一张就开始呕吐，她三天没吃什么东西，没什么食物可吐，吐的就是胃液酸水，她试图避开，不想吐到别人身上，他却紧紧按住她的头，任她一口口将秽物喷在自己衣上。

她脑海中掠过一幕，也是醉酒，也曾将呕吐物溅他一身，那时他如今日一般，毫不避让，将她揽在怀中。

她忽然眼中便盈了泪。

从一开始到现在，变的到底是谁，到底什么可信，什么该质疑？

若说爱，为什么风雪深宫里送来那一颗毒药。

若说不爱，为什么一路变装随时扶持。

若说爱，为什么非得她用这种方式逼自己入死角才肯现身。

若说不爱，为什么又一路奔来满身风霜。

若说爱，为什么让她一直等到绝望噬心。

若说不爱，为什么甘心陪她身入火场。

……

无数个爱或不爱的字眼从心头浮沉过，泪水刹那被热气烤干，她忽然觉得他身上凉气渐渐淡了。随即又觉得他抱住自己的双臂渐渐松了。

她心中一惊，想着现在也算脱离危险了，这家伙不会又想跑了吧？那自己这一番苦心就白费了。

正巧这时，身后一个斜坡，眼看她就要滚下去，而他手臂松开，却像是要留在上一层。她急忙探臂扯住他，两人骨碌碌一阵斜斜滚落。

又是一阵天旋地转，身体被土阶梯硌得到处疼痛，好半晌之后她才停下，撞在土层之上，随即他又撞了上来，压得她哎哟一声，肚子里酸水险些再被挤出一发。

她哼了一声，一把抓住他，二话不说先翻身骑了上去，双腿紧紧盘在他腰上，管什么道理礼教男女之防，她好不容易抓住他，怎么能容他再逃？

很利索地从腰间抽出绳子，这绳子是她三天前就准备好的。三两下捆住他的腰，绳头拴着钩子，钩子钩在自己手腕的绳头上。

吸取上次教训，不敢再用锁链，怕再次冻着出问题，也不敢拴在柱子等别的物体上，怕他不顾一切连柱子都扯走，干脆拴住自己——有种你走啊，拽我一起走。

就这样还是不放心，伸指一点，指节叩在他下腹，锁住了他丹田真气。这是明月心心法中的一招，她练习了好久，才学了个半生不熟。

他一动不动，任她摆布，似乎晕了，景横波感觉到他身子软绵绵的，身上一层虚汗，似乎脱力了。

景横波才不信他，他已经很多次扮弱了，但一旦发作起来各种彪悍好吗？

事情办完，她才嘘一口长气，转头看看上方，隐约可见火光，可以看出这里是个地室，开关在上头某处地面，有个阶梯一直向下，因为比较深，也因为还有通风处，所以底下不热。

上头有一处塌陷，能看见一点光线。地室内光线朦胧，她对这里有地室一点也不奇怪，因为大荒几乎所有的大户人家和宫殿都有地道地室，连她自己建造上元宫，都在属下们的劝说下，在几座殿宇里留了夹层和地道。

底下最先开始起火，大概将原有的门户处烧软，再被他们高处落下的冲力一撞，直接塌了。

火势一直未休，现在出去很危险，别人也进不来，就先在底下待着吧。

她转回头，一低眼看见他的衣裳，顿时气不打一处来。

就是这见鬼的衣裳，险些要了她的命！没事打扮成耶律祁干吗？

衣裳上也沾了很多秽物，气味不好闻，她决定干脆扒了算了。

扒了他，看他这么要面子的人，有没有胆量出去裸奔？

想到这点她大悔，觉得上次仙桥谷茅屋逮他，一开始自己方向就错了，什么锁链什么闭穴，完全是多此一举，如果当初抓住他就把他扒光了，自己就不用这么辛苦来逼这一场，险些赔上小命了。

她一抬手，哧啦一声，外袍甩出。

他似乎抬了抬手要挡，低低说了句什么，却语声模糊，她凑近去听，隐约是说不能？什么不能？别说得好像姐要强奸你好吗？

我觉得能，就能！

她恶狠狠地手一拨，把他横着的臂拨开，他的阻拦也根本没用力气，一拨便软软落在一边。

景横波鄙视地撇撇嘴——装呗，心里不知道多想被扒呢！

再一抬手，深衣也飞了。

剩下亵衣，长衣长裤，她考虑了一下，这样造型他会出现在人群前吗？

想想似乎还是不放心，她给他搞怕了。

手指抓住亵衣领口，刺啦又是一声，衣裳撕裂。

却没能完全扯下，因为她看见了他的胸膛。

看见他胸前那一线微红的痕迹，手指长，微微凸起。在一色玉般的底色上，鲜明。

她顿住，盯着那线痕迹，只觉得刺眼。

从产生怀疑开始，多少次她试图寻找这痕迹，谁知道他竟然把面具戴到胸口。

她记得他般若雪原可以修补肌肤，令身体不留下任何痕迹，但这道伤口，不知道为何，却在他肌肤上铭刻。

她怔怔地盯着那痕迹，想起那夜的雪和这夜的火。这一路跌宕，多少言语在沉默中虚化，到今日，非得靠着伤痕才能应答吗？

忍不住手指轻轻抚摸，指尖触及他胸膛不禁咦的一声——不凉了，甚至有点热。

她想起他自伪装开始，就忽冷忽热的情况，正是这事儿，骗了她很久。她一直以为是他故意控制导致，现在看来，好像不是这样？

手指禁不住在他胸膛上摸索，果然，身体开始偏热，但却在靠近心口的地方，有一处冰凉，极凉。她能感觉到那冰凉似乎深藏在体内，经久不化。

她不能确定这到底是什么情况，照武学常理推断，那里可能是他储存冰雪真气的地方。就好比她储存真气的丹田。

不是所有学武者，真气运转中心都在丹田。

她记得上次戳了那里，导致差点出人命，心想这一定是他的命门，赶紧把手拿开。

她这么在他胸膛上忙来忙去，忽略了自己不安分的柔软手指，对于男性的刺激，隐约听得他喉间细碎一声，似咕哝似呻吟，随即她手指便触及硬硬一点。

她呆了呆，心想刚才怎么没发觉？他又哪里不对了，一低头就着隐约光线，却见眼底半幅肌肤如雪，一线锁骨似玉，雪玉般的肌肤上渗着微汗，黑暗中更加莹然生诱惑之光，而又有樱花之红，滟滟而生。

她愕然，眼光下意识向下避，却又发现他腰线流畅紧束，乱七八糟的亵衣一直被褪到腰下，那等待蹂躏般的造型，让她鼻血险些喷了出来。

她害怕自己真的喷鼻血到他胸膛，那就真的糗大了，急忙一手掩鼻一手抓起他分成两半的亵衣往他身上盖。

朦胧中他却忽然发声，一声叹息悠长，随即他手一伸，拨开她乱摸的手，一手按住了她的后脑，把她往自己胸膛上一捺。

砰一声她鼻子撞上他胸膛，差点真的把鼻血撞了出来。

她却顾不上擦鼻子，喜道："你可算有反应了，快点回答我……唔！"

她的唇被一双唇堵住。

他按着她的后脑，把她紧紧压在自己身上，唇自动找上了她的唇，不必疑惑，不必犹豫，他千里远奔而来，只为这一刻奔入她的海洋。

（略）

她爱的，从来都是他，从来都是本本真真的那个他。她的潜意识如此执着，以至于在恨着的时候，都不愿有所改变替代。

哪怕这一路遇见无数的他，每个都有他的影子，但因为不是完整本真的他，她纵然有所疑惑心动，也不曾狗血地爱上"别人"。

她景横波，永远是从现代穿越至异世的那个灵魂，她选择的那个人，永远是清清冷冷在她床上坐起，对她说“陛下，你可以逃三次”的那个宫胤。

她逃得过山海遥迢，逃得过人间磨折，逃不过她给自己设下的心的藩篱。

（略）

她唰一下抽手，自己都鄙视自己，很想扇自己一巴掌，却又不愿在他面前示弱，咬牙扼住他的脖子：“告诉我，为什么！”心想他千万不要一开口就是没有为什么，不然她一定会发疯的。

他一动不动，微微闭着眼睛，咽喉被扼住，声音听起来更加低沉，也因此更加诱惑。

“没有为什么。”

景横波如同被针扎了的猫，唰一下坐直身。

“再见。”她没了刚才的激动，冷淡地道，“这话我只说一次。下次再见，你我就是生死之敌。”

“景横波！”他一伸手拽住她，声音急迫，近乎严厉。

她狠狠甩掉他的手：“滚！”爬起身来，却忘记两人是用绳索连着的，她一起身，他也跟着被半拽起，眼看他腰上一道绳索深深勒入肉中，他却一声不吭。

她看着，心中微痛，痛过之后却是更蓬勃的怒火。

他到底要干什么！

自虐？

爱自虐自己到无人的地方尽管虐去，不要来牵连她折腾她玩弄她！

她就一颗心，经不起这样一天天一月月地磨。

“宫胤！”忍无可忍，她爆发了，坐在宫胤身上，指着他鼻子。

“世上有你这种神经病吗？骗我，负我，逐我，再跟我，护我，要我！要分手又跟着，要决裂又护着，要天涯不见又不肯离开，你犯的是哪门子失心疯？还是把我当成了好玩的玩具，试我的承受力忍耐度和弹性？有什么不能明说？有什么不可以解释？有天大的苦衷要你这样精分？你要精分你自己对着镜子分，不要来撕裂我，不要来撕裂我！”

手在腿上一抹，一枚匕首寒光一闪，她去割绳索。

既然这样他还不肯说，那也没什么好说的了。若他坚持撕裂她，她就先撕裂他。今日割断这绳索，出得这地窖，她和他，就真的分道扬镳了。

从今以后他不能再出现在她身边，因为她再也不会被他蒙蔽。

他手指伸过来，又要阻止，她被气笑了，冷笑一声理也不理，他却也不让，嚓一声锋利的匕首切上他手指，顿时鲜血横流。

那血却似火点燃了她的眼眸——苦肉计，又来苦肉计！

以为苦肉计就能让她放弃吗？

想来苦肉计？那就来点更狠的啊！

她匕首向下一指，已经越过他手指，抵在他小腹上。

冰冷的刀尖，压着要害，他睁开眼睛看她，目光澄明。

“苦肉计是吗？来啊，来啊。”她狞狠地道，“不答我，不解释，那么我就只能记仇不记恩。你还是我的仇人，你背叛了我，险些毒杀了我，那么现在，我要废了你，是不是也天经地义？”

他躺着，眼神冰晶般清清亮亮，一眨不眨地凝注着她，似乎只想这么抓紧时间一瞬不错过地看着她，多看几眼也好，至于她说什么，先不管。

这种内含钢铁的软棉花态度，让她无可奈何，心中气苦，手中忍不住用力，刀尖微微入肉，沁一丝血迹。

她正有点手软，他却忽然道：“如果这样能让你解气，那也没什么不可以。”说完便突然起身。

刀抵在他下腹上，这一起身刀就会入腹，她惊得赶紧手一撤。刀顺着他腰线滑落，当啷一声坠地。

“你疯了。”她怒道，“你不知道这一刀入腹，你就一辈子做不了男人了！”

“我知道。”他清清淡淡一笑，居然又躺了下去，“反正不能睡想睡的那个人，废了也无所谓。”

景横波“呃”的一声，不能置信地看他，不敢相信这样粗鲁的话，居然是从清淡高贵的宫胤口中出来的。

想睡的那个人，谁？

当然知道是自已，想骂，却根本没有理由骂——人家又没明说是你，你用得着这么自作多情赶着认吗？

心似被油煎般难受，被他这种软性不合作态度揉搓得五内俱焚又无可奈何，杀不得伤不了威胁没用，她只得跪坐在一边，抓着匕首对地上狠戳。戳得地面乱七八糟都是洞，像此刻千疮百孔的心。

宫胤微微睁开眼，看了她一眼，眼神中微有歉意。

不是矫情，也不是故意要折腾她，被逼问是他下来之前便有的认识，但关键是怎么回答。

如果她一逼一问，他就答，回答得太容易，她还是会怀疑。

必须要她千辛万苦折腾出的答案，她才会认为真的逼出了真相。

景横波忽然哎哟一声，伸手握住了手指。

乱戳一通，无意中误伤手指。

握住手指，下意识一抬头，正看见宫胤投过来的眼光，明显紧张。

她撞上那目光，心中豁然开朗。

真是傻了，怎么就忘了对付他的最好办法。之前不就是用这个法子才能逼他正面现身的吗！

他不怕死不怕伤，威胁无用。但她的苦肉计呢？

冷笑一声，她一翻手，匕首对准了自己心口。

宫胤目光一紧。

“宫胤。”景横波冷冷道，“我受够了，真的受够了。我是人，有血有肉有心。我受了你宫门相逼喂毒，我在帝歌失了最好的朋友，我在城头被所有人逼迫，我到最后被你们逐到玳瑁。我便犯有天大的错，这些罪也该够抵了。我没有道理再承受你们来回折腾，是是非非真真假假快要发疯。我不该再为你的占有欲和自私买单，走每一步都被人在暗中窥视。宫胤，你如果是因为不放心我，我承诺永远离开，不涉大荒皇权；如果你是因为……”她冷笑一声，“因为你变态的所谓爱情，我在此拒绝。”

他似乎一震，半晌轻轻道：“横波，我想，你是爱我的。”

“曾经爱过，”她并不掩饰，“也许现在还在爱。我不会因为赌气抹杀感情。但我不要不纯粹的感情，不要充满疑惑的感情，不要步步犹豫不定的感情。这样的感情太纠缠太伤人，人生能有多少心力和光阴，去抵抗这样漫长磨心的伤害。和这样无法确定的感情相比，我更爱自由，爱做我自己，爱身为景横波，可以自己下决定的每一个日子。”

“我想要你抵达的，正是这样的日子。”他微微闭上眼睛。

“是吗？”景横波紧跟不放，“那告诉我，为什么。给我们自己，一个机会。”

他沉默着。

“我以死相逼，都换不来你一句真话吗？你真要这样耍我到底，让我到死都揣着谜团进黄土吗？”她愤恨而悲凉地道，“宫胤，我上辈子做了什么孽，要遇见你？”

他身子微微轻颤，她似见他发间雪光一闪，转瞬不见。

“上辈子无法回头，这辈子无法掌控，但我还可以选择下辈子，”她咬牙笑道，“只求下辈子，不遇见你。”

匕首往胸口插落。

第三卷第二章　先给我抱抱

他猛地扑过来，一把抱住了她，匕首被他撞开，在他肩头划开长长一道血痕，落地。

砰一声，两人又抱着倒地，他的肩撞在墙上，闷哼一声。

景横波倒怔住了，她原以为宫胤会高大上地一弹指打掉她匕首，以他的武功来说这真是小事。哪怕被锁掉真气，也该有基本的能力。谁知道他和一个没有武功的人一样，用身子来撞飞她匕首，此刻抱住他她才发觉，他身子还是那么虚软，整个人还在发颤，抬起的手毫无力气，他是真的，一点真力都不剩了。

她心中一片混乱，手掌下意识按住他流血的肩头，掌心黏腻濡湿，心则一半在烈火中一半在深水中，不知该从何处打捞。

他千里远奔，为救她，一身高深武功，竟至脱力。该说这是深情，可为何连一个简单答案都不给她？他难道不知道他越这样，她的心就越在火上烤，无从解脱吗？

手指无意中抚着伤痕边，还有一处小小痕迹，似乎便是那日咬痕，也留了下来，她摸着那咬痕，眼泪忽然哗啦啦落下来。

“你是要我疑问到死吗……”她哽咽着，不去动他肩上的伤口，只能掐那道已经愈合的咬痕，“你是存心要折磨我一辈子吗……”

热泪落在咬痕上，微微凹陷的肌肤上，盈了水光的亮，他侧过脸，凝视着她水汽朦胧的脸，怜惜地拂开她被泪水濡湿的额前乱发。

他不怕她骂，不怕她杀，不怕她一脸决绝说狠话，只要她还活力四射打打杀杀，她就还是景横波，心气不灭。

他却真真最怕她哭。

怕她这样在他怀中，心若死灰地哭。

怕她因此再做不了她自己。

怕她当真心灰意冷，连努力走下去的勇气都丧失。

也怕自己，在这样的摧心感受中，一针激射，在她面前死去。

那就这样吧。

“好，我说。”他伸手来揽她。

她傲娇地扭身一让，不想给他占便宜，却又怕傲娇太过，好不容易他肯开口又要变卦，只得别别扭扭任他揽着，用下巴对着他。

宫胤忽然觉得折腾折腾她挺有意思的，还有福利，可惜总是舍不得。

看她那哭哭啼啼样子，他无奈叹息一声，在她耳边轻轻道：“你也该猜得出来，当初，我有苦衷。”

景横波顿时不哭了，把眼泪在他肩上擦擦，立即问：“什么苦衷？可别说是帝歌那些人。他们算老几，都不够我一口吃的。”

他就喜欢看她这咄咄逼人骄狂嘚瑟样子，唇角勾起一抹笑意，道：“当然不是。当初逐你出宫，算是顺势而为。”

“因为我在帝歌，树敌太多，步步陷阱，还得罪了亢龙，根本无法培植自身势力？”这么久，她也想了很多。

他赞许地点点头：“历代转世女王，不是没有想掌握政权的，但最终无一人成功，就是因为大荒的政治格局设置，根本就是为了困死掌权者的。你如果在那样四面楚歌的环境下继续留着，迟早会被他们磨死。”

“你不能帮我吗？”她冷笑，“我们携手对敌，不能吗？”

这是个关键问题。不是不能，是不能永远能。他背负太重，时间太少，如果强硬扶她上位，他在位时她自然安全，但他一旦逝去，谁来护她周全？

在帝歌，穷尽一辈子，她都很难获得势力，没有势力的她，再没有了他，要怎么安安稳稳活下去？

不破不立，忍痛放她自由，在更博大天地，长出羽翼，直至可以翱翔于大荒大地。

“你要我和全朝廷对抗，做光杆国师？”但他不能说，只能这样反问她。

她立即哑了嘴，哼哼两声，心里却不满意——不都说真爱是爱美人不爱江山吗？果然都是骗人的，哼，还是江山为重啊。

有点不舒服，但还是觉得可以理解。她知道宫胤由白衣之身，一步步踏上至高位的艰难。她没为他做什么，有什么理由要求他抛却一切？

“你生气了？”他却很敏锐，“怪我没为你勇敢站出来？”

“我没那么公主病。凭什么要你为我那样牺牲？再说你对抗全朝，没了属下没了权柄，那些人岂不是更猖狂，到时候我又有什么好下场？我还不至于那么脑残。”她挥挥手，自己便把那一点点不舒服给挥掉了。

宫胤不说话，乌黑的眸瞳微微湿润，凝视着她灿然有光。

就知道她骨子里，温暖而博大。

其实他愿意为她抛江山，愿意为她和全朝廷对抗，其实他还有隐藏的理由不能说，他已经做好承受怨怼的心理准备，然而她永远让他觉得，这半生孤独，蓦然回首的那一刻，没有爱错人。

心中万千谢意感激，没有出口，他只是更紧抱住她。

“但我还有问题，”她却在挣扎，“毒药。”

这是她心头的刺，一想起便笼罩大片阴影，必须早早拔去。

他垂下眼睫，半晌道：“我给你的药，是回转丹。固本培元之用。”

那就不是毒药。她心中这事已经琢磨很久，脸色慢慢苍白了：“所以，其实，翠姐给我的，才是毒药。”

他点点头：“你先偷偷吃了翠姐的药，然后才服了我的药，我的药不是解药，所以你毒发了。”

翠姐不可能给她毒药的，她此刻终于明白，当时自己忽略了至关重要一件事。

翠姐的药，哪来的？

她在那时候，已经挨了一刀，根本没可能去抢解药。这药，一定是有人送她手上，骗她说是解药。用的办法还一定很巧妙，所以翠姐当真了，用命，把这毒药，宝贝似送她手上。

好深的心机。

“明城。”她咬牙，一字字说得深深。

宫胤没有说话。当初虽然掌控全局，大多反应都在计算中，但终究最后出现了变数。细微小错酿成大恨，他不是不愤怒的，但想着这样能让景横波更决绝，和他的最终目的殊途同归。他不忍心，做不到，最后有人促成，也便不必再解释了。

只是不解释，不代表不报复，那些一笔笔积攒下的账，终究是要还的。

她的心思却还在整个事件上，三日三夜，早已想得透彻，只待求证："帝歌逼宫事件，你是有心理准备的。所以你早就准备好了，在出事后，扮成老太监送我出城。包括后来的城门搜查，逐出耶律祁，其实都是你的意思。"

"我后来，因为某些变故，没能完全照顾到你。派出去保护你的护卫，又失去了你的踪迹，以至于你后来在帝歌城内，受了些磨难。"他慢慢道，"你有理由怪我的。"

景横波凝视着他，目光慢慢落向他胸口，那"某些变故"是什么，他不说，她猜得到。

当时他受她当胸一刀，然后她闪身入广场下地道，他换装太监下地道相护，时间那么短，伤口根本没来得及好好处理，然后又是背着她，又是入水，铁打的身子也经不起这么折腾，送走她后，肯定是晕迷了。所以才导致无法再继续追踪她的下落，出现了一段保护空白。

因为没有及时以般若雪疗伤，他才留下了伤痕。

"我要怪你，也不是怪你这件事。"景横波怅然道，"后面的事我都知道了，你放逐我，却又不放心，一直追出。襄国，斩羽部，七峰镇，玳瑁，你都在。这些都是你早早计划好的。所以甚至你早早铺垫好了穆先生这个身份。宫胤，宫胤，你这是对我用情至深吗？可是你若真爱我，为什么记不得我的话？为什么记不得那天静庭红枫之下，我们和铁星泽玩真心话大冒险的时候，我们说过的话？"

宫胤轻轻抚摸着她额头的乱发——如何不记得？如何敢不记得？她的每句话，每个字，都在他心版上，拿硝烟熏过，拿鲜血洗过。

双目相对，那日红枫下，似玩笑似誓言的对话，在彼此心头流过。

"我只愿她在这世道安好，平静或者轰轰烈烈生存。如果这世上只剩下一条路可以供她一人行走，我会选择送她走上。如果那条路需要以所有人尸首来垫，可以从我开始。"

“别那样。她未必就是你以为的弱者……有时候你放手，她或许比你想象得更坚强有力。所以千万别轻易说拿尸首来垫，或许她自己就能开辟一条路，或许她只愿和相爱的人普通过一生，或许在她看来，失去你才是最不想看见的。为所爱的人珍惜自己，才是每个相爱的人应该做的。”

地室温暖，他的掌心却在此刻生凉。

要如何告诉她，有些事不能放手，有些敌人还未浮出水面，眼睛看见的，并不是最可怕的。出刀捅着的，并不是最凶煞的。

相伴一路，他早知她思想和常人不同。无视礼教束缚，一心向往尊重和自由。自己的做法，最不能令她接受的，就是不够尊重吧。

不问她的意见，不问她到底要不要、想不想，一意孤行代她做了决定，掌控她的人生。

不。不是这样的。

他比谁都更渴望看见她展开双翅，在天高飞。

他比谁都更渴望和她一起，自由普通地过一生。

可是当她已经展露才华，想要再普通过一生，已经不再可能。

他知她不会丢弃他，她和他命运由天相系，那么就必须彼此都更加强大，随时与天命搏杀。

留在帝歌没有出路，而不给她凌厉一刀，她那懒惰黏缠性子，绝不肯主动离开他。

她又那么爱自由。

四面危机，群敌环伺，不强大，哪来自由？

当那日他求婚，问她是否愿意隐瞒身份，默默做他的妻的时候，她的回答，让他终于下定决心。

哪怕痛，先给你自由，和更广阔的出路。

他肩负重任，家族血脉反噬，似一道巨大铁索，锁住他一生的幸福。大夫断言，他难活过三十岁，所以他多少年清心寡欲，从未有家室之念。

他不想害了任何好女子。

然而忍不住啊，忍不住要爱她。

无论是留她在帝歌，并肩对敌；还是和她抛下一切，逍遥山林。最后她要面对的，都是早逝的爱人，孤凉的一生。

只有她靠自己搏来基业、拓开眼界、拥有疆域、身边拥卫了越来越多的人，身负更多责任，她才会有更多牵挂，更多人生乐趣，更多存在的意义，才不会因为失去他，便失去人生全部色彩，从此在灰色天地里静数白发。

如果她拥有很多后，不再爱他，因此遇见更好的人，她的一生，才能活得更饱满幸福。

他愿她的世界只有他，他不能让她的世界里只有他。

这万千矛盾心事，怎么回答。

“你若爱我，为什么要选择那样的方式决绝？你就不怕我伤心欲绝，一死了之吗？你就不怕我从此丧失爱的能力，一辈子行尸走肉吗？”她问。

“是我不好。”最终他只是道歉，“是我不够信任你，我觉得那情境，你留在帝歌太危险，又怕自己不能好好保护你，也知道你不肯自己走，只好逼你走。”

（节选自潇湘书院）

【粉丝评论摘编】

@教主大人在此：景横波十年之后终究孤独一人，那些一路走过来的朋友天各一方。从未想过坐上那个位置，却天命难违，被命运一步步推到了那个最为尊贵，也最为孤独的位置。一生所求全部都失掉，连自己都不再是十年前的自己。羁绊改变了他们太多。横波不再恣意欢笑，宫胤被拉下神坛，从此未来只有她也只为她。（《〈女帝本色〉结局感悟兼千字长评》）

@zhjwen888：本认为以景横波的强悍，一定是征服人群的一类，后宫美男三千，但是却是一个最强悍最伟大男人的一生谋略与牺牲用生命为她铸造了帝王人生。景横波其实是四人中最女人最懒散的一个，最终却也最辛苦城府最深。

@桂圆桂圆我龙眼：一直放心看归元的文就是觉得她能给每个人物最

好的最合适的归宿。个人不觉得孤独终老或者死亡是件多么悲剧的大事，因为他们曾经有过那么多美好的刺激的、很多人一生都不可能有的奇特经历和美好回忆，这就足够了。如果是都重新爱上一个普通人，反而有点流于俗套。作者本身想要传达的就是一生一世一双人不将就的爱情，这种爱情虽然在现实中看起来是不那么现实，但是何妨在小说中实现一次呢？

@千步棋：相比《千金笑》和《凤倾天阑》，《女帝本色》的架构是开得相当大的，而且女主的身份是女帝。景横波一开始只是个傀儡，注定要夺权的她意味着整本书的基调一定是暗黑的，无论她本人是多么恣肆开朗。女帝的结局简直是《凰权》加强版——男女主时隔多年重逢，耶律祁母亲姐姐死，孟破天死，裴枢断臂，武衫自焚。如果说其他权谋文写的是称帝之路，那《女帝》简直就是在写万骨怎样枯的，直截了当地撕开言情小说的温情外衣，明摆着在训练真的猛士嘛——敢于直面惨淡的人生。(《帝王之道》)

@春秋节操兔：柴俞也曾有过旖旎的梦，可惜不是每个人都像横波那般幸运。柴俞不幸遇到了明晏安，从此踏上不归路，他眼里美人或血脉都不抵霸业权利，最爱只有自己。很多人眼里她或许狠，但她首先是母亲。或许这才是上位者最真实的写照，永远活在猜忌之中，永远不可能拥有真心情爱。因此也更显得横波与宫胤的爱情在诸般多变计谋下更为难能可贵。这也是老大想传达给我们的，世间不仅仅有冷酷无情，更有温暖若此。

@陌路浅析：归元小说里女主并不是圣母，而是与男主一同并肩看锦绣江山的存在，这是使人物塑造更加有内涵，而且也是故事里的人物真正活起来的原因。人无完人，人都有恶念，正如归元所说“要允许人生中一闪而过的恶念，有时候这和人的本质无关”。

@女王只爱小清：不一定所有的三角关系都会在最后牵起一个人的手，也不是所有的三角关系到最后都有结局，这只是三角关系，却未必是所有人的爱情。其实询如与九狐狸都不是紫微上人的红玫瑰与白玫瑰，可是选择这种事情都是充满着遗憾，无论你选择的是那一朵花，该枯萎的时候，还是会枯萎。这才是命运的最终含义。

（导引、简介、节选、粉丝评论摘编：韩思琪）

最安全的爱是成全

韩思琪

《女帝本色》是天下归元“天定风华”系列的第三部作品（前两部《千金笑》（2011）、《凤倾天阑》（2013）），小说在外壳上延续了琼瑶言情“爱情至上”的模式，即男女主角对感情坚定执着，生死不渝。然而，在内里却做了性别反转：这里不是女主角愿意为男主角付出一生，无怨无悔，而是男主角用一生的谋略与牺牲去成就女主角的帝王业，由此完成了传统言情模式的“女性向”转身。

设定一个“女强者的成长”是作者天下归元一直以来写作的套路，故事背景常常是架空世界中的多国分裂、权谋斗争与天下一统。这次的“天定风华”系列，讲述的是现代社会某研究所身怀异能的四人组：“神眼”君珂、“女汉子”太史阑、“大波”景横波、“小蛋糕”文臻意外穿越，各自“升级打怪”的故事。《女帝本色》中景横波是从外部打破了世界原有平衡的“穿越者”，为了在异世生存被逼去战斗，期间男性角色全员是其快速升级的助推器，男主角则变为了退居背后推动一切的支持者，算无遗策、无所不能，笼罩住女主的帝王霸业。他强大而深情，情感上的空缺一旦被“绑定填满”就绝对专一，开始学会为她做以往不屑的事，开始学会尊重她的意志，高山远雪一般清冷的外表下，是被压制的、密度更高的狂爱热潮。

这种“女强”风格的大叙事开启自倾泠月的《且试天下》（2004）。而天下归元的女主角并非生为强者，而是从底层走出，逐渐强大起来，修炼成不耽于情爱、果决的“大女子”，纵横驰骋，翻云覆雨，傲视须眉。《女帝本色》则将女性的身份提到了前所未有的帝王之尊，同时也将男性演绎为在背后默默推动这一切的忠臣良相。相较于之前的作品，天下归元在“天定风华”系列以来一个明显的转变是，女主角们走出了后宫、走向了前朝。她们不再与男主角一起打天下、坐稳后位，而是天生就是个帝王，并且要守住霸业。不过，男性角色却并非真正的臣下，而是由合作者变成了“守护神”。景横波自带的“金手指”里，除了帝王之尊还有天仙之美，所以，小说里的男性不但是座下之臣更是裙下之臣。他们无条件地爱着她，一路守护着她，男主宫胤鞠躬尽瘁死而后已，一干男配心甘情愿为二人助攻。于是，灰姑娘得遇王子的故事，变成了白雪公主和七个矮人的故事。

然而，颇具症候性的是，这个带有浓重玛丽苏情结的“女强文”却讲得如此战战兢兢。在天下归元的小说里，爱人总是以反派或天敌的面目出现：《帝凰》（2009）中重生的皇后秦长歌，怀疑当初是皇帝一手策划、谋杀了自己；《凰权》（2010）中身负复国之仇的前朝公主凤知微，爱人却是当朝皇子；《扶摇皇后》（2010）中的孟扶摇，甫一穿越面对的就是青梅竹马的心上人另娶的场景。到《女帝本色》时，景横波在情浓时遭遇“背叛”，被“守护神”宫胤逐下王位。当然，这些“背叛”都会在最后被揭示为只是假象，是出于更深沉的爱——如宫胤就是因为自知命不长久，不能一直护佑景横波，所以只能假装变心，逼迫她离开自己，快速成长，为她精心设计了“虐”系养成之路。

在这样的设定下，“玛丽苏”女主角们怀着“愤恨”的情绪，为自己变强找到了合法名义：复仇。世道既艰又险，不变强就只能为人鱼肉；越深爱的人越不可靠，唯有自身强大才能获得安全。被巨大的无力感所裹挟，她们不柔情、不懦弱，不达目的誓不罢休，甚至可以做到断情绝爱，只有手握权力时才能有自己掌控命运的自信。所以我们发现从《扶摇皇后》开始，女主角们走的都是一条“和心意背道而驰”的路，景横波最初只想和宫胤相守，但是却在他的计划下一步步“抢了他的江山，逼走了他”。

在最霸道的安全设定下书写安全焦虑，这一深具症候性的矛盾或许正是作者天下归元深得粉丝心怀的原因所在，那种“苦大仇深”“咬牙切齿”乃至于“自虐”的情绪，投射的正是当代女性在生活中强烈的不安全感。别人终究是靠不住的，所以，她们被迫成长。最安全的爱是成全，是让她们拥有权力地位、一切立命安身的条件。《女帝本色》通过想象一个如父如兄的恋人，完成了女性对安全焦虑的抚慰与自愈，弥合了现实的心理落差。这个“保护神”

不是来保护自己的，而是来调教自己的，让自己有能力离开或被离开，让自己涅槃后有更高的天空。

这种“托举式”的成全，也是宠爱心理的一个侧写，暗合了2015年网络文学言情类型的甜宠潮流。女主角在男主角欣慰的目光中，守住了帝王霸业。两者互动中，男主角渐渐走下神坛，变身为一个宠爱女儿的父亲，剔除了天威难测，只余温情脉脉。这是“女性向”网文中，言情男主角去“神格”化的“降维”趋势，“霸道总裁”式人物渐渐向“贴心男友”发展。这种“降维”将女主角塑造为一个女强者，男人围着女人转，由此颠覆了传统言情中的“女为男”模式。虽然成长是被迫的，虽然仍然需要一个强大的父亲，但蹒跚学步的孩子总有一天健步如飞。

他与月光为邻

丁 墨

丁墨，原晋江言情大神，2014年转至云起书院。在动辄百万字的网络文学中，丁墨始终保持每部作品30—50万字的长度，接续了纸媒时代通俗文学叙事紧凑、语言凝练的风格，打通网络写作与纸质出版以及影视化的通道。近年来，她不断尝试将言情模式与其他类型元素嫁接，如嫁接黑帮的《慈悲城》(2012)、嫁接推理的《他来了，请闭眼》(2013)、嫁接商战的《莫负寒夏》(2015年)，多方位拓展了言情小说模式。

《他与月光为邻》，2015年3月1日在云起书院连载，6月9日完结，至今位列云起书院推荐榜总榜第九名。本书保持了丁墨一贯的轻松、明快、简洁，在加入科幻元素基础上，还吸收了《来自星星的你》与《盗梦空间》等流行影视文化元素，开拓了都市言情的多种可能性。

【标签】言情 都市 科幻 甜宠

【简介】

图书馆管理员谢槿知，偶然发现了一系列令人费解的奇异现象。更奇异的是，她认识了一位气质清冷又神秘、但却拥有萌萌兽耳和灵巧尾巴的男人应寒时。

槿知数次遇险，被寒时所救，两人在相处相知中逐渐袒露心扉：来到地球的应寒时，曾经是曜日星球的军队总指挥，他不仅拥有超越地球的文明程度，还有着作为军人的果敢、坚毅与领袖魅力，因为能像流星一样快速移动，还被称为“星流（Star - Drift）”，他的身影与月光为邻。

然而“曜日已经坠落，银河再无帝国”，一个业已毁灭的文明，再多的荣誉辉煌，带给昔日英雄的，不过是沉重的回忆和叹息。穿越虫洞幸存下来的应寒时，为了更多文明的和平，开始来到地球追查能源聚合体“晶片”的下落。

原本以为自己只是一介凡人的槿知，也发现了自己身上时空扭曲、预见未来的能力，然而这个能力带来的，除了提前感受到命中注定的心动与甜蜜，更多的却是对未知命运越来越多的疑惑……

以下选文，出自小说第八十八—九十四章，槿知、寒时与伙伴们进入平行时空，追查到了第二块晶片的下落，然而这个平行时空，却面临即将覆灭的命运。而槿知在平行时空中的化身清知，也暗暗羡慕槿知的美好，想要与她互换身份、改变命运……在爱情的糖衣下，作者对人的身份、命运、科技的探索，由此可见一斑。

【节选】

第八十八章 诺亚方舟

夜色清凉，城市寂静。

谢槿知跟着庄冲和应寒时，走进另一个房间。

从庄园离开时，傅琮思也被带了回来。门打开，就见他双手插裤兜站在窗前，背影清瘦料峭。

他回头望着他们，露出微笑。而他的身后，墙上粘贴着许多报纸、影印件和照片，几台电脑也同时开着。大概这就是他需要的“准备”。

应寒时的目光掠过那些图片资料，开口：“请说吧，你的苦衷。”

傅琮思的神色变得凝重：“你们的天空，没有这样的裂纹，对不对？”

大家都是一怔，抬眸望着窗外的天。从跳跃到这个空间的第一天起，他们就知道这个空间不太稳定，所以天空始终会有暗红色的隐约纹路。此时，天色尽黑，那些红纹就像遥远的火光，晕染其中。

“寒时，槿知，我对你们提过。六百年前、三百年前，江城分别发生过毁灭性的大洪水。我很羡慕你们的空间，那么稳定那么好。”傅琮思徐徐说道，“所有人都以为，这两次大洪水不过是普通自然灾害。可是一次偶然的机会，我读到一些史料，再结合我的检测结果，发觉事实可能并没有那么简单。”

他抬眸看着他们：“而你们的出现，更加让我证实心中猜测。”

槿知三人都听得非常专注。

有些模糊的感觉，从槿知心中一闪而过，却又不甚分明，只能等他更详细的解释。而应寒时坐在她身旁，安静如松，眉目清平，却不知他又想到了多少。

傅琮思那镜片后的眼睛，变得锐利。神色也透出几分清傲笃定。

“史料记载，三百年前，中国历史上最后一个封建王朝，江城时称‘江州’，七月间，突发洪水。‘洪荒之水天上来，其色若碧，其味如盐’，‘淹没江州十三郡，人畜尽亡，尸横遍野’。”

槿知和应寒时都听得一怔，庄冲也愣愣的。

“六百年前，我国最鼎盛的封建王朝。那时江州为九省通衢，富饶安宁，居民夜不闭户。可是史书同样记载：‘七月流火，天裂地动。靛青之水，苦咸不得饮，如海波涛。江州尽毁，三十年不得复苏……’”

他的神色已变得沉毅无比：“这两点，是被记录在正史里的。但因为得不到合理解释，所以现在的科学家，更多推断史料不准，或者是古人夸张的形容，抑或是自然光折射造成的现象……可是，我又读了当时的许多野史、文人随笔、县志等，发觉那两次大洪水发生时，各种自然迹象，都与现在的江城十分类似。譬如天空红纹的色泽深度、密度，星空分布，大气浓度等等，都几乎是一样的。”

他一口气说了这么多，然后望着他们，暂时沉默下来。

庄冲整个人仿佛都僵住了，定定地望着他，最先给出回应：

“草……一句没听懂。”

谢槿知和应寒时却都没说话，显得若有所思。

傅琮思深吸口气，说道：“我要说的是，江城地处内陆，即使长江发洪水，又怎么可能淹没整个城市，达到毁灭的程度，三十年无法恢复？为什么所有记载洪水都是从天上来的？而且还是蓝色、咸味的？”

庄冲怔怔：“蓝色？咸味？那不是海水吗？”

“是啊。内陆的天空，为什么会突然出现大量海水？”傅琮思几乎是字字千钧地说道，“因为我们身处边界不稳定的空间，因为你们的出现证明了平行空间的确存在。所以我现在可以断定：海水，是从另一个空间过来的。他们的发展，不一定与我们高度平行。并且那里的这个地点，正好是海洋。所以，当空间边界周期性不稳定时，就会产生裂缝，海水大量涌了过来，铺天盖地，造成毁灭性的灾难！”

屋内彻底沉寂下来。

庄冲嘴唇微动，却没有发出声音。因为连他都觉得，傅琮思这个推断尽管匪夷所思，却又十分合理。

槿知望着傅琮思清俊坦然的容颜，复又转头，望向窗外的天空，一时震撼无声。应寒时的神色却沉静无比，抬眸看着傅琮思：“你是否有更详尽的证据，证明你的结论？”

傅琮思点了点头，打开电脑，调出许多数据，展示给应寒时。宇宙背景辐射值、物质密度、普朗克常量变化周期……槿知和庄冲并不懂这些，但他俩却交谈得十分专注。

过了一会儿，傅琮思抬起头，说道："我接近沈家，是为了得到他们的资金支持，继续研究这件事，并且试图阻止灾难发生。穆岩和晶片的出现，让我看到了一丝曙光。但我原本打算晶片的研究进展到一定程度，再对穆岩和盘托出。却没想到……杀他的事沈氏父子并未提前对我说，我来不及救他……

"从那之后，我就下定决心，一方面利用沈家的资金，继续研究；另一方面，想办法获得晶片，也许那会是阻止洪水的契机。我想穆岩在天有灵，看到晶片这样使用，也一定会欣慰。"

庄冲问道："你为什么不对外公布，寻求国家支持？何必与沈家为伍？"

傅琮思却苦笑摇头："我想要公布，但是根本没有科学杂志愿意刊登。科学研究院也禁止我继续研究，认为危言耸听，会造成社会动荡。毕竟平行空间这种事，本身就是存在争议的。曾经的洪水不是洪水，而是另一个空间的海水？这个推断更加没人相信。他们更希望的，是我去从事那些'国家重点科研项目'，上级拨款更多，更容易获奖、获得社会关注。"

大家都没说话，傅琮思顿了顿，抬头望着窗外的天空。

"我是个科研工作者。毕生追求的，应当是真理，而不是名利和可笑的职称。也许追求真理的人，总是不会被他的时代所接受。但是我一心一意，只想造出能够挽救江城的诺亚方舟。"

槿知看向傅琮思的目光，已经发生变化，变得钦佩，感动。庄冲更是肃然起敬。这时却听到应寒时开口了："傅先生，我敬佩你的坚持，并且愿意不遗余力地帮助你阻止这次灾难。"

傅琮思目光动容，点了点头："多谢。"

槿知望着应寒时清俊如玉的侧脸，心头柔软宁静。

"不过，你的推测应当准确，但是用错了方式。"应寒时缓缓说道。

傅琮思微怔，槿知和庄冲也感到不解。

应寒时坐得笔直，双手放在膝盖上，不急不缓地道："晶片，虽然拥有巨大能量，但并非万能。它更多被用来战斗，或者作为能源开发。海洋之水天上来，铺天盖地，你即使拥有巨大能量，又要如何抗衡？即使是我的光刃，可以击落战舰，却无法劈开海水，阻止它们淹没这个城市。”

傅琮思静默不语。他对来自外星的晶片，了解毕竟不多。之前只期冀着如何将晶片的能量引导出来，抵抗洪水。现在听应寒时所说，却真是找错了方向。

“那……应该如何应对？”他问道，“海水如果真的到来，量会非常大，并且非常突然。江城面积如此之广人口太多，又无法说服政府疏散，可以想的其他办法，我都想了，根本没有办法抗衡……”

他脸色灰冷，陷入沉思，槿知和庄冲也不约而同望向应寒时。

应寒时站了起来，双手负到身后，走到窗口，抬头仰望天空。他的神色沉静无比，眼眸湛黑。槿知看到他的手指，在身后一下下轻轻地敲着，知道他在想办法。于是只是安静地望着他。

过了一会儿，他脸上浮现清淡的微笑，转身望着他们：“并非完全没有办法。我想治水，如同用兵。既然无法正面抗衡，那就避其锋芒，将它们先引导到无害的地方，再杀之。”

他们三人都是一愣，傅琮思眼睛一亮，激动道：“你的意思难道是……”槿知也大约猜到他想的办法，心怦怦地跳着。

应寒时目光清亮，徐徐点头：“我们的战机上都装配有超光速引擎，可以进行平行空间跳跃。它们既然从空间裂缝中来，我们就想办法再打开一条裂缝，把它们引到别的地方去，绕开江城。”

大家心头都太过震撼，说不出话来。傅琮思的嘴唇动了又动，难掩狂喜之色，最后连声问道：“那我们要怎么做？应该怎么做？”

应寒时沉吟片刻道：“我说的方法，从理论上一定是可行的。具体怎么做，还需要做更详细的数据测算和模拟。”

傅琮思点了点头，但这个突破已经让他喜不自胜，在桌前坐了下来，叹息了一声，又笑了。

槿知和庄冲也笑了。

庄冲心头热血沸腾，走过去，颇为好奇地翻看傅琮思收集的那些资料。应寒时重新在槿知身旁坐下。槿知望着他依旧云淡风轻的样子，笑了。

早知道他心思沉敛，却原来可以这样运筹帷幄、足智多谋。他说治水如同用兵，那么曾经他带领舰队征战时，是否也是这样温润睿智的模样？

正想着，却见他缓缓转头，望着她。

面颊微微发红。

“槿知，你一直盯着我做什么？”

到底刚刚经历了床上的事，两人心中都有些不太平静。槿知转头看向一侧：“没什么，随便看看。”

这时，响起了“笃笃”的敲门声。庄冲走过去开门，林婕走了进来，脸上有微笑。

从刚才就没看到她，现在见她回来，大家并不意外。

不料她走进来后，身后又蹿出一个人。那人站在门口，高大无比，全身裹紧黑色风衣，连一根手指都没露出来，简直就要跟身后的夜色融为一体。

庄冲眸色一怔，露出惊喜的笑。槿知也睁大眼睛，应寒时则露出微笑。

果然就见那人反手“嘭”一声关上门，然后一把掀开风衣帽子，露出凌厉的金属面孔，望着他们，却把嘴咧得大大地笑了：“亲爱的们！小John来给你们助阵了哦！想死我了，么么么么么哒！”

“扑通”一声，一脸震惊的傅琮思从椅子上掉了下来。

第八十九章　一地月光

（略）

后半夜，槿知坐在旅馆二楼的露台上，喝着杯热咖啡，有些出神。

因为据傅琮思的话，洪水随时都可能发生。所以应寒时正带着他和萧穹衍（编者注：即小John），开始了模拟测算工作。

寻找“清知”的事，也没有放松。根据槿知记忆中看到的，清知跳跃离开的几个地点特征，庄冲和林婕外出搜寻了。希望尽快会有线索。

槿知默坐了一会儿，听到身后响起脚步声，夹杂着“吱呀吱呀”的金属声。

槿知抬头笑望着他：“你怎么出来了？”

萧穹衍在她身旁坐下，答得理所当然：“劳逸结合啊，我出来透透气。等明天天亮了，我可就要一直憋在房间里，不见天日了呢。”

槿知笑笑，抬手摸了摸他的头。

萧穹衍很享受地在她手心蹭了蹭，然后抬头看着她：“小知，我发现你瘦了呢。还有指挥官也清减了呢。是这段日子，发生了什么不开心的事吗？可以不可以对萧穹衍讲？”

槿知安静地看着他。

她所预知的未来，并没有对他提起。可是现在，也不想对小 John 提起。不想让他也担心伤心。

静默良久，她开口：“小 John，我想拜托你一件事。”

“好啊好啊。”

她的语气温和无比：“将来如果某一天，我死去了。人都是会有那一天的。你答应我，好好照顾应寒时，不要让他一个人生活下去。要让他开始新的生活。”

萧穹衍缓缓睁大了红眼睛。

明明小知说的是最正常不过的事，明明她的语气温柔平淡无比，为什么他的心中，却忽然感觉到难过呢？

他怔怔地望着她，却见她抬起头，仰望星空，唇畔挂着恬静的笑，像是在对他倾诉，却又像是自言自语。

“我曾经以为，两个人只有白头到老，只有相伴一生，才是圆满的爱情。我也以为，只有走过经年累月，水到渠成，才谈得上刻骨铭心的爱。可是现在遇到他，那么好的他，我才明白，真正的爱情，哪怕只有一年一月、一分一秒，这辈子，都忘不了了。”

与此同时，相隔数米的另一个房间里。

傅琮思将几台电脑的数据线连接好，一抬头，却见应寒时坐在电脑前，双手停在键盘上方，却迟迟没有落下。眼眸如深潭凝滞，许久纹丝不动。

“应寒时，应寒时？”傅琮思轻声唤他，“怎么了？”

他仿佛这才惊觉，双手放了下来，眼眸微垂，静默不语。

应寒时再次回到槿知的房间，夜色已经很深很深了。

天还是黑的，月亮挂在树梢之上，房间里寂静无声。她躺在床上，呼吸轻匀，手放在被子外面，一动不动。

应寒时负手走过去，在床边凝视她片刻，然后在旁边的椅子里坐了下来。

月光清淡得如同一层薄纱，落在地面上，也落在她的脸上。白皙而宁静的脸庞，像是最柔软的美玉，寸寸清透。

应寒时的一只手放在膝盖上，另一只手抬起，想要触碰她的脸，却又怕惊扰了她，又缓缓放了下来。

夜色静深，他坐在她的床畔，却像是坐在同样寂静的机舱里。脑海中，瞬间想起许多事。

想起十五六岁的年纪，他离家从军。那时便住在拥挤的飞行员机舱里，热闹、忙碌、勤勉、艰苦。但却有最赤诚良善的同伴，虽然后来，他们有的战死，有的退役，有的跟他一样，长留军中，辗转征战。

也想起后来种种，每一次战役，每一次受到嘉奖。坚硬如铁的太空堡垒，银河系边缘无声升起的炮火。他身边的人来了又去，职位越升越高，及至担任凤凰舰队最高指挥官，万千荣誉集于一身，人人说他是帝国当之无愧的少年英雄。

然后，便是他被剥夺军权，被囚禁。如果不是突然爆发的毁灭性灾害，如果不是曜日坠落，他大概会永生被囚禁于地下。再也见不到日月星辰，也不会遇见她，就这样结束一生。

他又抬眸，望向她。脑海中亦想起与她相识以来，那一幕一幕。

她站在宝安寺里，很冷淡地瞧着他，斥责他是骗子。

在大雨的高架桥下，他想要走，她却死死抱住他，几乎挂在他身上，要看清他的面目。

依岚山的山洞里、小溪中、麦田里，他牵着她的手，一步步走过。

在这个空间的宝安寺外，他抱着她坐在那里，她明明醒了，却不肯睁眼，安静地靠在他怀里。

还有刚刚，她对萧穹衍说，曾经我以为，经年累月水到渠成，才谈得上刻骨铭心。现在我知道了，只要与他相爱过一分一秒，这辈子都不会忘记。

……

应寒时将头缓缓靠在椅子上，闭上了眼睛。

他来自一个已经毁灭的文明，便如同时空中遗漏的细沙，曾经再多荣誉辉煌，终将在这个浩瀚的宇宙里，了无痕迹。如同从未存在过。

然而遇见了她才知道，半生戎马，铁血冤屈，人的渺小生命中再浓厚沉重的颜色，原来都比不过，她的床前，这一地温柔的月光。

次日傍晚，众人齐聚。

槿知并不知道应寒时曾经回过房间，望着他那淡淡的黑眼圈，暗暗有些心疼。而他察觉她的注视，目光清澈，若有所思。

“槿知。”他轻声唤道，“我们或许需要你的帮助。”

槿知微怔，就听萧穹衍朗声说道：“小知知，是这样的。经过测算，我们已经建立了打开时空裂缝的模型。但是呢，我们原先是打算只用战机上的超光速引擎制造裂缝。可是你知道的，战机能制造出的裂缝，是用于跳跃的，只是一瞬间。然而洪水滔滔不绝，可能会持续一段时间。所以，我们需要一条持久存在的时空裂缝。”

槿知望着他们，神色沉凝。

持久存在的……时空裂缝？

……

“小知，你能看到未来，很简单，说明你的身边存在时空裂缝啊。”

这是萧穹衍曾经说过的话。

槿知沉思片刻，点头：“需要我怎么做？”

傅琮思答道：“我对前两次洪水的资料，做过推测估计，理论上来说，只要这一次洪水的量，跟上一次相当，就不会有危险。我们会建立一个模型，捕捉你身边的时空裂缝，然后利用数台战机的超光速引擎，一起工作，就能打开足够大的、持续的空间裂缝，将洪水引走。”

“好。”槿知十分干脆地答道，“我会尽我所能。”

傅琮思说理论上来说，不会有危险。但即使有一定危险，她也肯定会去做。想到这里，她侧头看着应寒时。他也望着她，然后握住了她的手。

两个人之间，已什么都不必多说。

第九十章 唯一的我（上）

两天后。

天空飘着小雨，如同丝丝点点的细绒。树叶被洗得翠绿，空气湿润清新。

几顶帐篷，坐落其中。

谢槿知站在一间帐篷里，透过布格小窗，望着外面的雨。

庄冲站在她身后。

“他们就快准备好了。”他说。

“哦。”

他停顿了一会儿。

“会有危险。”

“我知道。”

她转头望着这位最亲密的伙伴，脸上有清淡的笑：“不到最后一步，谁也不知道结局是什么。其实何止是我，每个人的命运，不都是注定的？难道就因为我能遇见未来，就放弃走好每一步？庄冲，我要控制自己的人生。”

庄冲沉默良久，只吐出一个字：“酷。”

槿知微微一笑。

“你出去吧，我换个衣服就去见应寒时。我跟他约好了，去溪边走走。”

“好。”他转身挑开帐篷帘子，走了出去。

槿知走到水盆前，洗了把脸，闭上了眼睛。

雨声淅沥，打湿了应寒时头顶的树叶，也淋湿了他的衬衣。

但他并不在意，负手站在流淌的溪水旁。脚边是柔软的青草，看落叶随流水而去。

雨声模糊了他的耳朵，但是并不妨碍他听到轻盈的脚步声，渐渐靠近。

他转过头，看到谢槿知微微低着头，长发垂在肩头，双手提着裙摆，走向了他。

他的目光变得柔和：“好几天没有看到你穿这条裙子了。”

她轻轻“嗯”了一声，走到他身旁。

小雨在她的白衬衣上，留下点点斑迹，很快浸透进去。应寒时手边还搭了件薄外套，专门就是为她备着的，展开搭在她的肩头。

“谢谢。”她抬眸看他一眼，白皙纤细的手指，扣在外套上。

应寒时眉目清隽地笑了，负手走在她的前面。

“你说想到溪边走走，踩踩水。但是不许踩太久，会凉。”

“好的。”

她弯腰脱下鞋袜，提在手里，跟在他身后。应寒时听着身后窸窣的踩水声，眉目清和，步履徐徐地陪伴着。

“今天的事，纵然有危险……”他抬头望着远方，“我不会让你受到半点伤害。”

身后的她，似乎沉默了好一会儿，才答道：“好，我信你。我一直是信你的。”

不知不觉，两人已走出离营地一段距离了。远处的那几个帐篷，也被树林挡住看不见了。

她忽然开口：“寒时，来树林里准备几天了，我也好几天没洗澡了。这里水很好，我想稍微洗洗，你去外面帮我守着，好不好？”

应寒时微怔，转头看着她。

她提着裙子站在溪水中，目光清亮坦然，似乎还有些许调皮撒娇的笑意。

“不许偷看。”她低声说。

两人对视片刻，应寒时转过脸去：“好。”他迈步走上山坡。

留在原地的她，看着他的身影消失在树丛背后，确定看不见了。这才缓缓低下头，同时放下了手里的裙子，任由溪水肆意冲湿了它。

槿知闭着眼睛站了一会儿，睁开眼，低头看了看手表，跟应寒时约定的时间就要到了。

转身刚想换下睡觉时穿的衣物，就听到帐篷外响起萧穹衍的声音：“小知，我可以进来吗？”

“进来。”

他挑开帘子，探了个脑袋进来，笑容可掬：“没什么，就是来给你说一声：半个小时后，我们就行动。”

“这么快?”

“嗯。”他用力点头，“因为这个空间的边界已经不太稳定了啊。我们刚刚测定过，半小时后是最合适的时间。仪器已经调整好了，这个时间一定不能错过。”

“好。”

他又探头四处看了看：“指挥官呢，没跟你在一起?”

槿知答：“我和他约好去溪边走走，他应该在那里。”

萧穹衍咧嘴一笑：“好的，那我就不打扰了。祝你们度过一段愉快的时光。走走也好，可以排解压力呢。一切一定都会顺利的。”

槿知也微笑点头。

他转头刚要离开，忽然又像是想起什么，回头看着她：“对了，小知，你猜我们的裂缝，最终会把洪水引到哪里?”

“哪里?”

“当当当当！因为数据一直在波动，所以刚刚我们才测定确认了位置，是几光年以外的太空啦！这是个非常完美的地点。如果引入大海里，可能会造成水平面上涨甚至海啸；如果引入大气层，显然也是不行的。太空中就不同了，这些洪水顶多会变成一团星云状的水雾，永远浮动在那里啦。”

他讲完这番话，就兴冲冲地走了。并没有注意到身后的谢槿知脸色一变，然后慢慢地坐了下来。

太空。

萧穹衍说，洪水将被引向太空。

她没去过太空中，但是可以想象出那里的模样。

辽阔、阴暗、寂静。

并且是完全没有一点声音。

她有些恍惚地想，必须马上告诉应寒时。结果是刚刚测定的，他应该还不知道。

再想应对的方法。

心突突地跳着，她飞快拿起放在单人床畔的衣服，脱下身上的 T 恤和睡裤，换上。

换完后，心神不宁地站起来，刚要走向帐篷口，突然一怔。

她的眼前，闪过了一个新的画面。

一个从未见过的画面。

那是一扇紧闭的窗户。黑色的窗帘半掩着，她正从里头向外望。

外头，有一只鸟无声飞过。然后，是一座陌生的高楼。高楼上有面钟，时针指向 9 点 32 分。

她闭上眼静默片刻，却看不到更多。于是她走到床畔，拿起背包，翻出支笔，却没有找到纸，只翻出曾经想要交给应寒时的那张卡片。

卡片的边沿已经有些磨损，字迹却依旧清晰深刻：

槿知愿与寒时白头偕老。

她心头一暖，将纸片翻过来，在背面写下“9:32”这个时间。

她将纸片和笔暂时放在床头，起身刚打算离开，不经意间瞥见床头矮凳上，放着的那面小镜子。她的身体陡然顿住，后背蹿起一阵强烈的寒意。

她的衣服……她正穿着的这套衣服……

她缓慢地低下头，看着身上的白色衬衣，以及下身的浅蓝色长裙。

整个世界仿佛都寂静下来，耳边只有帐篷外稀疏的水声，像是隔了一个世纪那么远。

她的双手都浸出了冷汗，尽量让自己冷静下来，回忆着。

……

第九十一章　唯一的我（下）

刚才得知裂缝会通往太空，她有些心神恍惚，拿起床边的衣服，看都没看，下意识就换上了。

但她清楚记得，放在床边的，明明是件长袖 T 恤和深灰色长裙。谁把它们换走了？

而且……这身象征不幸的裙子，不是早在青年旅馆时，就被她扔掉了吗？

全身彻骨发寒，抬手刚要脱掉，却已来不及了。

狭窄的帐篷里，她清晰感觉到另一个人的气息，另一个人的存在。

她抬起头，看着就这么出现，站在自己面前的女人。

同样的长发，同样的长裙。而她的那张脸，槿知这一生已看了无数次，熟悉得不能再熟悉。

那是跟槿知一模一样的脸，只是眼神冷寂无比。

唯一的区别，大概是她没有穿鞋，赤足站在那里。裙子下摆，已经湿了一大片。

两人沉默凝视了一瞬间。

“来……”槿知几乎是立刻做出反应，但是呼救声依旧没来得及发出。

她嗓子里刚冒出这一个字，刹那间银光已至她的面前。夏清知冷着脸，握住她的胳膊，银光如同盛开的繁花，在两人身边绽开。槿知的眼前，已是物转人移。帐篷、森林、天空、城市……如同流泻的光影，从她俩身边掠过。

仿佛任何东西，都再也停不住。

在夏清知的时空裂缝中，槿知只晕眩了很短的时间。

当她再次睁开眼，发现自己已经到了个陌生的房间里。

她被绳索牢牢绑在了椅子上。而夏清知坐在离她一米外的床上，双手按在床沿，目光清冷。

这大概是夏清知的卧室。布置得很简陋的房间，桌上柜上却堆满了各种东西：珠宝首饰、漂亮的衣物、装饰品……

槿知的双手暗暗挣了挣，发现挣不脱。她抬眸看着清知：“你想做什么？”

尽管之前，她对清知和穆岩的爱情，是同情的，甚至会感同身受。她也大致猜到，同样拥有时空裂缝的清知，会不会就是这个时空中的自己？

但是她万没料到，清知会突然出现，将她掳走，并且还换上了跟她一样的衣服。

槿知心中，浮现某个可怕的猜测。

难道她是想……

“知道吗？”清知也抬头看着她，两人甚至连神态语气，都是十分相似的，温婉中带着疏离，“我第一次看到你，你穿的就是这身衣服，站在那个外星人的身边。当时我想，这条裙子，你穿着真漂亮。”

“你想做什么？”槿知冷声说。

清知低下头，赤着白皙纤细的双足，一下下踢着床边垂落的被子。

“谢槿知，夏清知。我曾经听穆岩讲过平行空间的存在，据说我们俩这样的存在，是千万分之一。”她的双手轻轻攥住床单，“可是我们两个这样相似，为什么命运差这么多呢？”

槿知静默片刻，答：“每个人都有自己的命运。即使我们相似，也是不同的人，没必要相比。”

“是吗？”清知笑了笑，说，“我从小……那时候不太能控制裂缝，所以经常走着走着，就走丢了，到了我自己都不认识的地方，吓得大哭。我的爸爸妈妈，因此搬了很多次家，可我还是被人视为异类、怪物，连我爸妈看我的目光，都很古怪。”

“当然了。”她淡淡地道，“他们的婚姻，所谓的家，也没有维持多长时间。我就一个人生活了。”

“我很少出门，我也没有兴趣交朋友。可是看得出来，你生活得很好，你的身边，都是为你好的朋友。

“我们拥有同样的裂缝，你活在阳光下，我却生活在黑暗中。

“直至遇见了穆岩，我以为这一次，上天终于厚爱，我终于会拥有幸福。可是连他，也死在黑暗中了。”

她讲这些话时，语气是非常平静的，目光也显得清亮安静。

“我答应过穆岩的，要开始新的生活。完美的、幸福的生活。”她看着槿知，“你既然能洞见未来，那你是否看到，我打算对你做什么？”

槿知的心头，有阵阵冷意淌过。

清知的意图，不需预见。她不相信眼前清秀冷静的女子，会做出这样的事。但是她的目的，已经十分明显。

“你想……成为我？”

“嗯。”她轻声答道，然后抬手捂住了自己的脸，“对不起，谢槿知。对不起，我想过自杀，但是我承诺过穆岩的，怎么办呢？我爱他已经爱到骨子里了，我不能死。我要开始新生活。我再也不想，不想在这个黑暗的空间里，多待一秒钟。我想成为你，我好想成为你。身边有朋友，也许还会有亲人对不对？你的外星爱人，不曾死去。他会永远陪伴你，他也会永远陪伴我。刚才我代替你，去溪边见过他了，他并没有认出我和你的差别。他现在还听我的话，在那里等着，我会马上去他身边。只要你留在这里，只要我跟着他去了那一个空间，清知就会成为槿知。”

槿知只感觉到全身的血脉，仿佛都在慢慢凝结。她缓缓地、一字字说道：“你冷静下来，应寒时不是穆岩，你爱的不是他。”

她抬起头，平静地注视着槿知：“我知道，我永远也不会爱上他。我很冷静，我要的只是那一份命运。我要这辈子，还可以推倒重来，跟他白头到老。”

“他会认出来的。”槿知打断了她，“应寒时会认出来的。你不要做傻事。”

清知却只是摇了摇头，不再多说，起身，走到了旁边的厨房里。槿知看到她拧开了燃气阀门，然后拔掉了管子。

空气里瞬间弥漫着刺鼻的煤气味。槿知这才注意到，每一扇窗户，都是紧闭着的。她心头一震，清知竟然……

“对不起。”清知低声说，“我要做唯一的槿知。”

银光乍现，她的裙摆泯灭于空气中。屋内变得空荡荡的，只余槿知一人，动弹不得，闻着煤气味道，越来越浓。而当她抬起头，看到黑色窗帘外，飞鸟无声掠过。高楼上的时钟，刚好指向9点32分。

夏清知瞬移到了溪水旁。

周围依旧是安静的，她离开不过几分钟时间。

她弯腰，用水打湿了脸庞和头发，然后提起鞋袜，走上了山坡。

远远的，就看到一个男人背对着她站在树下，似乎依旧等待着。

“我们走吧，寒时。”她说。

第九十二章　予我永恒（上）

空气的味道很刺鼻，让人感到窒息。谢槿知想要移动，却发觉连椅子也被牢牢绑在床脚上，她动不了。

意识渐渐有些恍惚，心跳也急促得厉害。今天引导洪水之后，他们就打算回原来的空间。应寒时难道会带那个女人回去？

还有煤气。如果在封闭的空间里煤气中毒，或者煤气爆炸之后，人的耳朵里，也是听不到声音的吧？

她看到的那一幕，到底是谁抱着谁？

会是应寒时抱着因煤气死亡的她，还是被洪水冲到太空中的清知？

正迷迷糊糊想着，抬眸又看到了窗外的钟。

9:32。是她预见的那个时间。

写有这个时间的纸片，被她留在帐篷里了。会被人看到吗？抑或看到也联想不到被替代的她？

夏清知，夏清知。她怎么可能对她做了这样的事？

又用力挣扎一遍，还是徒劳。她强迫自己冷静下来，闭上眼，想要看到更多未来，想要看到逃生的办法。

周围变得很静很静。只有厨房里，煤气“吱吱”轻响着。还有从今晨起就连绵不断的小雨，打在玻璃上的声音。

“哗啦——”崩裂的巨响传来，像是玻璃大面积被撞碎的声音。

槿知倏地睁开眼睛。

通往阳台的玻璃门已全被撞碎，一个人影站在那里。满地都是破碎的玻璃和门框，他全身都被雨淋得湿透了，抬起头看着她。兽耳尖尖立起，尾巴在身后扬起。湿漉漉的短发，紧贴额头，眉眼轮廓更加生动分明。

他用那寂静得仿佛深渊般的双眼望着她。

槿知的眼眶一下子湿了，紧咬下唇，不知该哭还是该笑。他只在窗口停顿了一刹那，立刻就如同一阵风一般，掠到她面前，抬手就扯断她身上的绳索。槿知立刻跳起来，他一把就将她扣进怀里。

郊外，丛林中。

夏清知走向那个背对她站立的男人：“寒时，我们走吧。”

男人转过头来。

夏清知一愣。

庄冲奇怪地看着她：“连我和应寒时的背影都认不出来了？”顿了顿，微微一笑：“还是说我的背影跟他一样帅？”

夏清知静默不语。

庄冲迈步走在前面：“快走吧，找你们半天了，应寒时呢？裂缝打开的时间马上就要到了。萧穹衍说呼叫他的通讯器，没有反应。”

“哦，我也没看到他。”夏清知答道。

“你是怎么找到我的?”槿知仰头看着他。

清新的空气大股大股涌进来，她已不再感觉难受了。

应寒时单手搂着她的腰，从衬衫口袋里，掏出了那张卡片。“槿知愿与寒时白头偕老”几个字，赫然在她眼前。而他凝视着她，翻过面，就是她留下的“9:32”这个时间。

“我找到了那面钟。”他答。

原来，在溪边时，应寒时就发觉了“她”的不对劲。再回头，发现原地已没有人影。他当机立断就跑到槿知的帐篷里，却发现已空空如也，只有落在床上的这张卡片。

槿知提过，上次在沈家庄园他也目睹过，清知的空间跳跃并非是万能的。她每次只能跳跃既定距离，留下银光痕迹，然后反复跳跃以去往目的地。

清知的瞬移，和他的步力谁更快，他并不清楚。但是他立刻跃上高空，开始了追赶。

他看到的第一道银光，已在几公里外的天空中。

然后开始全力飞奔。

以从未有过的接近战斗力临界点的速度，在江城高空连续跳跃，追逐那转瞬即逝的银光。此时如果地面有人抬头，会看到雪白的宛如流星飞逝般的光芒。他甚至能感觉到脸和耳朵被风割得微微刺痛，手中的光刃甚至都控制不住时时都有可能甩出。

终于，在一道模糊得近乎看不出的银光之后，他看到了对面高楼上的那面大钟，于是立刻从高空跃下，再反复弹起，一幢幢楼，一扇扇窗，寻找起来。

终于，在这扇挂着黑色窗帘的玻璃门背后，看到她模糊的剪影。他再无迟疑，心几乎是狂跳着，撞了进去。

然后就看到了她，骤然被点亮的双眼，悲喜交加的脸庞。

……

抱着她柔软的娇躯，应寒时心中怜意更盛，低下头，脸与她轻轻贴在一起。

槿知将他的窄腰抱得紧紧的，但还是不解："那你是怎么认出，她不是我的？"毕竟连她看到，都觉得两人的身形、动作、语气都很相似。到底是应寒时敏锐过人，还是她哪里露出了马脚？

应寒时低眸看着她。

"槿知，你若仔细看就会明白。她看着我，却像在看另一个人。她永远不会用你这样的眼神看我。"

槿知心头一震。

她以为会是非常惊险侥幸的原因，却没想到答案这样简单。

她的眼神吗？

她平时是用什么样的眼神看着应寒时？连她自己都未察觉，他却看得那么分明，看进了心里。

"应寒时……"她将脸埋进他怀里。

再也不要松手了，再也不要与他分开了。

应寒时任由她抱了一会儿，才松开手："站在这里别动。"

槿知点头，看他走向厨房，关闭了煤气阀门。将煤气罐拎起时，他微怔了一下。

"怎么了？"她问。

他走回她身旁，说："煤气罐已经空了，里面没有多少煤气。"

槿知也怔住。

清知筹谋已久，不可能犯这样的错误。

她并不想置自己于死地。

"到我背上来。"应寒时说，抬起清亮眼眸，望着远方的天空，"空间裂缝是按照你的身体数据测算的。她身边的裂缝比你更大，很可能会出问题。"

"嗯。"槿知跃上他的背，紧紧搂住他的脖子，"我们去阻拦她，不然她很可能会死。"

他背着她，跃过一座座楼顶。地面有人发现了大声惊呼，但是他们也已顾不上了。槿知的脸轻贴在他的脖子上，抬起头，看到天空的雨越落越大，乌云也如同一团团化不开的墨，笼罩在头顶。像是预兆着洪水即将到来。

很快两人就被淋得全身湿透，槿知脸上全是水，伸手抹干，又替他擦了把脸。却听到他温软的嗓音传来："小知，怕吗？"

“不怕。”她答，“生死对我，本来就不是那么重要的事。”

他没回答，她却看到他的侧脸线条变化，似乎是笑了。

槿知将他的脖子搂得更紧，也慢慢笑了。原本她恐惧着这一天的到来，可现在真的到了，跟他在一起，心中竟是洒脱而了无牵挂的。

而他原来也是如此。

“应寒时，你真好。”她轻声说。

说话间，两人已到了那片熟悉的树林。远远望去，就见空地上站着几个人，正是萧穹衍、庄冲、林婕和始终驻守在郊外营地的苏。

看到他俩，大伙儿都是一惊。萧穹衍大力揉了揉自己的眼睛：“小知?!你不是跟傅琮思驾驶战机去天上了吗？还有指挥官，你终于回来了!”

林婕和苏神色都是一震，看了看应寒时，应寒时点了点头，他俩反应过来，复又抬头望着天空。

唯有庄冲，静静凝视槿知片刻，上前一步，冷冷逼视：“纳米人?”

槿知：“庄冲你给我滚。”

他顿时一僵：“啊……”

应寒时开口：“那一个是清知，同样拥有时空裂缝，能够瞬移的女人。萧穹衍，情况如何?”

尽管震惊不已，萧穹衍还是立刻镇定下来，哭丧着脸答：“指挥官，情况很不好。空间裂缝已经打开了，洪水也已开始引导。但是洪水的量，竟然远比我们预料的大，而且小知……不，清知的裂缝，竟然不太稳定。哦，我早该想到的，她的参数跟小知不一样。我们正想着怎么上去援助，清知和傅琮思，肯定就快扛不住了！洪水的量再大，裂缝再波动，他们俩一定会被冲进太空中去的!”

“我去。”应寒时迅速说道，“给我一架战机。”

林婕和苏同时上前一步：“指挥官……”

“你们去了也于事无补。”应寒时打断他们，“你们不懂计算机，战斗力难道能与洪水抗衡吗?”

他俩瞬间噤声。槿知望着应寒时，他的嗓音依旧不急不缓，沉稳笃定。可清俊的脸上，全是果毅而不容人质疑的神色。那乌黑的眼睛里，淡色浮动，如此温润，却又光华迫人。

槿知抓住他的胳膊："我跟你一起去。"

他低头看着她。

她也固执地望着他："也许替换成我，就能稳定下来。而且我说不定能看见关键的未来。咱们不能分开。"

他反手握住她的手，拉着她跳上了苏刚刚开过来的战机。

天空乌云密布，电闪雷鸣。放眼望去，到处都是混沌一片，白昼却宛如黄昏。下面的江城，也被阴暗覆盖。

应寒时驾驶战机，一个近乎垂直的上冲，就到了云层之中。想起来，这原来是槿知第一次看到他开飞机的模样。他坐得笔直，后背紧贴驾驶椅，修长双手搭在驾驶仪上，白色衬衫还往下滴着水，那么清瘦的身影，却令人感到无比沉稳可靠。

第九十三章　予我永恒（中）

窗外，云层如同海浪般滚动着，应寒时穿梭的速度极快，槿知只看到一团团云朝机舱撞过来，又瞬间消散。那感觉简直与坐过山车没有差别。不，更加凶险。

她不得不闭上眼睛。

"怕吗？"他轻声问。

"嗯。"

忽然听到腰间的安全带轻轻一响，弹开了。她睁开眼，却被他握住了胳膊，拉了过去，坐在了他的大腿上。他重新系好安全带，将两个人绑在一起，一连串动作一气呵成。

槿知靠在他怀里，闻着他衬衫上潮湿的水汽，哪里还有恐惧。抬起头，看见他依旧专注地望着前方，唇角却有温和安抚的微笑。

"还怕不怕？"

"不怕了，你好好开。"

她把头靠在他的胸口，跟他一起看着前方。

云海中，出现了一道持续的银光。比她之前见过的每一次，都要狭长明亮，几乎要刺痛人的眼睛。就像一道弯月，悬挂在那里。

应寒时驾驶战机，毫不犹豫地冲进了银光中。

海水。

四处都是碧蓝澄澈的海水，铺天盖地的海水。他们明明在天空中，却像是在汪洋大海里。海浪阵阵翻滚，来势凶猛，战机瞬间被打偏了方向。槿知感觉到应寒时的手肘猛一使力，才将机头移回原来的方向。

“他们在那里。”应寒时低声道。槿知抬起头，果然看到滚滚波浪中，另一艘战机隐隐冒出头，但又立刻被海水淹没。眼看就要被冲走了。

应寒时的战机瞬间一个加速，同时带来凌厉的翻滚，躲过了迎头而来的巨浪。槿知瞬间头晕目眩，紧抓着他的衬衫，再定神一看，他们竟已跳出水面，笔直地朝那一艘战机漂流的方向追过去。

海水无边无际。槿知知道，现在他们正身处时空裂缝中，所以空间的概念已经不能用常理来衡量。也许在地面的江城人看来，这里不过是天空的一团乌云，一道闪电而已。焉知里面已经天翻地覆。

很快就追上了，远远就望见，那艘战机竟然已破损不堪，机翼折断了一半，机舱的门也半挂着，眼看就会掉落。一个人抓着驾驶椅，随着战机摔来撞去，眼看也要掉出舱门，掉进海洋里。不正是傅琮思是谁？

“傅琮思！”应寒时飞快打开通讯器，同时将机头朝他靠近，“我开启舱门，你想办法爬过来。”

勉强支撑着的傅琮思，应该是听到了机舱里传来的声音，霍然转头望见了他们，脸上露出苍白而喜悦的笑。

“不，快去救……清知！”他看着他们，像是已洞悉了所有，“她被海浪卷走了！”

应寒时和槿知脸色都变了，槿知大声喊道：“发生了什么事？”

傅琮思用尽全力抓住座椅，咬牙答道：“海水的量，太大了！而且越来越大，我发现了她是清知，已经根据她的数据，调整过裂缝了。但是……裂缝打开得太大，我们的战机被海浪撞毁，她身上有裂缝，像是被空间的能量吸走，冲进了海浪里……”说到最后，他居然哽咽着吼道：“先不用管我，救她！应寒时，这是我的选择！”

槿知看向应寒时，他的脸色清冷无比，只答了一个字：“好。”骤然调转机头，丢下了傅琮思，驶向茫茫海浪。

果然如同傅琮思所说，海水越来越澎湃。无数高墙般的大浪卷起，朝他们的战机迎头砸下来。应寒时的战机却像是鬼魅幽灵，以不可思议的速度和角度，在其中穿梭翻转，堪堪躲过了每一次灭顶之灾。

“在那里!”槿知惊呼，顺着她指的方向，只见层层海浪中，一道虚弱的银光一闪而逝。夏清知苍白而坚毅的面孔露出水面，像是正拼尽全力挣扎着，想要瞬移出水面，却又被洪水彻底打落下去。

明明之前她还加害于槿知，可看到她此刻的模样，槿知却只觉得肺腑里阵阵哀痛的寒气在翻滚。

救她!

这个念头强烈地冲进脑海里。

然而更大的危机已朝他们袭来。迎面只见一道巨浪平地拔起，宽广得望不见边际，挡在他们和夏清知中间。而他们避无可避，巨浪已迎头砸了下来，如同蓝色透明的狰狞巨兽，扑向自己的猎物。

“哐当——”槿知听到了机身崩裂的声音，海水已经从四面八方灌了进来。与此同时，腰间一紧。应寒时抱着她，从座椅上一跃而起，刹那间一道雪白而磅礴的光刃，如同更明亮的月亮升起。劈开他们面前的机舱，也劈开了海面。他们一下子冲出水面，跃上了高空。

槿知全身都紧绷着，只能抱紧他的腰身，听着耳边澎湃的海浪声和呼呼风声。应寒时单手抱着她，白皙湿透的脸庞，浮现冷酷神色。抬手就往后丢出一个光刃，砸在水面上。海浪被击起，撞在他的后背上，他竟然如此机敏，借力就往夏清知的方向跃去。

“扑通”一声，两人掉进海水里。但他的手如同铁钳般箍在槿知的腰间，海浪分毫也不能将他俩分开。槿知喝了好几口苦咸的海水，眼睛也涨红了。随波逐流间，就看到夏清知在离他们不远的地方。

应寒时单手划水，带着槿知，一点点朝清知艰难靠近。

夏清知也看到了他们，目光怔然，脸色越发苍白。

“把手给我。”应寒时喊道。

槿知直视着她：“我们带你出去!”

眼看周围的浪更大了，她一咬唇，伸出手。应寒时一把握住了她的手，同时手中光刃犹如一把弯刀，划开水面。他借机拉着两个女人，高高跃出水面，终于逃离了海水的桎梏。

尽管周围环境还很险恶，槿知的心却稍稍定下来。因为凭应寒时的能力，她相信他能把他们两个带出去。

应寒时显然也抱着这个念头，牵着她们两人，多次连续跳跃，朝头顶上方那道银色的裂缝出口奔去。而身旁的夏清知，却似有些恍惚，沉默着，脸色越发苍白。

第九十四章 予我永恒（下）

就在这时。

清知忽然用力一挣，应寒时措不及防，她竟从他手里挣脱了。应寒时和槿知同时惊诧回头，却只见银光浮现，清知跳跃离开了。

紧接着一股大浪袭来，应寒时无暇多顾，抱紧槿知，用自己的后背迎向了巨浪。听到浪花打在他身上发出的巨响，看着他清毅的容颜在自己脸颊上方，槿知心头剧痛，漫天覆地的海水间，只能将他抱得更紧。

好容易水波暂时平息，她在他怀里抬头望去，却惊讶地看到，一道银光就在不远处。

不，清知没有离开。她是要……

只见水波中，一个人影若隐若现，不是傅琮思是谁？他已经被冲进海水里了，而夏清知的身影骤然浮现在他上方的银光中，一把拉住了他的手臂。

她是想要救他。

可她纵然有瞬移的能力，刚才也是勉强从海浪中脱身。如何还能负担另一个人？她想做什么？

地面上。

萧穹衍等人抬头，望着天空的那片乌云雷电。

林婕的脸色已经非常难看，转身就走向战机："我去支援他们。"庄冲转身跟着她就走。

“站住。”一向沉默的苏冷声喝道。

萧穹衍都快要哭出来了，摇头道：“不，你们不能去，我检测过了，洪水即将达到最后的峰值，裂缝也会变得极不稳定。你们进去也是送死，现在只能看指挥官，能不能把他们救出来了!”

大家都没说话，林婕的脸色灰白一片。就在这时，庄冲“咦”了一声，指着天空：“那是什么?”

众人回头，竟然看到灰暗的苍穹之上，数艘他们从未见过的战机，如同离弦之箭，划出一排排银色的流光，升上了天空。

萧穹衍一把抓起胸口的望远镜，看清那些机舱里的人后，惊呆了：“是穆岩，是穆岩们!”

每一艘上，都坐着同一个面孔。他们表情坚毅，义无反顾，朝裂缝冲去，瞬间就泯灭进了银光里。

海水更加汹涌了，仿佛震怒的巨兽，发出翻天覆地的吼叫。这个空间，似乎也变得混沌一片，摇晃不定。

槿知和应寒时陷进了一片巨大的漩涡中。尽管他不断劈开水波，却又不断被更剧烈的水浪缠上来。然而他自始至终都抱紧了她，没有松手。槿知紧咬牙关，在他的怀抱里浮浮沉沉，恍惚间却看到无数道流光出现，看到那些战机乘风破浪而来，看到一张张穆岩的面孔闪过。

那些战机中的许多艘，瞬间被海浪打得粉碎。许多穆岩掉落，瞬间淹入大海中，不见踪迹。余下的幸存者，艰难地往前穿梭，往前奔赴。

有两艘掉头往下，撞开了包裹应寒时和槿知的漩涡，然后瞬间就被海浪卷走。应寒时抱着槿知，往上高高跃起，光刃变得无比凌厉狠辣，撞开迎面而来的一道道巨浪，带她往出口冲去。

槿知趴在他的肩头，模糊摇晃的视线里，却一眼看到了夏清知的银光所在的位置。海平面之上，突然响起傅琮思痛苦的呼喊：“不——”

一道前所未有的银光骤然浮现，他竟然被夏清知从海里拉了出来，然后丢进了那道堪堪打开的时空裂缝中。傅琮思的身影瞬间消失不见，夏清知却如同断了线的风筝，被滚滚海水带往了更远的地方。她的身后，最后几架已被海浪打得破损不堪的战机，疯狂地不顾一切地追逐着。

然后一架架陨落。

陡然间，一道巨大的裂缝打开，刺眼的银光几乎覆盖整个海面。夏清知的身影只在那银光中一闪，就跌落进去。几个穆岩跳出机舱，飞身朝她扑去，却只有一个人，抓住了她的衣袂，也追进了裂缝中。其他几个，都淹没在海浪里。

更多的海浪，覆盖灌进了裂缝，清知和穆岩的身影，消失不见。

应寒时带着槿知，一点点艰难地靠近裂缝出口。

海浪已经变得如同滔天一般，从各个方向凶猛地朝他们吞噬过来，仿佛一片沸腾的蓝色火海。槿知的头死死抵在应寒时的胸膛，看着他的光刃一次次劈开巨浪，但是那些巨浪又立刻合拢，朝他们追逐过来。

他说过的，他说过的，即使是他的光刃，也是劈不开磅礴海水的。

可现在，他一次次发动攻势，宛如疾风骤雨与海啸的对抗，护得她身旁短暂的安全。

她一次次听着，巨浪打在他背部的声音。因为头被他牢牢按在胸口，看不见他的脸，却听到几声骨头断裂的脆响，听到他微不可闻的闷哼声。

“你别管我了！”她突然哭喊道，“你自己逃吧。”

“不行。”他只答了两个字。

槿知哭了出来，然后就听到又一阵大浪打来，狠狠撞上他的背。然后她就闻到咸湿的血腥味，在他们身边蔓延开。很快，就有鲜血从他脸上滴落，掉在她的脸上。

恍恍惚惚间，槿知听到他在耳边说道：“对不起，救不了……他们。”

槿知心如刀割。

清知，清知，那个同样拥有时空裂缝中的女人，这个空间里的另一个她。

早在发现煤气瓶是空的时，她就有了猜疑。

清知的裂缝远强于她，她能穿越空间，焉知她不能同时预见未来？

清知今日突然出现，到底是真的想要替代她，还是想要……

由自己迎来死亡那一幕？

槿知，再也无从知晓她心中的答案了。

深黑的天空，犹如永远望不见尽头的禁渊。

群星闪耀，光芒清澈而冷冽。

大片大片淡蓝色的水雾，浮动在空旷中。

夏清知也在其中。

在掉进太空后的几秒钟，她就失去了知觉。眼球爆裂，心脏停止。浅蓝色长裙上染满血迹。

最后一个穆岩跌落过来时，看到的已是这样的她。

他的眼球也在几秒钟后爆裂了，所有毛细血管全部扩张裂开。但在那之前，他漂浮过去，将她抱进了怀里。

然后低下头，跪在了万籁俱静的虚空中，一滴泪掉落下来。

他们会永恒地这样漂浮下去。

（节选自云起书院）

【粉丝评论摘编】

@守士有责：《月光》唯美，不光楠竹（编者注：网络用语，即“男主”）风姿卓绝，不光女主知性可人，不光那些个性鲜明的一众人物，文字也是字斟句酌的。故事是兼顾了外星文明、炫技，有平行空间此水天上来、复回天上去的惊艳设想；有纳米人、石头人这样的脑洞大开；还有奇思妙想的战斗、空战场面；特别是星流大人这样兼浩然正气、君子儒气、英雄霸气、萌男友呆萌气为一体的完美英雄、完美男友形象。以地球为主战场的轻科幻既接地气，又不妨碍我们在地球来一次科幻大冒险。

从图书馆系统蹊跷入侵，到一个辉煌帝国的昔日概貌展现，再到这些末日英雄的地球重生与重逢，最后无论星流大人还是林木头都在地球收获了真挚的恋情。轻科幻，楠竹不用再去统帅舰队，有更多时间和女主慢慢邂逅、恋爱。个人认为继推理、商战之后轻科幻的《月光》是老墨一次很不错尝试。(《追的第二篇文，轻科幻是一个很不错的尝试!》)

@十里红妆：从《他来了，请闭眼》里傲娇的男主角，到这本《他与月光为邻》里羞涩的外星人，无一不是让男主角鲜明的性格跃然纸上。不同的是，当年傲娇的男主角如同你身边活脱脱的邻家大哥哥，而如今羞涩的外星人却只能让人远观。

现在还有多少男人会因为女人的拥抱而脸红的，还有多少男人会因为说着甜言蜜语而羞涩的，还有多少男人会看重承诺遵守承诺，追在你后面只为了向你许求一诺的?

所以，应寒时，只能是来自曜日星球的外星人。(《一个人的沉沦，两个人的等待，那是爱情的模样》)

@书友1913057468:《月光》这本书我无疑是喜欢的，且远远超过了作者写过的其他文。它像涓涓细流淌进心扉，是安静的，清淡的，如柔和月光，撒满衣箱，真丝般舒适。

没有血肉横飞，没有生离死别，通篇看下来是一种奇妙的感觉。如同夏天坐在空调房内，执半温不凉之茶，听高山流水之声，偶尔指尖触到皮肤，顺滑至极，心中会徒然而生满足之感。(《今夜月明人尽望，不知秋思落谁家》)

@阿玖砖头：外星人题材的，女主清冷淡雅又自然萌，男主至善至纯又天然黑，男女主感情虽然不是很激烈，但是就是看着很舒服，男主明明看着高贵冷艳却时不时害羞脸红冒出兽耳和欢快摇摆尾巴的样子萌死了~结局有点出乎意料又在情理之中，到了结局全部剧情都推向高潮的感觉让我看得非常爽~(《【交流】2015年看文推荐L》)

@也曾更过：四天连续把丁墨小说都看完了，但依然最喜欢这一本，男主激萌却又伟大，对女主闷骚但对这世界总是正直纯真美好，为了世界与信仰愿意牺牲一切，但她何尝不是他的信仰。女主一如墨大其他小说里一样聪慧，但更可贵的是无论与敌手相比自己多弱，她都会冲向前方，保护她的爱人也守护爱人的梦想。

(导引、简介、节选、粉丝评论摘编：薛静　金恩惠)

爱是娇宠甜糖，也是自我成长

薛　静

在门槛低、竞争猛的都市言情类型中，丁墨能够脱颖而出，得益于她独特的个人风格。同样是写言情，这里没有情敌小三、怀孕堕胎，也没有前世鸳盟、父辈恩仇，丁墨的小说，如同一颗薄荷糖，清爽、甜蜜、不腻歪，有时候还能让你更清醒。

“来自星星”“与月光为邻”的应寒时，清冷俊秀，出自远远超越地球的曜日文明，身怀快速移动的能力，担当国家军队的总指挥官，还有星球陨落、辉煌不再的悲情往事……有颜值、有头脑、有权力、有故事，这就是言情小说男主的标准配置，换句话说，这就是及格线。而应寒时能够直戳萌点，俘获万千读者之心的特色在于，他还拥有一双萌萌的兽耳和一条灵巧的尾巴，平时深藏不露，直到内心波澜再难自抑的时刻，才会变形出现。兽耳和尾巴，用一种二次元的萌化方式，替代了传统文学中的无数心理描写，成为主人公情感的外化表现。

于是，我们看到，当寒时抱起槿知，雪白的兽耳逐渐变红，尾巴害羞地往里蜷缩；当寒时背起槿知，他的兽耳不听话地露出，毛茸茸的尾巴欢快地左右摇摆；当寒时向槿知袒露心意，兽耳挺立，尾巴微微颤抖……他对别人疏离客气，唯独对她，才流露出小动物般的天真欢喜。

在社会剧烈转型，人们的爱情与婚姻观念不断变化的今天，言情小说被“虐恋”和“甜宠”两种风格一分为二。前者用种种艰辛挫折，为“追求爱情”赋予意义，为相恋中的不如意找到理由，至于爱情本身是否存在，或者对方是否真的值得被爱，都成了可以妥协或者暂时搁置的问题。虐恋其实是在不断寻找与世俗世界和平相处的办法，在书中的爱恨情仇里埋头痛哭、发泄一把，抬起头来，灰霾的天空也显出了几分平淡的可爱。

而“甜宠”则是安居一隅，创造出一个完全超越现实的童话世界，完美无缺、忠贞不贰的男主角，总是会无条件宠爱平凡如你我的姑娘，上演一幕幕甜蜜浪漫的爱情故事。这种跌破眼镜之恋，在现实中没有丝毫复制的可能，这个我们都知道，但是我们就是需要这种被娇宠溺爱的感觉，需要这种“功能性”的网络文学作品以最直接的方式满足我们的需求。“功能性”的作品不是蛋白质，而是维生素，它不直接关注人生意义、生命价值等宏大而深刻的命题，但却是满足个体情感需求与匮乏的补充剂。

特别是生在当代中国的女性，只有在《爸爸去哪儿》上才能看到缺席的父亲，也很少有兄长陪伴她们共同成长，甜宠言情能获得青睐，正是女性在精神上的自我富养。宠爱不足，不是女性太贪心，而是时代太小气。在甜宠的世界里，她们不必再阉割自己，而能够毫不避讳地直面自己的欲望。她们喜欢这种甜言蜜语也说得认真，简单拥抱也会脸红心跳，把承诺看得与生命一样重要的男人，她们要求黑土大大（丁墨昵称）多写“双处宠文”：我们不要做万千后宫中最得宠的爱妃，也不要做浪子回头后的最后一个女人。在社会“处与非处”的尴尬讨论之下，网络空间暗流涌动的，是一批女性用坦诚的情感欲望，要求平等与尊重，挑战陈规与陋习。在这个充满谎言与诱惑的世界中，我们给应寒时安上无法伪装作态的兽耳和尾巴，戴上身负秘密、与人疏离的冷淡面具，把一切愿望以初始设定的方式达成，让理想男主如清流荡尽尘埃，理直气壮地害羞着。

同样走甜文风格的上代大神顾漫，作品在近几年通过影视走向大众，然而有趣的现象是，从文本到影视的改编，正发生微妙的变化。《杉杉来吃》小说里，霸道总裁的光芒太过亮眼，女主杉杉只是个靠献血与吃相承宠的“傻白甜”。而剧版则在结尾翻出新意：杉杉的姐姐因遇人不淑，连累男主封腾的公司亏损巨额资金，杉杉因此决定暂缓婚事，姐妹创业还债，直到还清欠款、事业有成，才迎来大团圆。当薛杉杉盘起头发、穿上套装、脚踩一双高跟鞋，终于能与封腾并肩，这才是今日的“甜宠”。

作为言情甜文的新大神，丁墨的小说里，女性角色也不再只是供人代入的空壳。《他与月光为邻》中的女主谢槿知，也有自己的秘密。她幼年就发现自己具有预见未来的能力，她曾经把自己当作怪物，平行时空中的自己，也因此被人歧视、走向邪路，但是正如母亲的临终遗言："如果上天赐予了你与众不同的东西，那就接受它，并且保护它。人生所有的事，从来就没有什么真正大不了的。"（第四十九章 她的秘密（上））槿知逐渐接受了自己的特殊，并且好好使用着这份天赋。从寒时口中，槿知得知这是她身上存在时空裂缝，并且开始学习如何利用它进行瞬移，在此后一个个关键时刻，她不是等待拯救的天真少女，而成为能与恋人并肩而行的战士、能够牺牲自己保护他人的拯救者。

因而，丁墨小说甜中带醒之处在于，爱情是娇宠、是甜糖，也是自我发现、是不断学习；爱情能满足我们的匮乏，也能帮助我们成为更好的自己。于是，《他来了，请闭眼》中的简瑶，也是个出色的犯罪心理侧写师，《如果蜗牛有爱情》中的许诩，也能作为刑警承担跨国重案，《莫负寒夏》中的木寒夏，也学会了在商战中排兵布阵。"甜宠"的意义，不是创造一个自我蒙蔽的幻象，而是提供一份美好健康的想象，现实空间亏欠我们的宠爱，甜宠言情尽数补上，让我们在甜蜜中向着理想而完满的人格成长。这正是令丁墨封神之处。我们喜欢被娇宠，但我们最欣赏的，还是那个完美男主眼中倒映的、值得被娇宠的自己。完美的男主角我们梦寐以求，但是最享受的角度，不是垂青，而是平视。

看这么多甜宠言情，能让你找到应寒时吗？不能，但它能让你同样分享被宠爱呵护的感动。

看这么多甜宠言情，能让你成为谢槿知吗？不能，但它能让你成为更好的自己。

我家徒弟又挂了

尤　前

尤前，起点女频新人作者。《我家徒弟又挂了》虽是尤前的处女作，却因欢脱讨喜而迅速蹿红，在仙侠类总推荐榜排名二十二位，于新人而言是一个相当不错的成绩。

该作于2014年12月25日至2015年10月22日连载，共120余万字。

这是一篇三观很正的“女性向”修仙小说，男女主人公间温馨、幽默、平等的师徒爱恋应和着本年度大面积的“甜宠文”的潮流，彻底颠覆了《花千骨》式的师徒虐恋模式。

与此同时，它又以庞大的东方玄幻世界为舞台，融合了网游、系统等元素，讲述一个线索复杂而又完整严密的故事，展现了作者较强的叙事功底。

小说叙事简白活泼，在与社会流行语、流行文化产品的广泛互文中形成了如同狂欢般的吐槽风格，既体现了网络小说二次元化的趋向，又展现了作者具有标识性的个人特色。

【标签】言情　修仙　穿越　系统

【简介】

女程序员祝遥意外穿越到一个古典仙侠世界，被丘古派玉言上仙收为亲传弟子，开始了蠢萌的修仙生活。在一次意外死亡之后，祝遥忽然发现面前出现了“你已经死透了，是否返回复活点?”的系统提示，在被强制地选择了“是”之后，祝遥点亮了无论何时挂掉都能更换马甲满血复活的新技能，从此开启了不断换马甲、换地图，修复各种bug的副本之旅。

祝遥始终坚信，世人所修之道，不该是弱肉强食的丛林法则，而应是人性中的美好与光明。秉持这一信念，祝遥在不同副本中驱除魔气，拯救弱者，教导稚子向善，让伪善者受到应有的惩罚，一点点把行将崩塌的世界带回正轨。祝遥与玉言等人的宿缘、世界的法则与真相，也在这一过程中逐渐揭开。

旅程艰难，但好在有高冷强大又有些呆萌的师父玉言一路相伴。即使一次次经历“我的徒弟又挂了”的打击，玉言也仍旧坚持等祝遥归来，信任她，支持她的一切决定。祝遥充满正能量的异世界冒险之旅，也因师徒二人之间坦诚平等又欢脱有爱的情感历程而变得更加温馨美好。

选文较完整地收录了祝遥在一次副本任务中与关键男配角胥松的相处过程。祝遥常怀善念，却又是非明辨、干脆利落的处事风格在选文中得到了鲜明的体现，结尾痛斥渣男的段落也极易引起女读者的共鸣。

【节选】

第九十九章 捡完男配马上回来

（略）

祝遥原本的打算是，让他自己回去，她暗中跟着，要么就在下一个城镇把他放下，或是干脆为他寻户人家收养，甚至还可以适当用法术，改变养父母的记忆。没了凄惨的童年，他总不至于再堕魔道。

只是这回小孩却突然像是开了窍一样，扑通一声跪在了地上："请仙人收我为徒。"

啊咧，她可没这个打算啊。

小孩说了这一句后，就不断地磕起头来，一副她不答应，就不起来的打算。

祝遥顿时有些头痛，看他都快磕出血来了，扬手一挥，用风系法咒把他托了起来。

"我已经有徒弟了，没有收徒的打算。"

小孩脸色一白，却再次跪了下去，仍是那种话："请仙人收我为徒。"

"行了行了，别磕了。"麻烦啊，想起他的修魔体质，要是她真收了他，总觉得有种大波麻烦正在来袭的感觉。家里有个水灵根的弟子已经够头疼的了，现在还来个被邪修争抢的修魔体质，感觉整个人都不好了。

"我虽然不能收你为徒，但引荐你入仙门，倒是可以。"

男孩眼里一亮，点点都是星光，这次倒是发自内心的感激了，再次郑重地磕了三个头："谢谢仙人。"

"只是修仙一途需得有灵根才可以，若是到时你没有灵根，纵使有人引荐，你亦是不能修行的。"虽然早知道他是三灵根，但话还是要提醒的。

男孩呆了呆，半会才点头："我知道了，谢仙人。"

"举手之劳，不必言谢。"祝遥打算把他交给紫暮，加入丘古派也好，毕竟在她的地盘，她也可以照看着点，“你不用唤我仙人，我也只是修士而已，本名叫祝遥。”

“是!”男孩回答，思索了一下该怎么称呼她，想想之前她一直自称姐姐，才道，“祝遥姐。”

祝遥只觉得心尖抖了一下，一种怪异感觉升了上来，总觉得这个称呼怪怪的，好似不怎么喜欢从他嘴里喊出来一样：“你还是叫我祝遥，或是称我为尊者吧。”

“哦。”男孩有些小失望，想着仙人是不是还在生他的气，老实地唤了一声，“尊者。”

“你叫什么?”祝遥转移话题，想甩开那股怪异的感觉。

男孩眼睛亮了一下，似是很高兴听到她关注自己：“我叫胥松。”

“胥松。”倒是个好听的名字，祝遥挥了挥手道，“走吧。”

这次她没有刻意用走的，而是拿出了门派统一交通工具，那片叶子。

虽然一开始她是想御剑的，但又担心他一个凡人，可能经不住自己御剑的速度。所以选择了这个飞得比较慢的法器。

胥松很开心，坐在叶子上一脸好奇，小爪子左摸摸右摸摸，但又怕做得太过，她不开心。规规矩矩地坐在上面，不敢随意走动。

那拘束的样子，看得祝遥有些好笑，随口就问了一句：“对了，忘了问你，你到底把我卖了多少银子?”

胥松脸色一白，有些慌乱地看了她一眼。

“我就随便一问，你直说便是。”她是真的好奇，修仙可以改变体质，所以修为越高便越貌美，她好歹也是一个化神期的尊者，怎么着也算是个倾城倾国的美人了吧，嗯，想想还有点小激动。

“没……没有。”胥松低着头，扣着自己的小手。

“啊?”啥意思。

“我……没有要钱。”胥松老实回答，“我那时以为仙……尊者要对我不利，所以没向她要钱。”

“什么?”靠，原来她是免费送的。敢不敢再便宜点啊?

祝遥非常不开心，不过细一回想，当初他身上要有银子，也不可能去当铺，最后还被同伴赶出破庙。

“尊……尊者的面貌，我一直都看不见。”胥松接着解释，“所以也不知道可以卖多少。”

祝遥一愣，这才想起来，修仙之人都自带有灵气，那种灵气，修为相同或是比自己高的人可判断出修为，灵气越浓郁，修为就越高。而凡人因为没有引气入体，若修仙者不刻意收起灵气，他们并不能看穿灵气，就算看到，也只是在脑海里有个模糊的印象，并不能看清具体的样子。

原来不是她不值钱，只是因为他们不识货而已，好吧，她找回点平衡了。

祝遥凝神收敛起周身的灵气，看向男孩：“现在看清了？”

胥松抬头，瞬间愣住，只有一双眼睛猛地瞪大，似是看到什么不可思议的景象，直直地盯着她不转眼。

嗯，不要迷恋姐，姐就是个传说。

祝遥压住心底的小嘚瑟，就是让他认个脸，省得不记得自己的救命恩人。祝遥再次放出灵气，模糊了自己的面容，小男孩才反应过来，祝遥让他再给自己估个天价，却突然感觉到一股异样的灵气。

是邪修，而且还很多。

祝遥往东南的方向看了过去，那边发生了什么，为什么会聚集那么多邪修？

看那边的地形，灵气浓郁，而且凝聚不散，地下应有灵脉。这样的地方，本应该是修仙门派的所在地才是。

祝遥想了一下，调转头就往那方飞了过去，并且加快了速度。那些邪修好似在撤离，四散地往各个方向飞走。

难道发现了她？不会啊，那些人中，就是几个金丹期，最高修为的一个不过也元婴，不可能察觉到她。

正想追上去看看，突然空中一股巨大的血腥味扑面而来。

第一百章 灭门惨案

祝遥皱了皱眉，放弃了追赶，反而落地往那血腥的源头走了过去。

胥松虽然有些不明，但也猜到出了事，没有问，只是紧紧地跟在她的后面。

突然似是看到什么叫道："尊者！"

胥松指着前面地上，半截染血的手臂。

祝遥自然早就发现了，只那手截断的地方却断得很干净，完全没有血。

这不是断手。

祝遥捏了个诀，划出一道光直冲着前方而去，只看到半空中突然似水面一样晃动了一下，然后就像是揭开的幕布一样，向两边打了开来。幕布里面却是另一番天地，一座山峰正悬浮在云雾缭绕的半空当中，宛如仙境。

这是护山大阵，只不过这个护山阵，略显低端，只是刚刚好把仙山隐藏起来而已，跟丘古派那绝对防御的阵法相比，简直弱爆了。祝遥默默地给自己师父点了个赞。

阵法打开后，断手的地方露出一整个人来，那人已经没了气息，暴突着双眼，似是看到什么恐怖事情。祝遥神识探了过去，发现对方居然是个金丹修士，只是金丹已经碎了。

这个仙门护山阵都这么随便，想必是个二流门派，而且看来发生了大事。

祝遥皱了皱眉，唤出了自己的飞剑，把胥松拉了上去，便向着主峰飞上去："走！"

胥松有些被吓到，却没有发出任何声音，也知道发生了大事。安静地跟着祝遥飞了上去。

越靠近峰顶，那股血腥味就越浓，都到了呛人的地步。刚刚她的神识已经扫到了这边，有了心理准备，但亲眼看到现场，还是让她惊住了。

整个山顶到处都是修仙弟子的尸体，有的是被人穿胸而过，有的是被直接劈成了两段，地上还有数不清是谁的残肢断臂。

这画面实在是太凶残了。祝遥只来得及捂住了旁边胥松的眼睛，就连她都不忍看下去。

"闭上，不让你睁开，不许睁眼。"

胥松呆了一瞬。默默地点了点头。

祝遥这才放开了手。那邪修到底与这个二流门派有什么怨仇，要灭人满门？细细探查了一遍，发现后殿还有一丝微弱的气息。

她立马御剑向那边飞了过去。

却被后面这更加恐怖的景象惊呆了，那是临时被砸出来的坑。但那坑里堆的却是无数人的尸体，而且没有一具是完整的，那流出来的鲜血，填满了整个大坑。

这好似一场屠杀的盛宴，残酷得令人发指，祝遥没来由地升起一股愤怒。

“救……救救……”一个浑身是血，已经看不出人形的人从血坑里爬了出来，却只有半截的身子。

祝遥走了过去，压下心底的酸涩，给他传输了一点灵气：“你怎么样？”

话虽然这么说，但她却知道对方已经撑不下去了，不说只有半截的身体，他金丹已碎，修为尽毁，能坚持到现在还留着一口气，已经是个奇迹了。

“救……救救孩子们。”那人费力地拉了拉她的衣角，递出一个玉牌，“后……山洞。”

说完就倒了下去，彻底没了气息。

祝遥叹了口气，看了看手里还染着血的玉牌，这应该类似于打开什么阵法的法器。刚刚他说后山洞？难道还有活人？

她立马起身，往最后方走了过去，一探查却发现后山的确有个洞府。

只是大门紧闭，上面有个巨大的封锁阵法，这是一个连元婴修士全力一击也无法攻破的本命阵法。所谓本命阵法，是有人以血祭阵，以命替阵，才能设置的阵。所以此阵不能从外面击破，也不能从里面破坏。而且还能隐藏阵法里面的气息。

所以刚刚她神识探过去，这边却没有人的迹象。

只是这个阵法竟然就这样暴露在外，一定是被人发现了，只是没人敢破阵进去而已。

祝遥皱了皱眉，这阵法不能进也不能出，如果今天她不来，里面的人不是会被困死在里面？

祝遥上前两步，正想破除这阵法，却突然发现旁边还有另一个阵法的波动。

咦，祝遥查看了一下，发现那居然是个传送阵。而且是强制传送的阵法？祝遥顿时有种不祥的预感，但这个阵法布得非常巧妙，不能强行破坏，而且发动的条件，居然是在前一个阵法失效的情况下。

祝遥有些为难，可是里面的人不能不救，不然就会被困死在里面。况且邪修这么大规模地灭了一个修仙门派，也算是对仙修的一次公然挑战，丘古派作为第一修仙门派，不可能坐视不管。说不定这个刻意加上去的阵法，还可以找到一些线索。

祝遥有了决定，让胥松又站远了一些，才出手破那个阵法。本命阵法，其实有个致命的弱点，这也是她在师父留下来的关于阵法介绍的书中看到的，本命以所祭之人的命魂为阵眼。只要命魂不在，阵自然就破了。

所以她要做的事很简单，超度那个亡魂就行了。祝遥捏了几个诀，破开阵眼，然后一段段往生梵音就传了出来。不一会那阵眼之中，就冒出一个身着蓝衣的虚魂。身上正是那些死去弟子所穿的统一校服。他原本一身的戾气，在祝遥念出的梵音之下，慢慢平常下来，恢复成一个青年的样子。

“你?”那魂魄有些疑惑，似是认出她不是邪修。

“丘古派。”祝遥只说了三个字。

那魂魄脸上才显出放心的笑容，然后慢慢地消散了。

祝遥这是第一次超度亡魂，好在成功。随着那亡魂一消失，那个阵法自然就失效了。祝遥退后一步，回到胥松的旁边，发现他仍是乖乖地闭着眼睛，才放了心。

然后盯着隐藏的那个阵法，果然那个阵法启动了。发出巨大的红光，而且越来越大。

突然一声巨大的咆哮响彻云霄，一只六阶妖兽从里面飞了出来，像马，但四蹄冒火，背上有翼，头似豹长着一口凶残的尖牙。

原来只是妖兽的传送阵，祝遥有些小失望。

胥松却被那一声吓到了，小身子一抖，向她靠近了一步，只是仍牢牢记着她的话，没有睁开眼睛。

不错，是个听话的孩子，祝遥满意地点头，把他朝怀里拉近了一些。

那阵法传送了一只六阶妖兽后，却好像停不下来了，一只又一只的妖兽从里面跑出来，像是引发了兽潮一样，六阶，七阶，甚至还有八阶的妖兽。

“芝麻!”

“┗|`o′|┛嗷——~ ~”

芝麻立马就跳了出来，一眼鄙视地看着眼前那些跳蚤一样窜出来的妖兽，回头埋怨地看了祝遥一眼。

“主人，我尾巴还没好。”没劲不想动。

祝遥脸色一沉：“我不介意让你多来几次大姨父！”

“别啊！”芝麻立马就乖了，大姨父它不知道是啥，可是上次的痛它记住了，它怕痛。尾巴一甩就拍开了一只七阶妖兽，讨好地道：“主人，其实这些妖兽只是等级太低，认不出你而已。你只要放出你的气息，它们立马就听话了。”

几个意思？

祝遥没听懂，感觉它话里多有暗示，于是传音了过去。

芝麻立即就传音了过来：“主人您忘了，您是龙族啊。只要你放龙威，它们立马就乖了。”

祝遥怀疑地瞄了它一眼，闭上眼瞬间气息全开，这不是威压，只是隐隐觉得自己丹田一直存在的一股气流放了出去。

果然，不到片刻，刚刚还凶神恶煞的妖兽们，突然停了下来，全部都瑟瑟发抖地看着她，也不知道是哪只起的头，一只只地朝着她趴伏了下去，一副诚服的样子。

我靠，这么管用。

这次她抽到了这么牛×的身体吗？

“主人——~~”芝麻带着小颤音地粘了过来，变成不到她腰际的大小，一脸陶醉地蹭了蹭她的脚，“主人好威武，芝麻要做你一辈子的小兽兽，请不要客气地蹂躏我吧。”那样子哪还有十阶妖兽的威严。

“滚！”祝遥一脚踹开，向刚刚那个洞府走去，这个芝麻怎么越来越不要脸了。

“主人——~~”芝麻锲而不舍地跟了过去，泪眼汪汪地瞅着她的大腿。好想~好想抱抱。

它也是没办法啊，龙族对妖兽有天生的威慑力，那是刻入骨子里的传承，看到就忍不住想要亲近。

嗷——~~主人，再爱我一次。o（〉__〈）o

第一百〇一章 修仙技术哪家强

“你们是何门派，为何被邪修所追杀?”祝遥问。

里面的小孩，面面相觑。半会儿里面年纪最大，而且修为最高的一个小女孩站了出来，像是已经确定她不是刚刚那伙邪修，才向她行了一个晚辈礼。

“多谢前辈相救，我们是郁苍门弟子，我刚入门十年。今日突然大波邪修攻入了山门。是掌门师伯让我带着大家躲在这里，至于究竟所为何事，我们也不知。”

祝遥皱了皱眉，他们一帮孩子不知道原因也可以理解。

“外面的邪修已经不在了，只是……”祝遥迟疑了一下，还是决定告诉他们，“除了你们再没有其他人活着，想必你们的师父也已经遇难了。”

她话音刚落，里面已经隐隐有了哭声。

“是掌门令牌。”突然有个弟子指着她手里的玉牌，惊喜道。

其他人也发现了，刚刚还一片哀伤的小萝卜，眼里顿时亮起了光芒。

祝遥顿时有种不祥预感。

“掌门令牌在她手里。”

“那她就是……”

“绝对是的，不然怎么可以打开外面的阵法。”

“弟子见过掌门人!”最大的孩子突然朝着她跪了下去，她这一跪好像是推动了多米诺骨牌一样，一群小萝卜哗啦啦地跪了一片，齐声喊道：

“弟子见过掌门人!”

我靠，要不要这么随便啊!

“你们误会了。”祝遥一头黑线。她只是过路打个酱油而已，怎么就成掌门了，“这个玉牌，是刚刚在后院时，你们门中一人给我，让我来救你们的，并没有传我什么掌门之位。”

“掌门令牌只传给接任的掌门。”那孩子一脸激动地看着她，“掌门亲手给你了，那您就是我们的新掌门。”

其他小萝卜也应和地点着头，一双双闪闪发光的眼睛。满脸都是期待地看着她。

祝遥想拒绝的话顿时被堵住了。靠！这群小萝卜确定不是在拉她下水？

“行了，此事稍后再说。”她得想想怎么有技巧地回绝，家里一个徒弟就操碎了心。再养一整个门派，这不找死吗？

前面那一堆的尸体还需要清理。祝遥指了指几个大点的孩子跟上自己，其他人留在原地。

祝遥把胥松也留了下来，让他看着这些年纪与他相仿的小孩。就带着几个弟子出去了。

那几个小孩一出来，就被满地趴跪着的各式各样妖兽给惊呆了，有些害怕地往后躲了躲，但看那妖兽并没有攻击人，反而对他们几人极为恭敬，也就大胆了起来。

只是走到前面那个血坑的时候，他们还是吓白了脸，有的甚至在一旁边哭边吐了起来。

祝遥就知道会这样，所以才没让更小的孩子出来。

等几个小孩恢复了些，她才吩咐他们一人带上几只妖兽，把门派所有的尸体都收集起来，移到这个坑里来。

那些虽然是些无主的妖兽，兽性未除，但有着她的气息震压，倒也不敢伤害那些小孩，乖乖地跟着到处去寻找遗体。

芝麻也被她踹出去帮忙，顺便看着那些妖兽。

分工合作，行动倒是也还快，不一会儿所有的遗体都移过来了。祝遥捏了一个诀，顿时那血坑之前就燃起了大火，她念起了往生咒，只见那火光之中，一道道闪光，正朝着天空飘去。

场面非常炫丽惊人，但火光之下却是一片死静的哀伤。

祝遥叹了一声，摸摸最近一个小孩的头。

她燃的是灵火，燃烧得极快，不一会，整个血坑只余下了一层黑灰。祝遥又施了一个土系法术，形成一个巨大的坟塚。

“我不知道你师长的姓名，这些墓碑就由你们自己来刻吧。”

几个十五六岁的孩子回头看了她一眼，齐齐点了点头。

齐声回道：“是，掌门。”

呃……

都说了不是掌门了，这群孩子真是……

祝遥原本想让这些小孩下山，毕竟他们上山不久，凡间应该都还有亲人存在，回去家里，也比在一个失了庇护的仙门要好。

可是一问之下才知道，这些小孩居然全是孤儿。

妈蛋，她彻底地被缠上了。

……

“掌门掌门，师长们的墓碑刻好了。”

“掌门掌门，藏书阁已经整理好了。”

“掌门掌门，丹阁和剑阁也好了。”

“掌门掌门……”

掌你妹的门啊，掀桌。

祝遥一整天，就在这群闪闪发光，干劲十足的小萝卜身上耗过去了。为什么她只是上山打个酱油，也能拣到个掌门做啊，而且还附赠一筐小萝卜头。

祝遥深深地觉得，这辈子都要败在小萝卜头身上，以前只有玉萝一个还好，后面来了个胥松也还可以忍受，为啥这次一来就来了一大波啊。

这是植物大战僵尸吗？一群小萝卜来袭。

祝遥深深地叹了口气，无力地挥了挥手：“先带我去丹阁看看。”

“是，掌门！”小萝卜一号回道，然后欢天喜地地在前面带着路。

所谓丹阁自然是藏丹药的地方，祝遥需要了解一下，这个门派，还有多少库存。

只是到了那里祝遥就黑线了，嘴角抽了抽，这么小小一个十几平的房子就是丹阁，别开玩笑了。果然这样的门派，还是早点散了好吧。

祝遥走进去，就更暴躁了，里面虽然整整齐齐地放了好多的丹药，但都是一些修仙界常用的丹药，就连最普通的筑基丹都没有一颗。一问才知道。原来筑基丹在他们门派是非常珍贵的丹药，都是由掌门自己收起来的。

她该庆幸最多的是辟谷丹，至少这群小萝卜还不用挨饿不是吗？

人生一片灰暗……

接下来的剑阁就更想哭了，这里是存放法器法宝的地方，里面放着的也挺多，但都是一阶二阶的法器，能御剑飞起来就不错了，更别说其他御敌之类的作用了。

她突然明白为啥这个门派会被人灭得这么轻易。因为实在太穷了！

祝遥深深地叹了口气，有种欲哭无泪的感觉。

“去藏书阁吧。”穷点就穷点吧，可别连修炼功法也有问题就好。

“掌门。藏书阁的书。大师兄已经和众人都搬出来晾晒了，现在去前殿广场看就行了。”小萝卜说道。

“大师兄？”这是什么人，小萝卜头中最大的那个不是个女孩吗？

“就是胥松大师兄啊。”小萝卜一号，一脸天真地回道。

胥松？不是她带上来的男配小屁孩吗？什么时候成你们大师兄了？说清楚啊喂。

不对。她刚说晒书？记载修炼之法的书。不都是用灵气刻在特殊玉牌上的吗？为啥要搬出去晒？

到了前殿她就知道为啥了，因为那些修炼法术的书册，还真是一册册的书。白纸黑字的那种。当然她也猜得出为啥不用玉牌，因为穷嘛！

这个门派到底穷到了什么地步啊喂?!

不过，她发现胥松倒还真有些领导才能，有条不紊地指挥着十几个小萝卜，在广场上晒书。分工明确，不紧不慢。也不知道这一天的时间，他怎么就跟这群小萝卜混得这么好了。所有人都隐隐有些以他马首是瞻的感觉，当然其中可能也有她的关系。

但小孩子的笑容骗不了人，那些小萝卜对他是打从心眼里的信任。

祝遥瞬间有了个主意，她其实一直有些担心这个孩子走偏。原本她想带他入丘古派，自小在仙门长大，多少也会偏向于正道。可是之前的逍逸也是在仙门长大，最后该走偏的还是照样走偏了。难不保他也跟那逍逸一样。

阻止一个人变坏的最有效办法，莫过于培养他的责任感。特别是他这种一直不被小伙伴接受的人，心底就更渴望别人的依赖和陪伴，那还不如就让他在这里继续待下去。

俗话说得好：每一个门派都有一个德智体美劳全面发展的大师兄。

胥松，你就好好在这里全面发展吧。

“掌门。”忙碌的小萝卜们停了下来，齐齐向她行了礼。

“尊者。”胥松也一脸欣喜地叫了一声。

“嗯。”祝遥点了点头，顿时对于建设修仙主义新门派有了信心，不就是穷了点吗，她有着师父留给她的储物戒指，养一个门派妥妥的。

他把几个大点的萝卜和胥松都叫了过来，准备商量一下以后的事。第一件事，就是把门派的名字给改了。这群萝卜太小了，如果还用以前的名字命名，没准那些邪修再杀个回马枪，到时若是她不在，这群萝卜就只有蹲坑的命。

反之，如果改了名字，即便别人发现，也只会以为这是一个新建立的小仙门而已。反正像这种仙山，从来不会空太久，被修仙者占去开宗立派也是常事。

她以为这点会遭到萝卜们的反对，毕竟改了名字就不再是以前的门派了。可是她明显低估了小萝卜的承受能力，对她这个新掌门的话，他们完全是无条件服从的。

“那掌门，我们要叫什么门派好呢？”n号小萝卜问。

“嗯……”祝遥想了想，“必须要取个响亮点的名字。不如……就叫山东蓝翔吧。”

修仙技术哪家强，去山东找蓝翔。有比这更霸气的吗？哈哈哈，她真是天才。

“可是掌门，我们仙山在南边，为啥要叫山东呢？”一号小萝卜提出了质疑。

呃……对哦，加个地名好像是有点怂。

“那就取后面两个字，叫蓝翔吧！”祝遥一锤定音，小萝卜们齐声欢呼。

于是蓝翔派正式成立，目前全派包括掌门在内，一共八十三人。

可喜可贺。ヽ（ノ▽ヽ）ノ

（略。编者注：数年后）

第一百〇五章　这个看脸的世界

（略）

“小萝卜，我回来了。”

床头那贴近的两个身影，瞬间分开。特别是那坐在床头的男子，更是一脸慌张地站了起来。手忙脚乱地开始解释。

“掌……掌门，我……我我……，是芝麻长老带我上来找你的……”

她该说什么？是奸情总是要被揭发的吗？

祝遥眯了眯眼睛，不说话，只是冷冷地瞅着正拿着一个空水杯的胥松。

“我……我……”胥松在她的逼视下弱弱地低下了头，脸上一片的红潮，半会挤出一句，“我去找芝麻长老来。”飞也似的奔出了房间。

喂，我还什么都没说呢。

于是，祝遥又转过头，盯向正靠在墙头的徒弟。

“我跟他没什么！”玉萝大声地道。

祝遥默默一歪头：“我有说什么吗？”

玉萝脸一红，死鸭子嘴硬：“反正……反正不是你想的那样？”

“我想的哪样了？”祝遥笑。

“师父！”玉萝一脸的窘迫，外带怨念地看着她。

祝遥只能长长地叹了口气：“唉，女大不中留啊！”

“我是你徒弟。”

“徒大不中留啊！”

“你……”玉萝气鼓地一拉被子，转过头不理她了。

祝遥再次叹了声：“留来留去留成仇啊。”

“师父！”

“我知道，我退散了。”

祝遥麻溜地走了，再调侃下去徒弟要发飙了。哼，小萝卜问不出什么来，她还不会去逼胥松吗？

哦呵呵呵呵，打听八卦什么的，她贼有经验了。

经过一番威逼加威逼和威逼，胥松老实交代了犯罪过程。其实是因为那天决赛，她突然抱着自己的小萝卜走了，顺手还拉着主持大局的丘古派掌门，他们担心出了什么事，就在丘古派等消息。

结果这一等就等了一整天，也没见她出来，就连传信也没有回音。所以才拉了芝麻长老，带他上山来寻。芝麻是她的契约兽，不会被玉林峰的阵法所阻，自然就进来了。

结果没看到她，却看到了躺在床上昏迷不醒的玉萝。胥松心软之下，就留了下来，一边照顾着玉萝，一边等她回来。

第一百〇六章　诡异的黑影

胥松说得理直气壮的，却在聊玉萝的时候眼神闪烁，祝遥看不出有情况才怪。

看来这两人，一来二去的，就看对了眼，正想发展点什么超过友谊的情感，却不想被她撞个正着。

“放心，姐不是这么不开明的人。”祝遥拍拍他的肩，说起来，在那个梦里胥松也是对玉萝一见倾心，然后对她死心塌地，后来更是因为对方走上了邪路。虽然当时萝卜身体内，已经是另外一个灵魂了。但身体却还是一样的啊。

等等！难道胥松喜欢的不是沐媚颜这个人，而是玉萝那张脸吗？

靠，这果然是个看脸的社会！

不过这样也好，至少有小萝卜这个根正苗红的弟子在，胥松不会再往邪修身上靠了。

“掌……掌门，我跟玉萝姑娘，没有……”胥松弱弱辩解。

祝遥瞥了他一眼：“现在没有，以后也还是可以有的嘛。”

“啊！啊？”

“啊什么啊？”祝遥瞪了他一眼，默默想起已经飞升的某人，想学某人吃干抹净，拍屁股走人啊，门都没有！“明日你便带着玉萝，一块回蓝翔吧。”

“啊？”这太快了吧。

祝遥扬手拍了他头一下：“我得离开一段时间，玉萝的伤未好，有芝麻看着我也放心。还有她的术法都是我教的，去了蓝翔也可以多指导一下你们。”

胥松神色沉了沉，半会才点了点头。

（略。编者注：千年之后）

第一百一十八章 不受控制的剧情

（略）

祝遥正打算打听一下详情，却有弟子突然进来通报——蓝翔派掌门携弟子求见。

蓝翔派……掌门？开什么玩笑？

（略）

第一百一十九章 胥松退亲

“哈哈哈哈……原来是胥儿来了。”紫暮却显得格外开心。

祝遥整个人都惊呆了，突然有种不好的预感。

“此蓝翔派是七百年前新崛起的一个修仙门派。”紫暮见她发呆，以为是不识这个门派，连忙解释道，“这个门派虽然建立不久，人数不多，但是颇有实力。特别是在上次‘识云启’秘境中，他派中进去的八十名弟子，获得大量资源，居然无一损伤地回来了。这才在修仙界中有了名声，特别是这几百年来，每次门派大比的前三，必有一名是它派中弟子。”

紫暮一脸长江后浪推前浪的感叹。

祝遥愣了一愣，转头去看旁边的玉萝，见她缓缓地点了点头。原来这个蓝翔派，就是她建的那个萝卜坑，来的人是胥松！可是他啥时候成掌门了？她这个过期掌门怎么不知道？

“师叔，可是要随我去看看？”紫暮一脸的兴奋，想了想含着几分歉意地道，“不瞒师叔，您一走就是上千年。九百年前，这胥松掌门来向小女提亲，我见他是个可塑之材，又真心对小女，就自作主张定下了这门亲事。未来得及通知师叔。”他虽然是玉萝的父亲，但修仙界自古以师徒传承，讲究师命为尊，特别像选择双修伴侣这等终身大事，按理是需要亲传师父同意才行的。

祝遥看向旁边一脸痛苦的玉萝，脸色顿时有些黑了。她倒是才知道，玉萝跟胥松还有婚约在身。他居然这么明目张胆地就劈腿，顿时有些气自己当初真是眼瞎。

“好，我随你去看看。”她倒要看看，一千年的时间，让胥松长成了怎样的一头白眼狼，“小萝卜，你随我一块儿。”

玉萝脸色发白，却还是点了点头跟上。

祝遥想了想，给自己施了一个障眼法，隐藏自己的身形。紫暮虽然觉得有些奇怪，但一想，估计她是想考察一下自己的女婿，也就没有出声。

他们在大殿坐了一会，一伙人浩浩荡荡地走了进来。为首的果然是胥松，他相较于之前高了不少。褪去了几分青涩。多了几分沉稳。周身有凝实的灵力流动，那灵力与普通的又不同，隐隐还夹杂着什么。祝遥看不太出来，就是有种不和谐的感觉，细一看，他居然已经是元婴后期的修为。

跟在他身后的也是一群熟人，正是萝卜一、二、三、四号。都已经长大了，以前觉得萝卜们都长得差不多，这一看之下，却觉得各有各的特色。修为全是元婴初期。

祝遥一转眼，视线落在了胥松背后半步距离紧依着他的一个女子身上，看清她那张脸的时候，祝遥瞬间有种吞了苍蝇的感觉。

沐媚颜，为什么这个bug会在这里！

“见过紫暮真人。”胥松抱拳行了个礼。

“贤婿不必多礼。”紫暮乐呵呵地上前一步，一脸的笑意，刚刚玉萝还未来得及把两人之间发生了问题的事告诉紫暮，“都是自家人，来来来，坐坐坐。”

胥松脸上闪过一丝尴尬，就连他身后的人，脸上都露出了几分愧疚之意。转头看向前方站在紫暮旁边的玉萝，沉声唤了一声：“玉萝……”

玉萝皱了皱眉，转开了头。

胥松叹了口气，拉着身后的女子，坐在了一边，他这样护着别的女子的举动。让紫暮生了几分不满，却又强压下心底的怀疑：“胥儿，不知你此次来丘古派是为了？”

胥松脸色更加地为难起来，一时不知如何开口。旁边的沐媚颜却轻轻拉了他一下，胥松回头给了她一个笑容，这才下定了决心：“在下今日来，是想……

解除与贵派玉萝的婚约。”

“什么?”紫暮这回是真的惊住了，一脸不可置信地看着他，“这……是不是有什么误会?”

胥松的脸色更加地难看，再次看了一眼旁边的沐媚颜：“紫暮掌门，当年是我不懂事，错将姐弟恩情当成感情，耽误了玉萝姑娘，还好及时醒悟，请您见谅。”

紫暮脸色瞬间黑如锅底，紧了紧身侧的手，巨大的怒气涌了上来，让他恨不得揍他一顿，醒悟?他把自己女儿当什么，什么魔障吗?还得等他清醒。女子名节尤为重要，他今日这一退婚，对玉萝会有多大的影响，他有没有想过?

虽说两人定亲当时并没有告之各门派，但玉萝这些年一直待在蓝翔派的事，整个修仙界都是知道的，不难猜到两人间有些什么。

“胥掌门。”紫暮深吸了一口气，这才稳住自己快要爆发的脾气，“当日你上门提亲，可不是这样说的。你信誓旦旦地保证会好好待我女儿，决不负她，我才把女儿交给你。可转眼间你却反悔了，你当我紫暮是谁，我的女儿就是让你这样白白糟蹋的吗?”

“我不是这个意思!”胥松有些急了，本来此事就是他理亏，说得再漂亮也只是狡辩而已。

“不是这个意思，是哪个意思?”紫暮冷哼一声，眼神锐利地看向旁边那个柔弱的女子，一股威压就放了过来，“我看是这个妖孽作怪才是。”

沐媚颜虽然有元婴修为，但毕竟只到中期，一时承受不住元婴后期的威压，退了两步。胥松立马心疼了，一把抓住她的手，解除了她的不适，顿时也有些火气了：“紫暮掌门，你这是何意?此事与颜儿无关，你又何必对她动手。”

“哼。”紫暮冷哼一声，只是放了个威压，他就紧张成这样，说与她无关，谁信?

一旁的沐媚颜顺势依进胥松的怀里，眼里闪过了一丝什么，却又立马换上了一副楚楚可怜的表情，突然转头向后方的玉萝道：“玉萝姐姐，都是我不好，求你们不要为难胥哥哥。我知道我不该跟你抢胥哥哥，可是……可是感情的事是不能勉强的。胥哥哥一直把你当姐姐一样，照顾了你那么多年。你当真就这么狠心，要置我们于死地吗?”

她说得情真意切，又加上那样的表情，一副被欺负却不愿还手的样子，话里话外却在骂玉萝忘恩负义，人家明明对你从来都没有真心，你却还死缠着胥松不放。祝遥都不得不称叹一下那高超的演技了。

果然玉萝被对方一阵抢白，气得倒退了两步。

胥松的表情却越加地心疼了，带些怒意地瞪向了玉萝：“玉萝，当日我已经跟你说得很清楚了，我心里只有颜儿一个，你为什么还要这样？”

玉萝脸上已经没有一丝血色了，她明明什么都没做，却被两人强制定义成了恶人。忍不住动了动嘴似想要解释什么，却被沐媚颜打断：“胥哥哥，你不要怪玉萝姐姐，是我不对，是我的错。”

“颜儿。”胥松更加恼怒了，狠狠地瞪向玉萝，“玉萝，我真没有想到，你会是这样的人。”

玉萝苍脸瞬间惨白，脸上都是绝望的神情。

……

一道清冷的声音却突然响起。

“她是怎样的人？”

瞬间化神期的威压铺天盖地地袭了过去，连同胥松一起，把两人狠狠地压制在了地上。

祝遥撤去了障眼的法术，慢慢显出身形来。

八点档看得差不多了，是时候收拾这摊狗血了。

祝遥一步步走了过去，完全无视胥松一脸见鬼了的表情，一字一句地问道：“胥松，你说我家玉萝到底是什么样的人？”那个就算是受了委屈，却也还护着他的小萝卜，对他一片真心，却被他如此对待。她倒要看看，一千年的时间到底可以让他变成怎样的白眼狼。

“尊……尊者！”胥松完全没有想到她会出现在这里，明明她已经消失了千年，连他都以为她早已经陨落，为何又会突然出现在这里，而且还是在他前来退亲的时候。

他不由得就想起，当初在蓝翔时，祝遥把小萝卜交给他的情形。

胥松一时不知道该说什么好，心底本来就对玉萝有几分愧疚，刚刚也只是一时之气，现在看到她想起以前的事，就更加愧疚起来。

倒是旁边一到四号萝卜，满脸都是不敢置信，张了张口似想叫什么，但又匆匆看了前面的胥松一眼，纷纷闭上了口。

“是你！”倒是沐媚颜惊呼出声，祝遥突然消失的原因，别人不知道她可是知道得一清二楚，脸上明显露出了一丝慌乱，“你怎么可能在这里？”

“本尊为什么不可能在这里？”祝遥好笑地回了一句，“倒是好久不见了，梧仙派的掌门千金，茹大小姐。”

这话音刚落，沐媚颜的脸色瞬间苍白，在场的人都一脸惊讶地看向地上的沐媚颜，全是不可置信的样子。

“梧仙派千金？这怎么可能？”萝卜二号从见到祝遥的神情中回过神来，喃喃道，“她不是大师姐的朋友吗？”

“梧仙派茹绿听说早被逐出了师门。”

“是呀，听说是因为残害同门。”

第一百二十章　没有婚约

“祝遥尊者。”胥松皱了皱眉，从一开始的震惊中回过神来，虽然还是被压在地上，却仍挣扎着回道，“颜儿本名沐媚颜，是我们蓝翔派前身郁苍门的首席大弟子，当年被邪修追杀，九死一生才重生回到门派中。并不是你说的梧仙派的人。”

“是吗？”祝遥冷笑一声，刚刚听到胥松叫她颜儿，她就已经猜到沐媚颜没有用她夺舍的这个身体原本的身份，只是没有想到她居然被逐出了梧仙派，看来这一千年来与月寒星的争斗进行得很激烈嘛，而且她还处于弱势，“是真是假，不如请梧仙派掌门来此一趟，便可知晓。想想我丘古派还是有这个面子的。”

果然沐媚颜的面色瞬间苍白，眼光一闪，立马抢先回道：“不必了。”

“颜儿？”胥松也猜到了这有可能是事实，一脸的不可置信。

沐媚颜咬了咬牙，她本身是谁，自己当然最清楚。可是现在的身体也的确是茹绿的，这是她不能否认的事实。

深吸了一口气，收敛起所有的情绪，转头看了胥松一眼，瞬间眼泪就流了出来，脸上说不尽的无辜与难过：“胥松哥哥，对不起。我以前的确叫茹绿，可是我却并没有做出过传言中的事，我也是遭人陷害。请您相信我，我与媚颜妹妹自小相识，情如姐妹。你们错将我认为是她……我……我也是想为逝去的媚颜做点事，所以才没有否认。这么多年。我可有做过半点对不起你的事？”

她这话说得非常有技巧，首先推翻了自己是梧仙派叛徒的谣言，而前郁苍派与梧仙派的确又有几分交情，她认识以前郁苍派大弟子沐媚颜也就可以说通，再表明自己其实是在替好姐妹做好事，情与义占了个完全。

果然这话一出口，胥松立马就心软了，一脸心疼地看着她。

靠，这绿茶婊。

想翻身，也要看她愿不愿意。她虽然有那个实力强大的黑影金手指，但现在也没见那黑影出现。她可以肯定要么那黑影此时并不在这里，要么就是因为在那个卷轴里受了重伤不能出现。所以这些年来沐媚颜才会混得这么惨，还被赶出了梧仙派。只是没想到她还能跟胥松勾搭上。

想起梦里胥松与她的纠葛。祝遥就一阵烦躁。难道剧情是不能逆转的？就算没有了之前的救命之恩，胥松也还是会爱上沐媚颜？

“胥松哥哥，请你相信我。”沐媚颜还在全力争取胥松的信任。她跟月寒星已经水火不容，就只有蓝翔才是安全的地方，她绝对不能放手。

看了一边的祝遥一眼，心底却不由得暗恨起来，她早就知道此人将会是她最大的阻碍，所以她才会先下手为强，让“魅影”去杀她，却没想到她倒是命大。

“颜儿……”胥松其实早就心软了，他都肯为了她与丘古派撕破脸，可见对她也是真心的，“我信你，我当然是信你的。放心，我绝对会保护你的。”

他这话音一落，背后的几个萝卜脸色瞬间都有些不好看，隐隐还向祝遥投去尴尬的神情。先不管她说的是不是真的，单是她梧仙派叛徒的身份，就将给蓝翔派带来祸事了。蓝翔有着无数高阶妖兽镇守的护山大阵，如今称号修仙界最强大的护山阵法，不怕外派来袭，但于名声上总有影响。

想起那护山大阵，众人又忍不住看了一眼祝遥，别人不知道，他们可是清楚，此阵还是她一手布下的。

“尊者。”胥松扶着茹绿站了起来，祝遥的威压虽然已经收了回去，但他对这位尊者还是有些心虚的，虽然他不认为自己选择真爱有什么错，“今日我们来，只是为了解除我与玉萝姑娘的婚约，的确是胥某失言在先，我会尽我所能补偿她。”胥松掏出一个储物袋，递给玉萝，“想必这些可以弥补你一些。”

“补偿。”玉萝已经摇摇欲坠，一脸痛心的表情看着他，“胥松，你当我是什么？”

“玉萝……”胥松手抖了抖，他没有侮辱她的意思，但行动却又实实在在透出这点。这么多年玉萝始终陪在他身边，多少也有感情。看着她这般伤心的模样，他不免也心痛起来。

“胥哥哥。”沐媚颜唤了一声。

胥松这才像是下定决心一样，把储物袋放在一旁：“不管如何，我们的婚约就此作罢。”

“婚约，我徒弟何时与你有婚约？”祝遥忍不住开口，冷笑一声道。

胥松一愣，似是不知道她为什么这么问。

“胥掌门，你从未向我玉林峰提过亲，这婚约之事从何说起？”

“我……向紫暮掌门……”

祝遥直接打断：“玉萝是我的亲传徒弟，修仙界的规矩，你身为掌门不懂吗？”

“我……”胥松被堵得个严实。的确，按修仙界的规矩，既然玉萝是她的亲传徒弟，那她的一切本应由她来做主，何况是双修这种大事。

“竟然没有提过亲，我也没有同意。何来退婚一说？”自个儿劈腿还想让玉萝背黑锅，天下哪有这么便宜的事，“难道胥掌门，想一次来个完整，提亲和退婚轮一遍？嗬！胥掌门，你这么任性耍我玩，当我玉林峰是什么地方？”

“我……我没有这个意思？”胥松急了。

“前辈……”沐媚颜似是想说什么。

“闭嘴！”祝遥却直接一股威压攻了过去，“你又是何人？此时轮得到你说话？”

沐媚颜被她一攻之下，嘴角已经有了血迹，胥松虽然担心，却还是没有说什么，只是极力想解释：“尊者，您这么多年没有回来。我只是想……”

“不管你想干什么。”祝遥直接打断他的话，拿起桌上那个储物袋，眉头皱了一皱，扔了回去，“拿走你的东西，这门婚事我不答应。玉林峰的传人，不是随便什么人，都可以高攀得起的。”

“……”胥松碰了一鼻子灰，本来是想来退婚，却被祝遥偷换概念变成了自己被拒亲，白白丢了个大脸，顿时神色也不好看起来。但到底眼前的人，对他有恩。而自己确也趁她不在，做了些不光彩的事情，于是也没有反驳，灰溜溜地抱拳告辞想要回去了。

其余的一到四号萝卜，也郑重地向祝遥行了大礼，心情还是颇为复杂的。虽然胥松已经是掌门，也是他们认可的，但祝遥毕竟还是蓝翔的创始人，以前她失踪的时候还好，现在突然又冒出来，他们的立场顿时也就尴尬了。

“慢着。”临出门前，却又被祝遥叫住了。

胥松等人脚步一顿，回过头来。

“有一事想请教一下蓝翔派掌门。”她特意加重了掌门两个字，似笑非笑地开口，“贵派是不是有改名，叫郁苍派的打算？”

这话一出，不单是胥松，就连旁边的几个萝卜，脸色都有些不好看。

胥松口口声声说，是因为把沐媚颜当成了以前掌门的大弟子才救她的，后来知道她的身份后，又以以前大弟子好友的身份，继续包容着她。可是他忘了，现在他们是蓝翔派，而不再是以前的郁苍派了。

这个借口，怎么可能成立。

沐媚颜是郁苍派掌门大弟子的事，祝遥其实也隐隐猜到了。以前她没有特意回忆那个梦境，毕竟从她收小萝卜为徒开始，整个事情都已经偏离了原本轨迹。

而之前去救那八十二个小萝卜头的时候，只隐隐觉得郁苍派这个名字有些熟悉。却没有想到郁苍派居然就是重生前女配那个被灭门的家。这回看到她跟胥松在一起，她才猛然想起这件事来。

前世的女配，家里被灭了满门，才投靠梧仙派，投入了启寒的门下。而在她重生后，她回到过去的时间，由于空间法则的原因，同一个时间点，不可能存在相同灵魂的两个人，所以这世的她死在了逃亡的路上。

而前世已经修炼到元婴的她，才会有机会夺舍成为别的人。

其实当年她救那些萝卜的时候，就怀疑过，为什么待在那里的全是灵根不怎么样的低阶弟子，精英弟子却一个都不见了。

现在看来并不是门派小没有精英弟子，而是那些精英弟子，连同沐媚颜一并，早就已经逃出去了。她救的小萝卜们，其实都是门派的弃子，关在里面等死而已。当时她还以为这门派挺有人性的，现在看来，却是自私得可以。

兴许是因为那个黑影在古卷里受了重伤的原因，这一千年来，并没有帮上她什么忙，她才会被逼得离开了梧仙派。她估计也只是随着记忆，想回到已经被灭了的郁苍派，却发现自己门派还存活着。

而沐媚颜之所以留下，是因为现在的蓝翔，有那些高阶妖兽组成的强大护山阵法，可以保护她不被梧仙派发现。所以她才以原本沐媚颜的身份，留了下来。

其实她要是安分地在蓝翔待着，祝遥倒是不会说什么，毕竟那里曾经是她的家。可是她却万不该挑拨胥松跟玉萝的感情。

第一百二十一章　我去闭关了

祝遥觉得激得差不多了，拉起一旁的玉萝，先一步出了大殿。走了几步，又回过头来加了一句。

“对了，恭喜胥掌门，觅得真爱。她虽然已经失了元阴，但相信你也不会介意的是吧？”

这话一出，沐媚颜的脸色也瞬间白了。

祝遥却心情颇好地飞回了玉林峰，沐媚颜元阴已失的事，其实她是猜的，毕竟在梦里，她可是一直没有放弃勾搭月寒星的男人们，各种手段尽出，都一千年了，她就不信她还能保持着处子之身。

结果非常好，她猜对了。

修仙界对双修伴侣是非常重视的，只要缔结非死不能解除，女子的元阴之身一般只会给双修之人，其他的不正常关系，都会被归于炉鼎之流。所以胥松这一退婚，势必会给玉萝带来很大的影响。祝遥以亲传师父的身份，矢口否认这个婚约，并偷换概念变成是玉萝看不上他，拒亲。也是因为这个原因。

而且当时紫暮也在场，他铁定很乐意，将这个事情加油添醋地宣扬出去。

胥松又是一派掌门，虽然她不知道他是如何越过她当上去的，但身份高了，总会有些顾忌。堂堂一派掌门，被拒亲，绝不是什么好听的事情。

况且，自己一直以为的真爱，却早已经把身子给了别人。不知道在这一世，沐媚颜对他没有救命之恩，更加不是他心中白月光的前提下，他们所谓的真爱，还可以走多远？

当然他们也可以怀疑她随口乱说，没人能一眼看出别人元阴在不在，但谁让她是玉林峰的人，玉林峰在修仙界本来就让人猜不透，她就算说的是假的，人家也定会猜成是真的，更何况沐媚颜那表情，只真不假。

沐媚颜一直以为自己一身的悲剧都是月寒星这个玛丽苏造成的。可人家月寒星虽然对感情是有些犹豫不决，四处留情，但人家好歹洁身自好，没有造成事实。男女双方，一个愿打一个愿挨，关你路人甲什么事？沐媚颜前世要是没有那么重的嫉妒心，也不可能有那样的结果。

“多谢师父。”玉萝掀动嘴角，似是想笑，却完全笑不出来。

“谢我什么？”祝遥回头看了她一眼。

玉萝低下了头：“多谢师父为徒儿保全了脸面。”

“唉。”祝遥知道她现在心里不好受，只能上前抱了抱她，像小时候一样摸了摸她的头，“小萝卜，三条脚的蛤蟆不好找，两条腿的男人，满地都是。”

玉萝看了看她，眼里又有蒙气升起：“可是……我放不下。我不明白我们这么多年的感情，为什么就敌不过他们短短几年的相处？”

“你何不看开点？他可以放弃你们这么多年的感情，也能放下别的感情。你只是先一步醒悟过来而已。”

玉萝沉默了，想起那个沐媚颜眼里有些沉：“为什么他要救那人回来。”

“玉萝。”祝遥神情严肃了起来，沉声道，“你以为这一切都是那女子的原因？”

“可是是她来了后才……”

“不是她也有可能是别人。玉萝，狗要咬人，不是拴它的绳子粗细可以决定的。会咬人的，始终会咬人；不会咬人的，你就算不拴着它，它见人也只会摇尾巴。你懂吗？”

“……”玉萝的脸上全是茫然，“可是我们以前……”

“你买狗以前，也不知道长大后，这只狗是只咬人的，还是不咬人的啊！”所以归根结底，是她牵错了一只狗，还遛到了玉萝的面前来。

玉萝沉默了，似是听明白了她的话，脸上刚起的怨恨神情，慢慢地淡了下去。

“玉萝。”祝遥拍了拍她的头，“师父知道你不好受，但事实已经这样了，再想也无济于事。有些事，不是因为你不够好，而是你做得太好，却失了原本的骄傲。你又何必去伤害践踏你骄傲的人?”

“……”

“其实感情就像是投资。”祝遥继续开解道,“当你付出了很多,却仍旧没有回报后,不是市场不好,而是你投资的对象根本不值得。可你现在还来得及收回资金,换一家继续试试?”

“投资是什么?”玉萝呆了一下。

“呃……”她习惯性地把安慰闺密那套拿出来了,“嗯,我是说胥松这个人,根本不值得你喜欢他,后面有大把的好男儿,排队等着你垂怜,你就不要吊死在一棵树上了。要多吊几棵试试啊。”

“师父……”见她越劝越朝着搞笑方向发展,玉萝的脸色终于好看了点,忍不住嘀咕了一句,“哪有让徒弟去上吊的?”

她这不是比喻嘛:“反正,女人就是要对自己好点。懂吗?”

玉萝神色沉了沉,半会才点头:“嗯,师父,我会尽力……忘记他的。”

(节选自起点女生网)

【粉丝评论摘编】

@风颜:喜欢这本书,一是吐槽,二是神展开,三是没有动不动杀人。修仙的老杀人能成飘逸的仙么?以前读仙人的故事都是随性地有了顿悟就能成仙,现在都是功利性地打怪升级换地图。有钱(对作者尤前的昵称——编选者注)的故事讲得自由自在。

@听君一语:每次祝遥死掉重生,都要跨越短则数百长则数千年的时间。也许对于祝遥来说,一切不过只是一瞬间,跑个进度条而已,可是对于等待着她的师傅而言,却是实打实地过了那么久。千年的等待却只能换来短暂的相处,这么一想感觉师傅好悲惨啊,太让人心疼了。

@五岭独峰秀:我最满意的就是女主三观特别正!跟我的三观特别符

合！……三观的核心思想是：绝对不可以杀人。也不是说别人来打你，你就要受着的这种，而是尊重生命的态度。……而且这篇文我觉得很棒的地方就是这个三观，是配合着剧情来的，女主她没有天真，不是圣母，她只是希望所有人尊重生命。她也不是伪善，因为她的一言一行都是按照这个态度来的。

@起名真的很麻烦：我喜欢这本书其实很简单，阿瑶让读者不停思考我们生活中一些“脑残”的行为，自以为是的行为，其是否是正确的，就是说引人反省自己。当然我看得很开心，感情不会很细腻，反而是很直接，其实人很复杂，也很简单。

@邛山一只猫：太喜欢这本书了，女主三观正直，男主对外冰山，对女主简直是萌物。文中还有各种萌物出现，文风诙谐搞笑，大赞！

@ Noopai：作者天马行空脑洞开得厉害，行文有倒叙、插叙、主线支线交织在一起什么的，看完你才会有“原来如此”的感觉。

（导引、简介、节选：王玉王；粉丝评论摘编：彭笑笑　韩思琪　王玉王）

从“霸道总裁文”到“甜宠文”

王玉王

《我家徒弟又挂了》（以下简称《徒弟》）是2015年“甜宠文”潮流中的代表作，小说中玉言与祝遥的师徒爱恋坦诚平等，又蠢萌温馨，彻底逆转了《花千骨》（2010）式的“师徒虐恋”模式，展现了“甜宠文”潮流中最有进步性的一面。

在《徒弟》中，师父玉言表面上是个强大威严的高冷禁欲系男神，实际上却是人妻（如妻子一般会照顾人）属性满点的家务小能手，除了养一个徒弟之外没什么人生目标，除了“徒弟最大”以外没什么人生信念；徒弟祝遥则是个从现实世界穿越来的女汉子，有着成熟的世界观和现代意识。故而玉言虽会指点祝遥修炼，但两人之间并不存在“养成”关系，甚至不如说，反而是祝遥对于人性之“善”的信念影响和改变了玉言，两人虽是师徒却在人格上彼此平等。另一方面，玉言又极度缺乏社会常识，不知情为何物，没有道德禁忌意识，也丝毫不会伪饰自己的心意。这样的玉言唯有依靠祝遥的引导才能懂得自己的心意，而一旦明了，便会坦然面对。于是，当大大咧咧的祝遥，遇到软萌的师父，故事便必然如此发展：徒儿推倒师父，师父从了，一切顺遂。

“不管你之前喜不喜欢我，我现在正式通知你。本姑娘看上你了，你以后是我的。”伴随着祝遥的霸气宣言，这一段只“撒糖”、不“插刀”的爱情正式拉开帷幕，祝遥给予玉言热忱勇敢的爱恋，玉言回报祝遥绝对的理解与支持。如此师徒相处，才是“甜宠”的真谛——这不仅仅是一个师父（男人）宠徒弟（女人）的故事，它同时也必然是一个徒弟（女人）宠师父（男人）的故事。

电视剧《花千骨》的热播使得流行于2008—2010年间的“师徒虐恋”文

再次进入人们的视线。从《花千骨》的“师徒虐恋”到《徒弟》的“师徒甜宠”，反映了“师徒文”模式从“霸道总裁”向“甜宠”的转变。

“师徒虐恋”文往往遵从一个典型的“霸道总裁”式言情套路：师父（男主）高冷强大，徒儿（女主）可爱倔强，在师父抚养教导徒弟的过程中二人互生情愫，但师父却碍于道德伦常而拒绝这段感情，于是被师父虐了千万次的徒弟愤而“黑化”，与师父相爱相杀。即便如此，强大而占据道德高地的师父只能是徒弟孺慕、仰望的人，即使徒弟堕落成魔，与世界为敌，也仍旧无法否定师父弃她不顾而选择的“正义”。

这种男权逻辑很快就在女性向玄幻修仙文中走入了绝境，“虐恋”没落，“甜宠”兴起。“师徒虐恋”文的集大成之作《花千骨》虽然在2010年才开始创作，但2009年橘花散里的小说《喵喵喵》便已经以大量的师徒“萌日常”描写宣告了师徒文“甜宠”化转型的开始。在《喵喵喵》中，身为男性的师父虽然不再是不可反抗的强权，却仍旧占据着爱情关系中的主导位置。《徒弟》则更进一步，让女徒祝遥胜利反攻，达成了“推倒”师父的新成就，《花千骨》式的“师徒虐恋”模式终于被彻底逆转。

如果说“霸道总裁文”是将女性的爱情焦虑转化为“虐”，从而给了读者一个忍受的理由，那么“甜宠”便是以设定的方式前提性地解决一切焦虑，献给读者一个无须忍受只要享受的恋爱空间。这种设定的革新包括人物设置与价值认同两个方面。

在人物设置方面，“霸道总裁文”因塑造了一个强大完美、不可战胜的男主人公而预设了男性在恋爱中的优势位置。“甜宠”文中带有各种萌点（不管是蠢萌还是软萌）的男主则在丧失了“完胜女主”的能力和“花式虐女主”的权限之后，终于可以好好谈场不虐心、不作死的恋爱了。

在价值认同方面，“霸道总裁”模式的成立总要依托于一种强者为尊的“丛林法则”，唯有当强大即是正义时，霸道才是有理的。在《花千骨》中，师父白子画口中的“天下苍生”不过强者逻辑外包裹的华丽借口，他之所以可以主宰徒弟花千骨的人生，说到底是因为他有权位、有修为。而《徒弟》则是一篇旗帜鲜明的反“丛林法则”的小说，祝遥始终坚信“仙之一字”，“理应是人性中最完美和柔软的部分”。这样的设定的确因过于理想化而显得有些任性，但以尊重生命为首要原则的祝遥，却依旧成为了一个令读者信服的

“三观正”的好姑娘，因为看惯了“丛林法则”的读者终于在祝遥身上见到了久违的纯粹与美好。这样的祝遥虽然修为比不过玉言，却仍能骄傲地与玉言平等相对，按照自己的意志去爱、去生活、去拯救世界。

“甜宠”虽在2015年才成为整个“女性向”网文的潮流，但在玄幻修仙文中发展得更早，至迟在2013年左右便已经相当成熟了（如苏小暖《邪王追妻：废柴逆天小姐》），这是因为相比宫斗、宅斗等文类，玄幻修仙文中的女主不受封建礼教的束缚，不囿于宫廷家宅的局限，更容易获得与男性对等的能力、地位与爱情。

“甜宠文”中的理想爱情建立在一个理想化的设定上，读者在故事开始之前便已经得到许诺：这里没有渣男，也没有背叛，令人在爱情中感到焦虑的一切都必将美满。这种无视现实逻辑的设定同时也是作者对读者、读者对自己的“甜宠”——虽然犬儒，虽然自欺，但当读者在祝遥身上照见一个更美好的自己，“甜宠文”积极功能的一面便有了实现可能——让读者在自我宠爱的“子宫”中，孕育出那个值得珍爱的自己。

红楼之宠妃

Panax

Panax，晋江“红楼同人”著名作者。2012年起在晋江连载小说，代表作有《红楼之抱琴》(2014)、《红楼之林家皇后》(2015)等。文笔简练幽默，作品情节天马行空，尤擅以男主视角描写情感。《红楼之宠妃》，2015年8月25日至12月6日在晋江“衍生小说站”连载完结，全文共143章，59万字。完结时，位列晋江2015年第四季度的同人分区季榜第六位。

《红楼之宠妃》讲述了现代男子黎齐穿越成为皇子后，一边夺嫡、一边与林黛玉渐渐相知相爱的故事。小说将红楼故事的经典文本与2015年晋江言情盛行的“甜宠”风潮结合起来，以男主视角叙述其与林黛玉轻松甜蜜的爱情故事——这看起来相当离奇，却是近年来网文界“红楼同人”的主流叙述方式，在本年度同类作品中颇有代表性。

【标签】同人　言情　红楼　穿越　宫斗

【简介】

现代人黎齐穿越到了架空的宁王朝，成为了五皇子瑞定，获得了能测出所有人对皇帝“忠心值”的“金手指”，并借此渐渐获得了皇上的宠信。十八岁时，他发现了在坤宁宫里做女史的贾元春，才恍然明白这里是《红楼梦》的世界。

黎齐在穿越前就对林黛玉分外仰慕，借着“与令尊有旧”的理由，瑞定经常前去照拂寄居贾府的林黛玉，帮助她脱离“风刀霜剑严相逼”的贾府，并与之日久生情。在下江南的过程中，从准岳父林如海那里，瑞定得知了一个宫廷内深藏已久的秘密，这个秘密背后的真相让瑞定的夺嫡之路愈发艰难凶险。瑞定的夺嫡之路是和感情线紧紧相交的——林黛玉是其一生挚爱也是唯一所爱，瑞定如此渴求那至尊之位就是为了让她盛宠一世！

这是一篇典型的红楼同人，即以《红楼梦》原著为基本世界架构，重述红楼故事，从粉丝的愿望出发，展开全新情节，又与宅斗、种田文结合，使情节曲折细密。

以下节选自作品第三十五—四十章。瑞定在林黛玉生日之际到贾府看望黛玉，整个贾府却都误会五皇子对元春有意。这一选段将贾府的趋炎附势与各怀鬼胎、众姐妹间的面和心不和、林黛玉寄人篱下的悲哀展现得淋漓尽致。

【节选】

第三十五章　贾府之行

（略）

接到瑞定再次来访的消息，贾母是又惊又喜。她看着王熙凤，有点拿不定主意："你说五殿下究竟知不知道今儿是黛玉的生辰？"

王熙凤道："按说不应该。况且我们送的帖子，也只说是姑娘做寿摆酒热闹热闹；一来没说是谁过生日，二来也没说究竟哪天是正日子。而且就算是庆阳伯府，也断然没有将女孩子家的生辰告诉外人的道理。"

贾母点头："你说得有理，随我去叫你林妹妹去。"

戏台子在贾府的后院里搭着，家里的几个姑娘坐在最前排，看见贾母来了，几人起身行礼。这一起身，凳子露了出来，倒让贾母看出点不同寻常来。

三春加上黛玉、宝钗和湘云，一共六个姑娘，凳子放了两排，黛玉和宝钗、湘云坐了第一排。

可是……

三春的椅子被有意向后挪了，宝钗坐在中间，黛玉居右，湘云居左。湘云的凳子跟宝钗放得很近，倒是黛玉。

她的凳子又稍稍靠前一些，离得也比较远，像是自己一个人坐着，又或者……被排挤了一般。

看见贾母的目光往凳子上扫，宝钗急忙笑道："湘云妹妹也太过活泼了，跟个泼猴似的，坐在凳子上不住地扭，连带我的凳子都偏了。"

说着，她也不等丫鬟动手，亲自过去将三个凳子又摆正了。

第三十六章　跟林黛玉的第二次见面

贾母的眼神扫了过去，带着几分审视。

林黛玉倒是坦荡荡的，一双美目清澈无物。

薛宝钗在贾母的注视下还笑了一笑，正如她平常一样，端庄大方。

史湘云笑得很是灿烂，还叫了一声“老太太”。

贾家的三个姑娘方才好像是在聊些什么，站起来还是笑着的，脸上还有红晕。

贾母有心想问问，不过瑞定已经在荣禧堂等着了，她也不好耽误时间，直接道：“黛玉，你随我来，五殿下来看你了。”

“是。”黛玉轻应一声，款款移步，走到了贾母身边，很是自然地将贾母胳膊一搀，道，“我扶着您。”

贾母在她胳膊上拍了拍，目光看着面前的五个姑娘，道：“你们听戏，她去去就回。”

等到黛玉还有贾母、王熙凤几个离了戏台，史湘云“哼”了一声。

贾家三个姑娘冷下脸来，又坐了下来。倒是薛宝钗，拉着史湘云的手道：“你这又是做什么，林妹妹大好的日子，哪有在别人生日的时候不痛快的呢？”

史湘云看了后面一眼，道：“我们去园子里逛逛？老在这儿坐着怪没意思的，在家里就整日被拘着。宝姐姐我们去园子里吧？”

薛宝钗笑道：“你这丫头。”转身跟三春道：“几位妹妹要一起去吗？今日是花朝节，早上我过来，一路上的花儿都开了，想必院子里的颜色更是夺目，不如我们去逛逛？况且坐了这一早上……”薛宝钗拿帕子掩了口，笑道：“吃了不少茶点，也得走动走动才能吃下林妹妹的寿面啊。”

薛宝钗是看着迎春说的，她料定迎春性子软和，从不拒绝别人要求。

果然，迎春已经打算站起身来，谁料探春将她一拉，道：“这戏才唱了一半，等会儿再去。而且就要中午了，进花园子也看不了什么了。”

薛宝钗又看惜春，惜春直接道：“我不去。”

“那我们两个去。”史湘云能耐下性子让薛宝钗说了这么大一通话，已经很是难得了，说完她拉着薛宝钗就要出去。

薛宝钗急忙道：“那我们这就走了。”

迎春跟她笑着点了点头，探春和惜春都是冷冷“嗯”了一声。

两人刚出门口，史湘云就道：“我就是看不惯她那个样子——也跟我似的是来做客的，去年我来的时候，几个姐姐都住在老太太的院子里。现在可好，整个院子让她一个人占了。”

“你还是个热心肠。”薛宝钗说完略觉不对，急忙安慰道，“在哪儿不是住呢？”

“那可不一样。宝姐姐你家里人口简单，自然是不知道的，能住在祖母屋里的……”史湘云眼珠子转了转，终究还是没说出口。

薛宝钗只当没听见这事儿，道：“还是你嫌我那儿住着不舒服？”说完她笑：“我知道了，你是觉得老太太屋里离厨房近，你是想吃的了。”

“宝姐姐。”史湘云笑着去扑她了。

等到两人走得没影了，贾家三个姑娘对视一眼。

探春道：“不过去园子逛逛，就扯了这么大一通话出来，怪不得宝玉跟我说……”探春及时打住了，没继续下去。

迎春道：“都是自家姐妹，她还叫婶娘作姨妈。”

探春道：“我跟她可不是一个姓儿。”她的视线看着前面三个凳子，说的是谁也只有她自己心里知道了。

迎春又去看惜春，想让她劝劝，不过惜春脸上一点表情都没有，专注着看戏，手里还捧着茶，似乎是完全没听见她们这一场对话。

迎春无奈，也只得息了声音，专心致志看戏去了。

再说瑞定，他已经在荣禧堂坐了一会了，贾政和贾赦两个陪着。

瑞定看见贾政就想起贾元春，反而对贾赦的感观好一点。可惜贾赦整日里只知道吃喝玩乐，面相蜡黄，两个乌青的眼袋，看着不太舒服。于是几人不过说了两句话便止住了。

好在贾母很快将林黛玉带来了。

三个月没见，似乎长高一些了。

瑞定道：“您将林姑娘照顾得极好，想必父皇也能放心了。”

瑞定知道自己这么贸贸然上门显得略没规矩，便将皇帝抬了出来，横竖全天下的规矩都是他的皇帝爹定的。至于他皇帝爹为什么派他来看林黛玉，自己脑补好了。

听见瑞定说了皇帝，几人都笑。贾母道：“请殿下放心，这是我的亲外孙女儿，在这儿就跟在自己家里一样，必定不会让她受委屈的。”

林黛玉今日生日，瑞定是知道的。

他还记得上次来时林黛玉穿了一身水绿色的衣裳，配着浅樱草色的裙子，看着很是素净。

她今日生日，想必上到贾母、下到丫鬟，都跟她说了要穿得喜庆一些。

林黛玉今日的打扮，是整体偏红。

象牙白的上衣，嫣红的对襟，衣服上似乎还有绣花，只是瑞定不敢细看。

长裙及地，粉色打底，绣着主体是红色的蝴蝶花朵，外面还有两层薄纱环绕。走动起来蝴蝶像是活了一般，在花丛中起舞，看着十分动人。

腰间还挂着他送的血玉，血玉的颜色红到发黑，很是醒目。

再往下，露出两个小小的鞋尖，上面一阵反光，似乎还镶嵌了珠宝上去。

头发乌黑油亮，上面几根细细的精致珠钗。耳朵上则是珍珠做成的耳钉，小小两颗，跟她的气质相得益彰。

瑞定目光里一点感情都看不出来，就像是真的在看林黛玉是不是长高了长胖了一样。

将林黛玉从头到脚看了一遍，瑞定道："是比上次高了些。"

贾母松口气，道："我专门吩咐厨房每日做两道江南菜，她胃口好了许多。"

瑞定点头："老太君有心了。"

"说起来还是殿下提醒的。"贾母笑道，"这孩子自小在江南长大，吃不惯京城的菜也不跟我说。来了一年多，每天就跟鸽子似的吃那么一点。"

林黛玉从进来就是低着头，瑞定看她她看不见，贾母还有两个舅舅面色紧张她也看不见。只是贾母语速有点快，里面还有点慌张她是听出来了。

"我初来京城，吃了两次也觉得京里的菜好吃。"黛玉声音柔柔的，"只是初来乍到，难免有些水土不服。现在过了春天，总算是调整过来了。"

瑞定点点头，起身道："我今日来不过看一看，现在人也见了，我也放心了，这就告辞了。"

贾母看了两个儿子一眼，五殿下好不容易来一次，还不把人多留一会。

贾政急忙道："原不敢留饭的，只是殿下来我府上，不如让我们略尽地主之谊，喝杯好茶再走？"

贾赦也道："新盖的小花园，是请山子野做的，很是得江南园林的风味儿。虽不及御花园宽敞大气，不过小小巧巧的也很是精致玲珑。"

贾母赞许地看了贾赦一眼，关键时刻还是很会说话的。

瑞定想了想，轻声问黛玉道："姑娘可曾去看过了？比之江南的园林如何？"

黛玉并不抬头，略想一想，道："已经有了几分韵味。"

瑞定点头，道："既如此，那便去瞧瞧好了。"

"殿下这边请。"贾赦一伸手。

贾母看了贾政一眼，做了个口型："快去叫宝玉！"

第三十七章 一共只跟林黛玉说了四句话

这边瑞定一行人进了贾家的小花园，那边得了消息的婆子去戏台道："有外客来逛园子，老太太让姑娘们就待在此处，莫要走动了。"

只是婆子一看姑娘少了两个，又听说史家大姑娘和薛姑娘已经进了园子，不免火急火燎一边差人进园子小心去找，一边又差人去给老太太回话，急了一头汗出来。

"外客？"探春道，"方才说五殿下来访，将林姐姐请了去，这会又说有外客进了园子。莫不是五殿下？"

迎春摇摇头："老祖宗让我们在此处坐着，你也别想其他的，好好坐着便是，莫要想那些有的没的。"

"怎么叫有的没的。戏台便搭在园子里，宝姐姐和湘云妹妹这会儿还在园子里乱逛，也不知道她们逛到了哪里，莫让人冲撞了才好。"探春说着就站起身来，想往外看。

迎春急忙将她拉住："好妹妹，这戏台子搭在园子最中间的宽阔地方，一进来就能看见。你莫要出声，我们静悄悄的，省得失了礼数。"

迎春平常时候是个软和性子，任凭她屋里的丫鬟怎么闹都不出声的，现在却将探春拉得死死的。探春无奈，也只能答应道："姐姐放心，我哪儿都不去。"

话虽如此，她还是站在戏台边上，探头张望，也不知道是担心薛宝钗还是史湘云。

迎春也无暇顾及台上唱到最精彩处的戏剧，两只眼睛牢牢看着探春，像是生怕自己一个没留意便让她窜了出去。

瑞定几个进了园子。

正中便是个小小池塘，后面一大块空地，上面搭的就是戏台子。

戏台子上还在热火朝天地唱戏，虽然花园空旷，不过一进来便觉得有点吵。

贾母一看见就有点想冒冷汗，不由得转头看了贾赦、贾政两兄弟。

自打国公爷去了，老大的头一个媳妇去了，管家的事情她交给了老二家里的，连家里的下人都松懈了。早先她管家的时候，是根本不会出现这么没礼数的事情的。

兄弟两个虽不明白母亲看他们的深刻含义，但是也知道该把戏停了。贾政急忙拉着身后跟着等着伺候的一名小厮，低声道："快去让把戏停了，跑着去!"

这一着急，声音不免有些大。瑞定本就跟他离得不远，更是听得一清二楚。

他知道今天是林黛玉的生日，这戏台多半是为了她搭起来的。瑞定若无其事地扫了她一眼，见她很是规矩地站在贾母旁边，头微微低下，让贾母遮了她半个身子。

瑞定微微一笑："府上日子过得悠闲，花朝节摆了戏台子唱戏。"

气氛缓和了一些。

贾母接道："不过是看着风和日丽，天气渐暖，家里几个女孩子出不去门，给她们热闹热闹。"

瑞定点头："理应如此。"

这时戏台上已经安静了，瑞定道："方才进来不过听了一两句，也觉婉转婀娜，甚是动听，倒是比宫里唱的还有味道。"

贾赦立即来了精神道："这是京城里有名的听雨阁，花了大价钱请来的。"

瑞定笑："不错，宫里的那些唱得中规中矩的，要顾着各个主子的口味，倒不如这些民间艺人放得开。"

聊了两句戏剧，倒显得瑞定真的是顺路来看一眼林黛玉似的，贾府众人紧张渐消。

林黛玉觉得贾母拉着她的手也不那么用力了。

贾赦抹了把头上的汗，轻轻舒了口气："殿下这边请。"

再说那戏台，探春原本就在窗户后头躲着，只是迎春不知道什么时候也躲了过来，姐妹两个倒是把瑞定几个说的话听了个遍。

等到贾赦引路，他们几个离开，探春唏嘘了一声：“中间那个……便是五殿下了吧。”

“嗯。”旁边响起迎春的回答。

探春一跳，像是被吓着了：“姐姐什么时候走到我身边了？”

迎春脸上的笑容有些勉强：“我是怕你一时不慎出去了，专门来看着你的。”

探春点头，主动拉着迎春的手，道：“我们去乖乖坐好，万一一会儿有人进来呢？”

迎春跟她两个又坐了回去，房间里安安静静的。

半晌，探春突然道：“五殿下……看着跟宝玉还有琏二哥一点都不一样。”

“他比父亲还要再高一些。”迎春像是说梦话一般也来了这么一句，“他爱听戏。”

屋里又安静下来。

不久，探春绞着帕子极其小声道：“怎么就让她去了。”

迎春这次像是没听见一样，眼睛直愣愣地看着戏台两边的雕花栏杆，不知道在想什么。

瑞定几人往前走了没两步，便见宝玉身后跟着两个小厮急急忙忙跑了过来。

瑞定略觉奇怪。按照他跟林黛玉的关系，怎么不在戏台上陪着听戏，倒像是从院子里才出来的一般，而且明显是才换了一身衣服。

又因为时间太过紧迫，他头上两个用来绑金冠的带子勒得有点紧，本来就是个还在青春期发育的孩子，养得娇贵，自然不会瘦到哪儿去。被这么一勒，更显得脸圆肉多了。

瑞定余光扫了一圈，贾母和贾政两个脸上都露了笑，贾赦倒是沉下脸来，想必对老太太不叫他儿子很是不满。

林黛玉一直半低着头，再加上瑞定长得高大，倒是看不见她脸上的表情。

但是在场几个人，除了林黛玉，就宝玉是一身大红，瑞定无端心情有些失落，看着贾宝玉越发地不顺眼起来。

“殿下。”宝玉站在他面前垂首行了礼。

瑞定道：“这便是府上的公子了？看着年纪也不小了。”

贾政笑道：“正是犬子。四月的生日，马上就要十五了。”

瑞定点头，笑道："久闻政公自年幼起便喜好读书，连翰林院里几个负责经筵讲学的夫子都说你学问好。看你公子这个年纪，后年便是大比了，也可让公子下场一试。若是能得个一甲，想必荣公泉下有知，也会欣慰的。"

这番话说出来，贾政的脸色从喜悦变成尴尬，是又气愤又羞愧，贾赦脸上倒是露了几分幸灾乐祸。

"他的业师前年家里有事，便辞了官，算起来也有一年多了。"贾赦才说了一句就觉得自己冲动了，将后面一句话又硬生生转了过来，"一直没找到合适的先生，家里虽有私塾，不过怕是会耽误着孩子。"

贾母脸色稍晴，贾政也松了口气，瑞定又道："嗯，府上公子志向远大，若是意指一甲，私塾怕是不够的，还是要请业师来家里指点。"

贾政的脸色好了许多，似乎贾宝玉两年没上学真是因为这个原因。

瑞定又若无其事补充了一句："上个月翰林院有位老先生上了告老还乡的折子，按理是要推三次才准的，回去我帮你问问。"瑞定看着贾宝玉，神态自若："你作两篇文章送来。"

原先脸色才好转的母子两人又开始冒冷汗了，而贾赦的脸色倒是跟他们相反。

贾政不开心的时候他就开心。

贾政拱手道："不敢烦劳殿下了，这逆子……"贾政一咬牙，闭着眼睛飞快道："这逆子连童生试还没过。"

瑞定面露惊讶之色，眼神有点飘移，似乎也觉得尴尬了，半晌，他道："我倒是忘了府上祖籍金陵了，这童生试是要去原籍考的，想必是府上长辈不忍幼孙一人上路吧？"

贾母顺着梯子急忙爬了上去，道："这孩子也大了，明年无论如何都要回去了。"

瑞定嗯了一声，道："远处那假山不错。"说着便抬脚走了过去。

贾政松了一口气，转头恶狠狠地瞪着贾宝玉，真恨不得一脚踹上去。

贾宝玉吓得一哆嗦，小声道："老爷。"

"殿下还在前面看看呢。"贾赦故作大方，"有什么事儿等殿下走了再说。"

瑞定走了没两步，突然想起林黛玉是一直不劝贾宝玉读书上进的，也因此贾宝玉平日里最喜黛玉。

他说了这一大堆的话……不过想想又觉得蹊跷，林家书香门第，林如海更是探花出身，林黛玉更是自小充作男儿教养。

若说她不喜科举勉强说得过去，但是厌倦到了这般地步，总觉得另有原因。

瑞定走在最前面，贾政、贾赦两个一左一右跟着，为了以示尊敬，他们两个得落后瑞定半步。

园子里不少景色优美的地方都是一条不宽的石子小路，贾政、贾赦两个侧着身子给瑞定介绍石头、水还有花草树木的来历，还得大声说话，很是辛苦。

宝玉跟在贾政后面，低眉顺眼的，一言不发。

贾母拉着黛玉跟在他后面，两人一个年纪已经大了，一个又是大门不出二门不迈的闺阁女子，走得更是辛苦。

最后几个，便是瑞定的宫女太监，还有贾府的小厮丫鬟了。

沿着一条细长的小石子路从假山丛中走出来，瑞定无意之中朝后看了一眼，黛玉虽低着头，看不见她眼神眉角额头，但是她下半个脸上已经现了薄薄一层绯红。好看是好看，就是……

瑞定环绕一圈，笑道："这园子景色秀丽，今日一见果真名不虚传。"他指着前面的小凉亭道："我看那亭子修得极高，不如去里面坐坐，居高临下，看着园子的景色，想必更有风味。"

瑞定说话，贾府的人没有不同意的。

于是几人慢悠悠地往亭子走去。

一进亭子就有点不太对了。

这园子走的是小巧玲珑、景色秀丽之风。亭子建得虽巧夺天工，不过里面一张石桌，只配了四个石凳。

按说若是只有瑞定一人坐，也不算没规矩。但是老太太年纪大了，林黛玉走了这许久也怕是累了，况且……他们家里那个宝玉，也算不得身强体壮之辈。

贾家几个人还在犹豫，瑞定道："老太君跟林姑娘也来坐。走了许久，怕是累了。"

贾母也没太推辞，她就这一会儿走的路赶上往常一旬的了，只是刚拉着黛玉进来，便见瑞定皱了皱眉头，道："可有垫子？方才出了汗，坐在这冰凉凉的石墩子上，怕是晚上就要发热了。”

后面几个小厮丫鬟急忙送了东西上来。

瑞定这才点头坐下。

贾母也拉着黛玉坐下了。至于贾宝玉，连贾母都觉得不太好开这个口了。

贾赦也不知道打着什么主意，跟贾母道：“走了这一路有点出汗，我跟二弟还有宝玉就在这儿吹吹风，一会喝杯热茶便是。”

贾母点头，这亭子坐了他们三个，再进来几个便要拥挤了，况且五殿下方才说要“一览众山小”，若是被他们挡了视线反而不美了。

瑞定坐在正位，直面园中假山怪石，还有几棵斜着出来的桃花树。

贾母跟黛玉一左一右在他身边坐下，都只放了半个身子在凳子上。

“倒茶来。”贾母发话。

来的这个丫鬟瑞定虽不知道是谁，不过想着能陪着几人出来，想必也是体面的丫鬟了，不知道会不会是贾母身边的鸳鸯。

这个念头在瑞定脑海里只闪了一下，他的注意力便又落在身边林黛玉身上。

丫鬟捧着茶壶上来，只是略有畏惧，手上还有点抖。茶壶外面虽包着一层绣了花儿的厚棉套子保温，可是落在桌上依旧好大一声。

贾母皱眉，小声训斥道：“怎么伺候的!”

丫鬟又一哆嗦，吓得想往地上跪。

瑞定皱眉，道：“异雀，上来伺候。”

贾母急忙开口道：“不敢劳烦殿下的宫女。”

林黛玉见状，说了今天第三句话：“不如让我来吧。”说完她便起身从亭子外面的丫鬟手里接了托盘，上面几个茶杯，用布盖着。

瑞定见状略有犹豫，不过本能而已，立即挥手让异雀在外面候着了。

林黛玉端着托盘，慢慢走了回来。那托盘极大，虽然端托盘的不是瑞定，但是他一看便知道这盘子将她的视线全部挡住了。

不过几步路而已，林黛玉将托盘几乎举到了脖子旁边，小心翼翼朝前走着。

瑞定有心想去接一把，只是他跟林黛玉中间隔了整张石桌，就算站起身来，也是要绕过去才够得到，况且……这又不是在自己家里。

就这么一犹豫，盘子已经被放在了桌子上。

林黛玉将茶杯一个个摆好，伸手提起茶壶，一个个杯子倒过去。

她右手提着壶柄，左手拢着右手的衣袖，手腕不免露了一丝出来。

瑞定看着她雪白的手腕，上面还有一个翠绿色的镯子，不由得心神一荡，急忙将视线转开了。

贾母见状一笑，越发地满意了。

林黛玉将茶倒好，双手捧着茶杯，道："请殿下喝茶。"

瑞定不知怎么的便心头一热，面上丝毫不显，只有眼中的精光越发地亮了。可惜在座几个，没有哪个有胆子跟他对视的。

若是瑞定伸手去接茶杯，不免会碰到林黛玉的手。虽然她的家里长辈都在，但是……

"放桌上便是。"瑞定的语气跟方才没有什么两样。

"是。"林黛玉将茶杯放在了瑞定面前。

五殿下如此守礼，连带后面几位的茶也都是放在桌上自取的。

瑞定喝了一口，疑道："这茶？"

贾母很是骄傲，笑道："这是今年的头茬儿嫩芽，没什么味道，不过喝个香气而已。"

瑞定点了点头："老太君很是讲究。"

贾母笑，见瑞定茶杯空了，道："还不快给殿下斟茶。"

瑞定见林黛玉才托起茶杯小口喝了没两下，便用右手将杯子一盖，摇头道："不用，我喜喝铁观音。这茶虽清新淡雅，不过喝上一杯尝个味儿便是。"

贾母炫耀不成，不免有些怏怏的没精神，安静喝茶不说话了。

瑞定看着满园春色，又有清风拂面，心情好极了。

旁边的林黛玉也安安静静坐着，瑞定不免赞一声温和从容，岁月……

后面俩字儿还没跳出来呢，便见两个大汗淋漓的婆子跑了过来，在远处探头探脑地张望。贾赦开口便想训斥，只是发现这两个婆子是方才贾母派去让几个姑娘坐在戏台里别出来的那两个。

这时候来回，难道有人走脱了？

贾赦也差点吓出汗来，急忙将人叫到不远处的假山边上，又来叫贾母。

他可不当传话筒，回头还得受气。

贾母这一走，亭子里便只剩下两人了。

贾母和贾赦、贾政围着那两个婆子说话，宝玉站得虽近，不过只被瑞定略略瞪了两眼便吓得往远处又走了一走。

婆子的声音随着微风飘了进来。

“……说是两位姑娘已经进了园子，我们遍寻不到，实在是没办法了……”

“我不日将去江南，你可有什么话带给你父亲？”

瑞定轻声询问，只是目光没落在黛玉身上，而是看着正前方的假山怪石，似乎正在欣赏景色风光。

只见林黛玉一顿，略想了一想，小声道：“我在这儿一切都好，外祖母一家待我极好，跟姐妹相处得很好，请父亲莫要记挂。”

一句话用了三个“好”字。

一声轻叹。

林黛玉的头越发地低了，两只手紧紧攥着帕子。

瑞定起身，走出了小亭子。

那边的争执已经到了尾声。

贾母道：“去找！再叫人去找！”

贾宝玉站在小亭子跟贾母一群人中间，见到瑞定出来，急忙咳嗽一声道：“殿下可是歇好了？”

贾母急忙转过身来，面上表情还有点狰狞，道：“殿下怎么出来了？”

瑞定淡淡道：“虽然林姑娘还小，我却不便与她共处一屋。”

贾母这才发现小亭子就剩下黛玉一个，剩下姓贾的全部过来围着婆子，他们竟然将瑞定一人撇在亭子里。

贾母一阵懊恼。

瑞定道：“时候不早，我这就告辞了。”

贾母虽想挽留，不过也算是松了口气，若是被瑞定看见做客的两位姑娘……

贾赦道：“殿下这边请。”

怎么来回不是一条路？瑞定略有疑惑地扫了他一眼，贾赦道：“这一条是大路，景色虽不及方才那条小路，不过道路平坦，好走许多。”

瑞定赞许地看了他一眼。

又是瑞定打头，一行人往外走去。

贾母不禁有点疑惑，没道理找不到薛宝钗跟史湘云的，她们两个究竟躲在了哪里？

大路两边依旧是假山，还有错落有致的树木。只是跟方才的奇巧不同，这边的景色看着略大气一些。

瑞定走了片刻，面前一座巨大的假山，似有两人高。

贾赦很是得意，他家的姑娘在戏台里好好坐着，他家的儿子也没被问到科举入仕这种尴尬话题。

反观贾政，薛宝钗要叫他一声姨夫，贾宝玉现在还在后面蔫儿着。

贾赦扫了贾政一眼，道："这便是园子里最得意的一处了。这假山里面也是一个小小巧巧的亭子，假山上面已经打好了根基，将来要放一件水车上去，从这里引水下来。"贾赦指点着，笑道："在里面吃茶看风景，听着潺潺水声，实乃人生一大妙处。只是现在还没修好，便不请殿下观赏了。"

瑞定道："若是将来有机会，我倒要来府上一观。"

几人笑着离开了，只是林黛玉走的时候不免往后头看了一眼，怎么闻到了脂粉气？

薛宝钗和史湘云两个就在里面藏着。

方才她俩进了园子胡乱瞎逛，只是心中记着很快便是传膳的时辰，不敢走太远，也就在戏台周围逛逛。

不过逛了没多久，便听见婆子进来找她们，小声念着：

"史大姑娘。"

"薛大姑娘。"

史湘云眼珠子一转，拉着薛宝钗道："宝姐姐，不如我们藏起来？也逗她们一逗。"

薛宝钗平素里都是个稳妥的人，按说是绝不会答应这种要求的，况且不用深想也知道，这定是因为有外男要进园子的缘故。

可是今天，她也没怎么反驳，便被史湘云半拉半拽躲进了这未完工的假山之内。

薛宝钗笑道："你这泼猴儿。"

史湘云笑："要是那两个婆子细心，肯定一会就能找到我们，也不算逗弄得太过。”

薛宝钗点头，想的却是：这一处婆子能进来，但是五殿下是绝对不会进来的。而且这处已经开了窗户，她们两个躲在里面……

不同姓的两个姐妹各怀心事，一时间谁都没说话。

没过多久，她们两个便听见了有人前来的声音。

虽然早先可能就打好了主意，可是临了不免还是慌张。两人你拉我我拉你，同时顿了下来。

然后……便听见了五殿下和贾赦的对话。

“五殿下走了。”薛宝钗回过神儿来，拉了一把史湘云。

“那个中间一身华服，身姿挺拔的便是五殿下了吧。”

薛宝钗急忙道：“你小声些，怕是他们没走远！”

史湘云却不理她，继续道：“我自打两岁便被老祖宗接来走动，这个人从来没见过。”

两人又不说话了。

半晌，薛宝钗道：“他衣服下摆上的祥云是拿金线绣的。”

史湘云笑出声来，像是开玩笑一般：“我还看见他的鞋子了呢，上面一个针脚都没有。宝姐姐见识广博，可知道这是怎么做的?”

薛宝钗已经恢复了从容淡定，给史湘云摘了头上的草，道：“我们得找个理由搪塞过去。”

这时，瑞定已经出了园子，坐上了他停在荣禧堂门口的马车离开了。

贾宝玉抹了抹头上细汗，转身看着林黛玉，笑道：“可算是走了。”

林黛玉却没理他，只一声“我回屋了”，便转身离开了。

第三十八章　一碗寿面

薛宝钗和史湘云两个藏在未修好的假山中间，正想找个什么理由搪塞过去。

“园子就这么大……”史湘云现在有些怕了，“若是被发现了，我怕是很久不能来找二哥哥玩儿了，还有宝姐姐。”

薛宝钗摇了摇头，有点心不在焉。

“宝姐姐。”史湘云拉了拉她的袖子。

薛宝钗道：“这会殿下刚走，我料定园子不会再有人找我们，我们两个悄悄地从右边那条路绕到我那儿去，就说……就说在园子里玩，不小心蹭了衣服，回去换了。”

史湘云一喜，道：“这是个好主意。不过……姐姐那里人也多，万一……况且姨妈她……”

薛宝钗自然是明白她要说什么的，笑道：“湘云妹妹不用担心，我自会与母亲说明。就是怕再耽误一会，回去的路上碰见人了。”

“那还等什么？”史湘云拉着薛宝钗就想往回跑，只是刚出去两步便停了下来，拿胳膊在石头上蹭了两下。假山里不见阳光，长了许多青苔，被她这么一蹭的确脏了不少。

她看了薛宝钗一眼，道：“宝姐姐？”

薛宝钗依旧微笑，只是语速快了一些：“若是我们两个都蹭了青苔……这院子里长青苔的地方可不多。”说着，她蹲下身来，拿手帕沾了沾地上的灰土，往自己身上撒了些，道：“我们快些走。”

贾母送瑞定离开园子，也觉疲惫不堪，回去自己屋里休息了。

坐了片刻，她道：“去请姑娘们来吃饭。”说着又招手叫过鸳鸯，小声道：“你去叫，仔细看看她们都是怎么坐的。”

鸳鸯应了一声，便去了戏台子。

薛宝钗跟史湘云两个也算是一路有惊无险，跑到了梨香院。一进院子，便见薛姨妈惊道：“好我的儿，你们这是去哪儿蹭了这么一身回来？”

薛宝钗示意史湘云先去换衣服，自己拉着薛姨妈进了正屋道：“今日五殿下来访，我跟湘云妹妹两个出来见了他一面。”

薛姨妈紧紧抓着薛宝钗的手，道：“见着了？”

薛宝钗摇摇头，道：“这就是为了躲他蹭的。我还得赶去老太太那儿吃中饭，母亲记得切不可走漏了风声，下人也要敲打敲打。”

“你放心，这院子里的丫鬟小厮都是我们自己带来的，必不会说漏嘴的。”薛姨妈一听便知道了薛宝钗的意思，“你去吃中饭，回头我找你姨妈说说，问问究竟是怎么回事儿。”

薛宝钗点头，道：“我去换衣裳了。”

再说戏台那边。

“姑娘，老太太那儿传饭了。”鸳鸯一进来便笑道，“今儿午饭叫得迟，姑娘们没饿着吧。”

探春急忙站起身来：“怎么让鸳鸯姐姐亲自来叫了。”

迎春是个老实性子，只摇了摇头说了声不饿。

而惜春，几乎都要把自己藏在后面的阴影里，听见鸳鸯叫人，她站起身来，冷冷道：“走吧。”

鸳鸯将三个姑娘的反应看在眼里，一路带着三个姑娘往老太太院子里走。

探春走在她身边，无意问道：“今儿来的是什么人？平日里往来客人，老太太也叫我们去见一见的，怎么今天就让避开了呢？”

鸳鸯像是有心事的样子，道：“来的是宫里头的皇子，说是来看林姑娘的。”

“今日是林姐姐的生日，他特意来探望林姐姐，怎么没留他吃一碗寿面呢？”

探春问得有些着急，来人是谁她已经知道了，后面这句话也不知道是出于什么心态问出来的。

迎春依旧不作声，惜春却加快两步走到了鸳鸯身边，道：“今儿中午可算是能吃一顿好的了。林姐姐来了两年，这还是第一次过生日呢。”

探春吸了口气，也不说话了。

鸳鸯将几人送进大花厅，道：“姑娘们稍坐片刻，我去叫老太太。”

等她进了贾母屋子，看见贾母斜靠在榻上，下面跪着两个小丫鬟给她揉腿，一边还站着紫鹃在说话。

“回老太太，姑娘说她走得累了，这会子还心口痛，刚吃了药想歇一歇再出来。姑娘说扫了老太太的兴致，让我给您先磕个头赔不是。”

“快别。”贾母道，语气里略有点责备，似乎是嫌林黛玉不懂事不爱惜身子一般，“她素来身子不好，今儿别说她了，连两个大老爷们都累了。你让她好好歇着，一会我让人吩咐厨房，晚上照原样再做一桌。”

紫鹃笑道：“多谢老太太。”

贾母眉头一皱，又笑出声来：“不过今日怎么也是她的生日，你厨房就说是我说的，让先做碗寿面给你们姑娘端去，好歹吃两口再歇。”

紫鹃答应了，贾母这才让她下去，又叫鸳鸯过来。

鸳鸯道："姑娘们已经到了。"

两个小丫鬟急忙扶着贾母坐起。

"看清楚了？"

鸳鸯点头，尽量让自己的声音里一点起伏都没有。

"四姑娘一人坐着，在最后头。二姑娘和三姑娘一起，二姑娘依旧不说话，倒是三姑娘问了两句。"鸳鸯又把探春说的两句话一一禀告贾母，临了又道，"对了，我看四姑娘桌上的果盘动了不少，二姑娘跟三姑娘的都还是满的。"

贾母点头："迎春也十五了，是该开始打算了。"

"你来扶我。"贾母伸手。

鸳鸯急忙过去，先是有小丫鬟跪在地上给贾母穿了鞋子，然后鸳鸯才将贾母扶起，往花厅去。

贾母进来的时候，贾家的三个姑娘已经坐好了，端端正正的，之间似乎也并无交谈。

贾母眼神一暗，道："湘云和宝钗呢？"

旁边有婆子上来道："方才薛姨妈差人来回，说是两位姑娘在园子里玩，不小心蹭了衣服，回去梳洗了，一会便到。"

贾母眼中精光一现，坐下笑道："是不能穿着脏衣服过来。"

话音刚落，便见宝钗和湘云两个笑眯眯地手拉手走了进来。

湘云一见贾母便甩开了薛宝钗的手，笑眯眯地过来道："老祖宗，刚才我跟宝姐姐两个不小心弄脏了衣服，想着若是穿了脏衣服过来，林姐姐又要不高兴了。没想这衣服换得久了一些。"

贾母摸着她的头笑了笑。

宝钗也过来跟贾母行礼，道："都是我不好，没看住湘云妹妹。"

史湘云抿嘴一笑："宝姐姐平日看着跟大姐姐似的端庄，哪知道也这么会玩儿。"

"快去坐下。"贾母笑道，似乎很是喜欢听这些孙女儿们拌嘴皮子，"一桌子的人等你们都要等饿了。"

薛宝钗落座，疑惑道："怎么颦儿还不来？我们这去了梨香院的都回来了，她不过在后头住着，竟要梳洗这么久吗？她今日是寿星公，少了她可就不热闹了。一会敬酒谁喝呢？"

贾母道："她说心口子疼，要好好歇一歇，你们不许去闹她。"

这一句话说出来，众人的反应又各有不同。

迎春和惜春两个倒是应了"是"。

薛宝钗道："心口痛可不是小毛病，怎么小小年纪就开始心口痛了呢？"

史湘云笑道："要我说，林姐姐就是懒出来的毛病，整日地不爱动弹，可不就得心口痛了吗？"

探春笑道："等宝玉来了，让宝玉去叫，林姐姐指定就好了。"

贾母眼睛一眯，只挑了薛宝钗的话出来回答："今日路走多了，不过休息休息，明日就好了。"

贾母还想说什么，门外已经响起宝玉的声音："老祖宗，我来晚了，孙儿不孝。"

看见宝玉，贾母脸色从晴变成了晴空万里，道："怎么去了这么久？你屋里的丫鬟伺候你梳洗换衣，手脚也太慢了。"

宝玉道："可不能怪她们，送了殿下离开，父亲回来又把我训斥了一顿。亏得旁边小厮提醒他老太太要传饭了，他这才肯放我走。"宝玉说着便打了个寒战，钻到贾母怀里去了。

贾母搂着他笑："要我说五殿下说得对。你学问虽好，不过也该去科举了，省得你父亲日日念叨你。"

宝玉扭了一会，突然道："林妹妹怎么不在？"

几个姑娘神态各异，刚想说话，便见贾母先开口道："她今日累了，你让她好好歇一歇，不许去闹她，等她自己出来。"

宝玉答应了，凑到薛宝钗旁边说话去了。

史湘云见到，说："爱哥哥，你今日可新作了什么诗没有？我在宝姐姐那里住着，她的诗集可又添了厚厚一叠了。"

"快别说话了。"贾母看着宝玉笑道，"先吃饭。"

黛玉屋里，紫鹃亲自去端了一碗寿面前来，放在屋里又去叫林黛玉："姑娘，老太太专门吩咐的，你好歹也吃一口。"

黛玉不作声，翻了个身面朝里了。

紫鹃又道："姑娘，要是辜负了老太太的心意……"

"放着，我一会吃。"黛玉的声音有点闷闷的。

“姑娘，老太太一会肯定是要来问的。”紫鹃又道，“就算看在你远在扬州的父亲的面上，这寿面你也得吃两口啊。”

黛玉翻身坐起：“放着吧，我这就吃，你出去给我倒些茶来。”

黛玉坐在桌边，看着满满一大碗面，上面点缀着各色浇头，虽已经到了春天，不过还是有白蒙蒙的热气冒出。

“这么烫。”黛玉突然来了一句，笑道，“熏得人眼泪都下来了。”

第三十九章　不仅是男主看不惯宝玉，宝玉也看不惯男主

（略）

要说还真有事情，他原本是打算托姐姐时不时地派上一两个人去看看林黛玉，也不用太过频繁，一两个月一次便是。

他今日去了贾府，见到林黛玉虽然已经差不多长成大姑娘了，可是为数不多的几句话，还有看他的那一眼，只觉得她心中怕是越发地愁苦了。

孤身一人进京，两年多没见过父亲，身边虽有外祖母和姐妹们相伴，可是不管从哪儿看都觉得她过得不如意。

但是今日见了姐姐，看见她那个样子还是算了。

瑞定想到这儿，道：“我就要出远门了，要走好几个月。这两日父皇给我放了假，我也来看看姐姐。”

周喜德点头，说：“想必陛下已经将路上一切都安排好了，不过你心里也得有主意，第一次出门，宁可谨慎些。”

瑞定点头，突发奇想道：“我来也是想跟姐夫借两个武艺高强的人。这次事发突然，父皇也是两天前才跟我说的，再去找人怕是来不及了。”

“这你放心。”周喜德笑道，“不出两日，我连人带卖身契都送到你手上，都是孤身一人清清白白的，将来你出宫建府也用得上。”

瑞定笑着告辞了，心里对出宫建府多了几分期待。

只有出宫建府，才能名正言顺地开始发展自己的人手。离了皇宫，拉拢朝臣也显得不那么醒目了。

要知道在宫里，前朝几大宫殿，还有六部，到处都是伺候的人，稍有不慎，话就能被传得天下皆知。

瑞定这一天三个行程，贾府去了，公主姐姐也见了，下面就是给母妃找花儿去了。

再说贾府，贾母的花厅里是给林黛玉摆的寿宴。虽然正主儿不在，但是剩下的几个姑娘还有宝玉，依旧是热热闹闹地吃了一个时辰。

贾母坐在上首，她身边的位置空了一个给林黛玉留着，宝玉坐在了另一边，紧挨着他的便是史湘云。两人几乎是话就着饭，头凑在一起聊个不停。

等到寿宴吃完，各人告退，贾母道："我去看看黛玉去。"

宝玉本来就想着趁没人的时候去看看黛玉，听见这话更是道："我陪老祖宗一块儿去。"

贾母点了点头，跟宝玉两个到了黛玉的小院子。

紫鹃上来行礼，又叫小丫鬟上来倒茶，道："姑娘已经睡下了，雪雁在里面伺候着。"说完她也有些伤感："姑娘今日胃口不好，吃得越发的少了，那么小一碗面，不过动了两筷子便丢在一边。"

宝玉一听便急了，道："这可怎么行！我叫她去，况且这会儿睡了，夜里还睡不睡？又要失眠了，这么下去是要越发地不爱动了。"

贾母本来想说点什么，只是看了宝玉的表现止了话语，道："她今日虽累着了，可是也不能这么不吃不喝地歇着，于身体无益。"

宝玉听见贾母也赞同他的说法，便要往里走。

这时，听见里面林黛玉的声音："我已经起了，这会觉得饿得慌，等我先梳洗了再出来给老祖宗请安。"

贾母笑道："你起了就行，我也累了，去睡午觉了。"说完，贾母拍了拍宝玉道："跟你妹妹好好说话，不许闹她。"

宝玉点头，道："老祖宗放心。"

贾母这才走了。

宝玉走进黛玉屋里，只见床铺什么的已经收拾好了。黛玉衣着整齐，正坐在镜子前面，雪雁站在她身后给她整理头发。

宝玉坐在一边，看见林黛玉脸色淡淡的，道："五殿下来得怪没缘由的，不明不白来人家里做客，还说了那么一大堆话。"

说完见林黛玉没搭理他，宝玉便端着凳子凑近了些，道："什么时候新得的胭脂，这个颜色好。"说着就拿了盒子往嘴里送。

林黛玉一把拍了过去，道："我还用不用了？"

宝玉怏怏地斜坐在一边。

"你好生坐着，回头二舅舅看见了又要说你了。"黛玉看他一眼视线又转回镜子里，"好生梳着，拢紧些，下午要去给老祖宗请安。晚上……晚上她们几个指定是要来闹的。"

宝玉一笑，道："中午姐妹几个都记挂着你呢。唉，若是五殿下没来，我们也好欢欢喜喜做个生日了。"

见林黛玉梳完头，宝玉又道："要么要碗粥喝？你中午没吃什么，喝粥最养人了。老太太灶上日日都有红稻米粥熬着，这会儿应该已经熬烂了，让紫鹃去端一碗。"

"别。"黛玉急忙将人拦住，道，"回头又该说我……"黛玉咬着牙，终究没说出来。

宝玉眼睛一瞪，看着紫鹃道："就说是我要的，还不快去。"

待到紫鹃离开，宝玉端了茶喝，问道："中午湘云妹妹还问我，你跟五殿下是怎么认得的？去年中秋便来看你了。"

黛玉冷哼了一声。

宝玉见状急忙伏低做小："我就说应该是林姑父的关系。"见黛玉脸色稍晴，宝玉又道："只是这五殿下真真可恶！他也没考过科举，却来说我。"

黛玉冷了脸："他年纪轻轻已经在六部……"只是话没说完，她突然止住了。

她还在林家的时候，极得父母宠爱，自小当作男儿教养，因此这朝堂上的事，父亲也会拣些能说的跟她讲讲。

现在来了外祖母家两年时间，这些事情是一概接触不到了。

不管外面风吹雨打，又或者风和日丽，她们这些人都是养在深闺，好像……好像与世隔绝了一般。

黛玉有些心不在焉，看着粥来了，装作饿极，急忙让端上来，借着吃粥打发宝玉出去了。

贾母一觉睡醒，天色已经有点晚了。她差人去叫了两个儿子，三人坐在偏厅里说起这次瑞定来访的意图。

第四十章　男主封亲王

这次贾母不知道出于什么心态，并没有叫王夫人一起。

母子三个坐定，贾母先开口道：“五殿下这次来访？又是为何？”

没了王夫人这个亲妈先将事情往元春身上拉，几人都稍稍冷静了些。贾政回忆道：“殿下来依旧是说看黛玉，而且跟上次略有不同，这次……他好像就是来看一眼了事。”贾政看了一眼贾赦道：“反倒是对咱们家的花园子更有兴趣，不过一说便答应了。”

贾赦点头，也重复道：“花园子？我们家的花园子有什么好？”

贾母笑道：“我倒是想到一条。”

“儿子愚钝，请母亲指点一二。”说话的是贾政，果不其然得了贾母的笑脸，让贾赦心里一阵冷笑。

“虽然皇家的生辰都是保密的，但是出生年份是瞒不了人的。五殿下生在冬天，今年就要满二十出宫建府了。”贾母看着两个儿子，她话只说了一半，就是有意引导儿子们也能想一想。

贾赦接道：“这么说殿下是来看花园子的，将来好给自己选宅邸？”

贾政也点头道：“此言有理。”

“不错。”贾母总结道，“我们家里的花园子修得精致，看过的人都说好。况且殿下第一次出宫建府，总得多看两家才好决定。”

贾赦又皱眉：“宅院是内务府选的，殿下……”

“你知道什么？”贾母瞪他一眼，“你父亲还在的时候曾与我闲聊，说都是从三五个宅院里挑的。”

贾政疑道：“他来看宅院？”

“他还看了宝玉呢。”贾赦方才被母亲瞪视，又被反问，执拗劲儿又上来了，故意挑出这个来说，“殿下劝宝玉上进，又说要给他推荐翰林院的大儒。”

贾母脸上笑得起了褶子，贾政捋着胡子掩盖内心的喜悦。

只听见贾母道：“宝玉学问好，想必陛下也看出来了。”

他俩可没说几句话，况且单从一句“殿下好”之类的请安里能看出什么来？贾赦忍了忍还是把这句话咽了下去。

他深知在这府上，宝玉算是老太太心头最嫩的一块肉。

贾赦看了沉浸在喜悦中的贾母和贾政母子两个，心说将来袭爵也轮不到他。虽然他儿子现在被儿媳妇拿捏住了，不过……生不出儿子，她又是那么一个性子，早晚得掰！

况且，贾赦心里默默念了“捧杀”二字，笑道：“依我看，还是应在了我们家大姑娘身上。宝玉可是元春的亲兄弟，我们家世够了，但是怎么也得有个能拿出手的亲兄弟不是?”

贾政点头，像是下定决心，道：“母亲，今年是来不及了。等到下半年，是无论如何都得要宝玉回去科举了。”

（略）

（节选自晋江文学城）

【粉丝评论摘编】

@国庆真无聊啊：大凡红楼同人，要么前朝要么后院，免不了要写到嫡嫡庶庶。当中就会有：“嫡出原教旨主义者”和“庶出大有可为党”以及“我不在乎”，放在贾府和社会环境下当然没什么好说的，因为也是各种奇葩不缺，所谓的“世家重规矩”亲，你想多了……作者的作品有点类似小品，节奏轻松愉快、没什么晦暗的血腥气，男主更是最近看到的最正常的正常人，有心眼、带心机，但是不恶毒（个人不喜欢疯狗类型的）。穿越而来带着对林妹妹的好奇，但是也没有上蹿下跳的要如何如何。看政局设置，类似清朝，这是个不错的选择。清朝政治设置，几乎是封建社会的终极体制，距现代近，可参考的东西多，好写。(《说说封建社会皇室嫡庶》)

@花饫：第一次看到写得如此符合我在原著字里行间感受到的黛玉在

贾府的生存环境，原著写得云遮雾绕的，一面是花团锦簇，一面是黛玉“一年三百六十日，风刀霜剑严相逼”的泣血悲吟。作者是抛开了原著的表象，直接写出了内里林妹妹真实的生存状态，各种羡慕嫉妒恨，各种捧高踩低，若不是贾府只有宝玉一个人对林妹妹好，林妹妹何至于对宝玉到了以命相酬的地步。

@风筝墨：平儿在凤姐和贾琏手下过活真的不容易……作者文里的贾府中人都很生动啊，很多原著里遮遮掩掩的都写出来了，也不是那种想写出来但是段数太低太明显或者为黑而黑……黛玉萌萌哒，男主痴痴哒（并不是）。

@八八你肿么了：男猪脚是吃了春药吗？这么饥渴见黛玉？他们从来没见过面，陌生人而已，那么激动干吗？逻辑死了？强行cp。

@花饫：两百年来，为黛玉妹妹激动饥渴的人不知道有多少，都还是你我同一位面的活生生的人，单看黛玉妹妹的同人有多少就很说明问题了，所以，作者的逻辑完全没问题。

@八八你肿么了：我的意思是能循序渐进地发展感情吗?！这样就像是个脑残粉面对偶像一样！一点都不理智！黛玉的同人是多，但是剧情也没有这么强行扯上关系嘛！

@chenyan：要发展感情只能等婚后，除非穿成贾宝玉，不然婚前哪里有机会发展感情。男主角的选择很合理啊，反正都是要结婚的，一个不知是好是歹的陌生人VS自己的女神，是人都知道怎么选吧。

@末后：我是妹纸……但是如果穿越到红楼肯定也会想办法对林妹妹好的啊。

这个和脑残粉或者春药无关。最主要的是你知道太多人的不好，而林妹妹是真心无辜和美好的啊……

@石火光中寄此身：想娶她也很正常啊，古代女子下半辈子就是靠老公的，想要给林妹妹幸福就要给她找个好老公，高富帅那是必备条件，关键是要对林妹妹好，毕竟像林妹妹这样感性的人，是十分追求心灵的契合的，而古代男人大都是人渣，搞小妾。是你，你能放心把林妹妹嫁给别人?有条件的话当然是自己娶了。

（导引、简介、节选：陆正韵；粉丝评论摘编：叶栩乔）

“红楼同人”之“专宠黛玉”

陆正韵

作为一部“红楼同人文”，《红楼之宠妃》（以下简称《宠妃》）在2015年晋江文学城内数量不少的同类型小说中颇具代表性。《宠妃》将红楼故事的经典文本与2015年晋江言情分区盛行的甜宠风潮结合起来，以男主视角叙述其与林黛玉轻松甜蜜的爱情生活。在这个重述《红楼梦》的故事里，粉丝们因原作内黛玉的悲剧命运产生的遗憾获得了圆满补偿。

“红楼同人”是晋江文学城内经典的同人类型，2003年建站时即开始出现，到了2009年前后，陆续出现大量的以“红楼之××”为题的作品。这些同人小说以《红楼梦》原著为基本架构，重新叙述红楼故事。经过长时间的不断探索，作者与读者们默认了一套对于红楼世界，特别是贾府的基本设定。《宠妃》正是采用了这样的设定：在贾府这个曾经显赫如今又日趋没落的贵族家庭里，贾母一心重振家族将砝码压在了元春身上，贾政刻板迂腐却自视甚高，王夫人信佛茹素实则心狠手辣，黛玉才华横溢又生性敏感，宝钗野心勃勃亟待一飞冲天，湘云娇憨背后有着“扮猪吃老虎”的心机……这种在同人作品内生根发芽的红学被称为“网络红学”。与经典红学相比，“网络红学”更多是从现代价值观、当代人的生命经验去解析红楼世界，因此也被冠上了“人间红学”之名。“网络红学”重塑了曹雪芹的《红楼梦》，将之定义成为我们理解的红楼世界。

在“红楼同人”里有一条人神共守的金科玉律，就是“专宠黛玉”，即使在以其他人物为主角（如王熙凤、贾赦等）的作品里，林黛玉也是被“专宠”的对象。如Panax《宠妃》之前的作品《红楼之抱琴》（2014）中，主角抱琴从现代美食家穿越成元春的侍女，一步步成长为后宫的贵妃，最终成为太后。

这是个典型的“宫斗”故事，也是个与《宠妃》截然不同的故事，抱琴以现代职场内雇员面对老板的心态侍奉皇上，她所做的一切并非为了情爱，而是为了自己的生存。小说中，按理与黛玉并无多少情谊的抱琴主动帮林妹妹脱离了贾府，追回其父亲留下的家产。当“宫斗”“宅斗”的作者们指挥着宝钗、袭人们怀揣着当代女性代入感“厮杀”女配、攻略男主时，她们又不约而同地开辟出一个大观园，让黛玉在这片最后的净土里被宠爱着。林黛玉就像是每个女孩童年时对未来自己的渴望：美丽、纯真、被呵护。在《红楼梦》里“质本洁来还洁去”的黛玉，在“红楼同人”的世界里依然坚守着高洁，更重要的是，不因环境改变自我。

为了让不改变自我的林黛玉幸福安乐，同人作者们不择手段地为她改造着红楼世界，甚至不惜拆散木石前盟。因为在当代女性看来，《红楼梦》里面的贾宝玉保护不了林黛玉，他的“赔尽小心”是廉价且靠不住的，他的温柔多情甚至可能是“烂桃花”，更重要的是，宝玉本人还是一个需要被宠爱的孩子，缺少能被托付、依靠的力量。当林黛玉超越了时代，依然是读者们心中的明月光时，贾宝玉却被真正打成了“混世魔王”。红楼中经典的爱情无法继续，摆在同人作者们面前最迫切的任务就是如何以当代的婚恋标准构建一段在红楼世界中的爱情。此时解决的方法有两个，一是在原著中找一个与黛玉匹配却八竿子打不着的人物：如原著中被黛玉归为“臭男人”一列的北静王，在“红楼同人”区却被视为与黛玉最般配的CP；二就是原创一位男主，他们一般出身高贵且才华横溢，性格里有宝玉没有的责任与担当。

《宠妃》就是这样一部以林黛玉为女主角的小说，作者对她的宠爱是先入为主的。Panax在文案中就宣称：“（男主）没有小妾，没有侧妃，没有继妃，从生到死都只有林黛玉一个。别问我怎么做到的，连这个都做不到就别当男主了。”这样的设定显然不符合作品古代社会的背景和男主角五皇子/天子的身份，但是《宠妃》想书写的从来不是一个逻辑严密的、合理的宫斗故事，它只是为了弥补《红楼梦》原著所带来的情感遗憾，满足读者宠爱黛玉的心理需求。虽然全文把大半的篇幅花在了男主角夺嫡的过程上，但《宠妃》讲的只是林黛玉如何成为宠妃的故事，男主的夺嫡是在为她的宠妃之路和“一生一世一双人”的目标扫清障碍。

正因如此，在《宠妃》这部以“让林黛玉获得幸福”为宗旨的小说中，设定男主角的唯一要求就是要让黛玉的幸福最大化。文中，男主角瑞定是穿越至古代的现代人，且奉林黛玉为“女神”。因此，虽然穿越后男主角的身份是尊贵的皇子，是贾府意欲高攀的对象，但他的粉丝心态已经决定了在与黛玉的感情关系中，他将自己定位在了弱势的那一方，将自己放在了仰慕者的位置上。这样的设定让其之后对黛玉毫无理性和节制的宠爱有了源头不显得突兀，使小说以“男主已经爱上了女主”开始，而不需要解释其中的原因。

《宠妃》一文的关键字是“宠”，这种“宠”既是作者与读者对黛玉先入为主的宠爱，同时与2015年吹遍晋江言情区的“甜宠风”合流了。在古代言情区内，甜宠文改变了原有的一群女人在后院（宫）争宠的戏码，女主角不需要通过战胜一群女人赢得一个男人。甜宠文本身已经默认了一个前提，那就是男主不渣、不花心，故事的结局必定会大圆满。当“甜宠风”对接“红楼同人”区对黛玉的“专宠”时，《宠妃》内男女主角的爱情愈显甜蜜。已将内心磨砺得通透的读者们都愿意留下柔软的一角面对黛玉，或者说，是用“专宠黛玉”的方法保留下内心柔软的那一角。

金玉王朝

风　弄

风弄，网文界少有的几位至今仍持续创作的“元老级”大神之一。21世纪初开始在网上连载小说，已出版小说数十部。其代表作《凤于九天》(2004)、《孤芳不自赏》(2010)正在进行影视剧改编。《金玉王朝》是作者最新“开坑”作品，2013年发布于晋江文学城，后转移到台湾文学网站“米国度”和风弄的个人论坛“风弄无声”以及新浪微博等平台。连载至今，全文尚未完结，但整个剧情脉络已步入中后段。

《金玉王朝》是作者初次涉足民国题材小说的创作。风弄有意继承张恨水《金粉世家》的笔法，试图突破大多数言情小说单线索、去历史化的格局。着意还原民国那个动荡不安而又风流倜傥的时代，将诸多人物的命运与大历史勾连，交织成一曲乱世悲歌。

【标签】言情　民国

【简介】

军阀之子宣怀风在父亲亡故后家道中落，沦为一介教书匠，生活饥寒交迫。他一心思念着自己的初恋情人，而他的老同学，贵为海关总长，权势熏天的白雪岚却一直对他纠缠不休。白雪岚为了得到宣怀风，不惜机关算尽、巧取豪夺，起初怀风只能委曲求全，却在相处中渐渐发觉，白雪岚才是与自己志同道合、能够携手一生的同伴。两人终于坦诚接受彼此后，便通力合作，查抄走私赃物，打击不法商人，创建戒毒所，与毒贩、军阀、洋人周旋，在暗潮涌动的民国乱世之中，为家国天下，为民族未来，贡献着自己的力量。

《金玉王朝》写的是一金一玉两位男主人公的乱世传奇，白雪岚金戈铁马，宣怀风温润如玉，他们相知相守，同生共死。除两位主角之外，作者还塑造了一组组与他们互相映照的人物，如戏子白云飞、纨绔林奇骏、军阀展露昭……他们不同的出身和选择造就了各自迥异的命运。这些错综复杂的线索与层出不穷的人物，也展露了作者书写大历史的野心。

以下选段出自小说第六部第九章至第十二章，宣怀风和决心打击军阀毒贩的白雪岚志同道合、心意相通。两人的携手，却遭到宣怀风姐姐宣代云激烈的反对。宣怀风在白雪岚和亲情间，面临最艰难的抉择，只能将痛苦一力承担，这番纠结挣扎，更显出他玉石般至坚至润的品格。

【节选】

第九章

宋壬急昏了头，到了医院，才记得往白公馆打电话报告。孙副官一接了电话，更是急得厉害，上天入地地找总长。

岂料白雪岚今天知道孙副官是要和怀风一起出门吃大菜的，也就没告诉他今天的行程，他和韩未央在华夏饭店见面这种私底下的事，又哪里有不相干的人知道，所以孙副官跑了好几个衙门，竟是空跑。

等孙副官还在外面乱找，白雪岚这边，已经和韩未央见过面，回到白公馆了。

一听听差说的消息，白雪岚吃了一惊，催着司机直赶医院。火急火燎地赶过去，才发现电话里所留的楼层，是妇女生孩子的那一层。

门外站了一群人，神色都茫茫的，声音鸦雀不闻。

年亮富脖子上一个神气的红领结，歪到一边，耷拉着脑袋。

宣怀风也在门外等着。

走廊放着两条长椅，是预备病人家属坐的。他却并不曾坐，在一个墙角里，背挨着墙坐到了地上，怕冷一般，拿两只手抱着膝盖，眼睛仿佛看着脚尖的方向，却没有焦点。

宋壬和几个护兵在一旁守着，既不敢劝，也不敢问，就直挺挺站着。见白雪岚风风火火地赶到，宋壬猛地一直腰，要想向前，又怕向前，都露着办事不力的心虚。

白雪岚只朝宋壬狠狠瞪了一眼，就没空理会他了，直奔着宣怀风去。

到了宣怀风面前，看见那早上还光洁可爱的额头上，缠了一圈白花花的纱布，白雪岚心里就是一下抽痛。

这多灾多难的宝贝，前阵子才中了毒，从医院出来，才养了几天？就又挂了彩。

白雪岚半跪下来，试探着轻轻叫：“怀风？”

宣怀风没应。

他脸上雪一般的白，眼神也不灵活了，魂魄不见了似的，看的白雪岚也不安起来，只是更不敢胡乱惊动，按捺着担心小声唤着："怀风。"

试着把手伸过去，握住宣怀风的手。

这一握，更是心痛。

宣怀风的两只手，竟像冰似的冷，还在微微颤抖。仿佛感觉到白雪岚手掌的温度，他慢慢把眼皮抬起来，浓密的睫毛颤颤巍巍。

白雪岚柔声问："你怎么在地上坐着？起来吧。到椅上去坐，好不好？"

宣怀风摇了摇头，又把眼睛垂下了。

白雪岚微笑道："那好，我陪着你一起坐吧。"

也不顾身上西装是多高级的料子，在宣怀风身边席地坐了，片刻，又问："头上疼不疼？"

他把这句话，很柔和耐心地问了三四遍，宣怀风才开口，说得却是很轻很轻："自作孽，不可活。"

白雪岚问："你这话说的什么？"

宣怀风怔怔说："不是你的错，是我心甘情愿的。是我自作孽，不可活。"

白雪岚便也是一怔。

今天既然牵涉年家，他大概是猜到发生了什么，自问心里也做好了准备，不外是水来土掩，兵来将挡。

只没想到眼前宣怀风的情景，这失魂落魄的话，白雪岚竟是心酸得承受不住似的。

白雪岚眼眶一热，也不顾这是医院走廊上，抓着宣怀风的手，说："这不是你的错，也不是我的错。我们都没错。我们自有我们的活法。谁的闲话，你也不要听。管他如何，总有我陪着你走到底的。"

宣怀风的手任他握着，也不动作，也不说话，连目光也没有移动。

他像是一缕烟，只要呵一呵气，就要吹散了。

白雪岚挠心得不知如何形容，越发地不敢擅自动一动，不敢擅自说一个字。两人就在墙角里坐着，两相执手，那一方天地，就如透明地凝固了一般。

不知多久，手术室的门推开了，出来一个筋疲力尽的女医生和两个护士，对着年亮富低声说了两句什么。

年亮富呆着脸，忽然嘎的一声，号哭起来："儿子！我的儿子没了！"

宣怀风泥雕似的坐着，年亮富这一哭喊，把他惊过来，猛地从地上站起来，冲过去问："姐姐呢？我姐姐呢？"

一个护士说："孕妇醒过来了，她很虚弱呢。你要探望，可以进去，只不要让她劳神。"

宣怀风转头，看着手术室上熄灭的灯，眼里涌出一股要冲进去的冲动。

然而两脚，却似有千斤重，那心头的愧疚，仿佛都坠到了小腿上，压得骨头要断了……

宣代云躺在房里的床上，披头散发的，身上盖了一床白被子，但她的脸，比被子还要白，两只眼睛虽然睁着，但好像什么也看不见。

耳边仿佛有许多声音，仿佛一时又安静下来。

脑子里有许多念头，又一个念头都抓不住。

她像尸首一样躺在病床上，年亮富从外头抹着泪走进来，站在床头哭丧着脸说："太太，我们的儿子，没了。"

说完，又呜呜地哭起来。

哭了一会，年亮富哽咽着说："太太，这也不怨你。总之，是我没这个福气罢。如今我们岁数也不算顶大，该有的，以后总会有的。医生说了，你流了许多血，要好好将养。太太，你怎么不说话？太太，你我是这小人儿的父母，我心里的难过，和你心里的难过，是一样的。太太，你说一说话，你这模样，我看着心里不安。"

年亮富还在哭着，门边一个身影，如一缕魂似的进来了，到了病床前，好半日，才颤着两片苍白的嘴唇，叫了一声："姐姐。"

宣代云无知无觉一般，眼皮不曾动一动。

年亮富说："太太，你心里难过，不和我说话，那也罢了。你弟弟也看你来了，你醒一醒吧。"

也不知他这句话，哪里触动了宣代云，宣代云缓缓转着眼珠子，把视线落在了年亮富脸上，张着干裂的无色的唇，嘶哑地问："你说谁？"

年亮富说："你弟弟，宣怀风呀。太太，你这是怎么了？你不是有话要和他说吗？"

他心里不禁焦急。

这个悲伤的时候，太太只要开口求小舅子，什么都会得到应承的。

也并非他冷血无情。

失去自己的骨血，他这个做父亲的，自然悲痛万分。但如果失去了骨血，还要失去职位，甚至性命，那就更是悲痛之中的悲痛了。

宣代云惨笑着说："弟弟？我哪来的弟弟？我是个没有弟弟的人。"

宣怀风像被刀戳了心窝一样，惨哭了一声姐姐，扑通地跪在宣代云床前。

年亮富说："太太，你是悲伤得昏沉了。你看看，这可是怀风，你最疼他的。"

宣代云便真的往床前跪着的人的脸上，仔细地打量了一番，淡淡地说："这个人，我不识得。"

宣怀风哭道："姐姐！姐姐！你别不认我！你生气，只管打我骂我！你打我吧！"

在地上挪着膝盖往前几步，抓住宣代云的手，往自己脸上猛扇。

宣代云这极虚弱的病人，也不知哪里生出的力气，忽然坐起来，把手狠狠抽回来，冷冷地说："你好狠。你是容不得我活吗？好，我父母也不在了，孩子也没了，弟弟也死了，没有可贪生的地方。你要逼死我，那也容易。刀呢？拿刀来。我一把抹了脖子，也干净！"

一边说着，一边就手撑着床要下去，拿刀来自杀。

年亮富慌忙拦着，又叫又喊。

外头的人听见喊叫，也一拥而入，慌慌张张地拦，无奈宣代云疯了似的，拿不到刀，就要撞墙，嘶声说："真狠心！你们真狠心！我的儿子没了！我弟弟也没了！我不识得的外头的野人，到我房里来，我赶不走！我要死，讨一个眼睛清净，你们又拦着！叫我怎么做？拿绳子来，把我勒死罢！我死了，妨碍不着谁的自由，妨碍不着谁的心甘情愿，大家清静！我只要死了干净！"

闹得天昏地暗。

宣怀风跪在地上，如万箭穿心，早哭得肝肠寸断，激动之下，头上包扎的伤口，竟崩裂开来，鲜血染到纱布外面来。

白雪岚因为宣怀风坚持要求自己去见姐姐，只好留在外面等候。

冲进来看见自己心爱的人儿这样吃苦，也顾不得宣怀风答应不答应，把他打横抱起来，就往外走。

到了病房外，宣怀风还是悲痛失措，身子如打摆子般颤个不停。

白雪岚知道他是痛苦得伤了神志了，立即叫医生来，给他打了一个针剂。

针剂下去，宣怀风才慢慢安静下来，两手把白雪岚一个胳膊像救命稻草般抓得紧紧的，两片薄唇抖动着，却没有声音出来。

宣代云还在病房里力竭声嘶地闹，声音传到走廊上来。

白雪岚唯恐宣怀风又激动起来，赶紧把他带到下面一层楼去，两人在一张长椅子里坐下，白雪岚抱着他，哄他说："睡吧。你只是做了一个不舒服的梦，等睡醒了，坏事也就没了。"

把手轻轻覆在宣怀风眼睑上，一抚。

宣怀风被打了针，格外温顺地把眼睛闭上，在白雪岚怀里挨着，睡了过去。

白雪岚又等了一会，估量他已经睡得沉了，才又把他打横抱了，送到汽车上，低声叮嘱司机说："宣副官睡着了。你开平稳些，别惊醒了他。"

司机把那林肯汽车，挑着最平坦的道路，开得如乌龟一样的速度，慢慢悠悠到了白公馆，果然没有一点颠簸。

白雪岚把宣怀风从汽车里抱出来，西装的前襟已经湿了一片，都是宣怀风的泪水。

他虽然打了针睡去了，在梦里，犹在不安地落泪。

第十章

年家和白公馆，一时都陷入无尽的悲伤忧愁中。

张妈那日见着小姐和小少爷在屋里两个血人儿似的，当场晕死过去，等醒过来，听说小姐肚里的小人儿没了，哭得死去活来。

后来听说，小姐发了疯，把小少爷赶出病房，要断绝了姐弟的情分，震惊得不知所措。

她急急去问宣代云，宣代云一阵痛骂，说："谁再在我面前提那个人，一律赶走。我现在是豁出去的人，无牵无挂，有什么舍弃不了？这世上，孤单单地来，孤单单地去，我这一分钟死了，也只躺一副棺材板子，身边还能躺着谁不成？你以为，你是跟了我二十年的老妈子，和别个不同，你只管试试。”

张妈在小姐身边伺候了这些年，从没受过这样严重的话。

想着小人儿没了，小姐和小少爷又闹生分，自己辛辛苦苦，终归不过是一个没分量的老妈子罢了，一个不谨慎，随时要被人赶出家门去的。

她感到人生的凄惶，又对着凄惶无可奈何，只有白天黑夜地哭。

宣怀风回到白公馆，如何能安心。

第二天一醒来，先就坐在床头，无声揩了一回泪，后来似乎想通了似的，匆匆换好衣服，也不要白雪岚陪，又往医院去求他姐姐原谅。

宣代云听说他来了，拒不见面，连病房也不许他进，放话说：“谁让他进来，我就把窗帘子扯成布条，自己把自己勒死！我眼睛里，看不得这样不干净的东西！”

宣怀风在外头听见了，看着紧闭的房门，静静站了两三个钟头，最后被宋壬等再三劝着，才无声地走了。

第二天，他依旧到医院里去，还是站在门前，眼巴巴等着。

宣代云还是不见。

一连数日，都是如此。

白雪岚见此，心里担心宣怀风退缩，不料宣怀风的表现，是十分出他的意料，虽然心情甚哀，却摆出坚定的态度，反过来安慰白雪岚说：“你放心，我不是出尔反尔的人。古语云，精诚所至，金石为开。我姐姐不管如何态度，我对她的态度，是永远不改的。她一天不见我，我就求一天。我们是一个娘肚子里出来的姐弟，总不能这一生都不见。”

宣代云住院时，宣怀风天天到医院里等着。

等宣代云出院，他便改了每日到年宅去请安。

宣代云回了年宅也不肯相见，宣怀风便在宣代云的小院墙外等着，每每站上一个下午。

有听差看他这样辛苦，悄悄拿一张小凳子来，请他歇歇，宣怀风不肯坐，只说：“由得我吧。我知道，自己该吃这些苦头。只请哪位进去时，若是见到我姐姐，替我说一句，只要姐姐不再生气，怎样发落我，我也愿意领。”

他素来并不是身强力壮的人，这样长时间站着，回到白公馆时，两条小腿都是肿的。

白雪岚心疼得不行，亲自端了热水来，用搓好的热毛巾敷在宣怀风的小腿上，又帮他细细地按摩，劝他说："我看你姐姐的心情，还需要一些时日才能平复。你先养几天再去吧。等过几天，你身体养好了，她气也消了，才是和解的好时机。"

宣怀风说："这事讲究的是心意，不是时机。如果把它看成一种策略，那不但侮辱了我姐姐，也侮辱了你我之间的情意。你不要劝我，就算自讨苦吃，我还是要去。如果海关要我去办公，那我白天做事，下了衙门再去也行。"

白雪岚说："海关成千上百的人，也不会忽然就缺起你一个来。既然这样，你先把你姐姐的事料理了。要不，我明天陪你一起？她要打人骂人，让她冲着我来吧。"

宣怀风立即表示强烈反对，再三叮嘱说："你绝对不能插手。我姐姐的脾气，我最清楚，要是带了你过去，她一定怀疑我是带你这个海关总长过去示威呢。"

白雪岚沉声说："这太委屈你。仿佛你在前面冲锋，我躲在后面歇凉。"

宣怀风的小腿被白雪岚一直揉着，舒服了许多，这时就把脚缩回来，换了一个姿势，头慢慢挨在白雪岚肩膀上，片刻，小声地问："我依稀听见说，广东军那边出了事？"

白雪岚本来不欲增加他的烦恼，不过曾答应过坦诚相待，宣怀风既然开口问了，便不能不答，说："张副官死了。"

宣怀风沉默了一会，叹一口气，说："可惜了。"

可惜者，既为张副官这样一条是非分明的汉子失去了性命，也为白雪岚失去了好不容易得到的埋伏在广东军内的耳目。

宣怀风说："时局越来越乱，你安的钉子，又被人拔了。我担心你在公务上，会越来越艰难。"

其实，不仅是广东军近期不安分，那英国使馆方面，也是一天一通电话地继续抗议，逼着白总理拿出惩处白雪岚的办法。还有，首都商会一些人，看见风向有改，对在税务上抓得颇严厉的白雪岚，也隐约攻击起来。

因此，白雪岚这海关总长，最近并不好受。

白雪岚把这些麻烦，一概都放在心底，对宣怀风微笑道："公务是比往日多，但也未至于艰难二字。几只臭跳蚤，等我腾出手来，一只一只地捏死。”

宣怀风说：“好大的口气。你这样的自信，幸亏只是当了海关总长，若是当了国家总理，谁还敢得罪你？恐怕天底下，没有你不敢捏死的人。”

白雪岚说：“如何没有？你姐姐就是一个。”

提到宣代云，宣怀风脸上的阴霾，顿时又严重起来。

忧愁地长叹一声。

白雪岚看他睫毛轻轻颤着，模样很是可怜，用两只手把他搂紧了，脸对着脸贴了贴，试探着问：“如果你已经精诚所至，但她金石未能开，那该如何？”

这一问，正问在宣怀风心里最害怕的地方。

宣怀风便不能答了，把手臂举起来，努力朝后拐着，环着白雪岚的脖子，像要乞求温暖似的。

片刻，宣怀风低声叹道：“如果人生就停在这一刻，你说好不好？”

白雪岚说：“不好。如果人生就停在这一刻，你该再过来一些。我们就这样凝固起来，如一个永恒的雕像，日后众生来瞻仰，也好做一个美好的榜样。”

宣怀风苦笑着问：“不说外人的眼光如何看待，连至亲尚且不能相容。我们这样，也叫美好吗？”

白雪岚问：“你所说的至亲不能相容，其实有很简单的解决方法。”

宣怀风问：“什么方法？”

白雪岚说：“譬如，我白雪岚此刻死了，自然就解决了。没有了我，你们姐弟，岂能不相容？你觉得，这方法如何？”

宣怀风说：“这我绝对不能接受的。”

白雪岚一笑，柔声说：“你看，这就是美好了。”

夜里一番谈话，稍舒心结。

第二日，宣怀风仍到年宅，不辞辛劳地站岗。

宣代云经历接二连三的大打击，失去了孩子，心肠变得仿佛铁石一般，毫无软化的迹象，倒把她丈夫急得够呛。

海关整顿的事，年亮富本以为，先让太太开口，小舅子自然就范，不料局势急转直下，感情很好的姐弟，忽然闹到连面都不见的恶劣地步。

眼看着小舅子天天在自己家里罚站，年亮富虽然急得如热锅上的蚂蚁，却不敢擅自过去讨情。

心忖，如今让宣怀风吃苦的，是自己的老婆，宣怀风虽然不敢对他姐姐做什么报复，但未必就不会把一腔怒火，转个方向，发泄到他这当姐夫的头上。

若如此，自己一上前讨情，岂不是送羊入虎口？

可是如果不解决，年亮富更要如坐针毡，他得到消息，上头这两天已经发了公文，要开始调查稽私处仓库失踪的没收物品的去向了。

因此，不敢见小舅子的年处长，始终把主意打到他太太头上。

日日往宣代云的屋子里跑，求、劝、哄、闹，诸般手段，通通用上。

这天，年亮富又到宣代云屋子里，用力作揖说："太太！太太！你亲弟弟又站在外面了。我真的看得不忍心。太太，你是最慈悲的人，怎么如今这样狠心？这样不见面，就算他有什么话，也不好对你说，是不是？太太，你们之间，是有骨肉之情的。我说句公道话，你今天，非见一见他不可。"

宣代云不屑地看他一眼，说："你这样天天吵得我不得安宁，是为了我们宣家的骨肉之情吗？我知道你的想法。"

年亮富也不否认，又是作揖，又是鞠躬，央求说："太太，你是西天佛祖菩萨，我也没少给你上香进贡。太太，你就大发慈悲，渡一渡我吧！"

宣代云说："我是自身难保的人，还能渡谁？我的心已经碎透了。你是不知道他做的那些事，把我伤得心灰意冷，还见来干什么？"

年亮富说："我怎么不知道？你为什么不肯见他，虽然这些天，你总不肯说，我其实呢，是猜到一半的。好歹我在海关做事，平时为着公务去白公馆，也看到一些情形。"

宣代云把一双半肿的杏仁眼，瞪起老大，对着年亮富气愤地问："这么说，你是早就知道了？你为什么不来告诉我？"

年亮富讷讷地说："我只是看到一点痕迹，又没有实据，这可不好说。况且，谁都有点癖好不是？他是我小舅子，我疼他的心，和你疼他的心，是差不离的。我也盼他在白总长身边，受着白总长的看重呀。"

宣代云不敢置信自己听到的话。

眼前倏忽一黑，渐渐地，重新漏进光来。

她就看见丈夫还站在面前，垂着手，小心翼翼地赔着笑脸，对她说："太太，你生气，我是体谅的。就为着这么一件不大不小的事，你已经气了许多天了，如今只当为了我，就消一消气，见见他吧。天底下，还有什么，比姐弟之情更可值得珍贵的？”

宣代云咬着牙，只觉得那一颗颗牙齿，都是弥漫酸涩气味。

年亮富自觉很情深意切地说了一番，到后来，向前一步，很温柔地扶了她冰冷的手，恳切地说：“如今的年轻人，接受着西方的思想，行动上是很开放的。我看，我们这些年长者，也不必太古板了。太太，我是一心一意为你着想，要为你们姐弟二人，做一番调解。我求你的态度就稍微软化一下吧。”

宣代云不作声。

年亮富说：“太太，我方才的一番话，你认为如何？”

半晌，宣代云问：“依你的意思，他们是摩登的，至于我，倒是食古不化的老古板了？”

年亮富忙解释说：“哪里，哪里，你当然不能说是食古不化。我只是说，既然我们管不着，何必去管，自寻烦恼？”

宣代云问：“那你觉得，怀风的作为，是正确的，还是不正确的？是可以心安理得宣之天下的吗？”

年亮富说：“这种事，只是私欲而已，没有正确不正确的说法。至于宣之天下，那就没有必要了。”

宣代云笑道：“哈，这是一句大实话。”

年亮富也笑了，讨好她说：“在太太面前，我从来都是说实话的。”

宣代云冷笑道：“这种伤风败俗、辱没门庭的龌龊事，连你这种人，也不敢捂着良心说可以宣传出去。你也知道，说出去是丢人现眼，世不能容。可你居然来劝我不要去管！难道你要我一个当姐姐的，眼睁睁看着自己的弟弟如此自轻自贱吗？姓年的，你太没廉耻了！为了保住自己的位置，别说把我弟弟送给了白雪岚，就是要你把自己送给白雪岚，我看你也是千肯万肯！你！你让我恶心！”

她骂到浑身乱颤，一根手指，直直戳到年亮富鼻子上。

年亮富鼻子生疼，猛然倒退两步，手拍着大腿喊冤说：“太太！太太！说话要讲道理！你弟弟做出这种事，又不是我怂恿的，怎么把罪名安到我头上？白总长有权有势，你一个妇人，管不着他。你弟弟不争气，怨不着别人。可是，你是我年家的人，如今我们年家，是泥菩萨过江——自身难保，你不能不管！”

宣代云手指都在抖着，气极道：“你还说？你还说！年亮富，你还是不是人？”

年亮富豁出去了，伸着脖子叫道：“你弟弟做的好事，如何倒是我不是人了？我的命也太苦了！你把我唯一的儿子，给生生弄没了，我说过你一个字？谁知道你一点也不念我的好，如今我的前程，你也要生生地毁掉！究竟是我不是人，还是你不是人？”

宣代云只拿手指着他，气得声音颤抖：“你不是人……你不是人……”

冲上前，要和年亮富撕扯。

年亮富当然不肯和这疯狂的女人相斗，猛地往侧边一跳，宣代云没扑到年亮富，反而一跤跌在地上。

她摔了跤，也不起来，就伏在地上，把脸埋在手掌里，伤痛万分地大哭起来。

然而，年亮富的胆气，总是很快用完的，看见宣代云跌倒大哭，忽然又畏惧起来。

如今他身家性命，全维系在他老婆身上，吵架虽然能得一时的痛快，但从现实看来，没了白总长最宠爱的副官的姐姐给自己助力，自己的未来，是大大的堪忧。

幸亏他是极能转弯的人，心里一想明白，已经把刚才对骂的气焰都马上消停了，换了一副嘴脸，口里惊叫着：“太太，你怎么……怎么摔着了？”

赶过去，把宣代云从地上扶起来，让到一张座椅上。

宣代云发髻散乱，眼中含泪地喘着气，顺手就给他狠狠一耳光。

年亮富捂着左脸，苦笑道：“太太，你这脾气……得了，我刚才说错话了，我给你赔礼道歉。只是太太，你也想一想，你这样激烈的性格，有什么好处呢？我是你的丈夫，不能得你的喜欢，那是我没本事。你的亲弟弟，你这样坚定地要和他生分。还有一个张妈，素日我看她对你很尽心，你不高兴了，骂她一顿，现在她在她那小房间里，日日夜夜地哭呢。这样众叛亲离，难道你还不觉悟吗？太太，我只真心为着你好，才说这些话。你要是不愿意听，我以后也就不说了。”

宣代云大闹一场，浑身的力气，仿佛抽空了一般，对着这样无耻的人，连举起手来再打两个耳光的心思都没有了。

坐在椅上，只管沉默着。

她刚才哭得很厉害，然后一起来，仿佛不想让丈夫看见自己这不值钱的泪一般，就遏然而止了。

眼眶一阵一阵地发着酸酸的热，而没有泪再流出。

然而，这种没有眼泪的心酸，才是真的心酸到了极点。

年亮富还在她身边团团转着，殷切地慰问说："太太，你到底怎么个主意？依我说，你还是见一见。你毕竟只有这么一个亲弟弟，你说是不是？"

宣代云似听不见他说话，坐着发愣。

愣了许久，她才说："你帮我，把张妈叫过来。"

年亮富奇怪道："张妈？不是叫怀风吗？"

宣代云冷冷说："让你叫，你就叫。"

年亮富唯恐她又要发作，忙道："好好好，我这就去叫。"

便真的去了。

不一会，年亮富就带着张妈到了宣代云的屋子里。

张妈这几日忧思烦恼，双眼红肿，憔悴许多，头上多出许多白发来，像一下子老了十几岁，到了屋里，叫了一声"小姐"，声音已经带了哽咽。

宣代云看她这模样，也是一阵难过。

宣代云招手叫她到身边来，幽幽地说："我前两天，和你说的那些事，你想明白了吗？"

张妈一手抹着眼泪，悲悲切切地说："我想来想去，还是想不明白。小少爷那样的人，怎么会……这里头，没有一点道理。小少爷，他是读过书的人呀。小姐的这些话，我不能信。一定有什么委屈了他的地方。可是，小姐不肯见小少爷，又不让我见小少爷，我这心里……就像在熬油一样地熬……"

宣代云叹了一口气问："就连你，也觉得我是太无情了？"

张妈说："我知道什么无情不无情的？我只是想，太太就生了你们两个，有什么误会，总要面对面说清楚。小少爷就算一时做了糊涂事，他是失了父母的人，小姐你这做姐姐的不教导他，还有谁教导他？你这样丢开手，他就太可怜了。我的小少爷，我可怜的小少爷……"

她又哭起来，半白半灰的一头乱发，不断颤抖，脸上都是眼泪，就直接用脏脏的袖子擦。

宣代云连叹了几口气，把腋下一条雪白的手绢摘下来，递给她擦眼泪。

年亮富一直在旁边看着，见宣代云的态度似乎有所软化，心里欣喜若狂，又不敢莽撞，凑上一点，小心翼翼地问："太太，怀风还在外头站着，不如，我叫他进来？"

眼含期待地看着宣代云。

宣代云沉吟着，把头摇了摇。

年亮富满怀的期望，顿时沉甸甸地坠下去，脸颊上的肥肉痛苦地一扭。

宣代云轻轻说："我的心情，也要平复平复。你叫他下午两点钟，吃过了饭，再到我这儿来吧。"

此言一出，年亮富像中了一个大奖，高兴得差点跳起来，转身就跑到小院外头，找到他亲爱的小舅子，大声报喜说："怀风！好消息！你姐姐叫你下午两点钟，吃过了饭，到里面去见她！哎哎，可费了我老大的劲，唾沫都用了两大杯。这一次，你可欠我一个大人情。"

宣怀风乍然得听如此的好消息，惊喜之下，反怔了好一会，眼睛里的神色，慢慢生动起来，忙向年亮富道谢。

又有些忐忑不安地，打听宣代云如今的态度。

年亮富叹气说："为了给你说好话，我可没少挨骂。她说我不是人呢。不过呢，好歹我们是夫妻，夫为妻纲，她算是把我的话听进去了。其实，既然她嫁到了年家，就是年家的人，何苦去管宣家的事？我看白总长，待人还是很厚道的。如今这社会，开放得实在厉害，也不止你一二人。"

宣怀风脸红耳赤，心底又有憧憬欣喜的火焰在小小地跃动。

姐姐总算肯和自己见面，虽不能说金石已开，但毕竟有所进展。

他和白雪岚，同走这一条不可测的险路，最需要的，正是至亲的祝福。

如果可以圆满解决，那他也就别无所求了。

年亮富经历这么多曲折，终于可以和小舅子和颜悦色地谈一谈，岂有不抓紧机会的？

为自己表了一番功，年亮富就试探着问："怀风，最近海关整顿，你都知道吧？"

宣怀风早和白雪岚商量过对年亮富的处置，当然也料想着年亮富会来找自己讨情，关于这个，白雪岚和他是早谈好了应对的方法的。

所以年亮富一试探，宣怀风就已经明白了，沉吟着说：“我知道这整顿的事。姐夫那边一些问题，我大体上是了解的，已经和总长提了。”

年亮富紧张地问：“白总长怎么个意见？”

宣怀风在年亮富肩上，轻轻拍了拍，说：“姐夫明天去见一见总长吧。你就说，是我叫你去的，他会抽空和你见一见的。”

年亮富再要往下问，宣怀风就不肯再多嘴了。

他只盼着下午两点到来，去见他姐姐。

因为已经得到见面的允许，也不用在院墙外呆站了，听差便请宣怀风到小内厅里用饭，年亮富为了巴结这有势力的小舅子，吩咐厨房做了几道好菜，送上一壶好酒，年亮富亲自把盏相陪。

宣怀风心心念念想的，只有等一下姐弟见面的事，如何和姐姐解释，如何向姐姐表白自己的心迹，哪有半点食欲。

被年亮富再三催着，随便吃了两口菜，就放了筷子，酒更是一口不肯饮。

等着分针一格格过去，总算等到差不多两点，宣怀风仿佛去见大总统似的，把衣服好好整理一番，才小心翼翼地跨进宣代云的小院。

第十一章

宣代云已经在等着他。

张妈已经给她重新梳过头发，发鬓上服服帖帖，一缕不乱，衣裳也换了一套干净的。她平日喜欢鲜艳，今天挑的却完全是端庄的素色。

往椅上端端正正地一坐，一双因为哭过的微肿未消的杏形眼睛，便流露出一种令人不敢小觑的威严来。

宣怀风进了屋子，抬头一看，他姐姐坐在上头。

张妈两手揪着围裙边，在他姐姐身后站着，只拿一双充满期待的不安的眼睛，打量着宣怀风。

眼前设起了一桌香案，香案上面，供着一张发黄的半身照片，那音容笑貌，正是宣家姐弟早逝的母亲——宣夫人。

年亮富也跟在宣怀风身后进来。

宣代云见了，对年亮富说："你出去。"

年亮富讪笑道："你们姐弟要和解了，就立即把我这当中间人的，丢到墙外头去吗？这可不大好。"

宣代云冷着脸说："这是我宣家的事，不要外人掺和。你不走是吗？那好，我走。"

手按在椅子扶手上，作势要站起来。

年亮富绝不肯这种时候，把大好局面给破坏了，立即做出很退让的态度，摆着手笑道："好好好，我不掺和。你们姐弟有悄悄话，你们说罢。唉，这年头，哪有男人能强得过自己的太太？不过怕老婆呢，其实是好事。"

一边摇头晃脑地感叹，一边痛快地走了。

等他走了，宣怀风才走前一步，轻轻叫了一声："姐姐。"

宣代云的视线，却没有看他的脸，而是盯着香案上的旧照片，说："怀风，你在母亲跟前跪下。"

宣怀风便在他母亲的照片面前，老老实实地跪了。

宣代云说："你我都是失了父母的人，在这世上，相依为命。如今你的所作所为，把我的心伤透了。我不想见你，只因为我一见你，一想到你对我说的那些话，我这颗心，就像被人插了一千一万根尖针一样的痛。"

宣怀风听着她伤心的话，十分难过，眼眶微微泛红，说："姐姐……"

宣代云说："你先不要说，听我把话说完。我是一个命苦的女人，父母故去，无人怜惜，苟存在这世上。你姐夫的为人，你是清楚的。我的骨血，艰难地怀了十个月，生下来就死了。你是我唯一嫡亲的弟弟，我看着长大的人，我拼了命也想照顾好的人。如今姐弟不能相见，在他们那些人看来，必然说我无情。焉知我做姐姐的，要和自己的弟弟彼此不相见，是何等的心痛心伤。"

这番话说得悲切真挚，宣怀风已经滴了泪，把上身转过来，跪着伸过手去，把他姐姐的手握住了，呜咽着说："姐姐，是我不好，让你伤心了。"

宣代云被这话触动心肠，看着他的目光，一时柔和起来，说："你知道就好。姐姐骂你打你，不见你，何尝不伤心？何尝不痛苦？你知道你在外头站着，姐姐在这里头，就像坐在针毡上一样。怀风，我就你这一个指望了，你可不能再这样伤我的心。"

姐弟两人，一个坐着，一个跪着，泪眼相看。

四只手，紧紧地握在一起。

张妈站在一旁，拿着宣代云借给她的手绢，狠狠拭泪，结结巴巴地笑着说："这就好，这就好……小姐，我早说了，小少爷再糊涂，也不能不听你的话。你瞧瞧，这不就是。"

宣代云问宣怀风："你听不听姐姐的话？"

宣怀风很感动和姐姐重归于好，听见这话，心里忽然不安起来，小心地说："姐姐，你要我听什么话？"

宣代云说："我不要求别的。我只要你今天，当着母亲的面发誓，从今以后，你再也不和白雪岚见面。姐姐帮你找一个好出身的清白女子，你成家立业，把我们宣家的香火好好延下去。"

宣怀风听见这个要求，就沉默了。

宣代云说："你要是还当我是你姐姐，现在就对着母亲发个毒誓。从前的事，我们再也不提。"

宣怀风跪在地上，把头垂了，不肯作声。

宣代云脸色渐渐变了，沉声问："怀风，你这个态度，心里还是执迷不悟吗？"

张妈忍不住过来，在宣怀风肩膀上直推，惊惶地求道："小少爷，小少爷，你可不要犯晕。这么样的事，小姐都肯原谅你，你怎么不在太太的照片前发誓？小少爷，这种不要性命的事，是说不得的。难道你以后都不娶妻生子吗？百年之后，谁给你养老送终？我的好少爷，张妈求你了，你醒一醒，醒一醒罢！"

宣怀风被她推得上身如小树在风中直晃，一双膝盖，却如磐石，跪着扎在了地上。

良久，沉默着，轻轻地摇了摇头。

宣代云身躯骤然一僵，一会儿，长叹一声，也陷入了沉默。

张妈还在一边掉着泪，一边不敢置信地劝："小少爷，你不能这样，这是不孝呀。你从小这么懂事的孩子，人人都说你长大会有出息，你还读过洋书，一肚子的学问，你怎么能这样糊涂？你要真走了这条绝路，天上的太太，要如何伤心？我死了以后，也要拿头发遮了脸，魂魄不敢去见太太的。小少爷，我求你了，求你了……”

宣代云本来沉默着，后来忽然冷笑起来，讥讽地看着张妈，说：“你求他什么？还有什么可求的？他已经不是从前那个人了。你看不出来？”

张妈哭道：“不会的，我看了他这么些年，我知道他的心是最软的。”

宣代云脸上，表情越发犀利，冷冷地说：“他心软吗？我以为我是傻子，原来，你才是最大的傻子。别哭了，犯不着为他伤心。我们的心就算碎透了，在他看来，也不算什么。”

宣怀风猛然抬起头，沙哑着说：“姐姐，我绝不想伤姐姐的心。只要姐姐能原谅我，就算要我的命，我也二话不说。但是，我对白雪岚，那是实实在在的。我和他，是要一起走到底的。我不能欺瞒我自己，也不能欺瞒你，更不能欺瞒天上的母亲，我……”

张妈急得伸手掩他的嘴，叫着：“小少爷，别说了！你是要气死小姐吗？这些不要脸的话，你怎么能说出口？你是被鬼打了后脑勺啊！你行行好，别说了！”

宣代云反而不知为何，极度地冷静起来，对张妈命令：“你走开。别拦着他，让他说。”

又对宣怀风正色道：“我知道，你心里有一肚子的主张，是要对我们宣布的。我给你一个机会。你就跪在母亲的照片前，把你真正的想法，通通大胆地说出来。你说得对，不要欺瞒你，也不要欺瞒我，更不要欺瞒我们可怜的在天上的母亲。你说，把你的打算，你的心迹，全部说出来。”

宣怀风听出这话里酝酿的风暴，忽然消了声息，眼里含着泪，乞求地看着宣代云。

宣代云不允许他的沉默，把他硬拽到香案前，让他对着宣夫人含着微笑的照片，冷冽地说：“你不要不说话。我们的母亲，在等着你的回答。今天，你要不就对着母亲发誓，和姓白的断绝一切来往，往后安安生生地过日子。要不然，你就坦白出来，我们也做个了断。”

见宣怀风身体激烈地颤抖着，死咬着下唇，不肯说话，宣代云又说：“你这样坚定地沉默吗？那你是要逼死我了。好！好！你不愿意向母亲交代，我是要向母亲交代的。然而我无可交代，我这就一头撞死在这里，到了黄泉，去向母亲下跪道歉。”

宣怀风被她再三地逼迫，只好在香案前，重重磕了三个头，直起上身，望着上方的相片，颤着两片薄唇，哽咽地说："母亲，宣怀风不孝。儿子……儿子这辈子都跟定白雪岚了。母亲……求你原谅我。"

张妈仿佛雷在头上劈了一般，惊骇万分地叫了一声："哎呀！他……他当着太太的面，说了这话……我的天，我的老天爷……"

一时虚弱得两膝无力，沿着屋墙，身子滑下，软倒在地上。

两只无神的眼睛，朝上盯着天花板，仿佛在那里，有她早已死去多年的太太的魂灵。

宣代云听着宣怀风的宣布，只觉得身体里的东西，蓦然都抽空了，不怒也不闹了，竟然笑了一声，自言自语一般，幽幽地说："他对着母亲说了，可见，是铁了心，回不了头。回不了头了……"

宣怀风表露了心迹，对着香案咚咚咚磕了三个头，转过来，又对着宣代云，用力磕了三个头，跪着央求："姐姐，我是找不到归路了，你一向最疼我，你可怜可怜我，不要叫我和白雪岚分开。除了这件，我别的都听你的。姐姐，我求你了，求求你了。"

宣代云垂下眼，久久地打量着他，然后问："你是打定主意了吗？"

宣怀风说："我打定了主意。"

宣代云问："无论怎样，也不后悔？"

宣怀风咬牙道："无论怎样，永不后悔。"

宣代云把头点了一点，笑了一笑，轻声说："好，很好。你要表达的意思，我已经很明白了。"

宣怀风见她这笑容，显出很不寻常的意味，不安地叫了一声："姐姐？"

宣代云说："你不要急，事情到了这一步，吵架，打闹，都无济于事。你让我想一想，该怎么办。"

她仿佛怔怔的，又仿佛思量着什么，站起来，缓缓往里屋去。

宣怀风正担心地想着，要不要跟进去，一抬眼，又看见宣代云从里屋走了出来，仍旧坐回到椅上。

她脸上的表情，竟比刚才更平静了，对宣怀风说："你头也磕了，话也说完了，不必再跪着。起来吧，坐着，我们两人，说一说话。"

宣怀风初时不敢起，宣代云又把话重复了一遍，他才站了起来，却不肯坐。

两手垂在大腿边，很恭敬地站在他姐姐面前，听他姐姐教训。

宣代云叹气说："一开始，听说你的事，我是如遭雷击。家门不幸，出了这种事，首先想的，是把你从那条路上拉回来。只是，经过今日，我也知道了，我宣代云没本事，对你是无能为力。你可以放心，这方面，我不会再尝试了。"

宣怀风听了她这样挫败无奈的语气，心里却没有丝毫欣喜，只感难过内疚。

宣代云说："我说过，父母故去，丈夫无耻，孩子夭折。如果你争气，我在这人世间，尚有牵挂。如今你做得很周到，倒是把我最后一分牵挂给消除了。于我而言，与其苟活，不如一死。"

宣怀风吃了一惊，急切地说："姐姐，你怎样罚我都行，千万不要做糊涂事！"

宣代云冷笑说："现在，倒轮到你叫我不要糊涂了？你大可不必操这份闲心。本来我要死，就直接死了。但又想到，父母的香火，你是放弃了，然而我如何忍心放弃？我的身上，也流着父亲母亲的血，我虽只是个女儿，日后如果上天垂怜，给我一个子嗣，父母的骨血，也算可以保留下一点。为人儿女的责任，你不屑一顾，我却是放在心上的。因此我虽生不如死，但我还是要忍辱偷生。"

宣怀风羞愧道："是我不孝，是我对不起父亲母亲，也对不起姐姐。"

宣代云说："这种场面话，没有再说的必要。今日之后，你我不会再见。你从不曾有我这个姐姐，我也从不曾有你这个弟弟。"

宣怀风身躯一震，悲伤叫道："姐姐！"

宣代云截住他的话，无情地说："从你在母亲相片前，说那些无耻之极的话的那一刻起，你在我心里，就是一个死去的人了。不，是比死了的人还不堪。你若不幸死了，我还会思念你，为你哭泣。如今的你，却让我一想起来，就感到剐心。从今以后，你要怎样，由得你，只不要在我眼前。眼睁睁看着至亲的人走向不归的道路，那就譬如一个当母亲的，看着自己的骨肉被押上刑场，一刀一刀地凌迟。宣怀风，你没权力这样折磨我。我不想再看见你这张脸，这不是赌气，更不是拿着姿态，想逼迫你做什么，是因为我受不了。你这张不顾父母的恩情、不顾长姐的哀求、自私无情的脸，我看不得！"

宣怀风如万针钻心，痛苦地哀求："姐姐，姐姐，你别说了。求你别说了！"

宣代云冷笑道："我说的话，伤了你的心吗？彼此彼此，你说的那些话，何尝不伤我的心？就像你说的那些话一样，我这些话，也是实实在在的真话。母亲就在那里看着，她老人家知道，我这些言语里，没有一个字是假的。很好，很好，至少你我之间，是做到彻底的坦诚了。"

宣怀风被这些无情的话，一刀刀剐着心，几乎站都站不稳，颤声说："姐姐，你别不要我。我没有了父母，只有你是我最亲的人。求你可怜可怜我，给我一条活路！"

他这般凄惶无助，若在往日，宣代云必然心软。

但今天，宣代云的无情，被深深的绝望浇筑着，坚硬了百倍。

她以一种下定决心的态度，镇定地说："姐弟的关系，从今日始，完全断绝。你或者觉得我是一时冲动，想着我过一段时日，就会回心转意。又或者存着侥幸的念头，以为像从前那样，每日来烦扰，闹着缠着，我会有软弱的时候。明白告诉你，我宣代云不是软弱可欺之辈。我说了断绝，那就是一刀两断！你不相信吗？那我就做个决心出来，让你看一看！"

她一边说着，早一边站起来。

手在袖子里一抽，竟抽出一把寒光森森的裁衣剪刀来。

原来她刚才去了里屋，找了这把剪刀，拢在袖子里出来。

宣怀风知道不好，飞扑过来拦着，却迟了一步。

宣代云抽出剪刀，咬着牙狠着心，毫不犹豫地一下，把左手一个小指，血淋淋绞落。她忍着剧痛，把那截绞下的小指捡起来，往宣怀风脸上用力一扔。

痛骂穿透屋顶。

"滚！永远地滚！！"

第十二章

白雪岚不能陪宣怀风到年宅站岗，宋壬却是每天必陪的。

这日听说里面的年太太有些软化，答应了下午两点和宣副官见面，宋壬很替宣怀风高兴，带着几个护兵在年宅门房那里等着好消息。

等看见宣怀风从年宅里头出来，顿时吃了一惊。

宣怀风整个人，仿佛是失去了魂魄，走路深一步浅一步，随时会倒的样子。

右边脸颊上沾着触目惊心的鲜血，长衫的前襟，也沾着几滴血。

宋壬赶紧迎上去，关切地问："宣副官，出什么事了？"

着急地把宣怀风仔细一打量，没看见伤口，知道沾的不是宣怀风的血，心里略松了松。

再一看宣怀风手里，又吃了一惊，宣怀风捧着一个血糊糊的东西，却是一截断指！

宋壬说："宣副官，你不是和年太太说话吗？这是谁的手指？你怎么捧着？给我吧。"

要从宣怀风手里拿走，宣怀风却激烈地抗拒起来，忽然大叫道："别抢我姐姐！别抢我姐姐！"

接着又放声大哭。

宋壬见他哭叫得瘆人，不敢强来，都退了一步，不知如何是好。

宣怀风哭了一阵，又不哭了，把那截指头，珍宝似的攥着，晃晃悠悠走出年宅大门。

白公馆派来林肯汽车，就停在年宅门外，是专门候着宣怀风的。宣怀风出了门，却没上车，抬头四处茫然地望了望，像是随意选了一个方向，沿着路呆呆地往前走。

宋壬要过去把他拉回来，年家一个门房略年长些，有些见识，忙劝宋壬说："我看舅少爷这是受了大刺激，走了魂魄，此刻千万不能强来。若是再受惊吓，恐怕人以后不能好了。"

宋壬便不敢强行阻拦，一边叫人打电话到海关衙门去通知总长，一边叫司机在后面慢慢开着汽车尾随，宋壬带着几个护兵一路远远跟着。

宣怀风在城里的马路上，漫无方向地走。

他这样一个出色漂亮的青年，脸上衣上却沾着血点，失魂落魄般，引得路上的人纷纷注目。但他身后有汽车护兵跟随，也无人敢去惹他。

这样一路走着，不知不觉出了城门。

宣怀风仍无所察觉般，怔怔往前。

宋壬心急如焚，又不敢拦，只能一边跟着，一边不断派护兵往城里跑，向总长报告现在的方位。

白雪岚得了消息，飞快地出城，赶到宋壬所说的小树林里。

白雪岚在林边下了汽车，见到脸色极难看的宋壬，问："人呢？"

宋壬把手往林里一指，低声说："宣副官行止不寻常，我们不敢惊动。"

白雪岚叫所有人留下，自己单独往林子里走，不多时，果然看见爱人的身影。

宣怀风静静伏在一个小土堆上，一动也不动，仿佛昏迷过去一般。

白雪岚走到他身边，轻轻叫了一声他的名字，抱着他的上身。

宣怀风原来却不曾昏迷，听见白雪岚的声音，眼睛微微睁开一丝，目光涣散。

白雪岚怜爱万分地问："你伏在这里干什么？"

宣怀风轻轻说："我来看我母亲的坟。"

白雪岚问："你母亲的坟？在哪里？"

宣怀风把手虚弱地指了指，说："你看，这不就是吗？"

白雪岚往那小土堆一看，是个无主的孤坟，大概后人也死绝了，荒坟无人照看，坟头长满了野草，一块崩了角的石碑斜歪在土堆另一头，被土埋了大半。

碑上刻的字，隐约只看见最上面的一个张字。

白雪岚缓缓地说："怀风，你记错了。你母亲的坟，在你广东老家。"

宣怀风怔了片刻，把脖子转了转，像要看清楚周围，讷讷地问："这里……这里不是广东吗？"

白雪岚看他失神至如此，一阵鼻酸，柔声说："不是。"

宣怀风别过头，注视着那倾斜荒颓的墓碑，小声说："我想回家。"

白雪岚说："好，我带你回家。"

宣怀风想了想，把头缓缓摇了摇。

白雪岚温柔地说："你是想回广东的老家吗？那也行，我明天就买火车票，带你回去，好不好？"

宣怀风脸上似乎显出一丝快乐来，孩子般地点点头，片刻，脸上又黯淡了，说："不回去了。"

白雪岚问："为什么？"

宣怀风痴痴看着那土堆。

那土堆里，其实是和他没有一点关系的。

黄土底下埋葬的枯骨，也未曾与他见过一面。

但此刻，他凝视这被世人忘记的孤坟，如他许多珍贵万分的岁月，被一抔黄土深深埋葬。

葬在漆黑的地底下。

从此不见天日。

白雪岚问："为什么不回去？你不是想你老家吗？"

宣怀风摇了摇头，露出一个凄凉的浅笑，低低地说："我回不去了。"

猛地张开嘴，发出一个垂死野兽般的嘶哑声。

在白雪岚怀里，仿佛要把肝肠全部哭断般，放声痛哭起来。

（节选自米国度）

【粉丝评论摘编】

@轩辕雅林：其实某林一直都觉得，弄弄在《金玉王朝》中塑造的那几个人物形象，堪称民国时代的经典形象。有穷困潦倒、随波逐流而不能自持的文人，例如谢才复；有坚持理想、在艰难困苦的世道中仍不放弃为国家培养人才的教育界人士戴氏兄妹（戴民和戴芸）；有雄踞一方、财大势大而大权在握的军阀白家兄弟（白总理与白雪岚）；有家道中落、失去庇护而寄人篱下的宣家姐弟（宣代云和宣怀风），甚至于沦落风尘、登台献艺以维持生计的白云飞；有渎职腐败、仅为一己之私而明哲保身的政府官员，例如白雪岚的下属海关稽查处处长年亮富与警察厅的周厅长；有祸国殃民、为牟取暴利而走私鸦片的烟土贩子，例如周火；还有墙头草一般两边倒、立场摇摆不定、性格软弱的富家公子，例如林奇骏。这些人物的形象都很生动逼真，活灵活现，令人感觉他们似乎真的曾经存在于这个世界上，曾经活在我们所熟悉的那一段已经泛黄的历史里。虽然有些人物出场的次数不多，戏份也并不重，例如戴氏兄妹，但是这并不影响他们的生动性。可以说，即使是一个并不重要的、可以忽略不计的角色，也有他自己的精彩之处。这些人物之间的互动，全景式地展现出民国时代的中国社会的芸芸众生相，勾勒出那个动荡时代的中国社会的人间百态，堪称民国时代的“浮世绘”。(《流金岁月之芸芸众生——〈金玉王朝〉人物赏析》)

@橘儿：白雪岚是个好官，在民国那个特殊的到处都充满了颓废色彩的年代，他还能有禁赌禁毒这样的气魄，尤其还在他身上有种不甘做东亚病夫不甘做亡国奴的气节，这在当时大家都在随波逐流的气氛下已经很不容易了。这白雪岚不是我说他，明明对于工作上的事有足够的耐心，懂得放长线钓大鱼，可是在感情问题上却完全没想到这回事，每次被宣怀风稍微挑拨一下就开始火冒三丈，智商明显降低。(《金玉啊，金玉》)

@cindyken：宣怀风之于白雪岚是一块难得的美玉，白雪岚之于宣怀风又怎会不是那巧夺天工的工匠。

……留英回来的才俊青年被本就不重视数学的年代的学校无端辞退；……本就在这动荡局势中失去保护伞的宣怀风落得个和璞玉相同的情景，只因那时，他不过是一块小小的顽石。

可就是这样一块顽石，偏偏被白雪岚这个火眼金睛的人识中了。

他一点一点地拨开这块小石头，小心翼翼地观看这个逐渐露出光泽的玉石，到最后竟是一块难得的美玉。(《匠心》)

@旧时有梅：很喜欢白雪岚和宣怀风，但更爱白云飞，出身高贵，一朝落败便只能辗转风尘，难得的是他有一颗七窍玲珑心，永远带着善意做别人的解语花，再难堪的时候也强颜欢笑，低到尘埃也努力活着。

但是宣怀风也是一个很温柔漂亮的人，虽然万人迷了一点，命好了一点，他也绝对配得上他如今有的一切。他和白云飞都能称得上是君子如玉。不过一个书生意气满身傲骨犹在，一个却已经零落成泥、随波而流了。

（导引、简介、节选、粉丝评论摘编：高寒凝）

以情写史

高寒凝

在女频网文中，对历史题材的处理一向是个难题。虽然大历史书写的尝试作为一个脉络始终存在，但从创作成果来看，并不如人意。其中最让人诟病之处是，一部分作品虽然架构出了大历史框架，但主线仍然只是一个简单的爱情故事，撑不住看似庞大的格局与设定；另一部分作品则干脆放弃感情线，专攻大历史，因此显得与大多数男频文并无区别，却低了一个档次，泯然于众。

对情感的细腻书写与精准把握，历来是女频文的传统优势。然而历史叙事却自有其目的性，它需要被落实到某种男性化的、“宏大叙事”的、有关家国天下的语境中。在这里，“言情”与“历史”的关系无疑是对立的，这也就意味着，要在不放弃女频文传统优势的前提下写好大历史，就必须将儿女情长揉进家国天下，而又不显得突兀与冗余。

这显然是个非常棘手的问题，而《金玉王朝》则以其创作实践，向我们展示了女频文大历史书写的策略性与可能性。

在这部小说中，我们看到了情感叙事与历史叙事的同构性。主人公宣怀风和白雪岚相逢于民国乱世，他们之间情感故事的起承转合，与宣怀风作为历史主体，实现自我价值和人生理想的轨迹完全吻合。在遇见白雪岚之前，他是一文不名的穷教书匠，壮志难酬。而和白雪岚在一起，不但使他得遇佳侣，也找到了施展抱负的机会与舞台。两人的惺惺相惜始终建立在志同道合的基础上：如果没有白雪岚，宣怀风便不会有报效国家的门路与机遇；如果没有宣怀风，白雪岚也未必如此热衷于为国为民鞠躬尽瘁。而宣怀风未能与林奇骏修成正果，其根本原因又何尝不是道不同不相为谋。宣、白之间情感的进程与历史叙事的目的始终紧密交缠，合二为一，是无法被简单割裂开来的整体。

例如小说第五部中，写到怀风筹建的戒毒所终于成立，在剪彩仪式上，怀风慷慨陈词：“因为国民受着毒害，就是我中华受着毒害；国民在流毒下痛苦哀号，就是我中华在流毒下痛苦哀号……我宣怀风，堂堂七尺男儿，想为国家做这一点事。不管做得到，做不到，只有那么一句老话……鞠躬尽瘁，死而后已。”作为戒毒所背后最重要的支持者，白雪岚的致辞则更显凌厉：“从今日开始，海关与毒品势不两立。贩毒者，杀；吸毒者，刑。”

这两段演讲词，无一字言情，似乎写的只是主人公在历史抉择中的杀伐果断、风云际会。却又无一字不在言情，言的是两人携手并肩共赴国难，言的是得此知己三生有幸，言的是大丈夫何惧一死，黄泉路上有君同行。

这样的处理方式，就与传统言情小说的逻辑拉开了距离，“情”的继续不再意味着对历史主体介入历史的行为的中断（如历史题材言情小说里，经常有女主要求男主放弃争权夺利与自己一同归隐山林之类的桥段），反而建立在历史叙事的基础之上，展现出某种“以情写史”的可能性。

《金玉王朝》的另一个突出特点，是擅以人物命运写时代风云，通过描写民国时期各式各样的人物及他们的荣辱浮沉，剖开这个时代的断面，窥见全貌。这些配角们的故事，与两位主角均有牵涉，却又各自独立，每个人有每个人的立场、选择与命运。这些“闲笔”，虽然冲淡了故事的主线，也与女频文专注主线情感的传统大相径庭，却正是作者的心血与野心之所在。作者曾经在小说连载段落的后记中自述：“希望不仅写了一对情侣恩恩爱爱的故事，而是写出那个时代的一角风景。”

在这一角风景里，有出身富贵，因家道中落沦为戏子，却不改高洁本色的白云飞；有优柔寡断，多情却懦弱的商人林奇骏；有刚烈固执，怜爱幼弟的军阀之女宣代云；有投机钻营的官员年富亮；有匪气十足的军阀展露昭；有爱而不得自甘轻贱的宣怀抿……有妓女，有教书匠，有大家闺秀，有爱国文人，有洋人，有高官，有贱民……这些极具时代特色的典型人物，星星点点，汇成民国风流与三千世界。

在绝大多数女频文（甚至绝大多数网文）中，配角的存在只是为了成全主角，他们的命运和价值是可以为了主角的利益而牺牲的。女频文给人以“格局小”的观感，何尝不是因为其视野狭窄，仅仅局限在主要角色的情感经历上，将配角当作招之即来的工具与棋子。

而《金玉王朝》却试图打破这种狭隘的格局，在展示主角的光芒之外，也尊重每一位配角的人生选择，尊重每一个生命的存在价值，无论他们在小说中的戏份有多么卑微与不起眼。这种尝试在作品中呈现出来的效果虽然尚未达到真正的成熟与完满，但已经向前踏出了至关重要的一步。

从专注主线人物的叙事，到关注每一个生命的存在价值，这正是从“小格局”走向“大历史”的关键。从中可以看出作者有意继承张恨水《金粉世家》的传统叙述风格。但与现代文学以来传统的历史叙事和网络男频历史文主流叙事风格不同的是，作者并未放弃女频最为擅长的情感描写，《金玉王朝》“以事写人”的同时也是“以情写人”，关怀人物的情感经历，在爱欲、怨妒、痴迷与愤恨中，牵扯出人物的命运，以及命运交错背后的历史。

归根结底，虽是“以情写史”，《金玉王朝》从未脱离“女性向”网文的核心诉求，在将主角们的虐恋情深演绎到极处的同时，也不断将笔触延伸到更加广阔的空间。它尝试以言情笔法书写大历史，虽仍难免有笔力不逮之处，但毕竟打开了“女性向”网文大历史书写的新格局。

【后记】

回到现场：把“有意义”的事做得“有意思”
——《2015中国年度网络文学》故事记

庄 庸

几乎每一学期北大网络文学课开班之前，燕君和我都要碰个头，探讨本学期的教学“主题”。

最近三学期“三步走”的调子就是这么给定下的。

第一学期“进场”。别在场外“站着说话不嫌腰疼”，我们必须进到网络文学的生产“场”中，去庖丁解牛它们内部复杂如牛筋一样盘根错节的体系。唯身陷河中，甚至被呛了水，方能体会黯然销魂的滋味。

第二学期“专业”。别跟在“网络文学的屁股后面跑”，一味地追羡它的大繁荣大发展或者迷眩于它吹了“好大一个大泡泡”，而是从一开始就要抢在它的新起跑点上，“像吴文辉等‘业界大佬’们一样直面网文当下和未来的契机与挑战”。唯有像专业者一样思考，方能迈过业余的门槛，真正致力于“专业”。

第三学期“榜评”。别预设立场，别用既成的理论裁剪网络文学丰富的文艺实践，而是反过来，从做北大网络文学排行榜出发，发现发掘以网络文学为代表的新文艺领域的创作实践、创新风潮和重大理论问题，重建网络文学的评论与评价体系。唯有基于网络文学的既成事实（成就或问题），建立一个全新的评判体系，方能研判、预判并评判新文艺变局下网络文学的现状和未来。

这就是北大网络文学排行榜的由来。在此基础上，编选《2015中国年度网络文学》，是我们借此探索和重建网络文学评论与评价体系的起点。对如何做这个榜和选文，我表达了三个预期和观点：第一，我们一定要基于自身的阅读经验（哪怕是“有限”的）来做榜和榜评，而不能跟着别人的榜单与评论走；第二，在这个限定的范围里我们一定要最大程度地发现和发掘网络文学背后的脉络与体系（就像我们常提的二次元、亚文化X微社群、类型数据库等“地下河体系”），而不能局囿于就作品谈作品、就类型谈类型、就潮流谈潮流；第三，一定要“旗帜鲜明”地亮明我们的立场、观点，建构起独立、独到、独家的评论与评价体系——哪怕它极其不成熟，极其稚嫩，极其“漏洞倍出”。

这大概是我难得的平和与理性。在课堂上，大多数时候我都是一个“毒舌男”，抡起大锤一次又一次地锤打同学们脆如金箔的心灵。燕君则扮演“励志君”，对每一朵思想的火花都尽可能地给予褒扬和阐发。这角色实在是主客颠倒的，好在又会不断反转。同学们则在又虐又嗨中奋起抗战，然后爆发“内讧”，彼此捉对厮杀，最后群体混战。每一次课堂最后都会演变成“血流成河”的战场。

这让我就像看欧美的“大片”。许多“经典”的画面，至今还像电影一样，在我脑海里上演着。当我试图捕捉它们并用文字演绎出来时，我发现并发掘出了许多生动和鲜活的“细节”，甚至从中获得了更多更好的思路、逻辑和方法……所谓教学相长，大概不外如是吧？

于是，我推翻了原来《从“北大网络文学排行榜”到〈2015中国年度网络文学〉选重建网络文学评论与评价体系》的所有“高大上”思路，而是回到现场，试图用“微雕素描”的方法，去发掘在做这件很“有意义”的事情时那些很“有意思”的事情……

【场景1】

不一样的“重生”：为什么要选这部网文入榜？

李强最初阐述他对《重生潜入梦》的点评时，是从“70后的重生梦”作为立论点的。整个评论和评价都能自成体系，而且，写得还蛮深刻。

一如他时时眯起的、不断闪烁的小眼睛。呃，非常有“时代的光芒”。

只是，我作为一个“70后”，一直在想，他由这部作品出发对“70后”精神之旅的剖析，是否能让我对号入座？——其实我是走神了。回到李强的评论，“《重生潜入梦》就是已达不惑之年的70后对时代变迁和自我命运展开反思的 YY 叙事”——我打了一个大大的问号。

李强在这批学生里是特别具有做“商业研究报告”潜质的人。私下里，我对他有一个非常形象的比喻：像老农民一样勤恳地种田，但像商人一样狡黠地算计。所以，我尤其好奇他以何角度来评价《重生潜入梦》——给我感觉，他想把这部作品定位为“70 后的精神史”。我滴神啊，精神史哪！我又看见了李强狡黠的小眼睛里闪烁的时代的光芒。

但，依据从何而来？因此，在对李强的评论做出“评论”时，我提出两个核心问题：

一是他所有立论的依据，都是这部作品的作者是“很有可能在北京长大的 70 后”，从这部作品最初的名字是《红旗下的蛋》进行追根溯源，它一定程度上就是“长在红旗下”的“70 后”人到中年后重生的精神史。但这个“立论点”是无法确证的。即便能够确证作者是“70 后”，基于文本本身的思路、逻辑，我们是否能够确证它能像传统文学谁谁谁“为 70 后立传”，或又像评论家谁谁谁来思考“80 后”“这一代人的问题”？传统文学史理论与批评讲究“知人论世”，但在网络文学中做到这一点很难。一旦这个“立论点”动摇，那么李强对《重生潜入梦》的所有评论逻辑和行文就将全部被否定。这是一个巨大的风险。

二是网络文学中代际隔阂其实很明显。大神中不乏“70 后”，甚至有“60 后”，甚至更早的人也在进场创作“网络文学”。但当下网络文学类型文的“主流印象”是“80 后”作者群体，连“90 后”甚至是“00 后”都纷纷进场，并成为次重要群体。所以，若是你刻意提某位网络文学作者是“70 后”甚至是“60 后”，那基本上是“高级黑”——比如，本能的反应便是：“50 后”“60 后”写的能叫“网络文学”？这其实是一种歧视和偏见。但大多数时候，你读“50 后”“60 后”所写的所谓网络文学作品，还真的不得不承认，“网络文学还真的是一种跟年龄有关的文学”。因此，为了避免唤起不必要的“偏见和误读”，我真是不建议从“70 后”的角度来解读这部作品。这有可能调低我们对这部作品的评价。

我对李强评论的这种“评论”，实际上是推翻了他整个行文的立论——李强的确是一个“好脾气”的男生，至少在课堂上给我的印象是：可以不断地给他发“好人卡”。事实上，北大网文课所有的男生或女生——无论才华飞扬还是个性桀骜——对我虐到骨子里的“毒舌”都是异乎寻常的好脾气。这其实是他们对我的宽容。这种宽容，上课时不觉得，课后觉得很可贵。

这又扯偏了。破了来立。好在我一向注重“摧毁”一切的同时，总是努力给予“建设”的可操作意见。

我给李强提的建议是：还是从作者作品“文本本身的思路、逻辑”出发，来梳理《重生潜入梦》的评论。因为我们是现场研讨，所有人随时可以插话。所以，针对我的提问，自称“看网文长大”的吉云飞，又用他华丽丽的“绵绵音”，抢在李强之前，做出了“水中带刀”的回应。他强调这个作者有个“特质”，就是他几乎每一部作品都是“重生后又一次死亡”；然后，下部作品接续上部“又重生一次”，或者重生得更前，或者更原始……“这在网络文学中其实很罕见”。

我就说，就应该把这种“罕见”写出来。在我的阅读印象里，我基本没见过这样写系列“重生”文的。作者为什么这么写？这个系列里有什么脉络可以挖掘来？这就是他跟别人不一样的地方。评论和评价，最重要的，就是要挖掘出这个作者这部作品“跟别人不一样的地方”。至少，我觉得作者这样写，其实蛮“有意思”。

所以，我建议李强从作者作品这个“有意思”的地方出去，去挖掘它的重生梦是不是“有意义”。

然后，我就看见他俩对视了一眼——呃，很有默契的对视。李强开始习惯性地弓下背去，像朴实的老农民一样“扒拉扒拉”纸上键盘里的荒草地。嗯，别被他的“伪装者”身份欺骗——那弓腰蓄势，其实就像一只急待疾驰的猎豹。而吉云飞呢，就在山高人为峰上打起了太极。白衣飘飘，抽刀断水。看见这两个人，我真的有点明白了什么叫CP。真的是视觉强于内涵啊。

从李强到吉云飞，都试图理清他们认为《重生潜入梦》“最有意义”的地方，就是它的重生虽然也沿袭了“重生文”常用的套路和模式，如利用“先知先觉”创业致富、傲娇和征服——但这不是目的，而是手段，是其表现“重生梦”的手段。

但这“重生梦”是什么？他们俩又你眉来我眼去、欲说还休——像是脑海里有很多思想的火花和碎片的灵感在不断旋转，但就是找不到准确的词语与概括。我和燕君经常有这种感觉，就是这些伴随网文成长起来的孩子，其实对很多作品有着异乎寻常的直觉和洞察，但是，一旦形诉文字，就被囚禁在语言的牢笼里，而无法准确、精准地表达出来——有时候，他们表达出来的意思，甚至与他们真正直觉和洞察到的东西南辕北辙。所以，非得我和燕君步步紧逼，百般拷问，有时候甚至把他们逼到了山穷水尽、退无可退的地步，他们气急败坏之下，脱口而出——颇有点破罐子破摔的味道——的那句话，让我和燕君都有可能顿上一顿：呃，就是这句话了。

这次也是一样的。李强和吉云飞被我俩你一句我一句逼问得腾挪转移，几无旋转的空间——你知道那种家长步步紧逼、咄咄逼问的不得劲儿吗？别的同学几乎都掩嘴而笑，就像看戏一样——虽然每个人都知道自己也难以幸免下一刻会也成为这种被虐的戏人。从“核心爽点不再是看主角如何升级”，到“他的基调是怀旧的——如何慢条斯理地重温旧时光”，再到“具有浓浓京味儿的风物知识”……吉云飞最后真的气急败坏——但仍然如贵介公子华丽丽的“绵绵音”：“这部小说最有意义的，就是‘玩’儿：重生一次，就想从童年到整个人生好好地再‘玩’一次，而不是‘奋斗’一次——就像回到童年，不是借助先知先觉成为学霸牛蛙，领先卡位，而是真正地像儿童一样再快乐地‘玩’一次。对，就是这样的：他想重新好好地生活一生。”

这就行了！我和燕君对视一眼，呃，同样很有默契了！或许，这就是这部作品最“有意义”的地方！这俩熊孩子，不逼到山穷水尽处，就是不亮出最后的私货。

这就是我们的想法：就是要基于作品自身的逻辑和脉络，把它有意思和有意义的地方挖掘出来。只有先基于文本，把这些作品自身的“核心特质”发掘出来，然后，我们才可以把它放到网文潮流和相关的参照脉络中，去进一步梳理它的价值和意义。

因此，接下来，我给李强的建议，就是系统梳理一下“重生文”三个重要的流变：“虽然‘重生文’这一类型源自于2004—2005年周行文的《重生传说》，但它成为重要类型、蔚为潮流甚至攀至巅峰，还是在2008年左右。并且最后穿越和重生融合在一起，成为一种基本的手段。在‘重生文’的整个脉络里，有三个流变你们可以梳理一下：一是重生后以‘复仇’为主题，无论是女频文如沐水游《美女凶猛》，还是男频文如风凌天下《傲行九重天》，‘复仇’几乎成为重生文一个恒定的主题；二是重生‘升级文’，无论是官场文还是商战文，重生之后利用先知先觉来步步升阶、处处创富，几乎成为‘重生文’另一个常用的套路；在这两大主要的潮流之外，的确存在着另外一股思潮，‘假若生命重来一次，我的一生应该怎样过’？无论是国家/民族，还是个人……其实在2008年‘三十归零’的时代际遇影响之下，都曾面临着这种拷问。网络文学中的‘重生文’其实也深受这种潮流的影响。在这三条脉络的框架视野里，再来看《重生潜入梦》，是不是能在这种谱系里，发掘出一种独特的价值和意义？”

如果到这个程度，对《重生潜入梦》的解读、评论和评价其实也就差不多了。但我忍了忍，还是没忍住，提了一个或许是“画蛇添足”的建议：或许，在这篇评论的背后，可以把它和《繁花》做一个比较——网络文学时代的“京派小说”和“海派小说”各有什么特质？既然你们说这部作品是一部京味儿很浓的小说，那它的“京味”跟传统“京派文学”有没有血脉的传承？

就像有人曾经说鲍京京《失恋三十三天》跟王朔式的幽默一脉相承，但或许它不过是一种代际特征的话语表达方式而已。而《繁花》到底是不是一部“网络小说”其实还是有争议的——这时候，燕君插话说，她刚才也正想是不是应该拿来跟《繁花》做比较：《繁花》是一部按照网络文学的方式来发表的小说，但它的内容和精神其实还是延续传统的海派脉络。那么，《重生潜入梦》跟传统的京味小说，是不是不一样？它和《繁花》不一样的地方，是不是就是网络文学真正不一样的地方？

这样一比较，就有意思了。我们俩几乎同时说出这句话。至少在我看来，这样的比较，对于那些基本不了解网文的传统读者来说，更容易迈过阅读的门槛，去看《重生潜入梦》这部作品。

然后，我就看见李强像“老农民”一样地抬起头来，像是想看老天爷有没有雷劈电闪；吉云飞像“贵公子”低头，弹了弹外衣，不知道是不是在想，何处染尘埃？

【场景2】

女频文小百科：如何撕开网文迥异于传统文学的“维纳斯小黑裙”

肖映萱刚一宣读完她的评论《快穿之打脸狂魔》，高寒凝当即就和她展开了争辩："我不同意你的观点……"噼里啪啦地像鞭炮爆了一地。

两个人都是说话如疾风骤雨、大珠小珠落玉盘的人。所以，快刀夹剑雨、枪林带弹雹，电光火石之间，已是交锋无数次，让人很难跟上她们的节奏。我不自觉地用拿着签字笔的手去摸下巴，看着她俩，脑海里就浮现了两个女侠悬崖峭壁间大战九百回合的玄幻经典：一个在这边山头，扔一个神光符过去；一个在那边山头，扔一个符意箭过去；中间是深不见底的鸿沟深渊；符和符在半空中相撞，激荡出一连串的电火花，连空气都扭曲、燃烧得噼里啪啦……我在心下庆幸自己是把这部作品读完了的，不然真的在她们这 24 帧超级动作片里，无法辨析这两位女侠到底用了茅山什么法术、唐门什么暗器之类的。

高寒凝主要是不同意肖映萱的那个观点：它向我们展示了女频网文的功能性的一种极致——当爱情退居其次，爽点"坐着为王"。用"人"话来说，就是："打脸"是这部作品的核心特色，甚至是"为了打脸而打脸"；整个作品就是为了给女性提供一连串的"爽点"；爱情——或者准确地说"纯爱"成了一个点缀，一种大家都习以为常的设定，不是它的特色。

高寒凝却恰恰认为，这部作品让她看到了"纯爱"的某种突破——"打脸"不是目的，而是手段；越到后来，"打脸"其实倒越来越成为可有可无的手段，而找回自己的爱人成为唯一的执念。

肖映萱说："我没有看到'他'有什么行动啊，'他'最后好像是找无可找，只有坐等了。"高寒凝说："这才是它的特色啊，经过那么多次快穿轮回、分离重聚，'他'已经知道无论自己变成什么样子，那个爱人都会主动找到他的。而且，你看他穿越回现实后，所做的唯一的事，就是'拯救自己的爱人'……"肖映萱就辩称说："我这是梳理了所有我能找到的网友的观点，基本上都是这种观点，认为它的纯爱没什么稀奇的啊。"高寒凝一挥手："那是她们没仔细看。我这可是从头读到尾了的。"

如此吧啦吧啦打擂台数次，肖映萱"恼"了，直接炸了个导弹过去："那你说它的'纯爱'有什么突破？"高寒凝明显被狙击得缓了一缓，眼珠儿骨碌儿一转，但话还是跑得比舌尖抛出来的快："爱从一生一世到三生三世甚至更多生生世世啊!”

燕君立刻竖起了免战牌:“打住!你们俩底下吵去,不然争一天都没有结果。”然后,面向全班同学,又换了一副口气,和颜悦色地说:“嗯,这样争论很好,这代表着评论有N多种可能性——每个人都有自己的解读的视角和路径。我们鼓励每个人都读出自己的观点。但是,执笔写年选评论的同学,一定要注意这一点微妙的区别:是你署名写年选的评论,但又不只是写你自己一个人的观点;你要写出自己的观点,同时又兼容并蓄别人的观点;你要把我们大家一起讨论的好的观点都要吸收和融合进去。映萱,、你回头跟寒凝好好碰一下,看能不能把观点熔铸在一块。(两个人都像小鸡啄米一样点头。)庄老师,你有什么意见?”

我假装深沉地思考了一会,其实是在想如何把自己的“毒舌”抹上点蜂蜜,婉转一点。映萱进场进得很早,扎根扎得很深,做文做得也很专很精……但优势,有时候反过来也成为一种遮蔽。

“有时候,你就很容易偏执于某一点下,而不容易跳脱出来讲问题。比如说,你在晋江钻得很深,都直接切到类型文的嬗变脉动了,甚至深入到了二次元微社群的组织里,这些都是你进场专业做得很好的事情。但是,作为写年选评论,你不能太偏执于二次元、太偏执于类型文、太偏执于晋江……你要适当地抽身出来,放在更大的女频文视野和格局,甚至是考虑我们所面向的诠解对象,来求解这个问题:为什么我要推这部作品?

我给肖映萱提了三个“评论立场”的问题:

一是,她不只是代表一个人发言,她是在“被代表”北大网络文学研究论坛发言,至少在这部她主笔撰定评论评价的作品是这样的;

二是,应该基于作品本身的故事、思路和逻辑以及所在类型文的潮流和脉络中,基于自身的解读而不是只依据资深粉丝的意见,来进行评论与评价;

三是,评论和评价真正的功能是发掘隐藏于作者作品背后隐秘的意图、意义,甚至是作者作品和“其他资深人士”都没有看到的“冰山下面的海面”——你要通过你的评论与评价让别人“看见”那些“没看见”的东西,哪怕这个过程会产生误读、过度解读甚至是把自己的意义强加于其上的代价。

具体怎么做?“就这篇作品而言,假若基于我从头读到尾的阅读体验,以及我作为一个编辑要对你这篇文章提一个可操作的修改指南……”我把肖映萱倒数第三段内容拎了出来,“这部作品几乎把当下所有女频类型文的主流、流行和经典模式与套路都集聚起来并进行反转;叙事简单粗暴,不排除作者本身写作水平和风格的限制,但更应该被看作是一种故意为之的写作策略;因为小说的预设读者,是对女频文有着丰富阅读经验的资深读者,她们对主角要‘打脸’的经典套路已经烂熟于心,可以凭借以往的阅读经验自行‘脑补’那些已经被重复书写无数遍的桥段,因此不必在背景设定和细节描写上着墨太多……”我说,“这一段的‘关键点’才是值得她大书特写的。因为就像《全职高手》一样,这样一种‘简单粗暴’的写法显示着网络文学新的生产机制——作者—读者—传播分享与评论者共享一个庞大的类型数据库,脑补机制倒逼叙事策略对公共经验的省略与留白,整个类型都构成了一种经验与想象共同体,每一部作品其实都像是对这个数据库和共同体的同人演绎。所以,为什么说网络文学作品很多时候是‘集体创意创造与智慧’的结晶,而不是个人原创与独创的结果。这跟传统文学生产机制下的作者创作作品是完全不一样的。”

燕君立刻接着道:“映萱,你还不如直接把这一点拎出来作为你的标题与轴心论点:语言叙事策略简单粗暴背后的脑补和数据库机制。讲清楚,它为什么简单、直接、粗暴?不重细节?这背后到底有什么机制?因为很多传统文学界的人非常不明白这一点。这恰恰是我们最需要解释的。”

然后,我就看见这两个人身子前倾,隔着桌子,又开始小声急促就像开机关枪一样争辩了起来:“我觉得她对类型文套路和模式,没有突破啊。”“是啊,是啊,为了‘打脸’,只要重现和反转就可以了。”“但她其实应该对类型进行突破的……”“她有啊有啊,你看绿帽子帝王和ABO文不就迈出了这一步?”“是啊是啊,她这两个单元是写得最好的。如果她每个单元都能这么写,那就绝对成神了。”“她没有时间吧?还有,可能写作水平也需要一段时间来进行打磨……”“是啊是啊……”然后,渐次低了下去,几不可闻,像是达成了共识。

我脑海里莫名又出现了一幅图画：两个人拔河，隔着楚汉河界；拔啊拔啊的，最后，在拔河绳上慢腾腾地爬着一只小龙虾。再一细看，原来是龙虾的须。龙虾过河——牵须啊。

【场景3】

长得漂亮不如写得漂亮：如何“说”才能让世界更好地“听”？

在最后一遍研讨王恺文《一世之尊》的点评文章时，我们的重心就转向了“写法”——“基于社会实际需求和未来发展趋势进行与之相匹配而不是脱节的写作能力训练”，一直是这门以“研究”为重心的网络文学课程另外一个很重要的“创作”要求。实际上，“榜评”的整个过程，都是“写法”的一种研讨。

燕君首先对其做出充分的肯定。她认为恺文在这篇三易其稿的文章里有很大进步，不吝用飞扬的语言和华彩的辞藻来形容——这对此时此刻立马变身为“速记员”的我来说，跟上她的辞藻就是一个高难度，记录和理解又是超高要求，事后回想和复制几乎就变成了不可能；所以，我只好用我干瘪的语言来“譬喻”和“转译”她的意思。

燕君肯定了恺文的三个优点：

一是，解决了他灵感拥堵的问题——恺文向来都是思考大于表达、大脑跑过舌尖与笔头的人，对一个问题的思考“汪洋恣肆”，火花迸射，但要么卡在笔眼或喉咙里出不来，要么是水漫金山、黄河泛滥，四处白洋洋的一片。经过这数轮的“写稿—研讨—修改”，恺文现在这稿基本上是“疏通”了河道，重建了“运河体系”。这样就显得文章有了“框架”“逻辑”，很有“章法”，四通八达。

二是，表达很有“个性”，有自己的“风格”。燕君说：“我鼓励大家最后都能写出自己个性的文字。这是我们这一行吃饭的本事。越是写出自己的个性，就越是有筋道。长得漂亮不如写得漂亮。所以，我建议大家下笔的第一笔，先不要有什么条条款款，先跟着自己的感觉走，写出自己的灵气灵感，写出自己对这作品有爱的初心，写出恣意烂漫的火花……在此基础上，再进入庄老师说的第二步，用“3+2”结构的写作训练，用来作为自己思考、修改和再写作的框架，让自己的文字越来越有思路、逻辑和结构。”

我就在旁边补充说：“这就是我和邵老师经常强调的‘三步走’写作训练法。只有经过这样的反复训练，我们才有可能进入第三种状态：你文字的表面仍然是汪洋恣肆，但自觉不自觉地仍然会有内在的逻辑和结构——然后，你就可以越来越追求自己有个性、有筋道、很漂亮的文字了。恺文为我们展示了这种成长和进步的可能性”。

三是，恺文在这里面塞了他扎根于网文甚至是二次元文化体系的很多私货观点，让他的文章整个显得很专业和地道时，也增加了“科普”和阅读接受的壁垒——有点“硬”。

燕君说：“读恺文的文章是需要知识储备和智商的，感觉就像一辆装得满满当当的超载大货车，我经常要学习四五遍才能领会他到底想讲什么。不过，现在我也想通了。”她很霸气侧漏地一挥手：“我们就是这么专业，你们爱看得懂看不懂，怎么的吧!”她又转过头来对王恺文说：“不过，你要真想这么高冷霸气，还是得先让自己的观点和表达更地道、更专业，经得起别人怼。”

于是大家忍不住，都笑了，像风铃叮当，此起彼伏。因为王恺文有一个外号，叫“王怼怼”。恺文又习惯性地摆出拜服动作说：“我错了，老师放过我吧……”

轮到我来点评了。我有些犯难。因为我觉得恺文起笔，就制造了阅读的难度。比起专业和地道来说，我优先考虑的，还是作品点评的“科普”功能——就是如何向传统读者“科学普及”，这篇作品背后可显露的是“网络文学”特质。

燕君定调在先，我斟酌词语在后，顿了片刻后，还是决定按照“3+2”结构的写作训练法，给恺文提出进一步的修改建议：“假若我还是从编辑的立场，来为你这篇文章提一个细致的、可操作的修改指南的话，我大概会提出一个‘问—答细分法’的写作修改步骤。开篇第一段，仍然要旗帜鲜明地表明自己的轴心观点——我为什么要推荐这部作品入榜?”

恺文对《一世之尊》的看法，延续了对作者上一部作品《奥术神座》的推重，评论与评价偏高甚至是超高：《一世之尊》采用了“无限流”设定，通过“武侠”和“仙侠”等类型融合的模式，在空间维度上重述时间性的中国上古神话体系，并尝试解决“无限流”与“武侠”的历史遗留问题，为网络文学的"类型创新"提供了新的可能性。

偏爱或超高评价，没有问题。评论和评价本来就是基于自身的阅读体验和经验，并寻找价值评判的最大公约数。问题在于，从导语、简介、选文和粉丝评论下来，到恺文撰写的简评……"在阅读上"要从思路和逻辑上相互衔接。恺文在这里略有些断裂。在导语和简介中，他阐述这部作品的最大亮点是"在空间维度上重述时间性的中国上古神话体系"——这确实是让我对这部作品一下子就印象深刻的"一句话点评"；但在简评中，他把"为什么要推荐这部作品入榜"的理由落脚于"类型融合，了结因果"。这就相当于他把一句完整的话分成前后两半截，而且，还"断"得干干脆脆，连"藕断丝连"都没有。所以，我的意思是，他在简评的开篇"第一段论"中，需要把这个论点完整地表达出来。这既是为了逻辑上的衔接，也是为了理解上的"顺理成章"，更重要的是，只有把这两个"半"论点衔接、融合和完整地表达出来，他才能旗帜鲜明地说出：我为什么要推荐《一世之尊》入榜？

不管是小到五百字的段落，还是五万字的宏文，都可以用这种"问—答细分法"进行条分缕析。这就是我和邵老师为什么极力主张大家文章往小里做。从两千字到两百字，用"问—答细分法"不断地往细里、往小处锤炼自己写文的思路、逻辑和结构。螺蛳壳里做道场。果壳里的宇宙，也要做出一个精密的建筑工程。你若是在两百字、两千字里的"问—答细分法"写作训练里经过千锤百炼，那么，两万字、二十万字放开了去写时，你也会自觉不自觉地有一种内在的思路、逻辑和结构，就像在做精密的建筑工程。

当然，这只是一种理想化的模拟训练。实际写作时两百字和二十万字完全是两种概念。但不排除这种"问—答细分法"写作训练，可以最大程度地锤炼我们的思路、逻辑和结构，小处能够像精密工程那种严谨，大处可以像宏大格局那样开阔。无论大还是小，都像屋子，都有三脚架的脊梁支撑。而不至于一往大处写，到处像是堆砌；一往小处收，就无所归依，找不到落脚点。我们都说两万字的"大篇幅"好写，但是两千字的"千字文"难写，原因就在这里。越是篇幅短小的文章，越是像弹簧一样收缩蓄力，越需要用"问—答细分法"来锤炼思路、结构与逻辑。事实上，真正的"大文章"，还真不是动辄上万言的"万言书"，而恰恰是这种以小见大的"千字文"。动辄万言不是本事，能把本应该用一万甚至是十万言才能说清楚的道理，用一千字讲明白，那才是本事。

说到这儿，我自嘲地笑笑，说，我就是一个标本。千字“大文章”至今对我来说，仍是一个可望而不可即的“看似不可能完成的任务”。至今，我仍然是一动笔就洋洋洒洒万言书，满纸荒唐言，说起来都是一把辛酸泪啊。

回到《一世之尊》，我们是不是就可以问：《一世之尊》到底做了什么样的探索和尝试，让我们非得把它选入2015中国年度网络文学中？恺文可不可以同样用“问—答细分法”，一个又一个地问题提下去，并且自问自答，最后给我们一个思路、逻辑和结构与你的结论同样彪悍和强大的答案？

大概是我问得“太彪悍”了，恺文同学非常无语，只有“假装”速记——以我的经验和体会，这种“速记”多半就是没有在记；就算记了，多半事后也认不出自己记了什么，更别提“落实、落地、落小、落细”了。所以，我只好自己往回收。

我就说，我有一个建议哈——真的就只是一个建议哈——建议每一次研讨会后，不管是我和邵老师提的意见，还是别的同学对你文章提出的意见，你要做的第一件事情，不是急着去改——这样改来改去，不但是你，就连我们，都会觉得，其实你没改，或没改到点子上。

所以，我建议大家第一件事，是先整理、消化和吸引这些意见和建议。就像是批注和反馈一样，先细细地梳理一下大家的意见，逐条逐条地批在每一个“点”上。然后，花上一两个小时，仔细思量和甄别一下：哪些意见是靠谱的？哪些建议是我可以接受的？哪些是我不赞同但是可以容纳的？哪些觉得根本根本就不具可操作性，直接可以扔进垃圾箱的……那就扔进垃圾箱里好了。写东西的都是种地的老农民，提意见的人没准就是四体不勤、五谷不分、站着说话不嫌腰痛的人。所以，该不该改，怎么改，还得你们自己根据自己的实际情况拿出一个方略出来……

然后，我就看见一直在埋头假装速记的王恺文同学猛地快频率大振幅地点了几下头，然后，又迅速地抬脸抬头就像大雄鸡一样昂然地扫描了我一眼，在视线短兵相接、蜻蜓点水一刹那又猛地收了回去，继续用笔在纸上假装记啊记啊……

那写字的速度，还真的不是一般的快。

【后记的后记】

一帮“有意思”的人做一件“有意义”的事

写到这里，我忽然发现，我低估做这件事的工作量了。

我原来是想从做北大网络文字排行榜的缘起说起，然后列出六个部分的提纲，准备“全面、系统、持续、深入”地把整个“2015中国年度网络文学诞生记”的故事，全部用上述这样的细节“素描微雕”出来：

（一）从原则到方法——从龙空到晋江，八一八网络文学自身的评论评价体系；

（二）男频女频双打——从《全职高手》到《琅琊榜》的试炼；

（三）下一部作品谁入选？——男女频十部入榜作品诞生记；

（四）全班总动员——从北大排行榜到2015年度网络文学选；

（五）从选文到荐文——三轮“摧残”下的写作范例和选文体例；

（六）从榜评到评判——如何通过每一部作品发现发掘新文艺领域的创作实践、创新风潮、重大理论问题与评论评价体系的重建？

但是，仅仅上述三个细节的现场还原和“素描微雕”下来，就已经耗费掉了编辑给我预订的版面字数——限一万多字。何况这三个细节，还只是第六部分数轮“摧残”中一连串珍珠链中三颗小珠子而已！

怎么办？加上年底事情恁多，于是，我只好“太监”了。唯有期待有一天，我有闲有钱又有动力时，能够接续写下去；或者，燕君和同学们看见我这样做的案例，觉得这样也蛮有意思的，纷纷从各自的角度，把这样有意思的现场细节还原并微雕出来，顺带梳理一下这次做榜和榜评的思路、逻辑和方法，为我们自己继续做这样“有意义”的事情，制作一本“有意思”的“讲故事的教科书”。

烽火戏诸侯曾说他写文有两个追求，首先把文写得“有意思”，然后在此基础上把文写得“有意义”。我时不时地要庖丁解牛他的《雪中悍刀行》，就是想看看他在作品里如何从“有意思”到“有意义”的。

与此同时，我听某个领导讲过这么一句话，如何讲好中国故事，“要把有意义的东西讲得有意思”。

我深以为然。做北大网络文学排行榜，选“中国年度网络文学”，重建网络文学评论与评价体系，是一件很“有意义”的事儿。然而，如何把这件“有意义”的事情做得很“有意思”？其实，这一次《2015 中国年度网络文学》诞生的故事，就已经很能例证这个问题。

只是当时不觉得。此时回顾便有些惘然。再回到现场，我发现，所有的细节其实都只在讲一个故事：这是一帮“有意思”的人，在做一件“有意义”的事。

李强很有意思，吉云飞很有意思，王恺文很有意思，高寒凝很有意思，肖映萱很有意思，我特别想写而没有笔墨写的两个“未婚”敢嗨“做一回文字孕妈”的姑娘叶栩乔和王玉王很有意思，还有那个经常让我错以为巫女附体可以一文封神但又可一文让你掉入泥淖的薛静薛姑凉很有意思，以及一亮相就差点让我“膜拜”在地的几个北大新晋学霸君邓溪瑶、陈子丰、杨梦姣……都很有意思。BLABLABLA。几乎每一个同学都在我心中被“素描微雕”过——因为他们的细节太有意思了。当然，能把些“有意思”的人组织到一起的燕君也很“有意思”。我的意思是，我这个被她“拐”来打了几回酱油的人，其实也很有意思。

一帮有意思的人，做一件有意义的事，怎么可能不会把它做得很有意思？

生活本来有些难过。有了这样有意思的人有意义的事儿有意思的做法，所以，我们也就能一笑而过。

北大的姑娘小伙儿们，能“道貌岸然”地做一回你们的“装”老师，真的很有意思。